Staread
星文文化

敌敌畏纪事

Didiwei Jishi

一世华裳 —— 著

长江出版社
CHANGJIANGPRESS

「在下住在云浪山上，记得来找我喝酒。」

「为何这样摆？」

「我这是在对你的先祖表示感谢。」

目录
CONTENTS

一世华裳

作品

第一章

谢谢，凉了

001.

谢凉万分后悔今天出门没看皇历。

事情是这样的，他苦熬多日终于搞定了毕业论文，本想拉着舍友庆祝一下，不巧三位舍友都和女朋友有约。作为宿舍唯一的单身人士，他挂着坚强的微笑目送兄弟们离开，坐在床上思考了十分钟的人生，决定对自己好一点，比如来场说走就走的毕业旅行。

说是毕业旅行，其实就是去大学城附近的山上逛逛。这是几个月前新开的景点，山虽然不高，但山路曲折，绿化做得很不错，人们一般喜欢乘观光车沿路欣赏风景。

谢凉出门这天不是节假日，景区人少。

他是第一次来，便随大流买了观光车的票，因此有了现在的一幕。

观光车共三排座，开车的是位四十岁左右的大叔。谢凉坐在副驾驶的位置，第二排坐着两名男生，一个留着长发，穿着 T 恤牛仔裤，画着眼线；另一个是正常的短发，黑衣黑裤，满脸严肃。谢凉上车时只看了他们一眼就没再关注了，但当观光车驶入山路，后面竟隐隐传来了抽泣声。

他回头一看，发现眼线小哥正泪流满面，眼睛红得滴血，肩膀一抽一抽的，特别可怜。

而在他半臂远的地方，黑衣男坐得笔直，严肃地目视前方，正在神游，旁边人哭得天崩地裂，他愣是没有发现。

谢凉瞅瞅这一身黑，再看看一旁的泪人，感觉把这二位扔进葬礼现场一点都不违和。

他移开眼，恰好瞅见第三排的男生。

那男生脖子上挂着四五条项链，身穿绣着暗红纹的黑袍，目测是cosplay（角色扮演）的装扮，正瘫在座位上向外望，目光凄凄凉凉，仿佛灵魂出窍。

"唉……"

极轻的叹息拉回谢凉的视线，他望向出声的司机大叔，见大叔眉头紧锁一脸愁容，同样很丧。

谢凉看看大叔，看看第二排的"葬礼现场"，又看看第三排的哥们儿，发现他们都沉浸在自己的情绪世界里，完全没在意他的目光。

"唉……"司机大叔叹了第二口气。

眼线小哥抹把泪，继续压抑地抽噎。

黑衣男依然没有听见，眼神空洞。

第三排的哥们儿继续保持安静，一脸凄苦苍凉。

谢凉沉默，有那么一瞬间，他觉得整辆车都在冒黑气。

他忍不住用手机查了一下皇历，上面写着三个大字：忌出行。

他放好手机，清清嗓子正要说点什么缓和气氛，只听司机突然叫了一声："糟糕，刹车失灵了！"

不是吧——！

谢凉浑身汗毛直立，睁大眼睛看着前方，后面两排的人被司机吼回神，也看了过来。

"没事，速度不快，还是上坡，"司机连忙调试着观光车，安抚道，"护栏是新装的，很结实，咱们这速度哪怕撞上也不会断。我往山体靠，等速度降下来就……方向盘也失灵了！"

伴着这声叫喊，观光车义无反顾地"亲"上护栏，然后飞了出去。

谢凉瞬间只觉一口冷气灌入胸腔，浑身血液凝固，紧接着眼前一花，定睛再看，不由得愣住。

四周既不是飞速倒退的风景，下方也不是百米的悬崖，整辆车悬浮在泛着白光的隧道里，正保持着刚才的速度往前开。

"啊啊啊……啊？"

"什么玩意？"

"这、这、这是啥情况？"

谢凉听着接二连三的惊呼，勉强稳住情绪，可事实上他的手仍在发抖。

其他人嗷嗷叫唤完也安静了，一脸惊悚，僵硬地坐在车里看着发光的隧道，几秒后又看了两眼悬空的脚下，茫然又无措。

观光车载着他们，在一片死寂下继续驶向未知的前方。

片刻后，谢凉找回理智开了口，尽量冷静地道："车开出悬崖但没摔下去，咱们是不是进了所谓的时空隧道？"

司机惊愕："时空隧道？"

"好像有可能，不是据说特别大的速度和力量能撞破空间吗？"第三排穿 cosplay 服的男生迟疑道，"但咱们刚才的速度不快，会不会是平行世界之类的？"

时空隧道、平行世界。

这存在于假说和幻想中的东西，竟被他们赶上了？

"那这是要前往未知的世界啊！"那男生试着挪动身体，发现车开得很稳，应该不会掉下去，便放心了，说道，"动漫小说里好多这种桥段的！我的天，被我赶上了！"

眼线小哥嘤嘤嘤："我们要去哪儿……对了你有纸吗？"

黑衣男终于发现了他这个大活人，木着脸掏出一包纸巾给他。

眼线小哥嘤嘤嘤地道了谢，开始擦鼻涕。

cosplay 服男生一改先前的颓废，激动道："柳暗花明又一村啊哈哈哈！"

谢凉道："都先闭嘴。"

一句话成功让众人消音，纷纷看向他。

谢凉强迫自己接受现实，向司机询问了车的情况，听说处于失控的状态，便认命地让它飘，说道："我的观点是，接下来咱们无论去哪儿、遇上什么，最好先抱团走。"

众人点头。

"那做个自我介绍吧，"谢凉压着心里的悲愤和不安，"我先来，我叫谢凉，理工大学的大四生。"

眼线小哥哽咽道："我叫方延，艺术学院大三的学生。"

谢凉道："方言？"

眼线小哥早已习惯，解释道："延安的延。"

谢凉忍了忍，没忍住："我看你刚刚在路上哭，怎么了？"

方延一提就伤心："我参加比赛的设计被同学抄了，我和他提过方案，他做的时候叫了几个同学陪同，他们都能给他作证。"

谢凉道："没办法证明是你的东西？"

"有，最早的一稿在我家里，但是要不到，"方延痛苦道，"因为我找他理论的时候，他把我在学校的行为告诉了我爸妈。他们很生气，说要带我看病……"

谢凉有些唏嘘："你好好和他们说呢？你平时这个打扮，他们没说你？"

方延道："我从不在他们面前画眼线，我留长发给的理由是：长发的设计师好找工作……"

这波操作可以，几人默然。

方延眼眶发红："我父母都很传统，而且我爸特别独裁，我让我妈把底稿寄给我，被我爸拦下了，放话说我不配合治病就不给底稿。我如果答应他们，他们会亲自来送底稿，在学校等着我放暑假，然后带我去看病。"

谢凉沉默。

方延哭道："最让我恶心的是抄我设计的那个人，我和他相处了一年呢！我以为他不介意，结果他竟然全记了下来，还在背后捅我刀子，你们说我是不是傻？我为了融入集体，连一个礼拜不洗袜子的事都干过！"

几人："……"

哥们儿你留长发、画眼线，就算一个月不洗袜子也会被怀疑有问题吧？

"他不让我好过，我也不让他好过！"方延抹把泪，说道，"我把这事发到了网上，他想弄死我，我就拉着他垫背！我爸妈再生我气，看见我的遗书也会把底稿公布的，看他到时候怎么办！"

谢凉道："所以你今天是想……"

"准备吓吓他的，"方延道，"但现在说这些也没用了，还不知道要去哪儿呢……"

谢凉安抚了两句，看向旁边的黑衣男。

黑衣男道："江东昊，17岁，棋手。"

谢凉道："外卖小哥？"

江东昊道："下围棋的。"

谢凉还是第一次在现实中遇见棋手，没顾上稀奇，问道："我看你今天有点走神？"

江东昊惜字如金："输了，在思考。"

谢凉道："跑山上来思考？"

江东昊道："嗯。"

成吧，谢凉没有再问，看向第三排的哥们儿。

"哦，我叫窦天烨，农业大学的大三生，"穿 cosplay 服的男生收到谢凉的目光，主动交代，"前些天我女友劈腿……这没什么，我是宅男，沉迷二次元还喜欢打游戏，她劈腿我理解，但她劈腿期间找我借了两万块钱，全花了之后说要慢慢还。我知道她是不想还了，找她要了好几次都没要回来，态度强硬吧她就装可怜，她舍友也在旁边说男生要大方点，可那是我大四的学费和生活费，没了我怎么办？"

谢凉道："没和你父母说？"

窦天烨道："他们十年前就离婚各自成家了，我告诉他们后，他们都不肯掏钱，让我自己想办法。那女人拉黑了我，我上网挂她也没用，因为她人缘好，一堆人在下面带节奏说是我对不起她。更倒霉的是，我微信的聊天记录不知被谁删了，我和她的对话连同转账信息都没了。"

谢凉几人露出不忍耳闻的表情。

"最近考试我挂了三科，四级也过不了，"窦天烨凄凉道，"游戏账号被盗，喜欢的动漫人物还死了一个，我觉得这是天意，这生活过不下去了……"

他说着，话锋一转，绷直腰板："但现在这情况我不想死，我要好好活着！"

谢凉做了一个深呼吸，看向司机。

"我姓赵，赵云兵，你们叫我赵哥就行，"司机沧桑地叹气，"我最近也倒霉，前脚老妈刚走，后脚老婆出车祸也走了。我和老婆没孩子，家里就剩我一个人，这几天我活得像行尸走肉，感觉活着没什么意义，唉。"

谢凉："……"

所以这车是开向地狱的吗？刚刚整辆车都在冒黑气果然不是他的错觉！

几人突然静了一下，齐刷刷看向谢凉。

窦天烨道："兄弟，你今天也……"

"我不是！"谢凉终于没压住火，"我只想上山散散步，老子为什么要和你们这群这么丧的人坐一辆车！"

几人生怕观光车被他的一通爆发弄出毛病，赶紧顺毛。

司机："别气别气，相逢即是有缘。"

方延："大家以后就是战友，穿一条裤子的那种。"

江东昊："嗯。"

窦天烨："哎呀说不定也和你有关呢，你听听你的名字，谢凉谢凉，谢谢，凉了。"

谢凉道："滚！"

窦天烨道："我开玩笑的，谁知道你是哪个'liang'啊，不一定是那个'凉'，对吧？"

恰好就是那个"凉"的谢凉没有回答，沉默地盯着他。

窦天烨在他的眼神中悟出了真相，咽了咽口水："咳，我是说……我去那是啥？"

几人顺着他的目光一望，发现隧道尽头出现了一层半透明的薄膜，像结界似的。

结界外有模糊的影子，隐约好像是两拨人在对峙。

谢凉几人顿时紧张了。

"咱们是会到陌生的世界，还是会进入过去或未来的某个时间？"

"不知道。"

"哎，他们好像都是长发？"

"嗯……"

观光车越开越近，外面的声音渐渐传过来。

只听左边那拨人的首领怒道："放屁，这地方要是还能出现别人，老子立刻撒泡尿喝了！"

"砰——！"

观光车伴随着那声"喝了"冲出薄膜重重落地，恰好砸在两拨人中间。

世界瞬间安静了。

谢凉一行人稳住身体，紧接着抬起头，几乎同时望向豪言壮语要喝尿的壮士，动作整齐划一。

某壮士："……"

002.

这是一块空地，前方隐约可见层层青山，后方是片树林，旁边则是曲折的小路，不知通向哪里。

两拨人相距十几米，皆是古装长发，大多数都拿着家伙。

谢凉等人初来乍到，没敢随便乱动，只默默看着那位壮士。

两拨人也看着他们，觉得很是不可思议。

这几人是从小树林里冲出来的，但那些树只有碗口粗，不可能挡住几个大活人，所以这是怎么回事？他们坐的那个奇怪的东西又是个什么玩意儿？

谢凉打量某壮士阴沉的脸色和手里的刀，生怕他暴起宰人，干咳一声："那什么……"

"哈哈哈哈！"

话未说完就被一阵张扬的笑声盖过，谢凉扭头一瞅，见笑声来自右边那拨人的首领。

他被小小地惊艳了一把，眼前这位嚣张是嚣张，但长得实在漂亮，导致他紧张的情绪都停滞了一秒。

但仅仅是一秒而已。

因为美人紧跟着就开了口："别愣着，赶紧尿，尿完了喝。"

谢凉几人："……"

你别火上浇油行吗！

果然，壮士立刻恼羞成怒，顺便找到了蒙混过关的方法——大骂一声，带着他的人冲向了右边的首领。

而右边的人不甘示弱，也杀气腾腾地冲了出来。

观光车夹在中间，倒霉地被包了饺子。

车上的人吓得大叫："跑啊！"

赵哥几乎在他们出声的同时就踩了油门，扎进小路开始狂奔。

好在观光车已经恢复了正常，不然他们今天就得交代在这里了。

谢凉抓着车顶的扶手稳住身体，电光石火间看了一下后视镜，见壮士那伙人里有两个要来追他们，幸运的是在半路就被右边的人拦住了。

观光车借着这喘息的工夫拐过一个弯，很快那群人的身影便消失在了密密麻麻的树叶后，只剩阵阵叫骂声传来。片刻后，叫骂声也没了。车又往前开了一段距离，直到冲出小路抵达宽敞的官道才减速。

路况一言难尽，几个人差点被颠吐血，此刻终于能缓一缓，便挪动身体调整姿势，一个个惊魂未定。

方延道："吓死了，说打就打，黑社会呀！"

"还有人想追杀咱们来着，"第三排的窦天烨拍着胸口，"太不讲理了，他们老大自己说的喝尿，关咱们什么事，咱们也很冤啊。"

"他迁怒没毛病，谁能想到会毫无预兆地冲出一群人？没把咱们当妖怪烧死就不错了。"谢凉道，"现在的问题是接下来怎么办，我刚刚看了，周围没有摄像机之类的东西。"

言下之意，剧组拍戏是不可能的。

——他们确实到了陌生世界，而且看样子还是古代。

方延继续擦鼻涕："先找人问问这是什么地方吧。"

"通天谷。"

"哦……"方延想了想，"没听过。"

"我也没听过，我只知道长安、开封啊这种古都，"窦天烨道，"小地方问出来也没用，咱们还是先问是什么年代吧。"

"天衍六年。"

谢凉、江东昊、赵哥："……"

方延再次"哦"了一声，接着僵住。

窦天烨很茫然："还是没听过，哪个朝代？"

"雁。"

谢凉、方延、江东昊、赵哥："……"

窦天烨下意识想再问，但张开口却发现不对劲，后知后觉地也沉默了。

车里诡异地死寂了两秒钟，赵哥猛地踩了刹车。

谢凉第一个跳下车，往上一望，只见刚才那位嚣张的美人正盘腿坐在车顶上。

美人穿着藏青色的长袍，上面绣着淡色的云纹，看着就矜贵。他端得风流倜傥，对上谢凉的目光，扬起嘴角给了一个微笑："还有其他想问的吗？"

谢凉："……"

其余人也哗啦啦地跑下车，站到谢凉身边一齐对车顶的人行注目礼，脑中不约而同切到同一频道：他是怎么上去的？什么时候上去的？怎么一点动静都没听见？真邪乎！

美人似乎对他们的目光很享受，笑得更好看了。

近距离看，首先注意的倒不是他过人的容貌，而是那熠熠生辉的双眼，再被身上"肆无忌惮"的调调一衬，绝对是人群里最显眼的存在。

这肯定不是个好惹的主，谢凉在心里评价，他礼貌地问道："公子怎么称呼？"

"乔九，"美人道，"你们呢？"

谢凉道："谢凉。"

方延等人也报了姓名。

随着他们开口，乔九快速打量了一圈。

方延——他们当中唯一留长发的，挺清秀，就是脸有点花，眼睛肿了，哭过。

窦天烨——他们当中唯一穿长袍的，长得还行，接了他好几句才反应过来，有点蠢。

赵云兵——他们当中唯一年长的，一脸老实相。

江东昊——长相冷峻，刚才一直没有开过口，可能不太好相处。

乔九在心里初步下了结论，目光转回到谢凉的身上。

谢凉——二十出头，长相俊朗。

虽然也对他很警惕，但比起其他几人更会隐藏情绪，从刚刚简短的对话和下车的反应看，应该是这群人里主事的。

他笑道："几位是哪里人？"

"一个小地方的，"谢凉把《桃花源记》胡乱改了改，当作"不知年头"的解释，说道，"让公子见笑了。"

乔九道："无妨，你们还想知道什么，尽管问。"

谢凉于是不和他客气了："我们想去离这里最近的村庄或小镇，应该朝哪个方向走？"

乔九道："顺着此路直走便是，前面是知春镇。"

谢凉道："多谢。"

"不谢，"乔九俯身用胳膊肘支在腿上，斜了一点身子，单手撑着下巴，完全没有要下来的意思，"在下对几位公子一见如故，有意结识，不如去我那里喝几杯，小住几日再走？"

"巧了，我对公子也一见如故，"谢凉笑得很和气，顶着周围几个丧货瞬间投过来的视线，不紧不慢地把话说完，"只不过我们还有事要办，只能等办完再登门拜访。"

乔九道："哦，这样……"

"嗯，实在是抽不开身，"谢凉不等他再说别的，抢先一步道，"今天多谢公子，后会有期。"

方延几人长出一口气。

他们刚刚还以为谢凉疯了，哪怕蠢如窦天烨，也清楚收集资料这种事还是找个老实人比较保险。这乔九出现得那么邪乎，很可能还是个黑社会，他们傻乎乎地跟着走，万一被卖了咋整，还好谢凉只是说个场面话。

乔九盯着谢凉看了两眼，笑道："嗯，后会有期。"

他起身跳下车，在这几人期盼的目光中往回走了两步，突然站定转身。

谢凉在心里骂了句娘，表情没变。

方延几人绷紧身体，一齐望着他。

乔九饶有兴致地看着这群惊弓之鸟，压下心头某些恶劣的想法，笑得无懈可击："有件事在下很好奇，你们刚才是如何出来的？"

谢凉呵呵一笑："实不相瞒，来的时候冲得太快，我们自己也正迷糊呢。"

乔九道："哦？"

谢凉道："真的。"

乔九又看了他两眼："在下住在云浪山上，记得来找我喝酒。"

说完这一句，他总算没有再纠缠，慢悠悠地走了。

谢凉一行人送走这位"黑社会"，急忙上车跑路。

官道的尘土呼啸地扬起又渐渐消散。

乔九走到观光车冲出来的那个岔口，回头一望，见谢凉他们已经走远了。

旁边跟出一名手下，有些不太理解他家主子。

他一路跟着九爷，在暗处把他们的对话听得一字不差。他都能听出那个叫谢凉的是有意赶人，没道理九爷不知道。

就九爷这脾气，要是对一件事情感兴趣了，别说是被客气地请走，就是被指着鼻子骂"滚"也绝对不当一回事，今日怎的这么好说话？

他试探道："九爷，要派人盯吗？"

乔九道："盯着。"

手下道了声是，忍不住道："那盒子是什么东西？"

"我方才摸了摸，像铁，"乔九推测，"大概是机关车。"

手下道："他们真是从世外的小村庄来的？"

乔九笑道："你可知这里为何叫通天谷？"

手下一怔。

"谷"是低洼之地，而能"通天"的往往是高地，这两者本就矛盾。最重要的是这地方只有树林，没高山也没谷地，为何会被称作通天谷？

他以前还真没在意过，此刻越想越觉得有问题，好奇道："属下不知，为何？"

乔九拍拍他的肩，笑容亲切："不知道就算了，别想太多，对脑子不好。"

手下："……"

您既然不想说，为何非要这么欠地撩一把我的好奇心？

手下一口气卡住，感觉心里有只猫在不停地挠。但他也知道九爷不想说的事，他找根绳子上吊都没用，便压下满腔的求知欲去干活了。

　　乔九最后看了看谢凉等人离开的方向，这才往回走，目光触及郁郁葱葱的树林，思绪有点飘。

　　通天谷这个名字是百年前就有的，他曾看过相关的记载。

　　据说通天谷里有一群隐居者，武功虽然不高，但都身怀绝技。他们世世代代住在谷里，轻易不入世，可若一旦入世则必将救世，因此人们便把这里取名为"通天谷"。

　　这只是传闻，他原本没有在意，直到今天看见谢凉他们才猛地想起这一茬。而且"通天谷"是外界的称呼，谷里的人并不知晓，恰好和他们的情况对上，就是不知道他们是不是真的来自通天谷。

　　他带着这点好奇心回到原地，打算逼某人当众喝尿，谁知对方已经溜了。

　　他遗憾地暂且饶过对方，先去办自己的事，等到忙完入夜，有关谢凉他们的消息恰好传了回来。

　　他问道："他们到知春镇了？"

　　手下道："是。"

　　乔九道："去春泽山庄了吗？"

　　知春镇上唯一的帮派就是春泽山庄，而春泽山庄最近又恰好倒霉，双方若撞在一起，有可能会弄出事。

　　手下道："没有。"

　　乔九道："那他们在干什么？"

　　手下嘴角抽搐："围成圈，啃树皮。"

　　乔九："……"

003.

　　谢凉一行人正在吃野菜。

　　来的时候路况不佳，车开得慢，好在没人追杀他们了，倒也不急。

　　窦天烨在途中设想了几种他们可能遭遇的状况，表示不少作品里主角去到的世界都是看过的小说、动漫或游戏，然后拉着他们回忆往昔，试试能否记起"通天谷""知春镇"等名词，结果被谢凉一句"我们不是主角"给泼了冷水，这才老实。

观光车于傍晚抵达知春镇。

镇子似乎不大，建筑风格和古装剧里差不多，淳朴而宁和。

谢凉他们本想找个好心的人家借住一晚，但是很邪乎，小镇的人看见他们就跑，上前礼貌地敲门吧，人家压根不给开，有两家在他们敲门时竟还传来了抽泣声，仿佛他们能吃人。

这就很让人为难了。

路上行人快速跑干净了，眼见天色已晚，他们没敢深入，免得把这些良民逼急了围攻他们，便在小镇外找了个犄角旮旯，打算先在车上凑合一晚，白天再试着找人打听情况。

几人窝在车上，肚子轮着叫。赵哥想起认识两三种野菜，便带着他们挖菜，然后到附近的河里清洗。窦天烨随手撕了几块树皮，也仔细地洗干净，拿起咬了一口。

其余几人："……"

这人吃错药了，突然这么凶残！

窦天烨呸呸了几声："真难吃！"

其他几人："……"

这不废话吗！

窦天烨对上同伴诡异的眼神，说道："那啥……古装电视剧里不是总说没饭吃啃树皮嘛，我就想尝尝什么味儿，也许水煮完了会好点？"

谢凉诚恳地建议："也许你可以再挖点树根？"

窦天烨道："……我还是先吃野菜吧。"

话虽如此，他还是把那几块树皮带上了，大概是想没野菜吃的时候拿出来煮一煮。谢凉不知道他脑补了什么东西，懒得理他，洗完菜便回到了车上。

乔九派来盯梢的人离得远，从他那个角度只看见窦天烨把野菜和树皮扔在中间，接着几个人围成圈开始啃。那人顿时震惊，表示长这么大还没见过生吃树皮的，于是把消息传了回去。

乔九在那边沉默了一下，只一下午的工夫，谢凉他们就这么惨了？还是说有特殊爱好？

手下无语地复述完，补充说除了树皮还有几根野菜，问道："要帮吗？"

乔九道："不帮。"

手下不解。

九爷明明对那几个人挺感兴趣的，为何不仅放走了人，还打算冷眼旁观？

乔九摆手让他下去，不欲多说。

他只想弄清那几个人是不是来自通天谷，如若不是，他的兴趣也就到此为止了。

谢凉坐在车上咽下最后一口野菜，沉默地看着面前的几个家伙。

可能是丧到了一定程度，落到这般田地也没人抱怨，反而都吃得很香。

眼线男不哭了、棋手不走神了、司机不叹气了、宅男也不凄苦了……估计宅男是最开心的，因为这种事很符合二次元的风格。

就唯独坑了他。

他今天脑子是不是被门夹过，写完论文睡一觉多好，散什么心！

方延比较敏感，抬头对上他的视线，问道："怎么了？"

谢凉道："讨论一下目前最要紧的事。"

几人道："什么？"

谢凉道："没钱。"

窦天烨道："古代有当铺，咱们当点东西啊。"

"嗯，就是还不确定这镇子有没有当铺，我问了赵哥，车的电快用完了，如果去大城市，半路肯定没电，而且大城的城门很可能有官兵看守，咱们开着车搞不好进不去。"谢凉道，"所以我的想法是，要是明天找不到当铺，就找个有钱的把车卖了，你们觉得呢？"

几人一怔："卖车？"

谢凉道："车不能充电，留着没用。咱们得弄个房子，还得吃喝拉撒，什么都得花钱。"

江东昊保持沉默，没意见。

方延看了一眼赵哥，担心他会不乐意，要把车当成私有物自己卖了，不过好在赵哥是真实在，而且看样子早就知道卖车的决定。

方延放心了："我也没意见。"

几人便看向正在思考的窦天烨。

窦天烨道："你们看过《数码宝贝》吗？他们最后就是坐车回去的。"

谢凉道："那你是还想回去，亚古兽？"

窦天烨被这深沉的问题问住了。

沉默两秒，他摇摇头，然后关心地问了一句："我是不想回了，但你呢？你不想吗？"

几人于是整齐地看向谢凉。

谢凉毫不犹豫："我想。"停顿一下，他继续道，"但咱们得现实点，现在折回去，车一样没电，不如卖了。"

他比窦天烨更早想过坐车是否能回原世界，可光想有用吗？这事本就邪乎，还不知能不能再来一次呢。再说他们根本不清楚树林那里的情况，贸然往回冲或许会有危险。

最重要的是，这群人不一定想回。

因此综合利弊，卖车是最好的选择。

窦天烨很是佩服，安慰地拍了拍谢凉的肩，毕竟不是所有人都像他这么冷静。

方延紧随其后也拍了拍他的肩，给予兄弟的关怀。赵哥同样把手放在谢凉的肩上，握了握，给了一个长辈的宽慰。江东昊不善表达，只沉默地注视他。

谢凉眯起眼，不爽地盯着他们。

"……"窦天烨等人纷纷收回了手。

卖车的事敲定，几人便开始讨论价钱。

他们对这个时代的货币价值没有研究，只有窦天烨在各种作品里"见多识广"，想了半天才不确定地说，古代老百姓好像一年只花几两银子。

于是他们把价格定到一百两，接着看了看其他物品。

然而他们带的东西实在是有点少，几人暂时舍不得卖手机，商量一番后还是决定先卖车，便满足地睡了。

谢凉在睡之前总觉得有些不乐观。

古人不认识观光车，谁肯花一百两买个这玩意？除非他们能遇见地主家的傻儿子。

事实证明他没想多。

镇子很小，果然没有当铺。镇上的人依然见到他们就躲，谢凉觉得这样不是办法，打算装恶人，好歹抓一个问话。可惜没等找到落单的人，就见小镇尽头有座山庄。那门前用石柱托起一块横匾，上面龙飞凤舞地写着几个大字，气势磅礴。

谢凉几人只看一眼就冷漠地收回了目光，一个字都不认识。

好在说话能听懂，要是语言也不通，他们可咋活……几人顿时庆幸。

山庄的人可能是接到了消息，谢凉他们刚刚靠近，就见从里面出来七八个护院打扮的人，个个神色忌惮。

为首的管事疾言厉色："来者何人？"

谢凉看了看这架势，迈下车道："商人。"

门前众人愣住："……啊？"

下一秒，管事怒道："胡扯，别以为我们会信，告诉你们……"

"不得无礼。"

伴着这个声音，山庄出来一个青年。

青年二十多岁的样子，面色冷淡，穿着一袭青白锦衣，看着谢凉道："你们是商人？"

谢凉感觉这横竖都不像地主家的傻儿子，点点头，指着观光车："我们想卖这个。"

青年道："这是？"

"机关车，"谢凉翻出他们昨晚商量的广告词，"无须牛马拖拉，可自行跑动。"

青年道："价钱。"

谢凉道："一百两。"

没等青年开口，庄里又出来一个人。

来人肥头大耳，满脸油光，也是少爷的打扮，插嘴道："什么东西要一百两？"

这位倒是很像地主家的傻儿子啊，谢凉舒坦了，语气亲切了点："机关车。"

胖子有点忌惮地打量着他们，问道："你们可是外族邪教？"

谢凉觉得自己或许找到了人们怕他们的原因，说道："不是，我们是路过的商人。"

胖子又看了看他们，吩咐手下把机关车"拿过来"，接着见赵哥闻言发动了车，顿时吓得嗷嗷大叫往后跑，直到发现确实没危险才折回来。

因为丢了脸，他的脸色不怎么好看："这玩意要一百两？"

窦天烨赶紧道："对，比你们那个轿子和马车舒坦，真的。"

方延紧跟着卖力推销："而且还不用人力和马拉。"

江东昊道："嗯。"

谢凉见这"傻儿子"好奇了，便客气地请他坐上去试试。

然而胖子太尿，是让手下试的，等得到"挺好"的反馈，他才亲自过来。

窦天烨和方延热情地围着他，开始了商业吹嘘。胖子估摸他们应该不是外族的人，试着摸了摸椅子，胆子大了起来，挑剔道："一百两还是太贵。"

窦天烨道："世上只此一辆呢！"

胖子道："跑得过马车吗？"

窦天烨迟疑了一下。

昨晚赵哥科普过，观光车这点速度估计跑不过马，就是不知道能不能跑过马车？

他说道："不确定，没试过。"

谢凉补充："我们这个主要是舒适，不那么颠。"

"对的，"窦天烨道，"总之比人快就对了。"

胖子道："比人还快？"

窦天烨道："肯定啊！"

"扯吧……"胖子嗤笑，"你们少糊弄我，就这破东西还能跑过人？"

窦天烨急道："真的能！"

"那试试，要是真能跑过，我花二百两买，要是跑不过，你们十两卖。"胖子说着眼睛一亮，"哎，那就打个赌好了，你们敢吗？"

窦天烨等人的眼睛也是一亮。

赌就赌，你们对科技的力量简直一无所知！

窦天烨努力控制着声音，以免显得太激动："要是我们赢了，你真花二百两买？"

胖子道："当然，愿赌服输。"

窦天烨很高兴，询问地看向伙伴。

方延等人也觉得可以赌，于是看向了没表态的谢凉。

谢凉先是看看最先出来的青年，见他没有插手，便知道胖子能做主。

他下意识要点头，突然想起了乔九，顿了顿，认真思考了一会儿，说道："我们这个长距离更能看出优势，咱们从这里到镇口再折回来，一来一回。"

他指着护院："而且你们不能只出一个人，他们都算。"

一个美人邪乎，总不能所有人都邪乎吧？

胖子道："为何？"

谢凉道："因为我们的机关车能跑过大部分人，非常擅长长跑的人除外，所以人多公平。"

严谨！靠谱！

窦天烨等人顿时对谢凉竖起大拇指。

胖子摆手："随你，我就不信这东西能那么快。"

赌局说开就开。

谢凉他们没上车，站在旁边信心满满地给赵哥打气。谢凉顺便又想了一遍，觉得应该没有问题，便退到一旁让他们各就各位，喊了开始。

赵哥一踩油门，开着观光车疾驰而去。

身后一群护院跑了几步，脚尖在地上轻轻一点。

嗖，飞了。

谢凉几人："……"

车上的赵哥："……"

004.

好好的人说飞就飞，空气简直凝固了。

谢凉一行人石化地望着天空。

这一刻，他们眼前飞快远去的小黑影已经不是人了，而是迪迦奥特曼。

谢凉依然是最早冷静下来的，他一点点扭过头看向胖子："那是什么？"

话音一落，其他石化的人"唰"地也看过来，恨不得能在胖子身上盯出一个洞。

胖子莫名其妙："轻功啊，能是什么？"

听到果然是这个，几人集体发出一声"哦"，表情高深莫测，实则是被震丢了魂。

他们慢慢消化完，脑中再次切到同一频道——电视剧里演的轻功不都是骗人的吗，为什么这里竟然成真了？！

谢凉弄清了一件事，他总算知道乔九是怎么上的车顶了。

作为一个学过万有引力、加速度之类科学知识的人，他强迫自己专注当下，不抱希望地道："咱们说的是跑，怎么能用轻功？"

"不对吧，"胖子道，"咱们说的是机关车能否跑得过人，我又没说人要怎么跑。"

谢凉就知道是这结果，没再辩论。

窦天烨几人还在想刚才的事。

他们昨天没瞅见乔九用轻功，后来到了这里，人们一见他们就跑，纯良得不行，所以他们只以为到了古代，压根没想别的——再说正常人好好的谁会想这么玄乎的事？就是"见多识广"的窦天烨在这么短的时间里也没想到啊！

不过此刻听见谢凉的话，他们也顾不上重组世界观了，因为眼下有更要紧的事——赌局。

几人只觉嘴里发干，手指发凉，大脑发空，整个人都在变虚。

这可是二百两和十两的差距，那些飞走的不是人，都是白花花的银子！

但现在说什么也没用了。

几人忐忑地等待片刻，见小路尽头出现一个人影，是折回来的护院。

他们心都凉了，眼睁睁看着第二个、第三个护院出现，然后才是熟悉的观光车。

咦，等等！

一共八个护院，只要跑过一半的人就算赢，而且以他们了解的武侠知识看，大侠们走远路都要骑马，大概轻功也是耗费内力的，不能无限使用。赵哥还有希望！

这念头刚一闪过，他们就见第四名护院追过来超了观光车——轻功或许会耗内力，但人家可以在途中蓄力，等冲刺时再爆发。

观光车最终只超过了两名护院。

这当然是输了，谢凉他们没胆子反悔说不卖，忍痛接了十两银子。

谢凉目送胖子和那位旁观的青年回去，来到正在教护院怎么开车的赵哥身边，装作好奇的样子询问护院："我听说你们习武之人很厉害，随便扔块石头都能弄死人，是真的吗？"

护院道："是啊。"

谢凉不死心："我们没见过，能不能演示一下？"

窦天烨等人立刻紧张地屏住了呼吸。

护院见状，当他们是没见识的土包子，哈哈一笑说了声"好"，随即弯腰捡起一块小石头，手指一弹，轻松射进了旁边大树的树干里。

谢凉几人："……"

机关枪啊这是！

他们整个人都不好了，穿越到古代不悲摧，悲摧的是开启的是地狱模式。

谢凉镇定地多问了一句："我们是第一次来知春镇，不知这里是什么地方，几位大哥怎么如此厉害？"

"春泽山庄都不知道？"护院骄傲道，"我们可是江湖四大庄之一。"

棒棒的，他们竟然好死不死和一个江湖门派打赌。

谢凉深吸一口气，压下心头那点"自从遇见这群人简直是衰神附体"的悲愤，客套地与护院闲聊，套了不少信息，诸如某某门派、江湖第一××、有名的魔头……直到听见了有帮派一夜之间被灭门。

他们再次觉得有些不好。

这竟然真的是个武侠世界。

而且和他们所知道的没什么不同，都是"一言不合就弄死你"的风格，比武打架是家常便饭，要命的是人都很不科学，弹块石头是轻的，据说高手能一掌拍碎大石，那拍人还不跟拍豆腐似的！

"几块豆腐"愁云惨淡，半天都没开口。

等赵哥木着脸教完护院，他们赶紧离开了山庄。

谢凉扫了一眼窦天烨："亚古兽，现在想回了吗？"

"有，有点了……"窦天烨弱弱地道，顿了顿补充道，"其实可以往好处想嘛，武侠小说里那些人迹罕至的山洞都有秘籍，咱们学了就是大侠啊！"

谢凉道："让你杀人你也敢？"

窦天烨道："不一定要杀人嘛。"

谢凉道："那把人打残，你就下得了手了？"

窦天烨张了张口，沉默。

几人默默回到原先的犄角旮旯，围成圈，掏出了那可怜的十两银子。

面面相觑了一会儿，窦天烨首先没忍住，拿过来咬了一口。

其他几人："……"你有完没完！

窦天烨："咳，我就是……"

"知道，"方延没好气地打断他，"你是看电视里总这么干，想试试。"

窦天烨收获他一个白眼，机智地转移话题："接下来怎么办？"

谢凉已经调整好了情绪，答道："先找个落脚的地方，再想办法赚钱吧。"他说着叹气，"原本我是想实在走投无路就去少林当和尚，好歹能活命，现在看还是算了。"

其他几人心有戚戚："嗯。"

毕竟在武侠世界里，少林都扮演着重要角色，发生斗殴的概率很大，他们过去就是炮灰的命。

方延道："那找个小庙？"

谢凉道："小庙香火少，养不起太多人，不一定收。"

可能收了会更惨，整个庙里就那么点粮食，忽然多出五个人，不会干活只知道吃喝，长此以往，他们就是在逼和尚大开杀戒。再说那日子肯定清苦，活得也憋屈，谢凉潇洒了二十来年，不到穷途末路是不会走那一步的。

"这算最后的退路，"谢凉道，"真混不下去了，咱们就各自找个小庙吧。"

方延想想那个场景，吓得摇头："不会的，咱们这么多人还想不到办法吗？"

"对对对，"窦天烨想到要一个人漂着，也觉得万分凄凉，连忙道，"一家人最重要的就是整整齐齐。"

其余几人："……"

会不会说话！你女朋友劈腿，可能不单是因为你宅。

窦天烨毫无所觉，继续道："而且我们要不要入乡随俗取个帮派名？就算不混江湖，以后经商也得有商号吧，还有你们说，除了咱们会不会有别人也过来了？"

几人顿时一愣。

谢凉道："有可能。"

方延很激动："那咱们取个明显的帮派名，像电脑键盘什么的，把他们都招来。"

"你等会儿，还不知道他们人品怎么样呢，"窦天烨道，"万一他们心眼坏，见不得咱们和他们一样，要弄死咱们呢？"

谢凉道："那就取个隐晦一点的，既是现代物件，又能贴近武侠风格，让他们不能一下子就确定咱们的身份。"

几人道："比如？"

谢凉想了半天，说道："……敌敌畏。"

几人："……"

谢凉道："你们有更好的吗？"

几人也想了半天，摇头。

谢凉道："那就先这个，以后想到好的再改。走吧，去买块布。"

这两个话题实在风马牛不相及，窦天烨几人集体发出一个音："啊？"

谢凉道："你们回来的时候没发现，这里的人躲得不那么厉害了吗？"

可能是刚刚打赌弄得太鸡飞狗跳，也可能是他们和春泽山庄的人没有打架，百姓虽然还怕他们，但好歹不往屋里窜了。

谢凉有留意到几道视线，人们似乎有意无意地在向他们的衣服上瞅，方才在山庄时，那两位少爷也看了看他们的裤子。

他问道："古代露着裤裆是不是有点失礼？哪怕是骑射装，裤子外也有块布吧？"

窦天烨道："好像是啊……"

所以他们最好弄块布遮一遮。

镇子没当铺，但有卖布的，他们可以买块最差的凑合一下。

不过为了显得不那么失礼，他们决定去的时候也遮一遮。于是长发的方延套上了窦天烨的 cosplay 服，陪同的谢凉把江东昊和赵哥的 T 恤系起来挂在腰上，虽然 T 恤一黑一白，但勉强有了点样子。

窦天烨的 cosplay 服里就穿了条短裤，方延的牛仔裤小，他穿不了，只挣扎地穿了方延的粉 T 恤，蹲着用牛仔裤遮住重点部位，说道："你们快回来。"

方延道："知道了。"

他也不希望自己的衣服被别人穿，奈何他是唯一留长发的，更贴近这个时代的风格。

二人整理一番准备出发，结果刚迈出一步就僵住了。

只见远处的镇口，山庄的管事带着几个护院在不停地环顾四周，此刻对上他们的视线，带着人就冲了过来。

谢凉神色凝重，看向赵哥："车是不是没电了？"

赵哥蒙了："不知道啊。"

他当时也被这个世界震得不轻，压根没顾上看。

几人默默站在山庄的立场上想了想：耗费人力赢了赌局，本以为占了便宜，谁知他们前脚刚走，后脚车就不能动了，第一反应肯定是被骗了。

得罪一个江湖门派，那还有好吗？

一时间他们想到了不少惨烈的画面，"敌敌畏"刚成立，这就要被灭团了啊！

要脸吗？众人想，车上的东西随便拆一拆也比十两银子贵吧？

可和江湖人没道理可讲，窦天烨吓得直抖："跑……跑啊！"

乔九派来盯梢的手下找了一个香瓜，在衣服上擦擦，正要咬一口就看见了管事和护院，动作立即卡壳。

九爷只让他盯人，别的没说。

但人要是死了，他还怎么盯？

他正犹豫要不要救，便见远处树下的几个人"呼啦"撒丫子跑出来，暴露在了视线里。

一个身穿黑袍披头散发，一个腰上挂着一黑一白两块布，另外两个裸着上身，最后那个上面穿着粉衣，下面只裹块布头，手上抱着条裤子……整个画面非常之魔幻。

手下："……"

真不想救啊，九爷让他盯的到底是一群什么玩意儿？

005.

正常人跑得再快，又怎么快得过奥特曼？

再说这样一跑不是摆明了做贼心虚吗？

谢凉跑出几步就意识到这点，冷静地停住，顺便制止同伴，率先转身看向来人，开始思考对策。

管事对上他们的新造型，愣了一下。尤其当目光转到下半身几乎精光的窦天烨和两个上身赤裸的人时，他的表情简直难以言喻。

大概脑补了什么重口味的东西，沉默了好几秒，他才艰难地维持住正常的语气："几位公子，我们庄主有请。"

谢凉一行人也愣住了。

这么客气，难道不是车没电？

谢凉道："不知有什么事？还是不会开机关车？"

"这倒不是，"管事道，"是庄主见过机关车后，觉得我们表少爷坑了人，想请几位回去细问一下，再把钱给几位补上。"

嚯，要给钱？

一行人再次愣住，这年头的江湖人这么实在吗？

管事倒也人精，回过味便觉出了不对，疑惑道："不过几位公子刚刚跑什么？"

谢凉一直观察他的表情，确认应该不是车出了毛病，放心了，随口应付："我们正换衣服，见有人过来觉得不雅，就想躲躲。"

管事："……"

青天白日下这么裸着跑，难道就很雅了吗？

他明智地没有深究，等他们把衣服换回去，便把人请回山庄。

护院临走前看了一眼不远处的大树，见什么都没有，挠挠头，也跟着走了。

乔九的手下本想救人，却见管事不是要找麻烦，便赶紧躲了起来，好在反应快没被发现。

他吃了口香瓜压压惊，回想起方才魔幻的画面，不太明白那群人是想干啥，于是事无巨细地写在纸条上传回去，之后继续盯梢。

谢凉一行人重新回到山庄，这次被请进了大门。

山庄建得很讲究，雕梁画栋，亭台楼阁，典雅中透着庄重，古韵味儿十足。大概是江湖门派，院子里专门留了练武的场地。

观光车已经开了进来，胖子很稀罕，正在院子里开着玩。谢凉他们胆战心惊，生怕他开到一半没电，虽然能推到胖子身上说是他弄坏的，但就怕人家不讲理。

不过看庄主这要给钱的优良品德，应该不会为难他们吧？

他们默默思考，行至半路，见斜刺里突然窜出一个人。

来人也是短发，头发干枯发黄，上面挂着好几根布条，乍一看好似爆炸头上绑了脏辫。他脸上挂彩，身披长袍，领口大开，赤脚踩地，宛如日本浪人。

谢凉他们立刻被镇住了。

这一眼望去，他们愣是没看出他是哪国人。

因为才讨论过别人也有可能过来的事，他们都怀疑这人是同乡。此刻见他双眼发直地盯着他们，便觉得可能性更大了。

谢凉试探道："哈喽？"

窦天烨道："空尼其哇[1]？"

江东昊冷淡道："啊你哈塞哟[2]？"

方延咬着手指："萨……萨瓦迪卡[3]？"

"日本浪人"没有开口，继续死死地盯着他们。

管事奇怪地看了一眼谢凉他们，暂时没理会，主动迎上了"日本浪人"。

这时不远处又跑来一群人，哗啦啦也冲向"日本浪人"。浪人终于有了反应，嗷嗷大叫抱住旁边的树，紧接着被一群人按住，飞快地抬走了。

谢凉等人："……"

窦天烨脸都白了，魂丢了一半，颤声道："你们说会不会庄主也是穿越的，见不得别人穿越，所以看见观光车就把咱们骗了回来，打算关着或虐待咱们。你们看这不就弄疯了一个吗？"

其余几人和他想的差不多，脸色也不好了。

管事折回来，见他们似乎被吓到了，叹气道："那是我们小少爷，最近得了失心疯。"

窦天烨露出一个比哭还难看的笑："哦，你们高兴就好。"

1　空尼其哇：日本语"你好"的音译。

2　啊你哈塞哟：韩国语"你好"的音译。

3　萨瓦迪卡：泰国语"你好"的音译。

言下之意，什么小少爷，你们爱怎么说就怎么说。

我们小少爷失心疯，我们高兴就好？我们高兴个头！管事的手有些抖，但想起"不雅"事件，便放弃和他们沟通了，颤抖着带他们进了书房。

书房里只有两个人，一位是面带愁容的中年男人，另一位就是先前见过的那名青年。

二人见他们进门，便从座位上起身，青年还亲自往前迎了几步。

谢凉意外地挑眉。

这个态度显然是有事相求，难怪要补钱啊。

"在下石白容，这位是家父，"青年率先开口，"方才我表弟和诸位的赌局让他们用了轻功，有些胜之不武，一会儿我让管家把钱补上。"

谢凉不愿多待，直言道："你们有事就说。"

石白容道："不知几位从何处来？"

谢凉自然不会告诉人家他们现在无依无靠，便说道："你先说事吧。"

石白容静了一下，没有坚持，问道："公子可知江湖四庄有个百年不变的规矩？"

谢凉道："不知。"

石白容便为他们详细解释了一遍。

二百多年前，四庄的人受了一位侠客的大恩。可以说没有那位侠客，就没有后来的四庄。当时的四位庄主感恩不已，为恩公雕了座等身像，立在神雪峰上，打算每年过去吃斋念佛地守半个月为恩公祈福。后来不小心被恩公知道，本想阻止，奈何四位庄主诚心想拜，双方讨价还价一番，改成了每五年去一次。

今年恰好又到了一个五年，还有一个月就是四庄相约的祈福日。

按照规矩，祈福的人选要提前三个月交给这次牵头的山庄，倘若那人临时有事去不了，则要亲自找好替代者，再告知山庄一声，原因是有可能出门在外来不及联系家里，为表诚心就强调了"亲自"二字。若是意外身亡，则是另外的说法了。

谢凉道："所以？"

石白容无奈道："今年春泽山庄定的人是舍弟。"

谢凉几人："……"

哦，那个疯子。

石白容道："舍弟十岁被送去飞星岛习武，每年只回来一次。今年他恰能出师归家，父亲便定了他去祈福，谁知半月前他却得了失心疯。"

他微微一顿，干脆细讲了一遍。

这算是最近江湖上发生的大事了，春泽山庄天赋惊人的小少爷回家路上突然失心疯，众目睽睽下一路疯着被抬了回去。因飞星岛不在中原，外面便都传他是得罪了外族邪教，被算计的。

谢凉几人沉默。

难怪百姓见到他们能吓成那样，原来是都见过小少爷的惨状。

谢凉脑子一转，明白这位找他们什么事了。

规矩里说要祈福的人亲自找好替代者，那位少爷是半路疯的，疯后肯定无法找人，只能是疯前"未雨绸缪"定的人。换言之就是飞星岛那边的人——也就是中原外的人，谢凉他们的形象恰好符合这个要求。

果然，石白容很快进入正题。

二百多年前，四庄情同手足，可人心易变，他们现如今已不似当初那般亲密了。

近年来春泽山庄与秋仁山庄略有嫌隙，秋仁是这次的牵头山庄，春泽这边要是随便找个人替代，怕是要被刁难。

而谢凉他们巧就巧在来的一路上百姓们都看见了，哪怕秋仁的人来调查，也无法证明他们是春泽山庄凭空弄出来的人，反而会得到很多关于"他们奇装异服"的证词，更加证明这是他弟弟的朋友。

谢凉道："可我们是中原人。"

武侠世界排外性那么强，一个不小心就要被打成邪教，他得提前做个预防。

"那更好，"石白容道，"公子可以说去过飞星岛附近的村子，便是那时与舍弟结识的。"

谢凉沉默不语，开始思考这件事的可行性。

石白容补充道："我们也不会白让公子帮忙。祈福后，除去补足的那一白两银子，我们会另付一百两的报酬。"

吃斋念佛半个月，就能赚二百两？

窦天烨等人齐刷刷地以询问的目光看向谢凉。

谢凉道："给我三天时间考虑。"

石白容道："好，那几位这三天就住下吧？若是不信在下的说辞，可以去看看舍弟。"

谢凉点点头，又和他们聊了几句，便被带着去了客房。

窦天烨等人纷纷进了谢凉的房间，有些迟疑："真住下？要是他们心怀不轨骗咱们呢？"

谢凉反问："那他们心怀不轨想强留咱们，咱们跑得掉？"

窦天烨等人："……"

这倒是啊！

谢凉道："所以先住下，我这三天想办法弄清真假再做下一步打算。"

一行人于是就此住下。

他们本想近距离看看那位疯子，但人家喝药睡了，直到晚上都没再露面，他们只能等明天再看。

一天便这么相安无事地过了。

转天，谢凉是被一阵吵闹声惊醒的，他猛地坐起身，听见外面的嘈杂，急忙下床出门。

刚来到院子，就见窦天烨、方延和赵哥也恰好出来。

一个家丁打扮的人见状快速跑向他们，一脸惊慌失措："公子你们快去看看你们那个朋友！"

谢凉一眼扫过几个同伴，知道说的是江东昊。

他们跟着家丁赶到假山，抬眼一望，只见江东昊正绷着脸站在假山上，眼神呆滞，一动不动。

窦天烨的脸"唰"地又白了："我就说他们不怀好意吧，才一晚上过去这就疯了一个！"

江东昊听见了他的声音，转动眼球看看他们，慢吞吞爬下假山，一语不发，越过他们走了。

窦天烨和方延一脸惊悚地目送他："怎么办？他这是什么情况？"

谢凉总觉这模样似曾相识，去打听了一圈，心力交瘁地回来了："没事，问了管家，他昨晚不知怎么和那个石白容遇见了，两个人下了一晚上的棋。"

窦天烨不解："所以？"

谢凉道："他，一局没赢。"

窦天烨几人："……"

这什么毛病，输了就爬山，没真山就爬假山，我和我最后的倔强吗？

管家不知他们是什么意思，只觉那位公子的状态和小少爷生病后一样一样的，生怕是因为山庄惹了不干净的东西，吓得不行："他……他这……要不要让大夫看看？"

"不用，"谢凉心累道，"他有点残疾，多多包涵。"

"啊，残疾？"管家惊讶，"这看不出来啊，哪儿残？"

谢凉道："脑子。"

也只有脑子有问题的人，才干得出大清早爬人家假山的事。

006.

这天早晨，江东昊毫不意外地没有出现在饭桌上。

谢凉估摸他要么是在思考，要么就是在补眠。

老好人赵哥不放心，拿了点吃的去看他，结果很快就回来了，说他在睡觉。谢凉几人便不再管他，坐在饭厅等着开饭。

相比之下，同样一晚没睡的石白容一点倦意都没有，仍是那副淡然的模样。

他早晨先去看了看弟弟，接到江东昊的消息时人家已经爬下了假山，便只能在吃饭时关心地问了一句："江公子还好吧？"

谢凉道："嗯，他喜欢爬山。"

石白容道："听说他有些不对劲？"

"没事，他每次站在山上都那样，可能曾在山上受过重创，"谢凉随口胡诌，"你们不用理会，他的坎儿只能他自己过。"

石白容点点头："我昨夜观他的棋步便觉他心性坚韧，落子很有灵气，假以时日必成大器。"

是哦，前提是成大器前他不会先把自己憋死。谢凉几人整齐地回了一个谜之微笑，不想多谈。

这时庄主恰好进门，接着饭菜被一一端上了桌。

谢凉看了一眼庄主。

这庄主依然是一脸的愁容，话极少，基本都是石白容在和他们聊。不过可以理解，小儿子突然这样，换谁心里都不会舒坦。

庄主察觉到他的视线，动动嘴唇似乎想说些什么，但话到嘴边又咽了回去，对他点了一下头算作打招呼，然后伸手扒饭，神色越发愁苦。

谢凉心思一转，随便找了一个话题想和庄主聊聊。可是很诡异，连续三次都是石白容接的话。三次后他就不试了，免得"知道太多"惹祸上身。

倒是庄主看见他的神色，怕他在这个节骨眼上多想，主动解释道："谢公子莫怪，我最近不便开口。"

谢凉还没接话，窦天烨就好奇了："为什么？您嗓子好像没事啊？"

"是没事，"石白容无奈道，"是舍弟的病来得太莫名，我们便找到天鹤阁想要细查。除去定金外，乔阁主开的另一个条件是，要家父一个月内每日只能说十句话。"

庄主点头，眼底带着点悲愤。

谢凉几人："……"

江湖上真是什么人都有。

窦天烨道："他为何提这条件？"

石白容干咳一声，见父亲并不反感，措辞道："家父他……平时很喜欢和人闲谈，加之舍弟生病一时心急，那天和乔阁主说的话便有些多。"

哦，说白了就是话痨呗？

让一个话痨一天只说十句话，那阁主也是有才。

窦天烨和方延反应了一下，不约而同地望向谢凉。都这么可怜了，结果一大早就被你浪费了一句，你有罪啊！

"嗯……"谢凉镇定地转移这俩人的注意力，看着石白容，"那阁主姓乔？乔什么？"

石白容道："乔九。"

谢凉几人："……"

石白容将他们的表情尽收眼底，诧异道："怎么，认识？"

谢凉道："见过一面，当时不知道他的身份。"

乔九是他们来这里后认识的第一个人，且貌似活得挺张扬，他便多问了一句，没想到真是那位阁主，他于是好奇地问了问天鹤阁的事。

不过大概是有些忌惮，石白容说的不多，只道天鹤阁是买卖消息的地方，春泽山庄这次买的便是自家小少爷得病前发生的事。

谢凉见石白容不太愿意评论乔九这个人，便识趣地没有再问，边吃饭边回想乔九那肆无忌惮的腔调，心想这倒像他干的事。

此刻被讨论的乔阁主刚接到手下的消息。

他最近有事要办，并没回他的云浪山，所在地距离知春镇不算太远。

看完纸条上的内容，他笑道："春泽山庄这是要找他们帮忙。"

心腹道："秋仁山庄肯干吗？"

乔九道："除非他们能查到谢凉他们的来历，不然就得认。"

心腹应声，琢磨着纸条上让人差点看瞎眼的画面，推测道："他们那么折腾，是不是想去买衣服？"

"应该是，"乔九笑着起身，"这事等和他们混熟就能确定了。"

心腹一愣："您是说……"

乔九道："不是接了春泽山庄的生意吗？我跟过去查查。"

心腹道："您亲自去？"

乔九道："我闲。"

闲什么闲，果然还是对那伙人好奇吧？心腹没敢戳破他的心思，任劳任怨地给他收拾行李。

早饭后，谢凉他们终于又见到了那位小少爷。

他被伺候着洗了漱，虽然衣服又被弄得有些乱，但样子比昨天好多了，至少不像浪人了。

窦天烨主要关心了一下他的短发，很快在家丁的口中得知，是被他自己烧的。

方延谨慎地凑近细看，对谢凉他们点点头，意思是确实像烧的。

所以果然是疯子？窦天烨有些不死心，拉着谢凉他们想多观察一会儿，这时家丁恰好把药端上来，小少爷或许是最近喝得有点多，闻见味道便不开心了，挣扎间一掌拍在了桌上。

"砰！"

桌子成了木屑。

家丁脸色微变："快快快，小少爷的内力又冲开了！"

"快去叫大少爷，免得小少爷失手伤人！"

谢凉一行人扭头就走。

妥了，神技一出来什么都妥了，这么不科学的人绝对不会是小伙伴。

谢凉确认完疯子的事，第二件事便是以"打算做些别的生意"为借口，提出要去离这儿最近的大城摸摸行情，见石白容给他派了两个护院，便带着走了。

窦天烨和方延凑热闹地跟着他，暗中对他比了一个大拇指。

谢凉懒得搭理他们。

这两个人显然是觉得"趁机去大城里打探消息"的主意不错，但其实在石白容肯痛快地放行时，他基本就有谱了。

事情如他所想。

进城后，谢凉并不刻意找人询问春泽山庄的事，只是以商人的姿态随便看看，然后找几个茶楼酒馆坐坐，或在路过茶棚时走慢些，自然而然便听到了不少东西。

几个地方是随机挑的，石白容又不知他今日会进城，提前安排这些人在大庭广众之下给他演戏的概率太低，因此去神雪峰祈福的事看来是真的，那位小少爷发疯的事也确实闹得挺大，不少人都在说。

他简单买了点特产，天黑前赶回了山庄。

赵哥留下陪江东昊，没跟着去城里，这时正在凉亭里长吁短叹地灌茶水，因为江东昊一脸冷峻地坐在他对面，后背绷得笔直，脸上呆滞又肃穆，状态严重不对。

谢凉拎着特产迈进去，问道："还没缓过来？"

赵哥叹气："中午睡醒吃了两碗面，又和他们大少爷下了几盘棋，就成这样了。"

谢凉很欣慰，看来"脑残"自己也回过味来，觉得早晨的行为不妥，竟生生抑制住了爬假山的冲动。挺好，有进步。

他正要夸，只听窦天烨问道："这次没爬山啊？"

赵哥道："假山上有他们小少爷。"

"……"谢凉咽下跑到嘴边的夸赞，把特产放在桌上，彻底无视某人，示意他们围过来谈正事。

首先，结合乔九先前说的那些信息和这不科学的武侠世界，基本能确定这是他们没听过的朝代，用窦天烨的话说就是类似于架空；其次，他今天在城里听了一天八卦，确定石白容没有骗人，等这几天敲定细节，这活就可以接了；最后就是上山祈福只需要一个人，为了避免被另外三家的人套话，谢凉会亲自去。剩下的人要做的就是尽可能地收集情报，以便挑个安全系数高的地区安家。

谢凉见他们没意见，示意散会，去厨房找了点吃的就回房了。

临睡前他在脑中过了一遍这两天的事，虽说有些不如意，但整体在往好的方向发展，勉强接受。

他睡了一个踏实觉，第二天睁开眼，一片岁月静好，只是身边躺着一个人。

这人侧身对着他，单手支着头，一双眼睛熠熠生辉，十分漂亮，此刻见他看过来，便扬起一个迷人的微笑。

乔九："巧，又见面了。"

谢凉："……"

007.

谢凉第一次见乔九，就觉得他长相不俗，很让人惊艳；第二次是在车顶，觉得他肯定不好惹。后来在石白容那里听到天鹤阁的事，猜测他在江湖中的地位大概不低，且活得很肆意。

而第三次……就是现在，在床边。

谢凉觉得说他肆意妄为都是轻的，这简直不是个正常人。

正常人谁会在和别人只见过一面、只说过几句话后，再见面就毫无顾虑地爬人家床？

爬就爬了，他还能没事人似的寒暄打招呼，还"巧，又见面了"，真有脸说，他以为这是在大马路上吗？

当然，有意的除外。

但谢凉横看竖看，都不觉得这位主有什么特殊的意图。

可打又打不过，他克制地咽下嘴里的脏话，干脆也客套了一句："是挺巧，早啊。"

乔九眉梢微扬。

他想过几种谢凉会有的反应，也做好了在谢凉大叫时点穴的准备，不过饶是他的猜测里包括"谢凉会冷静对待"这一种，也没想到谢凉能面不改色地道声早。

乔九笑了："早。"微微一顿，体贴道，"看你好像还有点困，要不再睡会儿？"

谢凉道："不了。"说完撑起身，和气地反问，"乔公子困吗？要是困就再睡会儿。"

乔九见他淡定的神色不像装的，觉得这个人有点意思，笑道："我也不困。"

说完这句，他一撩床幔，利落地下了床。

谢凉这才注意到他只沾到了床边，且脚搭着床架连鞋都没脱，心思一动，猜测他可能是为了躲人，终于问了那句在正常情况下应该问的话："乔公子怎么会在我的床上？"

乔九道："赶了一夜的路有点累，看你没醒就借你的床歇会儿，反正大家都是男人，无所谓。"

成吧，你说什么就是什么。

谢凉腹诽一句，下床穿好衣服，走到桌前给彼此各倒了一杯水，问道："那乔公子是特意来找我的，还是路过？"

乔九打量了他一眼。

谢凉他们住进春泽山庄后便换了中原人的衣服，估计是还不习惯，那长袍的领口有点乱，但不显邋遢，被他随性的样子一衬，反而透出了几分潇洒。

他笑着走过去坐在谢凉对面："来找你。"

谢凉道："有事？"

乔九道："你们是不是要去神雪峰祈福？"

谢凉道："是。"

乔九看着他："我觉得你缺个书童。"

谢凉一怔："书童？"

乔九伸出手，指了指自己。

谢凉默默反应了一下，猜测道："为了查他们小少爷的事？"

乔九笑道："哦，你知道？"

谢凉道："听石公子说过，你们查到线索了吗？"

"没有，"乔九道，"但他突然发疯，确实有些蹊跷。"

而且选的时间很讲究，若不是对人，那就是对事。对人这条线有他的手下在查，对事这边他决定亲自来盯。如果幕后主使是为了破坏春泽山庄的祈福，见他们找了替代的人，或许会再出手。

谢凉也想过这种可能，他的安全问题恰好是他最近要和石白容敲定的细节之一，但现在乔九毛遂自荐……

他问道："乔公子武功如何？"

乔九自信地一笑："难逢敌手。"

谢凉喝了一口水，继续问："随行这事石公子知道吗？"

乔九摇头："事没查清前，知道的人越少越好。"

谢凉听到这一句，基本能确定他是偷偷摸进来的了。

既然能躲过那些护院，武功应该比石白容的人厉害，只是这里有个大问题。他打量乔九的身材，说道："乔公子的样子不太像书童，容易引起怀疑吧？"

乔九道："我可以缩骨易容。"

"……"谢凉道，"那我没问题了。"

和聪明人说话就是省时省力，乔九笑了一声，与他约定好见面的时间地点便起身告辞，临走前想起一件事，他回头提醒："你那位姓江的朋友可能出了点事，你最好去看看，在假山那边。"

他是天蒙蒙亮到的山庄，原本要跃过假山，却见山上直愣愣地站着一个人，便无奈改道，也因此被护院察觉了一点动静。好在护院没有瞧见他，只是疑惑地到各处看了看，他于是便进了人家的屋。

不过他承认，有一部分原因是他一时恶趣味，想看看谢凉的反应。

"哦，他啊，"谢凉估摸这又是下了一晚上棋的结果，面无表情道，"如果是在发呆那就没事，不用管他。"

乔九便没再管，转身走了。

谢凉慢慢喝完一杯水，等到开门出去，乔九早已不见踪影。他走到假山一看，见江东昊果然站在上面。

家丁们大概得了吩咐，这次没有大惊小怪，并且刻意降低了扫地的声音，以免耽误人家"过坎"。两方一个低调干活不言不语，一个静默呆滞魂不附体，整个画面既诡异又和谐。

谢凉淡定地路过，假装什么都没看见。

这天早晨江东昊又一次没出现在饭桌上，石白容依然在，就是有些抑郁。

谢凉对此很理解，江东昊好歹补了眠，这位少爷可是生生熬了一天两夜，也是蛮缺心眼儿的。

他本想和石白容敲定一些细节，但饭后听他说要回房待一会儿，便体贴地让人家先休息，自己去找了庄主，表示还要去城里转转。

窦天烨和方延习惯性地跟着他，奇怪道："怎么还去？"

谢凉道："想转转。"

窦天烨道："好啊，那我们也去。"

"不用，我转一圈就回来，"谢凉眯起眼，"你们盯着那个家伙，等他睡醒了拦住他，别让他再找人家下棋了，我得谈正事。"

窦天烨和方延点点头，表示一定做到。

谢凉这才放心地进了城，按照和乔九的约定走到城内最大的酒楼前，看见旁边围了一圈人，几个声音不时从里面传出来。

"我出五十两！"

"六十两！"

"八十两！"

人们听得倒吸气，纷纷咂舌，围观的人越来越多。

谢凉费力地挤进去，见一个大汉站在中间，身边立着个少年，少年头上插了一根草，意味着要被卖。

他看向少年。

这少年长相可爱，十五六岁的样子，在他看过去的同时恰好望过来，一双眼睛熠熠生辉，漂亮得不行。

谢凉："……"

缩骨加易容，这简直就像重投了一个胎，竟能不科学到这种程度？

大汉被临时叫来贩卖他们家九爷，感觉吃一车香瓜都没办法压惊，此刻见谢凉终于现身，急忙问道："公子要买吗？"

乔九也定定地看着他，神色里带出一丝祈求："公子，把我买了吧！"

谢凉道："多少钱？"

旁边立刻有人接口："已经喊到八十两了！"

"哦，"谢凉道，"我没钱。"

008.

话一说完，不远处一个富态的中年男人便不耐烦地道："没钱你捣什么乱？"

"没钱就不能问了？"谢凉笑道，"人要有梦想嘛，万一实现了呢？"

"什么乱七八糟的，梦想和这事有个屁的关系……"中年人见谢凉眼生又是短发，摸不准他的来历，这话没敢说得太大声，只咕哝了一句，紧接着环视一周，"我出到八十两了，还有人叫价吗？"

周围的人一时迟疑。

中年人见状得意，看向大汉："行了，你弟弟我买了。"

大汉简直想哭。

原以为今日只要带九爷往这里一站，等着谢凉领走就好，谁知九爷弄的这张脸太令人瞩目，迅速吸引了一群人，以致价钱一路涨到了八十两。最要命的是谢凉那边没有钱，这可怎么办，今天要把九爷砸手里卖不出去了吗？

中年人见他沉默，不高兴地道："怎么，八十两还不够？你想要多少？"

大汉憋屈地不知道说什么，只能看向"弟弟"，问道："你愿意跟他走吗？"

乔九怯生生地看了一眼中年人，低声道："我不……不愿意。"

中年人气笑了："我还是第一次见这么卖人的，他要是一直不愿意，你是不是就不卖了？"

"都说了人要有梦想，"谢凉察觉乔九时不时投来的视线，终于不再看戏，掺和了进来，"这不是钱的事，你没见我才来没多久，他们就问我是否买人吗？这就是我与你的区别。"

中年人不痛快："什么区别？"

谢凉认真道："我比你正派。"

中年人："……"

"你花大价钱抢人，想干什么自己心里清楚，"谢凉道，"我看这兄台很疼他弟弟，应该是被逼到绝境了才走这一步的。既是如此，自然宁愿少得点钱，也希望弟弟能有个好去处。"

周围人听得点头，都觉得有道理。

谢凉不理会中年人涨红的脸色，继续道："这小兄弟刚才想让我买，那便跟我走吧，给我当个书童。"

旁边有人不由得道："可你不是没钱吗？"

谢凉淡定道："我只是今日没带钱。"

众人见他穿着一袭霜色带金边的长袍，身后还跟着两名护卫，估摸他是哪家的少爷，又见那少年摘掉头上的草到了他身边，知道买卖成了，便很快散了个干净。

大汉看得一愣一愣的，还以为要砸在手里，谁知谢凉几句话就峰回路转了，难怪九爷要卖给他啊。

谢凉告诉大汉晚上去春泽山庄拿钱，把人打发掉后便在城里转了转，毕竟他出来的借口就是转转，太早回去容易让人起疑。

乔九紧紧地跟着他："公子，我们去哪儿？"

谢凉道："找个地方吃饭。"

乔九拆台："可你没带钱啊。"

谢凉一脸温柔："你看，我把你卖给刚才那个人，这不就有钱了吗？"

这么恶毒吗？两名护卫脸颊一抖，迈出的步子顿了一下。

乔九不为所动，顶着那张可爱的脸，笑得天真无邪："你不会的，我相信我看人的眼光。"

一般人听见这话，八成会问一句"你觉得我是什么样的人"。但谢凉没有，他是顺着话题走，点点头："我懂，谁让我长得太好，你愿意追随我也在情理之中。"

两名护卫一齐望向少年。

乔九眨眨眼，没等开口，只听谢凉一本正经地教育道："不过你以后在我身边老实点，好好干活，收起不必要的小心思。行了，就在这里吃吧。"

他瞥见一个人多的路边摊，率先进去坐下，顺势截住乔九后面的话，感觉早晨被卡的那口气终于畅快了。

乔九挨着他坐好，环视一周："这里有什么吃的？"

"有什么就吃什么，"谢凉心想，反正无污染无添加剂，绿色环保吃了没病，他看了一眼某人，慈祥道，"尽管吃，别担心钱的事，实在不行少爷我就把你抵给老板，在旁边看着你给他洗一天盘子，再带你回去。"

乔九因着刚才口头上落了下风，本想多加点肉的，闻言立刻老实，不再作妖。他觉得这事谢凉干得出来，说道："那少爷你点吧。"

谢凉满意地点了四碗面，等着开饭。

乔九看了看谢凉，对他有了新的认知。

毕竟要一起待将近一个月，他得先弄清谢凉的性格，所以早晨故意没提钱的事，想看谢凉怎么办，结果谢凉轻描淡写地就处理了。他把早晨到现在的事过了一遍，暗道谢凉淡定是淡定，倒也不是真的没脾气。

四碗面很快上桌。

谢凉低头吃饭，耳边听着各种八卦。这些料和昨天听到的没什么不同，人们依然在关心春泽山庄发疯的小少爷，讨论他能否赶上祈福日。

"听说请了悬针门的人来看病，他们应该快到了。"

"那也够呛能赶上，你们不知道，我那天亲眼看着他被抬回去的！"

"哎，快说说！"

几人于是开始八卦那天的场面惨烈到什么程度，说着说着扯出了秋仁山庄。

"我听说白虹神府和秋仁山庄近来走得很近，可能要议亲。"

"真的假的？不是都说白虹神府要招女婿入赘吗？秋仁的少爷肯去？"

"这有什么不肯的？那可是白虹神府！"

"说得也是啊……"

谢凉默默吃完一碗面，整理了一下他掌握的新料——

第一，白虹神府很厉害，势力貌似也挺大；

第二，白虹神府可能要和秋仁联姻，秋仁被选中联姻的少爷这次也要去祈福；

第三，他很可能会在神雪峰那边见到白虹神府的人。

他放下筷子擦擦嘴，等护卫和乔九都吃完，便结账走人。

一行人又在城里随意转了转，这才回到山庄。

刚迈进小院，谢凉便见一群人正围着观光车，胖子的声音很是焦急："怎么样？怎么样啊？"

赵哥道："我还在看。"

谢凉微微挑眉，走了过去。

胖子买完这辆车，转天便离开山庄要去向朋友显摆，没电是必然的结果，他倒也厉害，看样子竟是硬生生把车推回来的。

老好人赵哥看着他的神色，有点愧疚，但为了避免麻烦，便磕磕巴巴翻出他们商量好的说辞，告诉他可能坏了，不确定能否修好，只能尽力一试。

窦天烨等人屏住呼吸，见胖子一点都没有起疑，顿时松了口气，觉得这一关过了。

精神放松后，他们这才发现谢凉回来了，窦天烨看见有个漂亮的少年总跟着他，问道："这谁啊？"

谢凉道："我买的。"

窦天烨"哦"了声，紧接着反应过来，声音高了八度："啥，你买了一个人？"

一句话把方延、江东昊和赵哥的注意力都吸引了过来。

几道视线齐刷刷地投在了少年身上，乔九抓着谢凉的袖子一点点挪到他身后，怕生地躲了起来。

谢凉的眼角微微一抽。

片刻后，一行人迈进谢凉的房间，听完了事情的经过。

简单讲就是一群人对少年不怀好意，少年向他求助，他看着可怜就买了，反正以后经商也是要帮手的。

窦天烨几人点头，觉得他做得对。

方延好奇道："多少钱啊？"

谢凉道："二两银子。"

几人唏嘘不已，二两银子就能买一个人，这世道人命真不值钱啊。他们见少年握着杯子沉默不语，觉得蛮可怜的，纷纷安抚地摸了摸头。

乔九："……"

谢凉："……"

谢凉假装什么都没看见，见江东昊听话地没找人家下棋，便去和石白容敲定细节，等到谈好回来，屋里就剩下乔九一个人了。

他把从管家那里要来的钱袋递给乔九，说道："定了后天出发，我看看天色，你哥应该快来了，给他送钱去吧。"

乔九颠了颠，感觉分量挺重，忍不住解开绳子打开，发现是一袋小石头。

真大方，他笑了一声，忽然觉得谢凉有点顺眼，问道："少爷，我今晚睡哪儿？"

谢凉道："看你，要是不愿意睡下人的房间，我让他们给你搬个软塌过来。"

乔九想了想："软塌吧。"

谢凉没意见，睡过大学宿舍的人，和别人睡一屋简直一点压力都没有。

乔九自然更不会有压力，于是淡定地在春泽山庄住下了。

悬针门的人是第二天晚上到的，果然如八卦群众猜测的那样没能赶上，因为谢凉他们转天一早就要出发，只一晚上的工夫，那小少爷怎么也不可能转好。

不过因着悬针门的到来，早上石白容耽搁了一会儿，所以他们是将近中午才走的。

一辆马车塞进五个人太挤，谢凉便没和窦天烨他们坐一辆车，而是带着书童另乘一辆。

上车前他见庄主站在附近望着他，直觉对方可能有话说，哪怕有十句的限制，但在告别这个当口，他觉得庄主是不会吝啬的。

然而等了等，却见庄主只是一个劲儿诚恳地看着他，半个字都没有。

数息过后，庄主想了想，当着谢凉的面在手上写了几个字，让他看。

谢凉道："对不住，晚辈不识字。"

庄主："……"

两个人互看了几眼。

谢凉心中一动："您今天的十句用完了？"

庄主苦涩点头。

"……"谢凉道，"心意我都懂，您放心，我们路上会小心的。"

庄主再次点头，如释重负。

谢凉看看现在还不到正午的太阳，想想这话痨还有得熬，沉默地爬上马车，瞥一眼旁边似乎蛮开心的书童，暗道你真是缺了大德了。

马车"吱呀"转动，一行人终于出发。

窦天烨好奇地坐了一会儿，见方延半天没动，戳戳他："怎么了，打从刚才就不吭声？"

方延憋了半天，说道："有件事我不知道有没有误会。"

几人道："什么？"

"我这个人吧……直觉有点准。"方延语气委婉，"我观察了一下，这几天谢凉走哪儿都带着那个书童，还总是凑在一起说悄悄话，特别亲密。那两个人朝夕相处的，现在还坐一辆马车，你们说……"

几人倒抽一口凉气，人家可还没成年呢！

窦天烨惊悚道："你们说他是不是有什么别的想法？"

方延道："不知道啊。"

几人面面相觑，想到那个可怜的少年现在就在谢凉的马车上，神色立刻凝重了。

009.

没有减震器，马车有些颠。

不过这里的空气质量好，PM2.5 数值绝对很低，且车外是原生态的大自然风景。

只是此刻无论好坏，都没人在意。

赵哥皱起眉。

人家说三年一小沟五年一大沟，他今年四十二岁，恐怕和这群小青年要隔出一个银河系。他问道："会不会弄错了？他不是那种人。"

"但真的很有问题啊，谢凉和他说话总是背着咱们，他们才认识多久，能有什么共同话题？"方延观察比他们细微，说道，"所以我纠结了两天才决定说出来，听听你们的看法。"

"会不会是这样？"窦天烨严肃道，"就像末世小说里描述的那样，原有的秩序被打破后，有些人就会变得不像他自己。现在是古代，古代有阶级，一旦品尝过权利的滋味，人就容易膨胀！"

他看向方延："你知道网上关于'大猪蹄子'的梗吗？想象一下你是皇帝，后宫里住着各种类型的美人，你会忍住不碰她们吗？"

"不能，"方延想也不想道，"我肯定忍不住。"

窦天烨道："你看吧！"

赵哥："……"

江东昊："……"

马车里的气氛简直凝固了。

几息后，罪魁祸首窦天烨干咳一声："那啥……这都是猜测哈，或许咱们误会了，万一人家是投脾气聊得开呢。"

赵哥道："我还是觉得他不像那样的人……"

几人于是商量了一下，决定先观察。要是苗头不对，他们再想办法拉回谢凉的人性，毕竟一旦"为恶"的口子开了，他很可能会一路放飞。

被惦记的人此刻正在马车里无聊地发呆。

这是去大城的路，谢凉最近去过两遍，风景没什么好看的，看书吧又不识字，只能坐着。

乔九懒散地斜靠在一旁，一条腿支着，另一条腿来回晃，几乎要踢到他，问道："少爷，你方才说的是真的？"

谢凉看了他一眼。

这些天，乔九人前乖巧娇弱得像朵花，人后则本性暴露，怎么舒坦怎么来。

更牛的是人家是真的任性，一般有点地位的人多少都会顾虑脸面和形象，但乔九不是，为了赚好感值，撒娇卖萌什么好用就用什么，俨然一副毫无节操的节奏。而且模式切换得很快，一旦没人，那股子肆意妄为的调调立刻转回来，从天真无邪的脸上往外溢，仿佛每根睫毛都透着作天作地的气息，好在谢凉见过的奇葩和妖孽比较多，不然早就受不了了。

他问道："哪一句？"

乔九道："不识字。"

谢凉道："真的。"

乔九道："全村都不识字？"

谢凉道："有一部分识字。"

比如研究古文的专家，兴许会认识这里的文字。

乔九好奇道："那你怎么不学？"

这一点都不符合谢凉的性格。

谢凉一本正经："你少爷我学的是大道理。"

乔九道："比如？"

谢凉教育他："比如好奇心害死猫。"

乔九嘴角的笑意不减，就像听不出是在说他似的，毛遂自荐道："你看你好歹买了我，要不我教你识字吧？"

谢凉搪塞道："以后有机会再说。"

性格那么恶劣，谁知会不会给他挖坑，还是找个教书先生靠谱。他转移注意力："你有空关心我，不如关心一下你自己，昨天就跟你说了石白容看了你的'卖身契'，小心他查你。"

乔九笑得张狂："让他查。"

谢凉看他这一脸毫无顾虑的样子，便不再关心，继续无聊地坐着。

车队路过附近的大城简单休整了一下，很快重新出发。

方延趁着这片刻的工夫以"有事和谢凉谈"为由，与书童换了位置。乖巧的书童自然不会拒绝，听话地跑向另一辆马车。

窦天烨几人打量这位叫"小荷"的少年，他生得娇小可爱，素绿的衣服上还绣着一片荷叶，特别天真烂漫。

多乖的孩子，必须保护好！

几人暗暗在心里想，亲切和蔼地围住了他。

第一辆车上的石白容站在远处看了看少年，转身上车，低声道："怎么样？"

"去那村子查了，没问题。"身边的护卫跟上来，拿出一张小条递过去。

石白容接过小条仔细看了一遍。

他弟弟在祈福的当口疯得不明不白，凡事得万分谨慎。他听护卫说少年是主动要求谢凉买自己的，便有些起疑，好在查完发现确有其人也确有其事，如今那个大汉得到钱，正忙着给母亲看病。

他撕碎纸条，多少放心了。

殊不知这一切都是天鹤阁提前打点好的，连谢凉也是知情者，而大汉在众目睽睽下接的一袋子钱根本就是石头，搞得本以为能赚一笔的大汉抑郁不已，不孝地把嘲笑他的"老母亲"打了一顿。

车队穿过城市一路向南，两旁的景色又换成了自然风景。

谢凉撩起帘子向外望，问道："想和我谈什么事？"

方延道："没什么事，只是想过来体验一下你这里的二人座。"

他随便聊了几句，终于转到正题，试探地问："你觉得那小孩怎么样？"

谢凉觉得乔九是个人物，但这话不好对方延说，只能按照乔九目前的人设做个评价："很乖很听话，挺好的。"

方延品着他的语气，感觉挺自然的，当即放心不少，再次试探："我看你们最近总凑在一起聊天，在说什么？"

谢凉回头看他，明白了他这趟的目的，似笑非笑地道："秘密。"

方延总觉得谢凉笑得有点意味深长，那颗心又提了起来："我们都不能告诉？"

谢凉道："以后说。"

方延见他一脸淡定，实在摸不准他们两个是什么情况，心想：如果是误会可就尴尬了，还是等和赵哥他们商量完再说吧。

另一辆车上，乔九顶着他们莫名关爱的眼神装了一会儿可爱，开始不紧不慢地套话，几乎不费吹灰之力就套出这些人不是不识字，而是用的字不同罢了。

他很愉悦，打算回去就拆穿谢凉。

谁知等再次休息的时候，方延虽然回来了，但窦天烨几人根本不放他。他可怜兮兮地道："不行，我得伺候少爷喝茶，还得给他捶腿捏肩啊。"

窦天烨几人震惊："他让你捶腿捏肩？"

乔九奇怪："不然呢？"

书童应该都干这种活吧？

完了，谢凉果然要膨胀！窦天烨几人一齐沉痛，见少年要走，赶紧劝住他，要给他讲讲他们村子里的故事。

乔九立刻把双手放在腿上，乖巧地坐好："好。"

于是这一路，乔九一直在饶有兴致地听故事。而谢凉独自一人清清静静，中间还小睡了一觉。

傍晚时分，车队在路边的一处驿站停下了。

众人活动着酸疼的身体下了马车，刚进门，便见二楼迈下来一个身着华服的青年。

青年长相俊朗，脸上带着意外和惊喜，笑道："石大哥，这么巧？"

石白容目光微冷，淡淡道："秦贤弟怎么会在这里？"

秦公子道："恰巧有事来这边，正要去神雪峰，石大哥也去？"

石白容颔首："嗯。"

乔九来到谢凉的身后，低声介绍："秋仁山庄的二公子。"

谢凉恍然大悟。

二公子也是这次祈福的人，听他们的意思，秋仁山庄去神雪峰貌似不会经过这片地区，倒是从他掌握的信息看，春泽山庄前往神雪峰是铁定要路过这里的。所以这八成是秋仁山庄防止石白容他们半路上再想办法，特意来堵人的啊。

果然下一瞬，他见二公子把目光投向了他们。

010.

秦二公子看着谢凉一行人，问道："这几位是？"

石白容道："是舍弟的朋友。"

只赶了一天的路，还没离开山庄多远就碰见了秋仁的人，对方的恶意实在太明显，石白容懒得周旋，不等秦二公子细问便主动说了谢凉的身份，表示谢凉要代替自家弟弟祈福。

不过若说弟弟告诉过谢凉在他有个万一时代替他去神雪峰，这听着太假。因此他们给的理由是二人通过信，弟弟信上得知谢凉要来中原，开玩笑地说若是混得好记得照拂小弟一二，如此便可与这件事对上。

谢凉等石白容解释完，适时笑道："朋友有难，自然要帮。"

"哦，这倒是巧，"秦二公子的笑容有一丝勉强，疑惑道，"只是这样作得了数吗？"

石白容淡然道："能不能作数，得伯父决定。"

言下之意，这里没你指手画脚的份儿。

所谓的伯父，便是秋仁山庄的庄主。

石白容都不用想，到时是一定可以过关的。因为那天不仅有其他两庄的人，白虹神府还很可能来人。而春泽和秋仁虽有嫌隙，但至少维持着表面的和气。他弟弟的情况人尽皆知，如今他们好不容易找到个沾边儿的，秋仁只要查不到谢凉他们有问题，便不会当着众人的面刁难他。

秦二公子的表情僵硬了一分。

他当然明白父亲不会当众让春泽难看，因此才提前堵住石白容，想跟着他一道去神雪峰。如此石白容就不能在路上临时找人或做其他的小动作。若是运气好，石白容没能想出办法就抵达了神雪峰，那到时他父亲想宽容也难。

可谁曾想，人家已经找好了人选。

这次祈福由秋仁牵头，父亲他们要提前去神雪峰安排。他原本能和家人同去，但就因为想看春泽出丑，他愣是兜圈子跑到了这里，搞得简直像蠢货一样！

他不死心地道："哦，这么说信件也带了？"

石白容道："自然。"

说话间他带着谢凉他们在大堂落座，叫来小二点菜，这才瞥了一眼脸色不太好看的某人，客套地问道："贤弟用过饭了吗？没有的话，要不一起？"

秦二公子勉强笑道："我先去换件衣服。"

石白容目送他离开，原以为他要等菜上齐了才不情不愿地现身，结果只过了一会儿，他就笑容满面地回来了。

谢凉看了看他。

这公子哥的智商怕是不高，情绪外露得太明显，这一看就是想出法子了。

果然没吃几口菜，秦二少便和气地看向谢凉："方才听石大哥说，谢公子你们与石贤弟结识前，住在世外的小村落？"

谢凉道："嗯。"

秦二少笑道："我听说每个地方的曲子都不同，想来你们村子里平时听的曲子也和我们这里有所不同吧？"

正满腹心事啃菜的几个人瞬间一顿，整齐地抬起头。

石白容的心微微一沉。

前几天他与谢凉讨论细节，谢凉便说他们住在世外。他觉得这样挺好，可以在别人细问时一律用"世外"应对，因此便没深想。毕竟从那几天的相处看，哪怕真住世外，除去初见时的奇装异服和短发，其他方面应该和他们差不太多。可谁知秦家二小子竟问到了曲子，这绝对是手下给出的主意。

但现在纠结这个没用，秦家小子既然提出来了，就肯定不会善罢甘休。

他提着一颗心看向谢凉，希望他们是真的住在世外，否则就要露馅了。

谢凉的语气半点不变："是啊。"

秦二公子道："在下实在好奇得很，你们能不能唱两句？"

他微微加重"你们"二字，显然是不想谢凉自己随便瞎编一支曲子。

其他几个人捏着筷子望向谢凉，很是淡定。唱首歌而已，容易！

谢凉更淡定，他慢慢咽下嘴里的东西，痛快道："行啊，我们的曲子好学，保证一听就会。"

秦二公子见他的神情不似作假，笑容便不那般笃定了："哦？"

"听着，"谢凉拿起一根筷子敲碗伴奏，"来来，我是一棵白菜。"

窦天烨几人顿悟，瞬间接道："菜菜菜菜菜菜，菜菜菜菜菜菜菜菜！"

谢凉："来来，我是一个苹果。"

窦天烨几人："果果果果果果……"

谢凉："来来，我是一根黄瓜。"

窦天烨几人："瓜瓜瓜瓜瓜瓜……"

谢凉："来来，我是一只猫咪。"

窦天烨几人不约而同："喵喵喵喵喵喵……"

其余人："……"

曲子太欢快，窦天烨和方延都忍不住扭上了，附近桌上的客人也看了过来。

谢凉看着表情凝固的秦二少，挑眉笑道："来来，我是你的 Daddy。"

窦天烨几人："滴滴滴滴滴滴，滴滴滴滴滴滴、滴滴、滴！"

这天晚上，乔九和石白容等人集体被洗脑，无论看见什么都想哼上那么一段。果然如谢凉所说，真的是一听就会。

秦二公子最后晕晕乎乎地上了楼，没再说半个字。

驿站客房少，他们只能两人睡一间。

乔九自然和谢凉一间，便乖乖地跟着他走了。

窦天烨几人暂时坐在大堂里没动。

方延把和谢凉的谈话告诉了他们，四人围成圈开始开第二次会议。

会议制定了三项措施：第一，尽可能地观察，兴许人家真不是他们想的那样；第二，窦天烨和方延以"感情话题"为突破口，问问谢凉有没有喜欢的人；第三，偶尔和谢凉聊聊现代的事，灌灌鸡汤，防止他真的放飞。

由于白天方延已经找过谢凉，窦天烨再去会显得太刻意，他们便打算转天开始行动，于是纷纷上楼，斗志高昂地睡了。

谢凉对此一无所知。

第二天一早，他开门出去，在走廊遇见了恰好路过的江东昊，打招呼道："早。"

江东昊回了句早，站定没动。

谢凉挑眉："怎么？"

江东昊盯着他，默默憋了半天，冷峻道："富强、民主、文明、和谐……"

谢凉提醒："还有呢？"

江东昊又说了句"自由、平等"，看着他沉默几秒，往他胳膊上一拍，一语不发就走了。

谢凉："？"

谢凉只当他的脑袋又出问题了，转身下了楼。

窦天烨和方延也正出来，见江东昊和谢凉聊天，惊喜地围住了江东昊。这小子平时不言不语的，没想到关键时刻这么靠谱！

窦天烨道："你们说了什么？"

江东昊道："背了社会主义核心价值观。"

窦天烨顿时表扬道："有想法！"

江东昊慢吞吞说完："一紧张后面几个差点忘了。"

方延："……"

窦天烨："……"

两个人挨个拍肩安慰，窦天烨追着谢凉出门，走到他身边现场抒情："空气真好，看着这阳光，我就怀念大学校园，每天奔波在去教室的路上，迎着晨光喝一杯豆浆，多美好。"

谢凉嗤笑："吹吧你就，你这种又宅又挂好几科的，绝对是早晨起不来的类型，一睡就睡到中午吃饭。"

窦天烨默默反应一下，发现还真的是。那时他每天看动漫打游戏，不到半夜不睡觉。

不过日子是真舒坦，他忽然有点惆怅："也不知路飞什么时候能成为海贼王。"

谢凉道："早晚吧，赏金已经15亿了。"

窦天烨立刻激动："你也看？"

谢凉道："嗯，挺好看的。"

窦天烨顿时觉得找到了盟友，亢奋地和他聊起动漫，聊着聊着就想哭："我发现我在这里打不了游戏，出的新番也看不了，什么都没了……"

谢凉道："亚古兽，你是现在才意识到吗？"

窦天烨整个人都有点不好了，轻飘飘地迈进大堂，要死不活地往桌上一趴，等着开饭。

同桌的方延几人："……"

好好的人这是怎么了！

乔九陪着谢凉站在院内，把二人的对话听得一字不差。虽然不是太懂，但大概听出他们是在谈论几个朋友，谁知窦天烨的反应这么大。

他问道："他这是？"

谢凉嘴角抽搐："没事，他缓缓就行。"

他呼吸够了新鲜空气，带着乔九进门，吃过早饭便再次出发。

秦二公子还是不死心，没有恼羞成怒地率先出发，而是选择跟着他们。

车队继续南下，除了偶尔的休息，他们大部分时间都在赶路。窦天烨几人依然在暗中观察，但谢凉是真聪明，只过了一天就察觉出了问题。

又一次休息时，他以"没喜欢的人"把窦天烨打发掉，看着他颠颠地爬上马车，摸了摸下巴。

乔九乖巧道："少爷，我们也走吧。"

谢凉应声，回到车上，认真思考一番，问道："他们喊你过去，和你说过什么吗？"

乔九上车的瞬间便恢复了本性，懒散地往后一靠："没说什么。"

谢凉道："有问我们的事吗？"

"我们的事？"乔九扬眉，"有，问我平时干什么，我就说给你捶捶肩捶捶腿，端个茶铺个床，伺候你穿衣洗漱之类的。"

谢凉："……"

"哦，他们倒是问过我愿不愿意读书识字，将来去考个科举，"乔九冲他微笑，"我哪能同意，所以就说我这辈子都是你的书童。而且我那么乖，你一定不舍得放我走。"

谢凉一脸一言难尽地看着他。

乔九道："怎么，有问题？"

谢凉面无表情："没有，你先别和我说话。"

第二章

敌敌畏日记

011.

石白容知道谢凉他们不会武功，为减少路上奔波的苦，便提早了几日出发，因此他们并不急着赶路。车队不紧不慢晃晃悠悠，偶尔停下歇一歇，估计要半个多月才能抵达神雪峰。

尽管谢凉明白这比马车飞驰要舒坦得多，也还是有些生无可恋，万分怀念高铁和飞机。

不过好在自从他想明白窦天烨他们在搞什么鬼，多少找到了一点乐趣。

比如在赵哥和他闲聊家常，感慨地说他是好孩子时，他极其认真地回一句"我不是"，还大胆地摸了把乔九的头；比如窦天烨再过来和他聊鸡汤，他就和对方聊动漫，顺便畅想如果没来这里，几十年后全息网游会不会问世，接着目送窦大烨一脸打击地走了；比如核心价值观和八荣八耻都没背全的江东昊要来教他下围棋，他便提议下五子棋，哼着小曲把人家虐到自闭，窝在马车里不出来了；再比如方延来和他聊感情话题，他就翻出朋友们的神仙爱情故事，导致单身狗方延想起伤心往事，红着眼嘤嘤嘤地跑了。

一天下来，他看着鹌鹑似的垂着头、似乎在冒黑气的一群人，整个人都畅快了。

车队缓缓驶进一座小镇。

小镇面积不大，和谢凉他们初来时看见的那个差不多。此刻未到傍晚，但再往前走怕是找不到客栈，只能在马车里过夜，因此他们便停下了。

　　方延和谢凉谈感情话题是避开乔九的，所以乔九暂时没猜出是怎么回事，只觉窦天烨几人的状态不太对，问道："他们怎么了？"

　　谢凉带着他迈进客栈，心情愉悦："没事，男人每个月总有那么几天丧的时候。"

　　乔九道："丧？"

　　"就是很颓废的意思，"谢凉道，"少爷我教你一个道理，出来混迟早是要还的，今天你让别人糟心，明天别人就能让你糟心，比如说他们。"

　　乔九的心思转了一转："哦，他们惹你了？"

　　谢凉看了他一眼。

　　"我想想，先前还好好的，"乔九思索道，"好像是从你问过我那几个问题开始的。"

　　他回忆谢凉当时的反应，重新想了想窦天烨几人对他的态度，猜测道："他们是在担心你会欺负我？"

　　谢凉在大堂找到空位坐下，给自己倒了一杯水，没有回答。有的人智如妖，给一个线索，便能顺藤摸瓜地查到真相。

　　乔九果然深想了几分，看着谢凉的目光便有些古怪。

　　窦天烨他们的担心自然不能是无缘无故的，所以谢凉有点特殊爱好？

　　可既然花钱买了人，想干点什么那也是没问题的吧？看窦天烨他们的样子，谢凉还能要了他的命不成？

　　某人停在自己身上的视线太久，谢凉终于又看了他一眼。

　　乔九一脸的纯良无害，贴心地掏出方巾递给自家少爷，转身走向正和掌柜要房间的护卫，等着领钥匙。

　　秦二公子这时也进了客栈。

　　短暂的消沉后他重新振作，和气地过来和谢凉闲聊，把话题往石家小少爷身上引，见谢凉不接话茬，干脆直接问道："不知谢公子和我贤弟是在哪儿认识的？"

　　谢凉笑道："这就不足为外人道也了。"

　　秦二公子噎了噎，问道："那是如何认识的？"

　　谢凉道："这也不足为外人道也。"

　　秦二公子道："认识多久也不足为外人道也呗？"

　　谢凉赞道："秦公子聪明。"

　　秦二公子冷笑："我看你是没办法回答吧？"

　　谢凉拿过一个空杯子，又倒了杯茶水："有这么一个故事，话说有位公子得了个宝贝，虽在旁人眼里算不得什么，但他却很珍惜，不愿与人分享。一日某个路人得知此事，上门问东问西地非要看，还说若那公子不拿出来那便是有鬼，不仅强人所难还无理取闹。"

他把杯子递给对方，和气地问道："秦公子觉得呢？"

秦二公子的表情顿时十分精彩。

"对不住，每人的习惯不同，"谢凉歉然道，"在下不怎么喜欢把自己的事说与不熟的人。"

秦二公子勉强笑道："我只是好奇罢了。"

谢凉回以微笑。

秦二公子简直想甩袖走人，但忍了忍，愣是忍下了，补充道："我是觉得石贤弟有些可惜，便忍不住想听人说说他的事。他自小天赋惊人，一手飞星剑练得出神入化，谢公子可看过？"

谢凉本想继续微笑不作声，但觉得这少爷套话套得实在卖力，便回了一句："哦，他没提过他练的是什么，原来叫飞星剑啊？"

"我记得应该是这个，但也兴许是我记错了。"秦二公子没有诈成功，只能自己填坑，表情都要维持不住了。

乔九站在不远处看戏看得差不多，见秦家小子在谢凉手里走不过两招，便拿着钥匙回来了："少爷，要回房歇息一会儿吗？"

谢凉点头，客套地与二公子道了别，起身上楼。

依然是两人一间，也依然只有一张床。

谢凉进门扫了一眼，看向乔九："你今天想睡绳子了吗？"

客栈可不会给乔九搬软塌，他们只能睡一张床。

谢凉虽然不介意和别人住一个屋檐下，但这么躺在一张床上还是不太习惯。他想起小龙女能睡绳子，便问过乔九，得知人家可以睡，于是就想看一看这个神技，也刚好可以把大床留给自己。

然而九爷一向不是委屈自己的主，有床能睡，自然不会睡绳子，所以他毫不犹豫地回道："不想。"

谢凉换了一个角度攻克："你还敢和我睡一起，不怕我对你不利？"

乔九笑了一声，反问道："你打得过我？"

谢凉："……"

这确实打不过。

他拉开椅子坐下，沉默不语。

乔九坐在他身边道："你把秦家小子惹毛了，不怕他在神雪峰报复你？"

谢凉无所谓地道："在我答应祈福的那一刻就已经惹到他了。"他很好奇，"春泽和秋仁有什么仇，他就这么跳脚地想抓人把柄？"

"只是有点矛盾，"乔九解惑道，"秦小二是一心想把他大哥比下去，为讨他父亲的欢心才这么迫不及待地想要立功。"

谢凉道："不是据说他要和白虹神府的千金成婚吗？还不够受他父亲重视？"

乔九道："因为白虹神府的千金很多。"

谢凉想起听到的"要入赘"的信息，问道："没儿子？"

乔九扬起一个灿烂的微笑："没有。"

谢凉诧异，人家没儿子，你笑得这么开心？

乔九说完便起身脱掉外套，走过去懒洋洋地往床上一躺，打算在吃饭前睡一觉。谢凉被抢了先，盯着他看了两眼，破罐破摔地也脱了外套，示意他往里挪。

这个时候，窦天烨几人都还在大堂坐着。

他们套出谢凉没喜欢的人便觉得是自己想多了，愧疚之下就忍不住想和谢凉说说话，结果反而把自己弄得有些颓丧，什么都不想干，直到秦二公子走过来才集体回神一致对外，无论对方问什么都说不知道，因为这可关系到二百两银子。

秦二公子道："你们如何与石贤弟认识的，这也不知道？"

窦天烨几人被教育过，想也不想道："脑瓜不好使，忘了啊。"

秦二公子："……"

窦天烨见他脸色不好，缓和气氛："那啥……你问我们村子里的事我们都知道，其他的记不住。你还想听曲子吗？我再给你唱个欢快的——奶奶喂了两只鸡呀，什么鸡，什么鸡，大母鸡和大公鸡呀，大母鸡，大公……"

秦二公子阴沉地盯着他。

窦天烨在他的注视下越唱越低，卡了一下壳，小心翼翼地唱完最后一个音："……鸡。"

秦二公子："……"

他现在有点相信谢凉他们和石家小子是朋友了，都是疯子！

窦天烨："那啥，我们上楼了。"

方延："对对对，上楼。"

几人起身就走，心想哎哟真可怕。

这天过后，秦二公子彻底消停。

车队不紧不慢地往前走，十几天后终于抵达了神雪峰脚下最繁华的一座大城。

012.

神雪峰脚下的这座城名叫万兴城。

车队入夜时分抵达，谢凉原本有些奇怪，因为来的路上也曾路过几座大城，这个时间城门肯定已经关了，他们不一定进得去。结果到了万兴城才明白这里没宵禁，且城门关得极晚。

热浪从四面八方涌来，喧闹的街上都是人。

谢凉站在车上远望，只见灯笼挂了满街，小贩们没收摊，四处吆喝着叫卖。前方有数栋三四层的楼，隐约可见飞桥栏槛，珠帘轻纱，不少客人正临窗饮酒。

他不由得深吸一口气。

穿越至今，他们这是第一次见到如此热闹的城市。

这一路走过的地方，小镇宁静，几座大城有宵禁，车队抵达时基本都是傍晚，人们早已归家，街上实在没什么好看的，加上坐了一天马车有些累，他们便都窝在客栈睡觉了。此刻见到这幅画面，他们只觉疲惫一扫而空，坐一天马车根本不算事，他们还能再战五百年。

于是等车队抵达客栈后，他们便迫不及待地要去逛街。

石白容自然陪着他们，他知道几家有名的酒楼，打算带着他们去尝尝。秦二公子像看土包子似的看了谢凉他们一眼，不知出于什么打算也跟了来。

谢凉不理会他，一边走一边看着眼前的盛景，内心有些触动。

作为一名理科生，他除了教科书，只囫囵看过几本关于历史的书籍，其中只看了一点却能念念不忘的就有《东京梦华录》。

他当时便对里面描绘的繁华有点憧憬，特别想看看那个时候的汴京。这万兴城虽然够呛比得过汴京，但能亲眼看见并逛一逛也不亏了。他望着远处琼楼，正感慨不已，只见几个人影掠过人群，从这头飞到了那一头。

谢凉："……"

哦，如果没有不科学的人就更好了。

窦天烨几人也激动不已。

窦天烨道："你们玩过那种古风的端游吗？这里比端游画面好看啊！"

方延道："废话，你见哪个游戏给你弄这么多 NPC 的？而且路边的店还都能进。"

江东昊道："嗯。"

窦天烨道："哎呀真好看，我都不想睡了。"

秦二公子笑了一声："比你们那个村子热闹吧？"

这是打趣的语气，但经过一路的相处，他们知道他肯定是在嘲笑他们没见识。窦天烨几人看了他一眼，刚想把"大帝都"拖出来炫耀一把，就听见人群中突然响起接二连三的惊呼。

众人循声一望，发现十几米远的那栋三层酒楼的屋顶上有两个人。

二人一男一女，一黑一白。黑衣公子拿着横笛，放在嘴边吹奏，白衣女子则在一旁练剑，身材曼妙英姿飒爽，宛如九天神女。

他们脚下是如火的街道，头顶是巨大的圆月，场景极其唯美。

人群都看愣了，连方才抓到机会嘲笑他们的秦二公子也直愣愣地望着屋顶。

方延喃喃："真入画啊。"

窦天烨道："是江湖上的某对侠侣吗？"

"侠侣"这词一出，秦二公子立刻回神，不顾形象地吼了一句"胡扯"，扔下他们头也不回地冲进了酒楼。

众人愣住。

谢凉道："被绿了啊。"

方延道："我也这么觉得……"

窦天烨道："点蜡。"

乔九最近一直留意着他们的对话，刚开始是憋着自己猜，后来实在觉得考验智商，便养成了不懂就问的好习惯。

他在人前又披上了乖巧的皮，一脸依赖地抓住谢凉的一截衣袖紧挨着他，好奇道："少爷，'被绿了'是什么意思？"

谢凉道："就是你媳妇背着你和别人有一腿。"

"哦，那确实要被绿，"乔九道，"她练的是决意剑法。"

这声音压得极低，语气是以往那种带着笑意的调子，但表情却维持着书童的模样，既诡异又不搭。谢凉简直没眼看，压下吐槽，问道："所以？"

不需要九爷回答，人群中便传来了答案。

"是决意剑法，白虹神府的叶姑娘啊！"

"叶姑娘来万兴城是为这次四庄祈福的事？"

"应该吧，据说白虹神府和秋仁山庄……"

原来如此，谢凉想。

他刚刚还在思考习武之人的眼神是不是特别好，从这里竟能看清人家的相貌，原来秦二公子是认出了她练的武功。

他们带着八卦的心态等了等，半天也没瞧见秦二公子上屋顶，倒是叶姑娘练完剑就和黑衣公子回到了酒楼。他们估摸人家可能是想关起门来处理家务事，暗道一声浪费时间，便扔下秦二公子往前走，一边打量着两旁的小摊，一边继续叽叽喳喳。

乔九见谢凉也很感兴趣，问道："你觉得我们这里如何？"

谢凉道："挺好的。"

乔九道："比你们那里呢？"

谢凉道："天差地别。"

乔九道："哪个好点？"

他并没有秦二公子的优越感，毕竟他曾见过、摸过他们的机关车。

这些天他只要有机会便会问一问谢凉他们那个村子的事，能感觉到彼此的生活有很大不同，只是依然不确定他们是不是来自通天谷，因为除了谢凉聪明外，他横看竖看都没发现窦天烨几人有什么过人之处。

谢凉道："各有各的优点吧。"

说话的工夫，石白容便带着他们到了酒楼。

这个点吃饭的人很多，雅间全没了，他们便在二楼大堂找了张桌子。

有跟他们前后脚上来的侠客，坐在了他们附近。可能也看见了方才的一对男女，几人坐下便开始说白虹神府和秋仁的八卦。

"啊？那不是秦公子？"

"不是，秦公子是后来上去的，我听说吹笛的是夏厚山庄的大公子！"

嚯！众人顿时激动，做了不少猜测。有的说白虹神府可能要改成和夏厚山庄联姻，也有的说人家能和夏厚、秋仁都联姻，毕竟白虹神府的千金多。

说着说着，他们便说到上个月叶帮主的小妾生产，又得了一个女儿。

众人唏嘘不已："明明有个儿子，却弄到了这一步。"

谢凉原本正聚精会神地听八卦，闻言一怔，看了身边的乔九一眼，回头问道："不是说叶帮主没儿子吗？"

那几位侠客看向他，打量了下他的短发，说道："有的，只是他儿子不认他。"

窦天烨几人也好奇了。

古人不是一向重孝道吗？谁啊，这么有个性？

这么一想，窦天烨便问出了口。

"几位不是中原人吧？"侠客道，"这事全江湖都知道，叶帮主唯一的嫡子，是天鹤阁九爷。"

窦天烨几人："……"

嗯，那位是挺有个性的。

谢凉暗暗瞥了一眼窦天烨。

他隐约有些猜测了，本想装傻充愣问问人家不认爹的原因，现在被"亚古兽"一搅和便不好再问了，毕竟正主就坐在他旁边。

好在亚古兽倒也争气，问了一句为什么。可惜侠客们大概是有所顾虑，含糊地回答说人家的家事不清楚，只说叶帮主近年来想了不少办法，都没能让九爷回家，就差给他跪下了。

谢凉再次看了看身边的书童。

乔九乖乖地低头啃菜，听见侠客说叶帮主抬了不少小妾，生的全是女儿，照这情况看，白虹神府最后怕是要落到女婿手里，愉悦地多吃了两碗饭。

谢凉："……"

饭后已是深夜，街上仍十分热闹，但谢凉他们那点新鲜劲儿一过就感到了疲惫，便回了客栈。

万兴城到神雪峰还有半日的车程。

因为不着急，石白容便让谢凉在城里待几日，等他打点好再带着他前往神雪峰。于是谢凉借此交代了窦天烨他们一些注意事项，拖到出发前的最后一晚才告诉他们，要带着书童一起去。

窦天烨几人集体震惊，又回到了先前在路上的状态。

谢凉阻止了他们要说的话，不想让他们作妖，看向了乔九。

先前为避免窦天烨他们在乔九面前表现得不自然被觉出问题，所以他一直瞒着这事。如今他就要去神雪峰，而窦天烨他们要在万兴城留守，不用和乔九朝夕相处，也就没问题了。

乔九收到谢凉的目光，摘下易容冲窦天烨他们一笑："好久不见。"

窦天烨几人："……"

天哪！

死寂过后，窦天烨道："好像有点眼熟哈……"

方延轻飘飘地道："就是身高不对……"

江东昊："嗯……"

谢凉道："缩骨功。"

窦天烨几人："……"

这种神技都有！

谢凉等他们缓过来，简单把事情说了说，告诉他们要保密，便扔下他们去睡觉了。

窦天烨几人默默坐着。

片刻后，方延眼眶一红："谢凉和那位住了大半个月啊。"

"乔九肯定不是吃亏的主，"窦天烨凝重道，"他肯和谢凉睡一张床吗？谢凉这一路会不会都是打的地铺？"

"而且他这次去祈福还可能有危险，"方延哽咽道，"但他什么都没说，一直一个人忍着！还要被咱们怀疑！"

赵哥和江东昊的表情也不好了。

回想穿越至今的事，都是谢凉在带着他们，而他们做的事却很少。

"不能再这样下去了！"窦天烨道，"我们也要努力！"

其余几人用力点头。

商量过后，他们决定听谢凉的话收集情报，然后思考赚钱的法子。先不搞大的，免得捅娄子，就从小事做起。

谢凉完全不知道这群人因为他打了鸡血。

他休息一晚，转天一早便和窦天烨几人道别，见他们双眼微红、直勾勾地盯着自己，当他们是有些不安，安抚道："注意安全，给我省点心。我去瞅瞅二公子的八卦，回来和你们分享。"

窦天烨几人道："好！"

他们目送谢凉离开，开始撸袖子奋斗。

江东昊翻出曾看过的厉害的棋局，摆了棋摊；服装设计出身的方延不停地逛成衣店，打算吸取知识自主创业；自觉厨艺不错的赵哥和方延一样，开始逛美食摊；而窦天烨思考了一晚，觉得自己的优势在于庞大的故事储备。

于是他拿着买来的折扇和醒木，以分利三成为条件，终于找到了肯让他说书的酒楼。

他迈上台子，简单做了自我介绍，拿起醒木往桌上一拍。

"啪！"

自此踏上了成名之路。

"今日且听在下说一段关于倚天屠龙的江湖事。"

013.

神雪峰虽然有一个"雪"字，但其实上面根本没雪。

由于地势略高，这里比万兴城的温度低一些，如今刚进入夏季，山上不冷不热，倒是正舒坦。

祈福的地点是位于半山腰的一座山庄。

山庄并不大，但建得很精致，后面还有温泉，这让谢凉十分满意，感觉和度假差不多，而且度完假还有钱可以拿，简直稳赚不赔。

哦，前提是这半个月能平安无事。

他不由得看了一眼乔九。

前几天他们在万兴城停留，乔九也没有闲着，抽空去见了几名手下，现在万兴城里就有天鹤阁的人，可能山庄附近也有。谢凉一路上特意留意过天鹤阁的信息，听说他们办事很靠谱，想来有乔九亲自盯着，他的安全应该有保障。

乔九此刻正懒散地靠着软塌。

他一只脚弯着，另一只随意地一搭，漫不经心看着手下传来的小纸条，要多肆意就有多肆意。察觉到一旁的视线，他抬了一下头。

谢凉在这边还没来得及开口，便觉眼前一花，定睛再看，就见乔九挪到了自己身边。

乔九收纸条起身，拿起手边的茶杯飞到圆桌旁坐下，整个动作一气呵成，连点声音都没发出来。他身上的气焰收得干干净净，微微低着头，捧着茶杯小口小口地喝水，乖得像一只绵羊。

两息后，石白容从外面走了进来。

谢凉："……"

石白容完全没觉出有什么不对，开口告诉谢凉开祠堂了，问他要不要过去看看。

谢凉一个没忍住，伸手摸了一把书童的头。九爷，这江湖真的欠您一座小金人啊！

乔九看向谢凉，眼底带着一丝询问。

谢凉没再瞅他，起身跟着石白容出门，准备去看看那位对四庄有恩的侠客长什么样。乔九琢磨了一下，也没明白谢凉的意思，只能紧紧地在后面跟着他。

普通人家的祠堂一般都在家宅偏后的位置，但这座山庄是为祈福而建，所以祠堂设在正中心，里面没立牌位，只有一座雕像。

谢凉到的时候，祠堂的门刚刚打开。

今天是他来山庄的第二天。

他们昨天中午抵达，石白容首先带着他见了秋仁山庄的秦庄主，并将石家小少爷的信件拿出来作证。秦庄主果然没有当众刁难他，还关心地问了问石小少爷的病情。而谢凉则成功通过审核，顺利住下了。

一下午的时间，他把这里的情况摸了一个大概。

首先，祈福的半月内，山庄众人的安全和生活起居全由秋仁负责。祈福的人每人最多带两名仆人，以免人多惹恩公烦；其次，除去秋仁因牵头而多来了几位少爷，夏厚山庄也来了两位少爷和一位小姐。那天叶姑娘和夏厚的大公子在屋顶吹笛练剑，便是因为一群人在酒楼吃饭，玩闹时叶姑娘和大公子输了，这才上去的；第三，每届祈福，祠堂都要等人齐了才开。

他们昨天来时，冬深山庄的人还没到，现在能开祠堂，显然是冬深的人到了。

谢凉暗中打量了一眼。冬深这次来的是二少爷，人长得很俊俏，脸上笑眯眯的，挺讨人喜欢。此刻他正拿着一块布给雕像擦脸。

按照规矩，祠堂打开后，第一件事便是擦拭雕像。

这件事外人不能参与，只能四庄的人干。若其他三庄都是找人代替本庄人来祈福，那就只能由牵头山庄的人干。

这里常年留人，每日都会打扫，雕像其实不脏，但秦庄主和几庄的后辈们都擦得十分认真，连白虹神府的叶姑娘也是。

谢凉站在门外围观，心里有点疑惑。

他昨天就关注过八卦，据说白虹神府和秋仁山庄还没议亲，只是有一点这方面的意思，那叶姑娘在里面合适吗？

他询问地看向乔九，见乔九正望着雕像，眼里难得带着一两分专注。但这持续的时间很短，只几息就消散了，紧接着里面的人纷纷收了手——雕像也就成人大小，那么多人一起忙活，眨眼间就擦完了。

没了阻碍，谢凉终于看清了那位恩公的等身人像。

和学校里摆的那种有胡子的雕像不同，这里雕的是人家年轻时的样子，且手艺不错，一眼望去竟有些帅，想来真人会更加出色。

秦庄主几人仔细收拾了一遍祠堂，端着木桶走出来，然后在院里放了一串爆竹，这便算完成了"开祠"的整个工序。

祈福定在三日后，这三天可以自由活动。

谢凉看完热闹，与冬深的二公子见了面、寒暄几句，便带着乔九往回走，边走边低声问："有什么是全江湖都知道，但我还不知道的？"

乔九笑道："少爷，这可多了。"

"你懂我的意思，"谢凉直截了当，"白虹神府和四庄的恩公是不是有什么渊源？"

乔九道："嗯，白虹神府就是他当年一手创立的。春夏秋冬，深仁厚泽，四庄的名字也是他取的。"

果然啊，谢凉心想，他就猜叶姑娘应该也是沾点关系的，不然不可能跟着擦雕像。

他问道："你妹妹这次会留下吗？"

乔九给了他一个亲切的微笑："劳烦把'你妹妹'这几个字换成'叶姑娘'。"

谢凉："……"

改名换姓不认爹，连妹妹也一起不认，够彻底的，这得多大的仇？

他的问题在嘴里转了一圈，咽了回去。

别看他和乔九一路上基本都睡一间屋，但其实不熟，现在顶多算是合作关系，一些无关痛痒的东西他能问，可那些关乎乔九自身的事，他便不能随意问。

倒是乔九看了他一眼，率先道："你不好奇我和白虹神府的事？"

谢凉反问："我好奇，你会说？"

乔九道："会啊。"

谢凉来了精神："行，说吧。"

乔九道："等我心情好的时候。"

画饼呗？说白了还是不想说。谢凉不再搭理他，继续往前走。

乔九道："你不问我如何能心情好吗？"

谢凉道："少爷我看着有那么弱智？"

乔九笑了一声，终于不再逗他，也没再提起这一话题。

谢凉暗道他果然是不愿意说，便回房坐了一会儿，觉得有点无聊，干脆带着乔九去了后山，打算看看温泉在哪儿，熟悉一下路线。

谁知刚迈进后山，他的手腕突然被乔九一把抓住，紧接着整个人被带着藏到了一块大石后，然后被点了穴道。

"……"

谢凉一动不能动，用眼角余光瞄他。

"防止你乱动弄出动静，"乔九的声音压得极低，"放轻呼吸，那边有人过来，脚步还挺急，或许有好戏看。"

谢凉顿悟，依言调整呼吸，等了几息，只听一个声音由远及近。

"等等等等，别走啊！"却是冬深山庄二少的声音，"你方才还说这温泉不错呢，怎么样，留下泡半个月呗？"

"滚蛋！"另一个声音很愤怒，"我说你怎么那么好心，突然请老子上山泡温泉，原来是想把我诓来替你祈福！"

冬深的二少道："我是真有事，你帮兄弟这一回。"

"不干，你哪回有事都不是正事！"另一人道，"你们这四庄的人老子一个都不喜欢，让我和他们待半个月，可能吗！"

二少急忙道："春泽的不是，是另外找的人，没准还是你认识的呢！"

那人道："滚吧，我听说春泽找的是人家在飞星岛那边的朋友，老子可能认识吗？"

二少道："万一呢？"

那人道："扯吧你就，这八竿子打不着的要能是熟人，老子立刻撒泡尿喝了！"

乔九："……"

谢凉："……"

乔九顿时轻笑了一声。

那边说话的二人齐齐停住。

二少道："谁啊？"

乔九在笑出声的同时解开了谢凉的穴道，谢凉只能替他背锅，从大石后走了出来。

他望着表情瞬间僵硬的某位要喝尿的壮士，歉意地和二少打了声招呼，表示要去温泉那边看看，便带着书童走了。

他有些唏嘘，那壮士估计和他犯冲，才一个多月，这已经欠了他两碗尿了。

014.

温泉水汽氤氲，周围零星地立着几块大石，上面有人工的痕迹，应该是专门搬到这里当屏风用的。靠近山崖的一侧未立石块，视野开阔，早晨可见山间薄雾缓缓流淌，夜晚可见万兴城的灯火燃起，宛如长龙。

谢凉转了一圈，由衷道："好地方。"

放在现代，估计会成为一座网红温泉酒店。

乔九道："地方不好，他们当初也不会来这里祈福。"

谢凉暗道一声浪费，一边参观其他几个小池子，一边把话题转到那位壮士身上，想知道是哪位英雄好汉。

乔九道："五凤楼的二楼主赵炎，因为脾气暴躁，我平时叫他赵火火。"

谢凉想想壮士那副霸气的纯爷们长相，把"火火"的名字一套，笑道："可爱。"

乔九顿时看谢凉更顺眼了，笑容灿烂："是吧，可惜这么久只有几个人觉得可爱，你是第二个。"

谢凉道："第一个是谁？"

乔九道："三楼主。"

"五凤楼的？"谢凉道，"那是个什么门派？"

"一个中立门派，"乔九道，"由五个人共同创立，所以叫五凤楼。平日里管事的是大楼主，遇见大事是三楼主拿主意，不过嘛……"

谢凉等了等，没听见下文，却不为所动。拖长音，准没有好事。

乔九一点都不在乎没有人捧场，谢凉不问他也就不往下说，然而接下来无论谢凉问什么他都绕圈子，就是不说答案。

几次后，谢凉认命道："咱们回到方才的话题，'不过'什么？"

乔九露出一个得逞的微笑："不过三楼主厉害是厉害，我却知道他的一个秘密。"

谢凉便配合地询问是什么秘密，问来问去，得到的结果却是——想知道就花钱买。他咽下一句脏话，心想乔九这肯定是当了太久的书童没什么能玩的了，只能玩我。

好在乔九还有点良心，逗人玩的恶趣味满足后便谈起了正事，告诉他赵炎的武功还行，且人也爱咋呼，冬深的二公子满腹坏水，应该能想到办法让赵炎留下。如果赵炎真的留下，可以让他住到他们隔壁，这样稍微有点动静，没准赵炎就先闹腾起来了。

直白说，这就和看家的狗异曲同工。

谢凉嘴角抽搐了一下，为了安全着想，点头应下。

事情果然如乔九所说，中午吃饭时，谢凉在饭桌上看见了赵炎的身影，秦庄主也宣布了赵炎将替代冬深山庄留下祈福。不过想来赵炎还是不情愿，证据就是那脸色不太好看，像别人欠了他几百两银子似的。

赵炎能察觉到谢凉的视线，装作没看见，低头专心扒饭。

谢凉很有耐心，见赵炎吃完离席了也不在意，直到饭局全散了才跟着大部队起身，慢慢走到赵炎的院子，敲开了人家的门。

赵炎极不待见他，没好气地道："有事？"

谢凉客套地笑道："在下觉得和赵楼主甚是有缘，有意深交，不如住到我隔壁去？"

赵炎道："不住。"

他巴不得这小子能赶紧消失，还住过去，想什么呢？

谢凉挑眉："真不住？"

赵炎道："不住，老子和你又不熟！"

谢凉温柔道："两碗尿。"

赵炎："……"

谢凉道："男子汉大丈夫一言九鼎，一诺千金，言出必行，言而有信……"

赵炎道："闭嘴！"

谢凉从善如流，好脾气地闭上了嘴。

赵炎瞪眼看他，谢凉微笑回望。片刻后，赵炎泄愤似的往门上一踹，扭头进屋，气咻咻地背着行李出来了。谢凉笑着做了一个"请"的手势。赵炎看也不看他，大步往前走，出门就拐弯，俨然一副想把谢凉甩下的样子。

谢凉好心提醒："错了，左拐。"

赵炎僵了一下，转身回来，换左边的路继续大步往前冲。

谢凉在后面看着他爹毛，无声地笑了笑，觉得蛮可爱的。赵炎若是知道他的评价，估计豁出去喝两碗尿也得和他拼了，所幸他一无所知，进了谢凉隔壁的小院就不出来了。谢凉原本还想和他搞好关系，然而赵火火同学是真的硬气，死活看谢凉不顺眼，谢凉也只能作罢。

三天的自由活动时间一晃就过。

按照规矩，山庄只留祈福的人和仆人。冬深的二公子在说服赵炎留下的当天就溜了，石白容和夏厚的公子小姐陪了三日，直到不得不离开的时候才下山，叶姑娘则留了下来，看样子是要参与祈福。

谢凉转天早早起床，收拾一番吃了饭，就跟着大部队进了祠堂。

入目便是恩公的雕像，雕像前方是五个蒲团，绕着雕像成半圆围拢，每个蒲团前设有小方桌，桌上摆着瓜果点心。饶是他已经从石白容那里听说了大概的情况，见状还是有点无语。无语之后则有些感触，暗道一声不愧是创立白虹神府的人，大人物果然让人佩服。

因为那位恩公说他活着的时候为他祈福可以，但死后祈福没什么用，不如和他讲讲他不在时发生的事。当年的四位庄主觉得有道理，于是久而久之，祈福第一日的安排就成了为恩公讲故事。隔五日讲一个，半月内每人可以给恩公讲三个。

真是清新脱俗。

谢凉往蒲团上一坐，边喝茶边听故事。

这次由秋仁牵头，所以秋仁的秦二公子先来，接着是冬深的赵炎、春泽的谢凉、夏厚的大公子，最后才是白虹神府的叶姑娘。

后辈们对这位恩公没什么感情，不像当年四位庄主那样红着眼絮絮叨叨地拉家常，因此说得都比较短，很快便轮到了谢凉。

谢凉想了想："我讲个侠客的故事吧。"

"侠客邂逅了一位姑娘，二人情投意合拜堂成亲，岂料转天出了意外，被迫分开，侠客受伤失忆，再见到姑娘时便不记得她了。姑娘默默跟着他，二人又结识了另一位姑娘。新来的姑娘很喜欢侠客，三人一同闯江湖。途中，一号姑娘被抓，侠客救她时恢复了记忆，三人被困机关阵，必须死一个才行。二号姑娘得知他们已成婚，便把他们推出去，自己死了。而侠客和一号姑娘出去后又遇见了一个魔头，一号姑娘为救族人和魔头同归于尽，只给侠客留了一个孩子。年轻的侠客自此退出江湖，带着孩子隐居了。"

惨，真惨。

祠堂内的几人听得一愣一愣的，都猜测他是不是那个孩子。

赵炎首先没忍住，第一次主动和他搭话："那侠客是？"

"他叫李逍遥，"谢凉想了想，说道，"他是我一直很尊敬的人。"

看来是他的前辈，也不知是不是父亲。几人唏嘘不已，安抚了谢凉两句，这才往下进行。

一轮故事很快讲完，剩下的时间几个人要么闲聊，要么就干坐着，总之要耗完才行。

谢凉慢条斯理地剥瓜子吃，感觉要闲到发霉，正想提起一个话题和他们聊聊，只听祠堂内突然响起了洪亮的呼噜声，一声连着一声，极其嚣张。

屋里的人沉默了一下，齐齐扭头，见赵炎趴在桌上，睡了过去。

一整天，除了吃饭和上厕所，基本都要在祠堂里面坐着。

等到傍晚出来的时候，谢凉觉得整个人都僵了，吃过饭便直奔后山，打算泡泡温泉。

乔九照例跟着他。

这三天乔九与手下联系得很频繁，可能是查到了什么线索，但一直没对他说，直到今天才开了口："我的人把当初和石家小子同住一家客栈的人都查了一遍，有一个凭空消失了。"

谢凉道："是他下的手？"

"八成，"乔九道，"我们查过飞星岛，石家小子在外面应该没有仇家。"

这就回到了最初的猜测，既然石少爷的疯病是人为的，那他们不是针对石少爷这个人，便是针对某件事——要么是冲着祈福而来，要么便是和春泽山庄有仇。

谢凉看着乔九，等待下文。

乔九道："我的人把这里的人也查了一遍，都没问题。"

"所以是和春泽山庄有仇？"谢凉微微一顿，不太理解，"那他们为什么不把石少爷杀了？"

"这就是奇怪的地方，"乔九道，"若真不是为了祈福，而是只与春泽有仇，他们大可以把人杀了，没必要留个活口。"

可他们偏偏就留了。

谢凉道："你觉得是因为什么？"

乔九摇头："先等等再说吧。"

谢凉暗道也只能如此，那边要是一直没动静，他们怎么想也不会明白的。

二人说话间到了温泉，谢凉不清楚那几位公子是否会来，便找了一个清净的池子，脱掉衣服迈进去，回头见乔九站着没动，问道："你不去找手下？"

这三天，乔九都是趁着陪他来后山的时机，在后崖这里见手下的，今天似乎不去了。

他见乔九点头，问道："哦，那你要一起泡吗？"

乔九说得理所当然："我怕你占我便宜。"

谢凉先是一愣，继而想到乔九的思维还停留在他有特殊爱好上，笑了："九爷放心，我打不过你。"

"这不是打得过打不过的问题，"乔九伸出一根手指晃晃，挑剔道，"你看了我的身子，那就是占我便宜，你知道江湖上有多少男女做梦都想见我光着的样子吗？"

"……"谢凉默默盯着他，实在不知道该说什么。

乔九也是个神人，前一秒还在讨论正事，下一秒就能歪到占便宜上。他暗暗吸了一口气，好脾气地道："这样吧九爷，要么你找个别的池子，要么我闭上眼，等你下来我再睁开。"

乔九挑眉："你不会偷看？"

"不会，"谢凉微笑，"您放心，在下很挑剔，不喜欢看您这样的。"

乔九道："确定？"

谢凉道："确定。"

乔九想了想，又想了想，最终勉为其难："成吧，你闭眼。"

谢凉便带着一腔无奈和无语闭上了眼。

这么一个肆无忌惮、什么都敢做的主，原来竟很在意自己的清白，搞笑呢？

他默默腹诽，突然听见一阵骨骼的咔嚓声，听着特别严重。

谢凉担心出事，下意识地睁开了眼，却见乔九脱了衣服、掀了易容，正在拉伸骨骼，恢复原来的身高。

二人的目光不期然撞在一起。

谢凉瞬间屏住了呼吸。

015.

　　他睁眼时乔九刚拉伸完，入目便是两条大长腿。

　　那身体的线条极其流畅，不是健身练出来的块状肌肉，但每寸皮肤下都能看出隐藏着力量，人鱼线和腹肌也全都恰到好处。那胸膛、腰腹、大腿上都有淡淡的伤疤，美感之外又增添了几分危险和野性，衬着那精致的五官、张扬的神色，每一处都带着致命的吸引力。

　　谢凉打心底里承认，这是个极其有魅力的男人。

　　他迎着乔九的目光，若无其事地重新闭上眼，解释道："我不知道你在恢复身高，还以为出了什么事。"

　　特别的轻描淡写，从语气到神态无一不透着股信号：爸爸对你真的不感兴趣！

　　他闭着眼睛等了等，听见了水声，显然是乔九下来了。

　　水声响了一会儿，很快传来乔九的声音："睁开吧。"

　　听语气倒是没听出有什么不爽，谢凉睁眼打量了一下，见乔九懒散地靠着石块，仍是往常的神色，确实没有不乐意，搞得他开始怀疑所谓的怕占便宜是乔九恶趣味发作故意逗他。

　　这念头刚一闪过，乔九说了第二句话："占了我这么大一个便宜，你得感恩。"

　　谢凉："……"

　　我谢谢你！

　　乔九道："你知道有多少人觉得能像那样看我一眼，这辈子就死而无憾了吗？"

　　谢凉道："不知道。"

　　"你现在知道了，"乔九亲切道，"我告诉你，有很多。"

　　谢凉嘴角抽搐，恭维道："九爷厉害。"

　　乔九"嗯"了声，瞧着满意了。

　　谢凉微不可察地又抽了一下嘴角。

　　一些人嚣张肆意，是因为骨子里自卑，物极必反才会那么表现。但这位主不是，这是真自恋。

　　乔九紧跟着道："所以你得感恩。"

　　哦，懂了。

　　第一次说感恩的时候他还没察觉，现在第二次提，凭谢凉对乔九的了解，这是想要补偿。果然是没节操的人，看了一眼而已，这就赖上他了。

谢凉道："成，我让你看回来。"

乔九一脸挑剔地道："你有什么可看的，能和我比吗？"

"能啊，"谢凉学着他先前的语气道，"九爷，你知道在我们那里有多少人头破血流地想看我吗？又有多少人想和我睡一张床吗？你不仅看过我脱衣服，还和我在一张床上睡过好几次，占了少爷这么多便宜，你也得感恩啊。"

乔九看着他。

谢凉淡定地回望，片刻后二人几乎同时笑了出来。

乔九看谢凉越发顺眼了，自己是个什么德行他自己心里清楚。当然他一向觉得自己这样挺好的，但不得不承认，江湖中能受得了他的人真的不多。

他突然有点珍惜地道："我发现你挺投我脾气。"

谢凉语气凉凉地说道："你这么说会让人误会，小心你的清白。"

"那是你的问题，"乔九笑得恶劣，"误会了你就自己担着。"

谢凉保持微笑，心想爸爸祝你孤独终老。

他不再搭理这位爷，闭目靠着火热的大石，放松心情享受温泉。

乔九也没再开口，身体往下沉了沉，浸在水里。他正要闭眼，突然听见由远及近的脚步声。

谢凉重新睁眼。

他倒不是听见了有人走动，而是那边有说话声传了过来，听着离他们有些距离，不知道会不会往这边走。

不过乔九是背对来路的，肩膀又沉在水里，就算有人看见也只会认为是书童，而当来人见到池子里已经有了两个人，怕是不会再上前了。

乔九侧耳听了一下："不是来这边。"

话音一落，那边的人又靠近了些。谢凉总算能听清了，是秦二公子的声音。

"就在前面，"秦二公子道，"你看就是这个暖阁，里面引了温泉水，在下亲自在外面守着，绝不让人打扰到叶姑娘。"

另一个声音语气淡淡的，说道："多谢二公子。"

秦二公子笑道："应该的。"

二人走过他们附近的小路，声音逐渐远去。

谢凉等彻底听不到动静了才开口："他是真对叶姑娘有意思，还是单纯地为了白虹神府？"

乔九道："这你得问他。"

"我看夏厚的大公子对叶姑娘好像也有点意思？"谢凉继续道，"夏厚山庄这次来了这么多少爷小姐，是特意来陪叶姑娘的吧？但他们怎么知道叶姑娘会来，连秦二公子都不知道。他要是知道，肯定不会去堵咱们。"

乔九见他一下问到了点子上，笑道："叶帮主的一个小妾是夏厚山庄庄主夫人的庶妹，我猜白虹神府是有意和秋仁结亲，想让叶姑娘自己过来和秦二相处看看，她庶妹便把这消息传给夏厚了。"

哦，两男抢一女。谢凉觉得有料了，回去应该能和"亚古兽"他们扒一扒。

两个人泡了一会儿，便决定回去。

谢凉正想说他先走，就见乔九懒洋洋地从池子里起身，"咔嚓咔嚓"把骨头缩回去，擦完身上的水开始穿衣服，又回头看了一眼："你还不起？"

谢凉："……"

你这次怎么不怕被我看光了？

乔九眯眼："你不会只顾盯着我看了吧？"

谢凉无奈道："……你想多了。"

他无语地起身穿衣，余光扫见乔九慢悠悠把自己打理妥当，最后戴上易容，愣是看不出他是真在意清白还是装的，简直是个谜。

二人收拾完往回走，没等迈进小院只听一声大喝："什么人！"

紧接着一个人影从隔壁蹿上来，落到了围墙上。

谢凉在昏暗的光线里打量了一眼，发现是赵炎。

赵炎环视一周，目光转到他们身上，落到了他们面前："刚才有看见什么人吗？"

谢凉摇头："怎么？"

"好像听见有动静，"赵炎顿了顿，从鼻子里哼出一个音，到底补充了一句，"离你那个院子近，你小心丢东西。"

谢凉和乔九沉默。

他们先前还讨论，等着那边的动静，这就来了。

谢凉诚恳地看着赵炎："多谢。"

赵炎哼道："不谢，我又不是为了你。"

谢凉心想你要是知道我们在把你当警犬用，估计就不会这么说了。他良心发现，回报了一二："你知道除去讲三个故事外，剩下的时间要抄经书吗？"

赵炎一愣："啥？"

"四庄后人要亲自抄，代替来祈福的可以让随从帮抄，"谢凉道，"我看你好像没带人？"

严格来说是冬深的二少压根就没给他留人，也不知是忘了这一茬，还是故意的。

赵炎的脸色顿时铁青铁青的。

谢凉干咳一声："总之明天要抄经书，不能随便睡觉，赵楼主早些休息吧。"

"你等等！"赵炎急忙叫住他，见谢凉转身回头，憋了一会儿问道，"我看你好像带了两个随从，你让谁抄？"

谢凉沉默。

石白容可比冬深的二少靠谱，给他留了一个随从帮抄，至于另一个……赵火火怕是请不动。他说道："我让另一个随从抄。"

赵炎于是看向谢凉身旁的书童。

乔九立即抓住谢凉的袖子，怯生生地道："我……我不识字的……"

"……"赵炎道，"不是听说你是书童吗？好歹能识几个字吧？"

乔九道："我才被买来不久，还……还没来得及识字。"

赵炎道："那也没关系，你照葫芦画瓢。"

乔九道："不……"

赵炎刚听了一个字便忍不住瞪眼，这完全是因为心情不好，但乔九见状立即把话咽了回去，像是被吓到了似的。他往谢凉身后缩了半步，张了张口，颤声道："我……我听、听少爷的……呜……"说完扭头就跑，竟是被吓哭了。

谢凉："……"

赵炎："……"

谢凉叹为观止，心想这是真豁得出去啊。

他默默看向赵炎。

赵炎大概没想到自己竟能把人吓哭，觉得请人家抄经书的事要没戏，整个人都僵住了。

016.

谢凉回去时，乔九刚把院子里里外外转完，正在屋里坐着喝茶。

跳动的烛火下，他眼中一点红痕都没有，沉思的神色与方才的可怜样判若两人，比精分都切换得迅速和自然。

谢凉见怪不怪，走过去坐下："如何？"

"没发现。"乔九的食指轻轻摩挲着杯沿，说道，"如果真有那么一个人，他的武功应该在护卫之上，但又不是太高，起码能被赵火火察觉。"

谢凉道："你的人是不是就在附近？"

乔九道："嗯。"

谢凉道："他们的武功和赵炎比，谁厉害？"

"赵炎，"乔九道，"少部分拼一拼勉强能和他打个平手，剩下的虽然打不过，但也不会差太多。"

谢凉心想，这就很好猜了。

那个人无论进来或离开都要碰到乔九的人和山庄护院，而乔九的人和赵炎实力水平接近，如果他们没察觉到动静，说明那个人有很大可能就是山庄里的人。再说事先混入山庄，办事也方便些。

先前乔九说过查完一遍后，觉得山庄里的人都没有问题。那要么是闯入者易了某人的容，要么就是他本身的身份没问题，潜入山庄是藏着更深的恶意和动机。

当然这都是猜测，万一人家有来去自如的实力，只是不小心才被赵炎察觉呢？或是人家运气好，来去都没撞见乔九的人呢？

谢凉想了想，找出一个违和的点："他现在对我出手还有用吗？"

来的时候对他下手他理解，毕竟他要是出事，石白容在秦二的眼皮底下很难再找别人。

可如今他成功抵达神雪峰，祈福也已经开始，他的安全由秋仁负责，要是出了事，背锅的可是秋仁。

乔九慢慢喝了一口茶，说道："你问得在理。"

谢凉道："所以？"

乔九道："暂时没想到原因。"

好好的祈福赚钱弄成了侦探游戏，谢凉很是无奈。但他们连人家的影子都没见着，只能继续等。于是二人讨论几句便休息了。

乔九当天晚上出去了一趟，转天一早告诉谢凉，他的人没发现可疑人影。

谢凉"嗯"了声，收拾妥当出门吃饭。

刚要迈出门，他便停住了脚，见门边放着两个用草编的蚂蚱，十分秀气。他捡起来打量一眼，琢磨了一下递给乔九："应该是给你的。"

另一名随从在场，乔九不能暴露本性，便带着一点点疑惑和一点点好奇接过来，拿在手里看了看，特别天真无邪。

谢凉笑着摸了把他的头，带着他们往饭厅走，半路随便找个理由让那随从先过去，见左右都没人，这才笑道："没想到阿火这么心灵手巧，多可爱，要不你帮帮他得了。"

"不帮，"乔九维持着书童乖巧的神色，但语气嚣张，"两只蚂蚱就想让爷给他抄经书，爷有这么好收买？"

谢凉问道："他做到什么程度你会帮？"

乔九道："这得看我的心情。"

二人到达饭厅时赵炎已经到了，见他们进门立即看了过来。然而九爷铁石心肠，任赵炎在他身上看出一个洞都不抬头，小口小口地喝了一碗粥。

吃过早饭，众人进了祠堂。

今天要抄经书，秦二公子、夏厚的大公子和叶姑娘坐下便开始抄写，一句废话都没有。谢凉的那名随从也开始提笔干活，谢凉便另要了一张桌子，坐下和乔九下五子棋。

赵炎不死心地往他们身上又看了两眼，发现不管用，对着纸笔运了半天气，一脸苦大仇深地抄了起来。

谢凉见状暗笑，赵炎虽然脾气暴躁，但倒是个实在人，答应了帮人家祈福便不会要赖，挺好的。

按照规矩，只要抄完三遍便可以自由活动。

几人的速度都不慢，不多时便纷纷抄完离席，只剩赵炎一人继续苦大仇深。谢凉同情地看了他最后一眼，体贴地为他关上了门。

转过身，他听见了秦二公子的声音，说是西院有片竹林，询问叶姑娘要不要去看看。

叶姑娘道："好。"

还没等秦二公子的嘴角往上扬，只听夏厚的大公子道："哦？竹林？那一道去。"

秦二公子的笑容顿时僵住。

谢凉在心里"啧啧"一声，目送他们走远，正打算回去睡觉，突然被人戳了一下。

他回头和书童对视一眼，直觉他这是想看热闹，便把随从打发掉，带着书童也往西院溜达。

路上他说道："你知道在我们那里负责收集类似这种消息的人，叫什么吗？"

乔九道："什么？"

——叫狗仔队。

谢凉冲他笑了笑，没有回答。

乔九见状知道一定不是好话，便不继续问了。

这天过后，谢凉的日常生活就基本固定了。

那神秘的人影没有再出现，他除了坐在祠堂里看他们抄经书外，剩下的时间便是围观两男争一女的戏码，看着秦二有几次脸上的笑容都要裂开了，深深地觉得以二公子这感人的智商，够呛当人家的对手。但好的是秦二一心扑在叶姑娘身上，就没空理他了，应该不会找他麻烦。

另一件事值得一提，大概抄经书对赵炎来说实在是件苦差，本着能少抄一天是一天的想法，以至于谢凉他们每日都能在门外收到两只草编蚂蚱，这份执着简直要感动天地。

谢凉每日也都能收到赵炎无声的请求，感觉良心被放在火上烤了又烤，但当把"无视赵炎"和"劝九爷帮忙"放在一起衡量后，他就毫不犹豫地选择了前者。

只是山庄就这么大，赵炎的举动不可能每次都背着人。于是这几日山庄众人在望向书童和赵炎时，目光便有了些深意。然而赵炎神经粗，完全没觉出不对，继续雷打不动地送蚂蚱。

在这诡异的气氛里，五天眨眼过完，该讲第二个故事了。

谢凉不像窦天烨那样喜欢追剧，能回忆起来的都是老剧，便胡诌一通，为他们讲了一个古代版的都市虐恋故事，搞得众人又唏嘘不已。

他讲完就轮到夏厚的卫大公子，几人本以为卫大公子会像先前那样简单讲几句，谁知他竟讲了一个很长的故事，重要的是惹人深思，导致叶姑娘和他讨论了许久。谢凉往秦二那边看了一眼，见他面上保持着微笑，手里则一点一点把桌上的糕点全捏碎了，暗道等祈福结束，这怕是要忍出内伤。

不过他还是想得太好了，讲完故事又过了两天，这天他照例要去围观八卦时，突然听到不远处传来一声惊呼："不好了，快去请庄主，二少爷和卫少爷吵起来了！"

谢凉和乔九一愣。

他们急忙往出事那边赶，途中囫囵听了几句议论，好像是两个人的随从先打起来的。

二人抵达现场，入耳便是秦二的怒喝："姓卫的，你别欺人太甚！"

谢凉抬头望向声源。

这里是片花园，位于住宅与祠堂的交界处，此刻秦二的随从正捂着胸口倒在地上，卫大公子则站在他们前面，身边的随从同样挂了彩。而叶姑娘带着丫鬟站在一旁，神情依旧是淡淡的，看不出偏向哪边。

在他看过去的同时，卫大公子冷冷地开了口："是你的人先找事的。"

"你放……"秦二公子的声音一卡，硬是逼自己咽回了那个"屁"，说道，"你胡扯！"

谢凉："……"

挺好，到了这份儿上也不忘在女神面前维持形象。

"少爷别说了，这几天的委屈受得还少吗？他就是欺你不敢拿他怎样！"秦二的随从吐出一口血，艰难地从地上爬起来，恨恨道，"少爷您放心，我就是拼死也不会再让他欺负你！"

话一说完，他立即冲向卫大公子。

秦庄主恰好闻讯赶来，见状怒道："放肆，拉住他！"

护卫在庄主出声的同时便奔向了秦二的随从，但那随从太激动，他们的手堪堪摸到他的衣角，全都没能抓住，眼看着他到了卫大公子的面前。

乔九瞬间眯起眼。

那边卫大公子根本没把这条小鱼当回事，伸手便要擒住他，却突然见银光一闪，对方以一个他完全没料到的角度躲过他的攻击闪到近前，匕首直奔胸口。

他的大脑刹那间一片空白，这个距离绝对躲不开，他什么也做不了。

他正觉得要完，只听耳边一声金鸣，远处飞来一块碎银，精准地打掉了匕首。

卫大公子这口气还没缓过来，就见随从一击不成，另一只手紧跟着拿出一件暗器，再次攻向他。

下一刻，人影一闪。

一个熟悉的身影鬼魅般出现在眼前，千钧一发之际抓住随从的手腕，而后连点他身前几处穴道，一脚将人踢了出去。

这一切发生得太快，除去卫大公子恐怕没人知道其中的凶险。众人只是见到那随从跑去和卫大公子拼命，接着就被踹飞了。此刻定睛一看，他们发现动手的竟是谢凉那个书童。

秦二公子根本反应不过来，见随从跌在自己身前，下意识道："你……你干什么？"

乔九扫他一眼："蠢货。"

两句话的工夫，秦庄主和护卫纷纷回神，一脸忌惮地盯着书童。

乔九基本已经摸清是怎么回事了，张狂一笑，摘下了易容。

天鹤阁，乔九！

众人齐齐震惊。

然而还未等他们回神，只见又有一个人跃了过来。

赵炎原本正苦兮兮地抄经书，忽然听见外面很乱，便忍不住去看热闹，结果远远地就见书童背对自己站着，面前围着一群护卫。

他一怔，顿时觉得表现的机会来了。

于是他快速赶去，在众人震惊的目光里站到书童的身前，像对上千军万马一般，霸气道："有我在，你们休想伤他！"

017.

众人默默看着赵炎，没有开口。

因为他们实在不知道该摆什么表情，只能让自己先冷静一下。

赵炎有些意外，他本以为那些人会让他少管闲事，或说些客套话劝他离开，然后他一律拒绝，霸气地给书童撑个腰，这样后面几天兴许就不用抄经书了。结果他们一句话也没说，他一腔的气势仿佛打在了棉花里。

赵炎无奈，便选择先回头，关心道："你怎么样……干！"

猝不及防对上一张熟悉的脸，他的表情瞬间裂了，目光触及乔九手里拿着的易容面具，他迅速反应过来，炸毛怒吼："你把他弄哪儿去了！"

谢凉觉得场面惨不忍睹，闭了闭眼。

赵火火还是太单纯，以为乔九是临时把书童藏了起来，看看，现在还在担心人家的安危，也是很感人了。

然而这感动不了铁石心肠的九爷，给他提供乐子还差不多。

乔九恶劣一笑："你猜。"

赵炎更怒，当即要撸袖子和他干仗。

乔九道："敢动我一下，你这辈子别想再见他。"

赵炎一脸愤恨地把抬起的拳头放了下来。

众人："……"

果然是看上了那个小书童！

谢凉简直都不忍心看了。

他见赵炎被乔九毫不在意地拨到一边，便赶在赵炎又一次炸毛前走过去把人劝住，拉着他往旁边挪了挪，给乔九腾地方。

"他劫你的书童告诉你了吗？"赵炎抓着谢凉的胳膊，"我跟你说他的心可黑了，小心他把人吓出个好歹。"

谢凉一脸一言难尽地看着他，说道："咱们先顾正事吧。"

二人说话的同时，乔九回头看向卫大公子，示意他来说。

卫大公子在鬼门关外转了两圈，手指现在还有些发凉，闻言定了定神，将方才的凶险说了一遍。

秦二公子愣愣地看着倒地的随从，既觉得不可置信又有点感动，毕竟是为了他。

秦庄主则又惊又怒，看向地上的人："你吃了熊心豹子胆了，从哪里生的这恶毒的心思！"

乔九道："你该关心的不是这个，你该想的是要是今日我没在，真让人家死在你们秋仁的手里，会如何？"他勾起嘴角，不紧不慢地说，"然后他在伏诛前当着大家的面再'不小心'供出石家小子之所以会疯，是你那蠢货儿子安排的人手给人家下的药，又会如何？"

秦庄主和秦二公子的脸色都是一变："什么？"

乔九道："不信在他身上或去他房里搜搜，看看有没有药包。"

说罢，他扫了一眼护卫。

护卫们只迟疑了一下便过去搜身了，一来九爷不好惹，二来他们也听出了事情的严重性。

那随从被点了穴，不能动也不能开口。护卫们很快将他全身搜了一遍，果真有药包。

秦庄主的脸色顿时铁青。

乔九道："石家小子那事一出来，春泽便请了天鹤阁调查，几日前我的人传来消息，说悬针门的人诊断出他是中了药。"

既是人为，便有目的。

迄今为止，春泽那边除去一个小少爷发疯就没再倒过霉，所以这阴谋对事的可能性很大。他和谢凉来的这一路风平浪静，对方没有再出过手，只有一个秦二跑去堵人。

秦二公子顶着众人齐刷刷看过来的视线，张了张口："我、我不是……"

乔九道："你去堵人，主意是你自己想的，还是有人给你出的？"

秦二公子回忆一番，猛地看向了地上的人。

乔九见他回过味了，便继续往下说。

其实他原本是没往秦二的随从身上怀疑的，后来谢凉说对方若在他们抵达山庄之后再动手，背锅的会是秋仁，他这才深想了一层。再后来秦二和卫公子对上，他每日都会看热闹，那个时候他只是略有怀疑，直到刚才看见随从闪过护卫的捉拿时用的身法并不简单，他才彻底确认。

当初秦二试探谢凉，另辟蹊径提到过曲子，那时他们便猜出是这随从帮着想的。最近秦二对上卫公子，帮着出谋划策的依然是他，可见他很得秦二的信任。这次夏厚来的若不是卫公子，而是随便一个少爷，想来他也有办法让秦二和人家打起来。

秦庄主出了一身冷汗。

这随从在他们秋仁待了将近八年，一直隐而不发，如今一发便是要置他们秋仁于死地啊！

重要的是到时他们百口莫辩，差人毒害石少爷，是因为春泽和秋仁不合，他这是为了主子。杀害卫家公子，是因为人家惹了自家少爷，他同样是为了主子。

一旦成功，到时他死无对证，只留下一包药，那么"得知真相"的春泽和失去嫡子的夏厚，自然不会放过他们秋仁！

秦庄主越想越后怕，对乔九拱手道："今日多亏乔阁主，不然后果不堪设想。"

乔九道："不谢，我也是为了赚钱。"

他知道接下来秋仁肯定要查是谁指使这名随从的，便打算把消息也告诉春泽山庄，那这单生意便算是完成了。他心情愉悦，下意识地转身去找谢凉，却对上了不远处的赵炎。

赵炎扭头就走。

乔九笑容灿烂，连忙追过去："火火，要不要我帮你抄经书？"

赵炎道："滚！"

乔九充耳不闻："你送我的那些蚂蚱我一只都没扔，每天都拿出来看一遍。"

连谢凉都听得不能忍了，这是真恶劣啊！

果然，赵炎额头的青筋一跳，反身便朝乔九招呼了过去。

乔九轻巧地闪开，笑道："你是不是不喜欢我这个样子？没事，为了你，我愿意换回之前那张脸。你方才站出来护我，我十分感动。"

赵炎打了好几次都被乔九避开，想想以前吃过的亏，再次扭头走人，一边走一边抖，气的。

乔九向来不会看人脸色，继续追上去逗他。

众人："……"

先前顾着正事，他们没注意其他的。

现在想想，原来谢凉的书童一直是乔九易容的，所以赵炎的蚂蚱都给了乔九。

连续好几天……给九爷送蚂蚱……

众人的表情顿时万分精彩。

叶姑娘望着乔九远去的身影，向来淡漠的表情有些发僵，直到他走远才动了动双腿，余光扫见丫鬟晃了一下，一把抓住她，二人的手指俱是发凉。

丫鬟脸色雪白："小姐，大少爷……"

叶姑娘打断道："你小心让他听见。"

丫鬟立刻闭嘴，脸更白了。

叶姑娘道："这几日看见他不许喊大少爷，知道吗？"

丫鬟猛点头。

在白虹神府里是不能提"乔阁主""乔九"或"九爷"的，因为叶帮主一听就炸，他们只能喊"大少爷"，久而久之神府的人便都习惯了。然而一旦出来，若是"大少爷"的称呼被乔九听见，他们很可能就会惹乔九不痛快。

没人想惹他不痛快。

自从乔九当年带着一身血从家里离开，他就成了整个白虹神府的噩梦。

丫鬟心有余悸，不安地靠着叶姑娘。

二人想起当年的场景，脸色都有些不好，便回房了。

谢凉自然也不会多待。

他回去时乔九还没回来，等到回来时便已恢复了原貌，同时换了一套合身的衣服。谢凉看着他进屋，问道："还有一件事我很好奇，既然他是想让秋仁倒霉，那前几天赵炎听见的动静又是什么？"

"我还在想，"乔九道，"或许他还有别的目的，也或许是另一波人干的。"

谢凉道："总之我应该安全了。"

乔九道："嗯，除非你有仇家。"

谢凉于是放心了。

虽然闹出了事，但好在没弄出人命，祈福便没有暂停。

秦二被秦庄主训了一顿，回来便发蔫儿了；叶姑娘因某人在场，也不像先前那样有闲情雅致四处逛了；卫公子捡回一条命，也低调了不少。只有赵炎不消停，连续三晚潜进谢凉的小院想偷回他的那些蚂蚱，但乔九真不是个东西，藏的地方很隐秘，导致赵炎连续三晚空手而归。

到第四天的时候，乔九换回书童的打扮，跟随谢凉迈进祠堂，乖巧地往他身边一坐，拿出一只蚂蚱开始玩。

赵炎的脸立刻乌黑乌黑的。

谢凉干咳一声压下嘴角的笑意，假装什么都没看见，顺手给书童塞了一块糕点。

赵炎："……"

其余众人："……"

谢凉顶着各种意味不明的视线，疑惑地挑了一下眉："怎么？"

几人纷纷收回目光，独自压惊。

他们忽然意识到一件可怕的事，谢凉在得知乔九身份的情况下不仅和他吃住同行，连这几天也是和他住在一个小院里的！

重要的是他们见谢凉摸过乔九的头！

好像还一起去泡过温泉！谢凉简直跟没事人一样！

这绝对也是个狠人，几人在心里想，打算以后离他远点。

谢凉完全不知道他们的想法，该干什么干什么。

而乔九逗完了赵炎，头一支便想睡一觉，临睡前看了一眼雕像，不由得坐直身子。

谢凉看向他，给了一个询问的眼神。

乔九思考了一会儿，等到能出去时和秦二聊了几句，这才对谢凉道："我知道那天的人影是怎么回事了。"

018.

谢凉问："怎么回事？"

乔九指了指雕像。

它被挪动过，底座的地砖上有一点极轻的痕迹，显然是没挪回原位造成的。这本不容易发现，但是不巧，他睡之前看的正是那个方向。

谢凉"嗯"了声，等待下文。

乔九道："雕像下的地砖上刻有几行字。"

这只有四庄后人和白虹神府的人知道。

上面刻的并不是什么秘密，据说是当年那位恩公一时心血来潮刻下的。他们不往外说，是怕外面那些人因为好奇或是怀疑有宝，不停地往这里窜。

乔九方才去找秦二，便是问他那个随从是否知晓此事，毕竟他对人家十分信任。果然，得到的答案是——秦二最近提过一句。

这就能对上了。

山庄是为祈福而建，虽然外部构造建得精致，但屋里的摆设却一切从简，根本不值几个钱。庄内每年只留几名护院和打扫的家丁，穷得贼都不愿意光顾。若随从是早就知道的，大可以找个人少的时候潜进来，只有是最近知晓的，他才有可能会贸然行事，想着在死前尽量为他效忠的主子多探查一些东西，因为他明白自己没有"以后"了。

可到底还是杀人的任务更重要，所以在上一次被赵炎察觉后，他便没再轻举妄动。

谢凉想了想山庄的布局，不太理解："他看完字，为何非要到我那边去？"

"你住在东院，"乔九道，"整个山庄只有东院有个锦鲤池，里面养了一池的鲤鱼，这规矩一直没变。"

谢凉道："麻烦说具体点。"

乔九没回答，带着他去了锦鲤池。

这地方谢凉早已逛过，此刻再来，便细看了几眼。

池子处在东院公共区域的中央，里面有鲤鱼荷花，碧水环抱假山，假山旁立着大石，上面的三个大字想来写的就是"锦鲤池"。有三条走廊从不同的方向通往池中假山，曲曲折折，犹入画中。

但谢凉怎么看都不觉得有问题，只能等着乔九解惑。

乔九依然什么也没说，带着他回到客房把门一关，取过纸笔将锦鲤池的布局画了一遍。

谢凉疑惑："这是阵法？"

乔九看他一眼，倒满一杯水喝了两口，又看了他一眼，目光带着些许深意。谢凉正觉得乔九是不是又在逗自己，只听他缓缓开了口。

"地砖上写的是：这雕像只作念想，当不得神佛，遇见难事切莫拜我，我不是锦鲤，拜之无用。实在想拜，便去山崖找个视野开阔之地磕一百个响头，若运气好被路过的神佛听见，兴许会帮你实现。以上，说与有缘人听。"

谢凉："……"

"现在你知道他为何去锦鲤池了，"乔九道，"上面说'我不是锦鲤，拜之无用'，换言之，是锦鲤便有用了，何况锦鲤池修成这样，谁都会深想。"

谢凉道："这些年，你们没少翻锦鲤池吧？"

乔九道："早已不翻了，翻也没用。"

谢凉明白。

山庄至今已有二百多年的历史，该翻的肯定早就翻了，可没有就是没有。他沉默几秒，有些复杂地问："你知道拜锦鲤是什么意思吗？"

乔九道："不知，你知道？"

这次轮到谢凉不回答了。

乔九立刻笑了，眼中的锋锐和玩味都比平时更盛一分："你果然知道。"

若换成旁人被乔九这样盯着，肯定会汗毛直立，想尽办法逃离这位主的魔掌，但换成谢凉，只听他诚恳地教育道："九爷，你这样看我，会让我觉得你对我感兴趣。"

乔九的笑意加深："不用觉得，我就是对你很感兴趣。"

谢凉也笑了，舔了一下嘴角："哦，对我很感兴趣啊……"

乔九平静了下，虽然谢凉的语气和平时差不多，但不知为何总像是换了一种态度，让他恍惚觉得被调戏了似的。他凑近了一点，单手支着头，笑容灿烂："别给我岔开话题，说，知道什么？"

谢凉暗道一声没幽默感，爸爸好不容易在你身上找点乐子。

他思考几秒，问道："你先祖是说与有缘人听的，要是有缘人得了灵感找到点东西，是不是归有缘人所有？"

乔九很痛快："你能找到就拿走。"

于是谢凉便带着他到达后山山崖，仔仔细细转悠了一圈，最后走到一棵大树下，看着眼前这二十多平方米的地方："确定吗？整个山崖就这里是土？"

乔九道："嗯，其他地方往下随便挖两尺便是石头。"

谢凉指着地面："来，挖吧。"

乔九扬眉："怎么挖？"

谢凉道："你一掌拍下去，不能拍出一个坑？"

乔九沉默地盯着他。

"哦，这是土，不是石头，"谢凉想了想，"那你是不是可以用内力把土吸出来？"

乔九继续盯着他。

谢凉和他对视，数息后乔九亲切地告诉他在这里等着，接着转身走人，很快带着几个家丁折回来，吩咐他们把两把铁锹、一桶水和几株花放在地上。

谢凉："……"

乔九与谢凉各拿了一把铁锹，回头扫了一眼家丁："还有事？"

家丁们犹豫道："九爷，小的们来吧？"

乔九给了他们一个微笑："我好像说过要亲自陪我家少爷种花？"

家丁们顿时半句话也不敢说了。

九爷可不好惹，他说想种花，连秦庄主都不敢拦，现在说要亲自种，他们更没胆子拦，便急忙跑了。

山崖上眨眼间就剩下两个人。

谢凉拿着铁锹和他大眼瞪小眼，确定乔九不想耗费内力干"吸土"的事，便认命地和他一起挖坑，片刻后道："其实你是吸不出来吧？"

乔九几百年没干过这种活了，语气恶劣："挖你的，今天要是挖不出东西，我把你栽在这里。"

谢凉道："要是能挖出东西，我是不是能栽你？"

乔九冲他微笑："你试试。"

谢凉停住："那别干了，把花种上就走吧。"

"可以，"乔九跟着停下，"过几天就下山了，等你们离开，我让手下来挖，这回挖出来就是我的了。"

谢凉道："行啊，我可没说一定能挖出东西。你们要是找不到，想再喊我来找，我就不帮了。"

两个人说完再次大眼瞪小眼，接着同时低头干活。

乔九挖土的空隙扫他一眼，评价道："你在你们那里绝对是个祸害。"

谢凉笑了："哟，九爷对自己的理解还挺准确。"

乔九反应了一下，迅速弄清因果。

他说谢凉是祸害，必然是因为谢凉和他不相上下，可见他也是个祸害……他第一次见有人能这么回他，便又看了谢凉几眼，情真意切道："看在你投我脾气的份儿上，以后要是遇见难事就来找我，我帮你。"

谢凉道："收钱吗？"

乔九道："收。"

谢凉道："收多少？"

乔九难得有些良心："只收你十两银子。"

谢凉道："哦，意思是我要是缺钱了想找你要点只借不还的钱，要一百两，只需倒找你十两就可以了？"

乔九看着他，开始反省自己果然不应该有良心这种东西。

谢凉笑了笑，不再开玩笑，说道："看在相识一场的份儿上，若你以后有事需要帮忙，只要我能做到，我也帮你，也只收你十两银子。"

或许是乔九选择将石砖上的话如实相告，也或许是二人现在好歹算是在干"见不得人"的勾当，几句话说下来，关系倒是亲近了不少。

乔九跟着谢凉挖了一个又一个坑，问道："你为何觉得这里有东西？"

"上面除了提到锦鲤池，还提到了山崖，"谢凉道，"锦鲤池不是没有吗？那只能来这里。你想想看，要磕一百个响头的地方当然不能太硬，得找个土厚的，而且全部磕完肯定会磕出一个小坑，兴许运气好就磕出了东西。"

乔九道："就因为这个？"

谢凉道："不然呢？"

乔九觉得被耍了。

一个人就是磕死也不可能磕出这么大一个坑，再说其他地方的土虽薄，但承受一百个响头也是没有问题的。他刚想反驳，便觉铁锹杵到了东西，扒拉几下，发现是一个小箱子。

九爷顿时感觉自己的智商受到了前所未有的侮辱。

他一把架住谢凉的铁锹："说清楚，今天不说清楚，咱们都别走。"

谢凉好脾气地停住："那你先告诉我，刚刚你说那几行字的时候，我感觉你可能是觉得我能猜出来，而我带你来挖坑你也没反对，为什么？"

乔九道："你知道通天谷吗？"

谢凉道："不知道。"

乔九便把通天谷的传闻告诉他，说道："我这位刻字的先祖，他就是通天谷的人。"

谢凉简直听愣了。

把穿越说得这么洋气也是很可以的啊，穿越后建立白虹神府，让四庄后人为他祈福，这前辈混得也是很可以啊。

他当时看到"拜锦鲤"三个字便猜测那人可能是前辈，后来深想一层，想到某版本的《天龙八部》貌似就是让人磕响头，磕破蒲团露出了武功秘籍，再加上那句"说与有缘人听"，于是他发散思维便想来挖坑碰运气——毕竟他马上要走，兴许只有这一次挖坑的机会，不挖白不挖。

结果这一挖还真挖出了东西。

而那位前辈果然也是穿越来的，不过知道也没用，人家已经死了两百多年了。

他说道："哦，这么说我也算是通天谷的人。"

乔九自从看见箱子便知道自己没猜错，闻言一点都不意外。

他把箱子弄出来，说道："现在换你说。"

谢凉道："我们那里有一个人磕头磕出了宝贝，你的先祖应该是特意说给我们听的，能藏宝的地方，土当然要厚点。"

乔九道："拜锦鲤呢？"

谢凉道："拜锦鲤在我们那里和拜神佛的意思一样，你们不懂才会觉得是真锦鲤。"

乔九疑惑得解，舒坦了，站到一旁等着他开箱，说不要就是不要。

谢凉很好奇前辈会给他们留什么，简单地把箱子上面的土拍掉，小心谨慎地打开了箱子。

019.

箱子的横切面等同于一个笔记本电脑，不知是用什么木头做的，二百多年竟没有腐烂。打开后，首先映入眼帘的是两根金条。

谢凉顿时感动，这前辈真够意思！

乔九虽说不要，却很好奇，见谢凉的手直奔金条，说道："先看别的。"

"少爷再教你一个道理，做人得知足，碰见不认识的人给你钱，要感恩。"谢凉说着掂掂金条，然后放在一旁，看向另外三样东西。

一个小木球，两个小木盒。材质估计和箱子一样，也都完好无损。

乔九走近几步，看见放置在角落的木球，见谢凉恰好拿起它，说道："这种球我儿时玩过，能拆。"

谢凉打量了一眼。

小球由木条组成，完美地镶嵌在一起，是挺像玩具。他把球递给乔九，打开稍小的木盒，发现里面只放着一个小本子，应该也是特殊材质做的，同样没坏。

那封面上用简体写着两个字："秘籍。"

谢凉挑了一下眉。

这么直白？还真像小说里写的那样给本武功秘籍？

他拿起打开，见封面和第一页中间夹着一张纸，纸上第一句是："想啥好事呢？逗你玩的。"

谢凉见多了奇葩，眼睛都不眨一下，继续往下看。

后面写道："这是给同乡准备的，若你是误打误撞得的箱子，铁定看不懂我在写啥，劝你别看了，当然你可能不会听话。好了，言归正传，若你是同乡，你可能经历了震惊、茫然、沮丧等情绪，听哥一句劝，反正回不去了，绝望地过是过，开心地过也是过，浪起来！

"这两根金条你拿着，世上很多事都能用钱解决，钱若也解决不了你就自求多福。不过若是小事，你便拿着木球找上白虹神府，他们如果没破产，见着信物兴许会帮你，但大事是肯定不帮的，我家训告诉过他们，人活着不能太要脸面。"

谢凉沉默。

嗯，作为嫡系子孙的乔某人确实贯彻了家训。

他翻过一页，背面写道："另一个盒子的东西是给你留作纪念的，听说过古剑出土后依然削铁如泥吗？你打开盒子，便是见证奇迹的时刻！"

谢凉于是看向另一个稍大点的木盒，依言打开，见里面是个凝固的块状物，摸了摸感觉有点像蜡，但又比蜡软。他拿起来掰了掰，发现能掰动，便一点点撕开，刨出了封在里面的东西——手枪。

已经锈得惨不忍睹了。

他轻轻呼出一口气，想对前辈说句话：亲，你实验失败了哦。

他把枪扔回去，重新拿起小条，上面说没子弹了，只是给他当摆设玩的。

纸条最后写道："小本子是给你的航海日记，名字帮你取好了，过你的人生去吧，加油！"

谢凉看向小本的第一页，只见正中央写着四个字："穿越日记。"

后面都是白纸，显然等着他记录。

挺好，有想法。

他收下了这杯发馊的鸡汤，把小本也扔回去，拍拍手站起身。

乔九一边看箱子里的东西，一边寻着记忆拆木球，此刻恰好拆完，从球心摸出一把钥匙，问道："这是干什么用的？"

谢凉道："他连提都没提。"

乔九扬眉。

谢凉便告诉他，这木球是作为信物请白虹神府帮忙用的。

二人不是傻子，转转心思就能猜出大概。

那位前辈无法确定找到箱子的人心性人品如何，看在同乡或有缘的份儿上给点钱没什么，但给太重要的东西便有些过了。纸条提到木球是信物，估计换谁都不会拆着玩。若对方拿着木球找上白虹神府，钥匙便顺利落到了自家人手里；可若开箱时有白虹神府的人在场，且机缘巧合开出了钥匙，那便是给找到箱子的人的，毕竟能当着白虹神府人的面开箱，至少是被白虹神府所信任的人。

谢凉问道："你觉得是哪里的钥匙？"

乔九思索一番，摇摇头，只道："这是玄铁做的，那把锁应该也是玄铁的。"

江湖这么大，吃饱撑的去找个玄铁的锁？

谢凉表示不约，就和手枪一样当个纪念品算了。

他们耽搁了不少工夫，再待下去恐怕要被疑心，便翻翻土，发现再没别的东西就开始种花了。

乔九道："为何这样摆？"

谢凉道："我这是在对你的先祖表示感谢。"

乔九道："哦，你们那边祭祀的传统？"

"不，"谢凉种完最后一株花，满意地看着自己的杰作，笑道，"这个桃心的意思是，随便种个花都是爱你的形状。"

乔九："……"

此刻天色已晚，箱子虽小，但拿在手里还是会惹人注意。

二人商量片刻，最终谢凉以"翻译纸条的内容"为条件，请动九爷跃下后崖，暂时将箱子交给手下保管，而他身边只留了两块金条和一把钥匙。

他们回房拿了换洗衣服，来到最近常去的池子泡温泉。谢凉发挥胡说八道的技能，告诉乔九这是他先祖怕同乡的人没钱混得太惨，好心给他们留的东西。

乔九道："另一个木盒里的是？"

"是个防身的机关，可惜放了太久已经不能用了，"谢凉道，"你若喜欢，我送给你。"

乔九道："我更喜欢钥匙。"

谢凉很痛快："成，给你。"

乔九盯着他看了两眼，愉悦地笑道："和聪明人说话就是省心。"

谢凉不置可否。

不然他能怎么办？秦二的那名随从动手前肯定把这里的消息传出去了，万一对方派的人没在锦鲤池翻出东西，心血来潮走到后山瞧见土被翻动过呢？虽说种了花，可架不住人家多疑，所以还是放在乔九那里保险，起码能当个保命符。

当然这只是防患于未然，兴许人家根本察觉不到。

乔九见他心里明白，便也给了句忠告："通天谷的事你最好保密，据说当年我那位先祖给白虹神府、四庄和飞剑盟都留了东西，当时他们似懂非懂，便只当先人遗物收着，要是让有心人知道你能懂，小心把你抓过去问话。"

谢凉问道："飞剑盟？"

"一个白道门派，当年也受过我先祖的恩，只是不像四庄这样搞个祈福。"乔九道，"百年前白虹神府、四庄和飞剑盟情同手足，不过现在关系早已淡了。"

谢凉由衷道："你先祖真厉害。"

乔九道："通天谷的人不是都很厉害吗？"

谢凉道："那你觉得我哪里厉害？"

乔九笑容亲切："我是在问你。"

谢凉反应了一下，意识到乔九那句不是附和，而是单纯的疑问，显然是没觉得他们强在哪儿。他沉默几秒，也给了一个亲切的微笑："看不出来就算了，这是你眼神的问题。"

乔九一点都不介意被呛，懒散地靠着大石，闭眼泡澡。

天色彻底暗下来，池边挂了两盏灯笼，他坐在半明半暗处，虽是安静的神色，却带有几分说不出的锐利和危险，谢凉不由得多看了几眼。

乔九若有所觉，睁了一下眼。

谢凉的表情毫无破绽："我有个问题，你就不好奇你先祖留的那些东西是什么吗？"

乔九道："暂时不好奇，等我好奇的时候自然会找你。"

谢凉道："我提什么条件都行？"

乔九联想到他刚刚投在自己身上的视线，立刻眯眼："你想占我便宜？"

谢凉："……"

哦，我忘了你自恋，并且思维还没转过来。

乔九道："你是不是对我有想法？"

"没有。"谢凉诚恳地解释道，"窦天烨他们其实是误会了，你是受了他们的误导才觉得我有点特殊的爱好。"

"别否认，江湖上对我有想法的人向来很多，你只是也没能免俗而已。"乔九压根不信他，学着他教育自己的语气教育他，"少爷，君子坦荡荡，有想法便是有想法，这种事遮掩也没用。"

"真没想法，"谢凉眼见解释没用，便淡定地走过去，单手往他身后的大石上一撑，"这样吧，你要是非不信就亲我一口，看看我会有什么反应？君子坦荡荡，为证自身清白，少爷我只能忍痛被你占个便宜，来吧。"

乔九："……"

蛮神奇的，每当他觉得谢凉无耻，很合他脾气的时候，没过多久便会发现谢凉还能更无耻。

对了，相识至今他好像还没见谢凉变过脸色。

乔九忽然起了些恶劣的念头，正想要不要逗逗他的时候，便见谢凉收回了手。

"泡好了，走吧。"谢凉说着，没事人似的上岸穿衣，率先回房。

他在心里默默反省，这位主性格太恶劣，不能瞎逗，得改。

然而计划赶不上变化，没等谢凉痛改前非，他就发现乔九不知是被戳到了什么点，自此之后，把逗弄赵炎的兴趣全转移到了他身上。

赵炎自然高兴，但见谢凉对上乔九一点都没落于下风，也再次坚定要远离这两个狠人。于是苦熬两天后，他在祈福结束的当晚便迫不及待地离开了山庄。

谢凉和乔九住了一晚，第二日才下山。

乔九那里还有他一个箱子，依然与他同行。二人很快回到万兴城，谢凉看着热闹的人群，莫名有些怀念，便下了马车，准备走到小伙伴们住的客栈。

中途路过一处茶棚，茶客们的谈论声传了过来。

"屠龙刀？我见过，是把好刀！"

"刘兄好运气，我没见过屠龙刀，只是有幸见过金毛狮王谢逊。"

"哎呀！他真如传言那般是一头金发？"

"那还有假！"

谢凉："……"

什么情况？山上待了半个月，再下来就穿越到"倚天剑屠龙刀"的世界里了？

他看向乔九："你知道金毛狮王谢逊吗？"

乔九道："不知，他很有名？"

谢凉不答，边听八卦边往前走，最终在一座人满为患的酒楼里找到了答案。

只见窦天烨、方延和江东昊呈三角形站在屏风前，而赵哥坐在一旁拿着鼓槌，似要敲鼓。

窦天烨道："今日的故事便说到这里，欲知后事如何，请听下回分解。昨日我说若今天客满便给个小福利，多谢各位捧场，在下说到做到。"

众人纷纷鼓掌叫好，气氛极其热烈。

窦天烨对此已经习惯，对赵哥招呼了一声，赵哥便扬起鼓槌提供鼓点。

下一刻，呈三角形的三人一起动了："像一棵海草海草海草海草，随波飘摇；海草海草海草海草，浪花里舞蹈；海草海草……"

谢凉扭头就走，准备找地方冷静一下。

020.

乔九："你们高兴时喜欢那样？"

谢凉："不。"

乔九："庆祝？"

谢凉："也不。"

乔九："那……"

谢凉："别问，吃饭。"

正午已过，但酒楼里的人依然很多。谢凉挑了二楼靠窗的位置，打算先拿箱子再去和窦天烨他们会合。乔九坐在他对面，还在想方才的歌舞，把那些往谢凉的身上套了套，他立刻笑出声："你以前也跳过？"

谢凉道："我不会。"

乔九道："不都是一个村子的吗？"

谢凉道："我们村子的歌舞很多，不是每一个都要学。"

"那你怎么不学？"乔九笑道，"多有意思。"

谢凉道："九爷要是喜欢，我一会儿让他们教你。"

乔九道："我想看你跳。"

谢凉一脸淡定："我只给媳妇跳，你得先求我娶你。"

天鹤阁的人这时正拿着箱子上来，闻言手一抖，差点把箱子砸到地上。

乔九余光扫见他，示意他把东西放在旁边的椅子上。手下默默照做，临走前忍不住看了谢凉一眼，心想这是哪位好汉，竟然敢对九爷说这种胡话，不怕被九爷整死吗？

然而一直到下楼离开，他都没见到九爷发作，似已习惯。

已习惯……这念头一闪而过，里面好像藏着某些凶残的东西，他不敢深想，急忙跑了。

楼上的二人没有继续谈论先前的话题。箱子放下后，二人不约而同想到一件事：等吃完饭，他们便没必要再同行，该分道扬镳了。

乔九慢条斯理地咽下嘴里的菜，破天荒觉得有些遗憾，但想想以后还能再见，便舒坦了，问道："你们有什么打算？"

谢凉道："找个地方落脚，你呢？"

"回云浪山，"乔九说着想起一件事，笑道，"你们要是没事，不如去我那儿住几天，不是说好要找我喝酒吗？"

谢凉想起旧事，也笑了："等我忙完就去，这次不是应付你。"

当时他们刚来到这里，还以为乔九是个黑社会，后来才知道这里的人都混道，拿把铜钱往人多的地方一扔，能砸中好几个有帮派的，想想就觉得良民活得很艰辛。

他心中一动："你们这里哪座大城的是非少一些？"

乔九道："有人就会有是非。"

"相对而言的，"谢凉道，"四周帮派少，不会当街打斗，一言不合就你死我活，也不要太安静，天一黑路上就没人影，总之很适合安居乐业的那种大城。"

乔九思索一番，说道："有四座，京城、宁柳、赤州，以及这座万兴城。"

谢凉想了想。京城肯定不行，那里的帮派是少，但豪门多，他们还是少惹为妙。这座万兴城也不行，且不说他拿了前辈的箱子，单是亚古兽折腾出的事就不宜久留。那便只剩两座城可选了……他问道："宁柳和赤州哪个好一点？"

乔九道："宁柳吧，周围景色好，去哪儿都方便，赤州太偏。"

谢凉点点头，决定回去和亚古兽他们商量一下。

天下没有不散的宴席，两个人就是吃得再慢，半个时辰也吃完了。谢凉抱着箱子目送乔九走远，便也迈进川流不息的人群，回到了客栈。

他到的时候窦天烨他们已经回来，正在整理刚换的银票。

几人最近在发家致富的道路上拔足狂奔，心情非常好，见到谢凉便"呼啦"围上前，热情地迎接他归来。窦天烨举着银票："看，我们赚的，怎么样！"

谢凉呵呵一声，扔出两根金条。

几人："……"

窦天烨顿时又被戳到了某个点，拿起咬了一口。

方延这次没有翻白眼，而是询问谢凉是怎么得的，结果听他说路上再告诉他们，不由得一怔："走得这么急？有事？"

窦天烨闻言连忙扔下金条："不行，我的事业才刚起步。对了你快打开手机，我看看还有什么料，我们的已经没电了。"

当初穿越过来发现没信号，他们为了省电便集体关机了。但关机也是耗电的，几人为了赚钱，前些天便开了机，把有用的资料全记了下来，只剩谢凉的还在关机中。

谢凉掏出手机开机解锁，发现还有12%的电，便扔给窦天烨，然后整理了一下他们的钱。

先前卖观光车补足的银子在赵哥他们这里，谢凉跟随石白容上山祈福，通过审核后，石白容便按照约定付了他一百两的报酬，现在他手里有一百两银票和两根金条，再加上窦天烨他们赚的，非常可观。

谢凉一边看着窦天烨翻他的手机，一边说道："我来时听到有人谈论谢逊。"

"人火没办法，我也很苦恼的，"窦天烨谦虚了一下，"哎，你手机里什么也没有啊。"

谢凉不看小说不追剧，手机里唯一能给窦天烨提供的素材便是音乐库。

他拉开椅子坐下："我看你还没意识到问题的严重性，先前是谁说的，万一别的穿越者见不得其他人穿越，会弄死咱们来着？"

窦天烨翻手机的手一顿。

谢凉道："而且我听到的不是故事里的谢逊，是他们说见过谢逊。你该庆幸这个时代没那么先进，半个月内消息不会传得太广，等过一段日子越来越多的人相信有屠龙刀，你说他们会把谁抓起来严刑拷打，问他刀的下落？"

窦天烨："……"

方延几人："……"

窦天烨整个人都要不好："我明明开头说了是瞎编的啊！"

谢凉道："人传人，传着传着就成真了，谣言不都是这么来的？"

"可……可我已经说到谢逊被关少林，倚天剑、屠龙刀早就断了，"窦天烨道，"都断了，应该没事吧？"

谢凉一脸慈祥地望着他："现在就看那群把故事当真的人会不会找上少林峨眉了，你猜少林峨眉以后会不会找上你？"

窦天烨："……"

"看这进度，你快讲完了吧？"谢凉道，"给你一天时间讲完，见好就收。"

窦天烨猛点头："不用明天，晚上就能讲完。"

他说完便跑回房间去打草稿，一副讲完逃命的架势。

方延几人则纷纷坐下，把这些日子收集的信息说了说。

他们打听的信息和乔九说得差不多，只是里面多了两座城。其中一座挨着少林，经过谢凉一番分析，被淘汰了，另一座附近有什么暂时还不清楚。

谢凉还是相信乔九的，如今时间紧迫，他们便决定就去宁柳城。

当天晚上，窦天烨为故事做了完美的收束，并婉拒了无数前来请他说书的酒楼，迫不及待地回到了客栈。

谢凉趁着他们扒饭的时候，把箱子的事说了一遍。

几人先是震惊，接着感动，然后纷纷将几个没电的手机整齐地摆在盒子里，打算以后封上蜡，挖个坑留给后辈当纪念品。

至于那个小本子，几人一致认为这玩意二百多年不坏，用来写日记太奢侈。可前辈一番心意，不听又过意不去，于是窦天烨便买了个新的本子，在封面写上"秘籍"二字，接着在第一页写上几个字，表示这以后便是他们的帮派日记了。

谢凉看了一眼："《敌敌畏日记》？"

窦天烨道："对呀，这还是你取的名字呢！"

谢凉当时只是随口一说，没想到还是用上了。

他再次看看那个名字，心想算了，你们高兴就好。

高兴的窦天烨叫来伙伴，踌躇满志地写下了第一篇日记。

沉寂是为重新起航，未来宁柳城的酒楼大堂必有我一席之地。

等我，这次我讲神话！

——《敌敌畏日记·窦天烨》

我终于可以卖衣服了。

等我，未来宁柳城的成衣店必有我一席之地！

——《敌敌畏日记·方延》

我可以摆个小吃摊。

——《敌敌畏日记·赵云兵》

希望以后能开间棋社。

——《敌敌畏日记·江东昊》

谢凉安静地看完，想想刚来时这群人的样子，忍不住笑了笑，配合地加上一笔，给了句评价。

未来可期。

——《敌敌畏日记·谢凉》

第二章

想要富，先识字

021.

未来可期的"敌敌畏"众人收拾一番，豪气万丈地踏上了通往宁柳城的路。

经过十天的奔波，他们于这天中午成功抵达了目的地。

乔九早已回到他的云浪山，接到手下的消息，笑道："哦，他们进城了？"

手下道："是。"

乔九道："盯着。"

他知道谢凉肯定不会选京城和万兴城，所以给了地偏的赤州和刚刚好的宁柳两个备选，那谢凉便只能选宁柳了。

其实还有两座大城符合谢凉的要求，只是他没有说。

为什么呢？因为他的云浪山就在宁柳城旁边，他对谢凉的兴趣那么大，怎么可能会忍着不找事？

反正他又没说谎，他只是没说全而已。再说宁柳确实挺好的，谢凉哪怕以后知道了也挑不出错来。

九爷打着小算盘默默等了等，听说谢凉他们准备买个院子住下，顿时通体舒畅。

宁柳城建得很规整，道路也平。与万兴城一样，这里十分热闹。敌敌畏一众看着眼前这座他们将来要扎根的城市，斗志高昂地迈了进去。

然而理想很美好，现实却很骨感。他们在城里只转了半圈，便被泼了盆冷水。

宁柳是像万兴城那样的不夜城，放在现代和一线城市的地位差不多，简直寸土寸金，哪怕买个普通的院子也得上千两，更别提那些二进、三进的大院。

买不起，根本买不起。

几人找地方吃饭，商量是换地方还是先租房，不过他们对当地的行情不了解，也不知能不能租到房。

谢凉道："一会儿先找人问问，到时就说来这里有事想暂住一个月，给他们点钱，他们应该会同意。咱们先熟悉一下环境，要是觉得这地方可以，再想房子的事。"

话是这么说，但他其实知道，这里是适合的。因为窦天烨他们想干的事不挑地方，而且越繁华的城市，包容性就越强，商机也越多，所以他们最好能留下。

窦天烨很郁闷："到时候也买不起啊。"

他们有些生活习惯和这里的人不同，来时热情高涨，讨论了一路房子的改建问题，比如买个大院子，空余地方挖个小游泳池啊、种点菜啊、弄个谈理想看星星的茶水间啊之类的。

结果事实证明，他们想多了。

谢凉安慰道："一口吃不成一个胖子，慢慢来吧。"

几人也没别的办法，叹了一口气，埋头吃饭。

酒楼生意火爆，刚走一桌，很快便会有人把位置填满，随时处于客满状态。

旁边新来的一桌说话声音极大，像是生怕别人无视他似的，炫耀道："金毛狮王的脾气自然不好，也就和我说了三句话。"

"不是说他见人就杀吗？"

"我这等无名小卒又不惹他，也不会抢他的屠龙刀，他杀我干吗？"

"说的也是……"

说话间另有一人风风火火地跑进来，找到他们这桌坐下："我方才听到有人议论，谢逊好像被少林的抓了！"

"什么？！"

"真的，听说现在保他的门派和杀他的门派都赶去了少林，商量是杀是留啊！"

"哎呀，咱们也赶紧去看看！"

"对，顺便也看一看峨眉新上任的周掌门是否真的练了九阴白骨爪……"

说完几人风卷残云一般解决了桌上的菜，赶紧跑了。

窦天烨："……"

谢凉几人："……"

雪上加霜，祸不单行。

窦天烨吓得差点握不住筷子，生怕哪天一睁眼，看见十八罗汉站在他的床前，告诉他施主你跟我们走一趟。

"这传的人怎么也不传全了，"他欲哭无泪，"他已经出家了啊不知道吗？消息真落后。"

谢凉几人默默看着他。

窦天烨给自己多夹了两块排骨，一边抽抽噎噎，一边迅速啃光了上面的肉。

谢凉几人："……"

饭后他们继续看房子，大概是霉运到头了，刚问了三家，便听到"中介"说城外有座院子想卖，因为卖得急，可能会便宜。

宁柳繁华到这种程度，城外的街道也是十分热闹的。

几人于是便赶往城外，发现竟是一座三进的大宅子，里面杂草丛生，虽说荒废了不少，但处在这个地段肯定不便宜，毕竟走几分钟就能进城。

谢凉不抱希望地问道："这多少钱？"

中介道："二百两。"

"……"谢凉几人恍惚觉得出现了幻听，"多少？"

中介道："二百两。"

几人不敢相信，这房子卖两千两都是便宜的啊，怎么就二百两？该不会是那种被灭了满门，晚上闹鬼的阴宅吧？

谢凉于是旁敲侧击地问了问。

"这里以前是个镖局，那镖头刚来就想做宁柳的老大，得罪人被轰跑了，现在只能给人家当车夫，"中介道，"他前些日子赌钱又输了，自己不敢回来，便托我帮他卖。"

谢凉点了点头。

中介道："你们这是赶上了，平时可不是这个价。"

谢凉转了一圈，决定买。哪怕死过人，这也是真便宜。

他们敲定好细节，谢凉又特意花钱请了有名的状师帮忙看文件和房契，然后中介走关系解决了他们户籍的事，在确定都没有问题后，谢凉便痛快地掏了钱。

　　房契到手，几人心里的一块大石落地。他们镇定地送走中介和状师后，立刻换上激动的表情，开始商量改建。

　　门外街道上，状师仍有些不敢相信："就卖二百两？以后有这等好事你记得告诉我。"
　　"你可没这命，"中介道，"别说你了，我也眼红，谁信二百两能买个三进的院子？"
　　状师诧异道："怎么，这里面还有事？"
　　中介凑近一点，压低声音："九爷的院子。"
　　状师惊讶："什么？"
　　"先前那李镖师惹了九爷，跑路之后这宅子便落到九爷的手里，"中介道，"我前不久还听说天鹤阁想抽空把宅子收拾出来呢，谁知今天那几位转悠半天没买到房，天鹤阁的人就找上我，让我出面把宅子卖给他们，也不知他们和九爷是什么关系。"
　　状师听得咂舌。
　　"我看他们像是要长住，以后注意点吧，最好别惹，小心一个弄不好惹到九爷的头上。"中介道，"你看以前那李镖师多牛，据说在江湖上有不少关系，还不是屁滚尿流地跑了。"
　　状师"嗯"了一声。

　　谢凉几人完全不清楚背后的真相。
　　他们商量完改建的事便收拾出几间房子做临时休息的地方，然后撸袖子拔草，一直拔到太阳下山，每个人都累得满头大汗。
　　方延娇弱地揉着胳膊："我们要不要雇点人啊？"
　　苦工没多少钱，他们还是请得起的。
　　谢凉道："明天吧。"
　　窦天烨原本正躺在地上挺尸，闻言立刻爬起来，双眼放光："那咱们要不要雇点高手？"
　　谢凉扫他一眼："想什么呢？有哪位大侠肯来给咱们当护卫？"
　　"城里的江湖人士那么多，万一大侠有难需要钱，或者想退隐江湖呢？总得试试！"窦天烨道，"你看你拿了前辈的箱子，和我一样也是随时要倒霉的命啊。哪怕大侠只待一个月，起码这一个月咱们能踏实点，对吧？"
　　谢凉见他一脸期待地望着自己，便随他去了。
　　于是转天一早，他们除了请苦工，又另找人写了份招工通知贴在公告栏里。
　　这张通知贴出去一个时辰便被乔九知道了。他心里顽劣的念头迅速被勾了起来，开始思考要不要让手下揭告示，到时他还能易容成手下的样子过去玩玩。

哪天再挑个好时候，他当着谢凉的面把易容去了，谢凉这次应该会吓一跳，变个脸色了吧？

他想想都觉得有意思，正要吩咐揭告示，手下又带着新的消息进来了，说是告示被人揭了。

九爷顿时不开心："哦，被谁？"

手下嘴角抽搐："梅怀东。"

乔九："……"

"在下梅怀东。"

眼前的人一米八，不到二十岁的样子，身后背着把重剑，手里拿着他们请人写的招工通知，满脸严肃地站在院中做着自我介绍，感觉挺像高手。

谢凉几人打量了一下。

窦天烨道："你身手如何？在江湖上混了多久了？"

梅怀东道："可入高手之列，十五岁起开始闯荡江湖，至今已有三年。"

虽说主意是窦天烨出的，但真的来人，没等谢凉发话，他自己就先不确定了，问道："你怎么会想来这里当护卫？"

"缺钱，看你们招短工，"梅怀东道，"在下大概只待半年，之后便要离开。"

谢凉几人："……"

最近他们运气挺好的啊，还真的遇上了缺钱的大侠。

谢凉客气地问道："口说无凭，少侠能不能展示一二？"

展示武功是很容易的，梅怀东重剑一挥，只靠剑气便将院子里的杂草削平了，手往院中破损的石桌上一拍，顿时把石头拍成了豆腐渣，不科学极了！

窦天烨看得双眼放光，深深地觉得自身安全有了保障，正要夸一夸，突然只觉额头有点疼，不由得"嘶"了一声。

梅怀东闻声看向他，紧接着两眼一翻，一语不发地拍在了地上。

谢凉几人："……"

什么情况啊，说死就死！

方延弱弱道："会不会刚刚内力用得太猛了？"

谢凉定了定神，走过去想看看是死是活，结果刚走了一步，人家就醒了。

梅怀东一点事都没有地爬起来，淡淡道："抱歉，每次不小心伤到人，在下的心情都不好。"

啥？谢凉几人反应了片刻才意识到，他拍碎桌子时，有一块小石子飞出来划破了窦天烨的额头，弄出了一个小口子。

窦天烨急忙跑过去："没事没事，别往心里去，你看早就止血了。"

梅怀东又看向他，再次两眼一翻拍在了地上。

谢凉几人："……"

谢凉、方延、江东昊和赵哥看看地上的人，看看窦天烨，再看看地上的人，又看了看窦天烨，沉默。

窦天烨顶着一点点快要干涸的血反应了一下，也跟着沉默。

院里没有一个人开口，仿佛发出声音会打破某个不得了的封印似的。几人默默把高手抬起来送回房，整个过程不言不语，一片岁月静好。

在宁柳落脚的第二日，我们收到一个武功高强的大侠，挺好。

括弧，只可惜晕血。

——《敌敌畏日记·谢凉》

为什么一个晕血这么严重的人还想着闯荡江湖啊！

闯荡了这么久为什么还没被捅死啊！

为什么为什么为什么啊！

——《敌敌畏日记·窦天烨》

突然觉得有点感人……

——《敌敌畏日记·方延》

022.

梅怀东自此便成了"敌敌畏"一众的护卫。

虽说他本身的瑕疵很大，但能一掌拍碎石桌，想来也是蛮厉害的。不过那缺点毕竟太致命，加之双拳难敌四手，于是谢凉几人便重新把招聘启事贴了回去，打算再招一位高手。

天鹤阁的人马不停蹄地将消息传回了云浪山，负责收发消息的是乔九的心腹阿山，见状也马不停蹄地告诉了九爷。他先前能看出来，九爷听说告示被揭走可不开心了，现在又来了一张，应该会开心了吧？

他想得虽好，结果等了半天都没见九爷发话，问道："九爷，揭吗？"

乔九道："梅怀东走了？"

阿山道："没有，住下了。"

乔九道："不揭。"

阿山一怔，不太懂。

九爷一直对谢凉他们挺感兴趣的，可当初听说他们啃树皮了都没帮。如今既然愿意把院子卖给他们，他本以为九爷不会再袖手旁观。再说先前九爷似乎也有揭告示的想法，怎么第二回贴的时候又不揭了？

乔九看出他眼中的疑惑，说道："你和谢凉不熟。"

阿山又是一怔。

"他那个人太聪明，"乔九懒散地往椅子里一靠，"他要的是高手，一般货色他暂时不需要。他们不会武功，若梅怀东走了，咱们随便派个人揭了告示，他们是分不清高低的，可梅怀东没走，你猜谢凉会怎么干？"

阿山一点就透："自然让梅怀东帮着挑。"

"错，"乔九勾起一个微笑，"他会让揭告示的人和梅怀东切磋，赢的才收。"

阿山："……"

梅怀东虽然有致命弱点，但在武学上极有天赋，他们得出动天鹤阁的精锐才可能打过。

他不由得道："可这样……"

乔九道："嗯，这样一来傻子都能看出好坏，他们也会知道梅怀东其实很厉害，可一个高手两个高手全往他们那里去，谢凉肯定起疑。"

他不是不想揭，他是不能揭。

他想得没错，宁柳城人来人往，真要是高手，好好的绝不会给人家当护卫，有些拳脚功夫想要讨生活的又不够要求，唯有个别名气不大、近期恰好没事的侠客愿意去赚笔小钱，可他们在梅怀东手里都走不过两招。

一个、两个、三个……梅怀东如秋风扫落叶一般把前来应聘的人都解决了，这里面有会点拳脚功夫的大汉，也有江湖上的无名侠客。无一例外，他们全不是他的对手。

谢凉一行人顿时觉得梅怀东的形象高大了，心想这晕血的奇葩说自己能入高手行列，好像不是吹的啊！

直到第十一个人登门。

来人是一个长相普通的青年，坚持的时间比之前那几位都长，但也没有长太多，因为打斗过程中见了血，梅怀东维持着挥剑前冲的姿势，整个人"咣当"砸在了地上。

谢凉几人："……"

某人高大的形象瞬间崩塌，谢凉几人简直痛心疾首，急忙把人扶了起来。

青年在旁边默默看着，这是阿山在九爷的"荼毒"下憋了两天想出的取巧法子，既能战胜梅怀东，又不会太暴露自身的实力，就是不知道管不管用。

他试探道："算我赢吗？"

"你的武功一般。"

说话的是梅怀东。他睁开眼，起身收剑，顶着额头磕出的大包淡淡地望着青年，鼻血一点点流了下来，接着被他伸手一抹，吧唧又晕了。

青年："……"

谢凉几人："……"

死一般的寂静中，青年道："要……要改日再比吗？"

谢凉几人道："不用！"

反正和前几个一样没过几招，梅怀东说一般那应该就是一般。拜他所赐，他们重新认识了一遍残酷的事实，整个人都要不好，异口同声道："你不合格！"

青年："……"

阿山，我尽力了。

大概是口口相传，来应聘的人越来越少，而愿意当护卫的侠客本就不多，于是，渐渐地，谢凉他们的告示便无人问津了。

好在谢凉他们原本也没抱太大的希望，并不郁闷。

这几天他们把改建的材料买好，便开始干活了。

因为雇了人，他们不需要太辛苦，于是年龄最小的江东昊可以去摆棋摊，娇弱的方延可以去收料子做衣服，赵哥也可以去逛逛小吃摊，家里只留避难的窦天烨、暂时没想好做什么的谢凉和每日练剑的梅怀东守着。

盯了两天觉得不会出乱子，谢凉便召集小伙伴开会，告诉他们每天要抽一个时辰出来。

窦天烨诧异："干吗？"

谢凉道："识字。"

窦天烨几人："……"

也是，总不能一直当文盲。

谢凉见他们不反对，转天便找人写了张招聘单，贴在了公告栏里。

消息再次传到了云浪山。

天鹤阁的人事先得了吩咐，无论谢凉再贴什么告示，他们一律先揭了再说，看九爷的意思再决定是否贴回去。所以一个时辰后，他们毕恭毕敬地送走了九爷。

有人好奇道："九爷那个打扮是要干什么去？"

阿山道："去给人家当教书先生。"

天鹤阁众人："……"

根本无法想象啊，九爷去教书，教出来的学生能有个好吗？

新鲜出炉的"教书先生"完全不清楚手下的腹诽，哪怕清楚，估计也是笑容满面地夸他们想得对。他不紧不慢地下了山，从守在城中的手下那里接过告示，心情愉悦地敲开了某座大宅的门。

是谢凉开的门，他看着面前这位清秀的书生，心中了然，客气地问道："公子是看了告示过来的？"

乔九想象着谢凉得知他身份时的惊讶表情，勾起一个腼腆的笑："嗯，看你们招人，在下想来一试。"

乔九跟着谢凉往里走。

当初得到这座宅子时他压根没看过，如今易主给了谢凉他们，他倒有心思看了。

宅子的前院很大，杂草已清干净，堆放着木材砖瓦等材料，小工们正忙得热火朝天。大厅前的柱子掉了些漆，窗纸也破了，不过都是小问题，修葺一番便好。

顺着走廊到达后院，窦天烨他们正在凉棚下喝茶聊天。

此刻见到他进门，几人便看了过来。

窦天烨他们好奇地看着谢凉身后的人。

这年轻的公子气质温润，生得眉清目秀，身上的衣服已洗得泛白，虽然破旧，但很干净。他手里拿着他们找人写的招聘单，一看便能猜出来意。他们立刻和谢凉一样心中了然，纷纷起身："来教书的？"

谢凉点头："是个秀才。"

窦天烨几人忙打了声招呼，心里啧啧称奇，有生之年见到了活的穷书生，形象和他们想的差不多，就是不知道是不是也满口的之乎者也。

乔九作了一个揖，对他们腼腆地笑了笑。

谢凉他们只学识字，无须别人传道授业，每天两个小时，秀才教他们绰绰有余。所以见书生没有意见，便以一月一两的工资聘用了他，约好每天上课的时间，事情就算是定下了。

乔九看了看天色，发现还早，便询问他们要不要从今天开始。

谢凉几人倒也上进，立即同意了。

于是片刻后，他们把人请到了收拾出来的空屋子里。这里放着六张临时用木板做的小桌子，桌上是笔墨纸砚，桌后是蒲团。他们往上面一坐，一齐仰头望着先生。

乔九压下嘴角的笑，走到最前面的那张桌子旁站定，温和道："识字多练即可，我每天教的字，你们要写二十遍，转过天我会逐一检查。"

谢凉几人："好。"

然而一天学十个字，便是要写二百字，学二十个字就是四百字，毛笔用起来远没有水性笔舒坦，因此从这天开始，谢凉几人不由得回忆起了上大学前每天被作业支配的恐惧。

好在新来的教书先生十分温和，面对他们狗爬的字，一点都没有表示嫌弃。

他这个人除了有些腼腆外，说话做事都特别彬彬有礼，而且不刻板，很容易让人心生好感。

于是三天后，方延在休息的空当扑在了谢凉身上："我要受不了了！"

谢凉伸出一根手指把他的头推离自己的肩，嫌弃道："不约。"

方延翻了个白眼，但没有走，而是拖着蒲团往他那里蹭了蹭，低声道："我终于明白了一件事。"

谢凉道："什么？"

方延道："明白故事里的女鬼啊女妖啊花魁啊之类的，为何都会栽在穷书生的手里了。"

谢凉："……"

方延道："故事会那么编不是没道理的，你看咱们先生多有魅力！"

谢凉看了一眼前方的秀才，简单给了三个字："一般吧。"

方延道："这还一般？"他说着对上谢凉这张脸，不得不补充，"当然他长得是没有你帅，但我说的是温文尔雅的气质，是属于这个时代的味道好不好？你看咱们至今见过这么多人，有哪个和咱们先生这样，看着像一幅画似的？"

谢凉原本想附和，但脑中鬼使神差闪过在温泉的一幕，说道："有。"

方延道："谁？"

谢凉道："乔九。"

方延："……"

不远处一字不漏听着的乔九："……"

"你这是什么鬼标准！"方延深深地感受到了两人的审美差距，九爷美则美矣，却绝对不像画，那乖张的性子怕是能把别人拍墙上变成画，谢凉的眼神是不是有毛病！

方延这样想着，立刻坐回去，远离了他。

与此同时，先生放下书，示意他们休息结束，要开始继续讲课。

乔九讲课的间隙看了一眼谢凉，抿了抿嘴角，努力压下笑意，心想：好啊，这次被我抓到了！

他熬到讲课结束，以有事和谢凉谈为由，跟着他一路往前院走去，最终挑了个没人的角落说话。

谢凉问道："先生想和我说什么？"

乔九摸了一下脸颊，打算先掀易容，再逼问，看谢凉这次要怎么办！

不过他刚摸到一点边儿的时候突然想起，自己还没有拿到钱。

谢凉那么不要脸，要是发现被骗，兴许就不给他钱了，这怎么说也算是他的辛苦钱。他于是停住，抿了一下嘴，一副不知如何说的模样。

谢凉见这穷书生为难，心里做了几种猜测，体贴道："先生有事直说就好。"

"是这样……"乔九干咳一声，暗中运气将内力用到耳朵上，让耳朵充血发红，这才道，"我可否现在就领这个月的月钱？"

谢凉心头一松，这是所有猜测里最好的一个了，总归不是辞职。

乔九紧跟着解释："实在是因为家里有人生病需要用钱，谢公子若是怕在下拿了钱走人，咱们可以立个字据。"

谢凉道："不用。"

这样也好，至少能确保这书生一个月内不会跑，他问道："一两够吗？"

乔九忙道："够了够了。"

谢凉便掏出一两银子递给他。

乔九拿到钱，心里踏实了。

他作揖道了谢，跟着谢凉从小角落出去，看着前方的背影，立即把易容撕了。

他这几天让手下留意过谢凉他们接触的人或事，必要时出手干预，免得把云浪山就在附近的事透露给他们。因为谢凉太聪明，要是知道这件事，再看见他的时候便不会惊讶了。

也是运气好，谢凉他们现在还不知道和他做了邻居。但能坚持这么久已属不易，他得把握时机。

乔九维持着书生的嗓音喊他："谢公子。"

谢凉回头。

一瞬间，乔九看见他的眼中似乎闪过一点惊讶。

可仅仅是一瞬而已，因为几乎在谢凉转身的同时，忽然从旁边的墙头跃下来两个人。两个人皆蒙着面，一个冲向谢凉一个冲向他，谢凉的神色全被他们挡住了。

乔九知道依谢凉的性子，有过这一次，下次他再易容就不管用了。

好好的机会被这么浪费了，他看着冲向自己的蒙面人，勾起一个阴恻恻的微笑，心想：我弄死你们。

那蒙面人抬头便对上了一张眼神锐利的美人脸，顿时愣住，心想前几日盯梢时，书生好像不长这样啊！

然而他只来得及闪过一个念头，便见美人动了手。

另一个蒙面人不知道同伴惨烈的状况，跳下来后迅速用刀抵住谢凉的脖子，低声道："神雪峰上的东西在哪儿？识相点交出来，我饶你不……"

话未说完，他只觉被一股大力拽过去，紧接着胸口就挨了一脚。

这力道太重了，疼得他一口血喷出来，半个字都来不及说，就昏死了过去。

下一刻，恰好巡视到前院的梅怀东听见动静赶来，对上乔九的脸，愣了一下："乔阁主？"

谢凉回神，赶紧往前走了几步，趁他还没看见地上的血，挡住了他的视线。

乔九压根不往梅怀东的身上看。

他走到第一个被他制住、尚有一丝神志的蒙面人身前，扯下对方的面罩，一脚踩住胸口，笑得肆意又有些嗜血的味道："我不杀你，回去告诉你家主子，东西在我那儿，想要就亲自过来拿。"

那蒙面人察觉胸口的力道消失，看了一眼昏死的同伴，见乔九没有让他把人带走的意思，屁都不敢放一个，急忙挣扎着爬起来，跌跌撞撞地跑了。

乔九看向谢凉。

接二连三的事，已经让谢凉淡定了。

他鼓了两下掌，真情实意地说道："九爷厉害。"

乔九不开心，特别不开心。

谢凉看看他这个冒寒气的模样，示意梅怀东回后院，不过要对乔九的身份保密。

梅怀东虽然不明白这是怎么一回事，却知道乔九这个人不好惹，完全不想和他待在一个屋檐下，于是听话地走了。

023.

小角落静了下来。

谢凉打量着昏死的人，说道："果然被他们发现了。"

乔九"嗯"了声，身上的火气收得干干净净。

在正事上他还是很靠谱的，思考数息道："比我想的要快。"

对方根本就是得到消息后立即前往神雪峰，发现后山被翻动又立即赶来追谢凉，简直是志在必得。那位指使者若真是和秋仁有仇，其实没必要这么执着于他先祖的东西。可他们还是来了，这就让人不得不深思。

谢凉道："他们怎么不晚上来？"

乔九道："因为有梅怀东，他身手不错，你们住得近，他们不敢动手。"

能得乔九一句不错，那确实很不错了，然而……

谢凉道："对付梅怀东还不容易吗？"

乔九这才笑了笑："不是所有人都能看出他的毛病，知道他有这毛病的人不多。"他推测道，"他们可能晚上来过，但惊动了梅怀东就又走了，特意守到你周围没什么人了才现的身。"

谢凉决定以后对那位晕血的大侠好一点。

他再次看看地上的大汉，问道："这个人……"

乔九道："我带走让他们问问话。"

谢凉点头。

正事告一段落，乔九往谢凉那边走了一步，主动道："云浪山就在这附近。"

谢凉秒懂："这宅子？"

乔九道："我的。"

谢凉道："多谢。"

"不谢，"乔九懒洋洋地回了声，又往他那边迈了一步，给了他一个好看的微笑，"你知不知道我们习武之人的听觉都很灵敏？"

谢凉叹为观止，这位爷刚刚看着还很不爽，眨眼的工夫竟就立刻调整状态要找事了。

乔九问道："我像一幅画？"

谢凉很淡定："夸九爷长得好。"

乔九道："不是说对我没想法吗？"

"是没想法，"谢凉道，"我只是随口一夸。"

话题进行到这一步，凭乔九对谢凉的了解，无论说什么都肯定看不见对方变脸了，于是他告诉谢凉这几天最好别出门。之后，他像拎麻袋似的把地上的人拎起来，带着一肚子火告辞了。

谢凉望着他的身影彻底消失，这才关门回去，终于忍不住低低笑了一声。

折腾一大圈就为了吓他一跳，事到临头却被人搅和了。他回想乔九不爽的模样，再次笑出声，心想：真是可爱，比赵火火还可爱。

小风波连点水花都没溅起来。转过天，温和的教书先生又来教他们识字了。

方延担忧地问："听谢凉说先生的家人生病了，没事了吧？"

乔九道："好多了，昨日表姐恰好赶来，这几日她会帮着照顾家人，在下将屋子让与了表姐，这几日怕是要叨扰一二了。"

方延反应了一下："先生要住下？"

乔九不好意思地道："嗯，问了谢公子，他同意了。"

谢凉坐在附近，把他们的话听得一字不差，看了看乔九，没有反驳。

方延顿时激动，又和先生聊了几句，见他走到一旁收拾桌子，便高兴地扑到谢凉的身上："凉凉你太够意思了，我晚上可以和他看星星看月亮，从诗词歌赋谈到人生哲理了！"

谢凉看着这新鲜出炉的"脑残粉"，推开方延的头，诚恳地建议："今天吃点好的，看见想吃的零食也买点。"

方延道："怎么？"

谢凉道："提前庆祝你脱粉。"

方延道："我为什么会脱粉？"

谢凉不清楚乔九想干什么，决定先看看，便回了一个微笑，让他自行体会。

方延半信半疑，坐回去认真上完自家先生的课就哪儿都不去了，一边乖巧地坐在先生身边练字，一边思考谢凉的话，然后问了问先生的基本情况，半天都没找到脱粉的理由。

他突然灵机一动："对了，先生可有仰慕之人？"

乔九为难。

方延顿时想起这是个含蓄的古人，急忙道："我就是随便问问，先生要是不想说便不说。"

乔九道："也不是，在下一直……仰慕……"

方延心想，原来这就是谢凉说的脱粉，他觉得无所谓，正想说点别的，只听他们斯文的先生不好意思地道："就……就谢公子……"

什么！方延"噌"地站了起来。

乔九满脸无辜："你怎么了？"

"没事。"方延勉强笑笑，撑着脸转身出门。

他大步冲进谢凉的房间，扑了过去："你是不是个人啊啊啊！"

谢凉正在屋里练字。

窦天烨的房间在隔壁，他害怕自己拖延症病发，所以这几天一直在谢凉这里互相监督写作业。方延冲进来的时候，他们刚刚写完两页纸。

简单的沟通后，方延盘腿坐在了谢凉的小桌前，愤恨道："你还是个人？"

谢凉道："目前还是。"

窦天烨在旁边说公道话："啊这……是先生仰慕他，这不是他的错啊。"

"亚古兽，你长大了，"谢凉很欣慰，瞥见方延再次愤恨地盯着自己，说道，"你应该听先生把话说完。"

方延道："说什么？"

谢凉道："就是那句'谢公子'之后是不是还有别的没说，他肯定不是那个意思。"

方延眨眨眼，将信将疑地去找先生。

片刻后，他以相同的姿势冲回来："你个骗子，他说他粉的就是你！"

谢凉："……"

窦天烨："……"

谢凉心想某人昨天憋了一口气，这是非得玩他一顿才开心。

"他是不是跟你说什么了？不然你不可能说我脱粉，秀才最容易钻牛角尖了。"方延红着眼睛嘤嘤嘤，"谢凉你发誓，你拿乔九的脑袋发誓你不会伤害先生！"

谢凉乐了："行，我发誓。"

窦天烨道："等等，关乔九什么事？"

谢凉不再理会他们，起身向外走去。

方延道："去哪儿？"

谢凉道："去虐一下你家先生。"

畜生啊！方延和窦天烨一齐震惊，转身便朝他扑去，结果都没来得及抱住他的腿。两人赶紧四爪并用爬起来追出门，几乎与谢凉前后脚抵达先生的房间。

温和的教书先生正在看书，见到他们愣了一下。

目光转到谢凉的身上，他的耳朵红了，轻声道："谢公子。"

谢凉走过去，问得直截了当："听说先生一直仰慕我？"

乔九僵了僵，躲开他的视线不瞅他，在旁人看来算是默认。

方延的眼眶又红了。

谢凉表情不变，慢悠悠地走到某人的身边坐下，看着他："真的？"

乔九握紧手里的书，望向另外两个人，神色为难。

窦天烨尴尬得不行，下意识地想拉着方延出去，却听见谢凉让他们别动，不禁犹豫。乔九也看向谢凉，不知他要干什么。

谢凉仍看着他，问得很和气："真的？"

乔九的心思转了几转，沉默数息，低低地"嗯"了一声。

谢凉用食指敲着桌面，温柔道："我再给你一次机会，真的？"

乔九的眼底顿时迸出一丝张狂。

他此生最不吃威胁这套，几乎想也不想地道："真的。"

谢凉点头微笑："巧了，我也对先生十分好奇。"

说话的同时，乔九感觉他搂住自己的腰想往那边带，瞬间明白谢凉在打什么主意，见他越靠越近，便赶在谢凉找机会掀自己的易容前一把把人推开了。

谢凉早已料到这种情况，立即一手抓腰带一手抓衣领，但他没想到乔九演戏很认真，穿的真是穷苦人家的衣服。几人只听"嘶"的一声，腰带断了，衣服也扯了一道口子——

堂堂天鹤阁九爷，差点当场裸奔。

屋里的四个人："……"

乔九在死一般寂静的空气里一把按住裤子，好歹护住了清白，余光扫见衣领的口子，暗道他玩了这么久，这是第一次把自己弄得如此狼狈。

谢凉受惯性作用倒在一旁，手里攥着一块布头，抬头望着面前的人，见乔九一脸不可置信、恼羞成怒地开了口。

"谢公子，"他浑身颤抖，断断续续道，"在下是仰慕你，但你怎可……怎可当众如此对我……"

说得对！窦天烨和方延齐刷刷看向谢凉，恨不得在他身上盯出一个洞。

谢凉："……"

这样还能把戏唱完，够可以的。

乔九发着抖站起身，带着一副受到折辱的表情推开门口的二人，踉踉跄跄地跑了出去。

"先生！"方延心痛地叫了一声，嘤嘤嘤地追出了门。

窦天烨看看房门的位置，又看看坐在地上死不悔改的谢凉，张了张口，忍不住走过去往谢凉的肩上一拍。

"凉啊，"他语重心长道，"听哥们儿一句劝，做个人。"

谢凉拍开他的手，整理一下衣服，给自己倒了杯水。

失误，忘记撕易容，被人家抢了先。

不过……他想到乔九衣服被撕时一瞬间惊讶的表情，觉得这波不亏。

慢慢喝了几口水的工夫，方延便回来了。

他整个人仿佛燃烧着熊熊烈火，凄厉地吼道："我和你拼了！"

窦天烨一把抱住他的腰："别冲动别冲动，听他解释！"

"还解释什么，"方延叫道，"都这样了，他能怎么解释！"

谢凉道："比如他是乔九易容的？"

"易什么容，七十二变孙悟空啊？我告诉你……"方延说到一半，猛地卡住。

窦天烨抱着方延默默反应了一下，震惊。两个人沉默一瞬，争先恐后找到同一个调调："你说啥？"

"我说他是乔九，穷书生的人设太吃亏，他玩完这一次肯定就收手了，"谢凉道，"你们不信去外面找人问问，天鹤阁就在这附近。"

此刻被讨论的人刚刚进城。

裤子被他重新想办法系上了，只是衣领的缺口太大，只能先这样。于是堂堂九爷穿着件破了洞的衣服，一路顶着各种含义的目光迈进了据点。

手下默默打量着他，不知道自家九爷这是怎么了。

他们见乔九没有要解释的意思，便提了正事："九爷，早上分部传来的消息，说武当、少林和峨眉找来了。"

乔九抬起眼。

"三家做的是同一笔生意，"手下把小条递给他，说道，"他们想打听一个月前在万兴城说书的窦先生的下落。"

024.

从宁柳城到买房，再到昨天遭遇的偷袭。

谢凉把事情全说了一遍，重点突出这都是乔九干的，他也是昨天才知道书生是乔九扮的。

窦天烨和方延听得一愣一愣的，被迫重塑三观。

窦天烨很蒙："啊这……他易容是想干什么啊？"

谢凉道："昨天想吓我一跳没吓成，今天想继续玩。"

方延道："那你们刚刚……"

"是意外，"谢凉道，"我只想撕他的易容，没想到撕了衣服。"

方延道："……你牛。"

窦天烨道："等等我不懂，你怎么不在进门的时候就拆穿他？"

谢凉道："我原本是这么打算的。"

窦天烨道："但是？"

谢凉笑了笑："太可爱，忍不住想陪他玩。"

方延："……"

窦天烨："……"

什么玩意！可爱这个词和乔九能放一起吗！

谢凉决定给他们消化的时间，扔下他们走了。

剩下的二人面面相觑，半晌才有人开口。

窦天烨继续蒙圈："我还是不太懂，先不提谢凉，单说乔九，他既然想整谢凉，为什么还把房子卖给咱们？他们的关系算好还算坏？他不会气急了要找咱们的麻烦吧？"

方延同样蒙圈："我也不懂，大概是人格魅力吧。"他说着一顿，突然意识到一件事，"等等，他姓谢，是理工大学的！"

窦天烨诧异："你听过啊？"

"理工大学以前的学生会主席就姓谢，"方延道，"据说有背景有手段，把一群人收拾得服服帖帖的，追他的女生很多，可惜没有一个能追上。"

窦天烨："……"

实名羡慕了。

方延道："后来有人因爱生恨，就开始造谣，说他私生活混乱。"

"哎，这事我好像听过！"窦天烨激动道，"是不是说骗了十几个人的感情，还差点闹出事？我们当时都觉得是因为理工男的太多，把人给憋疯了。"

"可能吗？要是真的早就上头条了，他也早就进去了，"方延唏嘘道，"不过事情还是闹得太大，他没多久就辞职不干主席了。"

窦天烨道："再后来呢？"

"再后来造谣的人就被收拾了，据说不是他动的手，是追随他的人自发干的，"方延道，"听说这之后他就开始修身养性了，过得很低调。"

窦天烨总感觉不真实："那个人是谢凉？"

方延也觉得挺奇幻的："应该吧，你看他对上乔九那个劲，别人谁有这胆子？"

二人不由得回忆起相识至今的点点滴滴。

谢凉好像除了最初来到这里时发过火，其他时候都挺稳的——这无可厚非，正常人论谁遇见这种匪夷所思的事都不会太淡定。反正那之后谢凉一直都很靠谱，不愧是当过学生会主席的人。

"还有你看乔九，只去了一趟神雪峰就这么帮谢凉，可见谢凉是投了他的脾气。气场这种事真的邪乎，除了正常的追随者，据说特别特别信任他的那一群人也都是奇葩或疯子，所以人送外号'疯皇'，"方延说着一顿，"不对，不能喊疯皇，他当年被黑的时候估计没少听这个，咱们以后别提了吧。"

窦天烨点头。

方延想起以前的八卦，捂着小胸口："能顶住当时那个火力的都不是正常人，我听过他的一点传闻，他现在是修身养性了，但以前可能闹腾了……"

两个人边走边说，回到了谢凉的房间，见他竟雷打不动地在练字。

二人沉默，方延干脆把作业也拿了过来，和窦天烨凑在一起写，顺便偷瞄谢凉。

谢凉道："怎么？"

方延试探道："你以前当过学生会主席吗？"

谢凉一听便知道他们想起他的事了，给了一个字："嗯。"

方延道："那……"

谢凉道："人不是我收拾的。"

方延和窦天烨顿时好奇，想问点内幕，但见谢凉不愿意多说，便不好再提，只能没话找话："乔九还来吗？"

谢凉道："他可能会恢复身份过来。"

方延道："不会找你算账？"

谢凉写完一张纸，拿起吹干："谁知道。"

事情果然如谢凉所料。

先生走的第一天，他没回来；第二天，他还是没回来；到了第三天，谢凉他们重贴了一张招聘启事。

天鹤阁的人照例把消息传回了云浪山，心腹阿山拿到纸条，敲开书房的门，询问九爷的意见。

乔九道："随便给他们找个教书的。"

阿山估摸九爷可能玩够了，道了声是。

乔九道："那个人开口了吗？"

阿山道："没有，硬骨头，怎么打都不说。"

乔九道："也没查出来历？"

阿山摇头。

于是乔九便去了地牢，打量了一番那大汉的惨样，不由得想起秦二的随从潜伏数年，为达成任务甘愿赴死，同样是个硬骨头。他突然对他们的主子产生了好奇，毕竟手里的人都这么死心塌地，总该有过人之处。

他说道："给他个痛快。"

阿山应声，干完活便把教书先生的事传回了城里。

于是这天傍晚，谢凉他们迎来了第二位教书先生。

新来的先生约莫四十岁，长相普通，笑眯眯的，看着就很和善。

赵哥和江东昊已经知道乔九的事，几人便默默看着这位先生，不清楚是不是又一个坑。

新来的先生完全不介意他们的打量，教得很认真也很尽责。方延忍不住把他和前一位放在一起对比，觉得有点心碎，找到谢凉："真的是易容的，没有原型吗？"

谢凉泼冷水："有原型也不可能百分之百一样。"

言下之意，他粉的就是乔九易容的那张皮。

方延更加心碎："好好的玩什么角色扮演啊，欺骗粉丝的感情！"

谢凉笑了笑，继续雷打不动地练字。

一连五天，风平浪静。

第六天的时候，他们期盼已久的邻居终于来做客了。

乔九这天穿了件红袍，上面用黑线绣着繁杂的花纹，十分贵气。他容貌太盛，和红衣一搭简直相得益彰，而那肆意张扬中又透着上位者的锐利，整个人气场极强，估计胆子小的人都不敢直视。

谢凉望着他走过来，眯了一下眼，觉得有点赏心悦目。

乔九不是自己来的，还带了两名手下，以叙旧为由来和他们喝酒。

他是真无所谓，换成别人要是前几天演了那么一出还被所有人都知道了，肯定是会尴尬的，但是他不会，他就当没有这回事。

窦天烨几人自然不敢提，默契地把谢凉旁边的座位让了出来。

乔九不客气地坐下，冲谢凉微笑："好久不见啊。"

谢凉和他一样无所谓，笑着回了一句"好久不见"。两个人如多年未见的好友，一边寒暄一边碰了碰杯。

窦天烨几人："……"

什么人啊这是！

酒过三巡，乔九慢条斯理地咽下嘴里的菜，开口道："我这次来其实是有一件事。"

几人看向他。

乔九笑道："前几天，少林武当峨眉一起找上天鹤阁想做笔买卖，你们猜是什么？"

窦天烨手里的筷子"啪嗒"就掉了。

025.

天气转热，门窗都开着。

正是中午，前院的小工要么在树下乘凉，要么回家吃饭去了。街上的人也是倦倦的，后院很静，只有一声连一声的蝉鸣不知疲惫地荡进死寂的大厅。

乔九给自己倒满酒，瞥见谢凉的杯子也空了，伸手为他满上，说道："他们想买万兴城窦先生的消息，但我若能直接把人交给他们，价钱翻倍。"

窦天烨听完当即石化。

他用仅能转动的眼球望向谢凉，欲哭无泪。

谢凉不动声色地看着乔九。

乔九拿起杯子和谢凉碰了一下，发出一声动听的轻响。他抿了一口酒，说道："我觉得这买卖很划算，已经接了。"

窦天烨石化的身体仿佛被冰冻上了，连逃跑的力气都没有了。

谢凉不用看都知道他肯定是一副灵魂出窍的模样，于是端起杯子也喝了一口酒，问道："那你今天是来要人的？"

"不是今天，"乔九道，"还得再过几天，到时劳烦窦先生跟我走一趟。"

谢凉道："成吧。"

你认真的吗？窦天烨几人顿时一齐看向他。

谢凉淡定地拿着筷子继续吃饭，偶尔和乔九聊几句。二人从宁柳城有什么好吃的一路聊到去云浪山的观景台看夜景，方才的话题迅速翻篇，好像刚刚说的不是"送窦天烨给那三个帮派剁一剁"，而是"今天的天气真好啊"。

方延咬着筷子看了看他们。

虽然不清楚是怎么一回事，但自从得知谢凉是那位传说中的"大佬"，他对谢凉就有一种盲目的信任，总感觉应该不会有问题，便安抚地给窦天烨夹了一个鸡腿。

窦天烨回神看着碗，沉默两秒，拿起鸡腿就开始啃。

到了天鹤阁的眼皮底下，再想跑是不可能的了，现在多吃一顿是一顿！

他快速啃完，伸手又拿了一个鸡腿，另一只手还拿了个猪蹄。一口鸡腿一口猪蹄，再一口鸡腿再一口猪蹄，中间顺便啃一口馒头，成功把自己噎得翻白眼。

乔九的两名手下："……"

能把三大帮派搅成这样的人果然不同凡响！

窦天烨捶着胸口，艰难地咽下嗓子里的东西，然后一抹嘴，抱起酒坛"砰"地往桌上一放，豪爽道："喝酒，今天不醉不归！划酒拳会吗？不不不，我想起来了是我不会，咱们玩点别的……"

谢凉又吃了几口菜，放下筷子看了一眼乔九。

乔九了然，也把筷子一扔，跟着他离席出去。

两个人顺着走廊进了谢凉的房间。

屋子是临时收拾出来的，摆设很简单，中间的小桌上还放着写到一半的字。谢凉把它们收走，倒了两杯茶，问道："你们这里的大帮派办事能力这么差？"

乔九坐在他对面，近距离打量了他一眼。

谢凉的头发比起刚来时长了不少，今天在头顶随意扎了一个小揪，有几缕不听话地垂下来挂在眼前，显得潇洒而俊逸，倒是蛮特别的。

他笑道："哦？"

谢凉道："我不是傻子，你也不是，你要是傻就不会拖几天再送人过去。"

乔九不置可否。

谢凉道："什么情况？"

他一直觉得少林武当如果被那群当真的人弄得烦不胜烦，估计会想揍窦天烨一顿。

可这么大张旗鼓地找人，甚至不惜花钱请天鹤阁出手，明显事情不简单，感觉要兜不住似的。

但是讲道理，窦天烨的故事里漏洞太多了，不说别的，光是明教就根本不存在。这故事也就能骗骗江湖新人，那些老江湖和老牌的帮派，肯定是不会信的，所以单靠那些杂鱼能掀起多大的浪花？

乔九笑了笑，带着几分深意："前段时间，不止一个人说在峨眉山看见了倚天剑。"

谢凉："……"

乔九单手撑着下巴，微微前倾："要打赌吗？我赌再过几天就能翻出倚天剑。"

谢凉秒懂，这是有人故意炒作，就是不知道是冲谁了。少林武当他们大概是察觉到了不对劲，这才急哄哄地找窦天烨出来澄清。

乔九话锋一转："偷袭你的蒙面人什么都没说，已经死了。"

谢凉"嗯"了声，紧接着意识到他为什么提这一句，猛地望向他。

乔九顿时加深笑意。

他真是越看谢凉越顺眼，什么事情一点就透。

谢凉道："你是说？"

乔九道："太巧了。"

谢凉沉默。

蒙面人追来的速度太快，他刚到宁柳没多久，他们就来了。这说明他们当时在万兴城留了人，这才能在搜完山庄后马上找来。而窦天烨的故事也始于万兴，炒作的人短时间内能把动静闹到这么大，很可能是在万兴开始准备的。

一个蒙面人、一个炒作者，二人都在万兴——这也太巧了。

如果这两个人来自同一个组织，那幕后的人其实不是和秋仁有仇，而是想把江湖弄乱套，毕竟让四庄互相之间打起来也是乱套的一个办法。

难道再过不久江湖要大乱？谢凉脑中闪过各种江湖纷争、惨遭灭门之类的片段，嘴上下意识地给了一句："宝贝儿，你这想法可有点惊艳啊！"

乔九："……"

谢凉见他不开口，抬眼看向他。

乔九道："你刚刚喊我什么？"

谢凉这才回过味来，一本正经解释道："在我们那里，要好的朋友之间可以互叫'宝贝儿'，显得关系更亲近。"

乔九嫌弃道："我和你的关系很好吗？"

谢凉道："你是我在这里认识的第一个人，不管你拿不拿我当朋友，反正我当你是朋友。"

"哦，"乔九道，"那你记不记得前几天你撕了你朋友的衣服，差点毁了他清白？"

"那是意外。"谢凉说完停顿一下，又问道，"你们这里有没有毁了一个人的清白就要对那人负责的规矩？"

乔九道："要是有呢？"

谢凉道："那你一定得告诉我。"

乔九道："然后？"

谢凉道："然后我下次绝对会注意，不给你们添麻烦。"

乔九短暂地笑了一声。

谢凉正不知他是什么意思，便见眼前人影一晃，紧接着只听"嘶"的两声，某人冲过来给他一左一右地撕了个对称。

谢凉看看自己的衣服，抬头看向乔九："幼不幼稚？"

乔九笑容恶劣："我高兴。"

谢凉微笑点头，咽下了一句脏话。

——爸爸好不容易修身养性了一年，你可别真把我的火勾出来。

撕完衣服的九爷很愉悦："回去了宝贝儿，我还想再喝两杯。"

谢凉再次点头，换完衣服跟着他回到了大厅。

只见窦天烨几人都已离席，歪七扭八地站成了一排，乔九的两名手下也在其中。

他们进去时，窦天烨正扯着嗓子大吼："白菜帮子蹲，白菜帮子蹲，白菜帮子蹲完了小辣椒蹲！"

隔着两个人的梅怀东喝得满脸涨红，大着舌头道："小辣椒蹲，小辣椒蹲，小辣椒蹲完了大胡萝卜蹲！"

"大胡萝卜"方延喝得有点多，呆呆地没反应过来。

窦天烨立刻冲过去一拍桌子："罚，喝酒！"

方延含泪喝完一杯酒，抬头看见了谢凉，急忙嘤嘤嘤地跑过去抱住他，哭得梨花带雨："大哥，别等几天了好吗，快……现在就把他带去少林，让他霍霍那些人去……"

谢凉："……"

026.

如乔九所料，倚天剑的事越闹越大，很快就传出有人真的在峨眉山挖出了剑。据说仔细看还能看到剑身重铸的痕迹，里面的秘籍显然是被人拿走了。

天鹤阁的据点每日都往总部传消息，由于距离的关系，消息送到云浪山时会慢上那么几天，但据点那边每日传，就算慢了几天，云浪山每日也总会收到。

最近有个说法正在人群中传开，大概意思是但凡江湖上有大事发生，百年帮派和武林世家都会瞒着旁人偷偷处理，那些厉害的武功秘籍、横扫千军的兵器、数不尽的财富等等，像他们这种没有背景的小鱼小虾根本触及不了，所以人家永远厉害，而他们永远是杂鱼。

谢凉听完后特别想见一见那位幕后主使。

这简直太会炒作了，找的点也都是特能戳人痛处的。阶级和贫富的差距无论何时都是热点，就像放在现代，一辆普通轿车和一辆跑车撞人，两个新闻摆在一起，键盘侠们绝对直冲那辆跑车。

不过人一多，总有一两个喜欢阴谋论和脑补的，所以这次也不一定是幕后主使干的，就看散布的消息是不是有组织有规律的了。

他不由得问了一句。

乔九道："是他干的，几乎一天就传遍了。"

谢凉深深地觉得那是个人才。

乔九道："再闹大，少林武当应该要请白虹神府、四庄他们过去了。"

谢凉道："你想什么时候去？"

乔九微笑："我把少林他们找上我的事也散了出去。"

谢凉挑了一下眉。

乔九继续冲他微笑，谢凉便没有疑问了，做了一个"请"的手势。

乔九道："怎么？"

谢凉道："我要睡了，不送。"

此时早已入夜，谢凉练完了字，刚准备睡觉就被乔九找上了门。现在聊完，他自然是要休息。

乔九坐着不动："我还不困。"

谢凉道："那你想干什么？"

乔九思考了一会儿，想出一个好主意："你不是说你们那里的曲子很多吗，唱个我没听过的。"

谢凉点点头，拿起茶壶把他面前的杯子倒满水，又翻出方延白天买的一包瓜子递给他，然后起身脱掉睡衣往衣架上一扔，上床睡觉。

"……"乔九抱着瓜子盯着那张床，片刻后把东西扔下走过去，"谢凉。"

谢凉闭着眼，鼻腔里给出一个音："嗯？"

乔九教育道："你现在一点礼数都不讲了，客人还没走呢。"

谢凉笑了，睁开眼，见他在自己的床边坐下了，问道："九爷平时是个喜欢讲礼数的人？"

乔九笑得飞扬跋扈："我当然不是。"

谢凉道："那九爷很喜欢那些讲礼数的人？"

"当然也不是，"乔九知道他的意思，低头看着他，"我只是不喜欢你现在对我不讲礼数。"

谢凉道："这说明我拿你当自己人。"

乔九道："我不需要。"

谢凉心想：你这是欠收拾。

乔九脱掉鞋，干脆把两条腿也放了上来，见谢凉又有要闭眼的征兆，便收了收嚣张的气焰，沉默数息道："今日是我的生辰。"

谢凉微微一怔，看他一眼，好脾气地坐起身为他唱了一首歌。

乔九支着下巴静静听着，感觉既不像白菜之类的那般洗脑，也不像窦天烨的歌舞那么奇怪，而是很轻柔的曲子，配着谢凉的嗓音，十分动听。

一曲终了，乔九有些意犹未尽。不过他知道见好就收的道理，于是起身下床，整理了一下衣服，站在床前对谢凉微笑道："逗你玩的，今天不是我生辰。"

谢凉很淡定："没关系，顶多你以后再说你生辰，我不信了就是。"

乔九想了想，总觉得没逗到谢凉不划算，便又坐回了床上。

两个人讨价还价半天，谁也说服不了谁，最后越说越困，乔九懒得回去，便在这里留宿了。

第二天谢凉醒的时候，乔九还没醒。

他近距离看着面前的人，暂时没有动。

以前他们同床睡觉的那些日子，乔九虽然偶尔会摘掉易容，但因为顶着书童的身份，也兴许因为他们还不熟，多少有些警惕，所以每日醒得都很早，谢凉基本没见过他熟睡的样子。现在想想，这好像还是第一次。

这个人很无耻，为达目的毫无节操，整天肆意张扬拉仇恨。他清醒时气场太盛让人不敢靠近，睡着时却意外地很安静，仿佛一幅赏心悦目的油画。

谢凉的目光转到他的唇上，没等给个评价就见他睁开了眼。

乔九还没全醒，道了声"早"后，懒洋洋地起床。

那中衣的领口开着，胸膛露了大半，可以看到半截伤疤。

谢凉的目光几乎立刻被伤疤吸了过去，只是被衣服遮着，看不全。

乔九没在意旁边的视线，等他穿好衣服望向谢凉，谢凉早已收回目光，表情正经得不得了。乔九便挥挥手，开门走了。

生活如常，除了谢凉，大宅里没人知道乔九在这里睡了一晚。

赵哥、方延和江东昊继续忙事业，谢凉和窦天烨则继续留守。梅怀东也过得很规律，每日练剑巡视，尽职地当他的护卫。

一切都和原先没什么不同，据点得来的消息依然不断地往总部送，眨眼间便又过了三天。少林他们派人去请白虹神府等百年帮派了，聚在那里的侠客也都知道天鹤阁正在找说书的窦先生，只消把几方人马凑齐了一对质，便可真相大白。

这三天谢凉几乎寸步不离窦天烨，晚上也会陪他聊很久才回房。

窦天烨感动不已，一把握住他的手："兄弟够意思，你放心吧，我已经看开了，不用担心我！"

谢凉表扬："嗯，挺好。"

窦天烨道："好了早点睡吧，晚安。"

谢凉往门口走了两步，回头看他："用不用我陪你睡？"

窦天烨道："不用啊！"

谢凉点点头，刚要拉开门，只见数道黑影鬼魅般跃进了院中。他神色一凛，急忙折回，抓住窦天烨扔进大床，一把扯下了床幔。

窦天烨顿时惊悚："你干什么？"

"闭嘴，"谢凉道，"他们来了。"

乔九那天晚上的意思很明显，他故意把天鹤阁插手的事放出去，为的便是引那位幕后主使出手。如果蒙面人和炒作者真的来自同一个组织，那他们肯定知道窦天烨在哪儿，为了不让窦天烨搅局，自然得灭口。

乔九猜对了，他们果然派了杀手，这说明两件事大概率就是一伙人所为。

窦天烨毫不知情，疑惑道："什么来了？谁来了？"

谢凉看着他："杀你的人来了。"

话音一落，只听一声闷响，一个人影拍在了窗户上。

一柄利剑穿过人影刺破窗纸，鲜血瞬间蔓延开来，窦天烨要是掀开床幔看见这一幕，估计会吓晕过去。

乔九站在窗外拔出剑，看也没看跌在地上的尸体，而是随意甩了甩剑身的血。

梅怀东已经听见动静赶来，入目便是一个黑影要破窗而入，于是想也不想地要来拦，结果被乔九抢了先。他轻功落地，落点恰好在尸体旁，上方就是大片的鲜血。

乔九侧头看着他。

梅怀东也看着他，维持着严肃的神情一语不发，"吧唧"拍在了地上。

乔九："……"

他摸了摸脸，擦掉溅上的一滴血，踢踢地上晕死过去的人，扭头加入了战局。

027.

几人的房间挨得很近，刀剑金鸣和打斗之声在寂静的夜里散开，很快惊动了屋里的人。

方延、江东昊和赵哥都过来了，抬头便见两拨人在庭院里厮杀，身影快得让人眼花缭乱。在他们停住脚的时候，一条胳膊斜飞出来狠狠砸在不远处的地上，鲜血溅得到处都是。

他们立刻吓得嗷嗷叫唤。

天鹤阁留了人手保护他们，正是前几天和他们喝过酒的两个人。

二人见状便站在靠近庭院的一侧，一边帮他们挡住血腥的厮杀，一边引着他们顺着走廊来到窦天烨的房间，方便集中起来保护。

刚跑到门口，只见窗户、墙上和地面都溅着大片鲜血，地上还横着一具尸体。

梅怀东已经爬了起来。

他晕了两次，这次起身便闭上了眼，摸索着不知往哪儿走。此刻听见脚步声，他迅速转身看了过去。因为是前身着地，他的胸膛、脖子和脸上都沾了不少血，且脸上的血正在慢慢往下淌，被窗前映出的光线一照，简直有恐怖片的效果。

梅怀东喝道："谁？"

方延几人："妈呀！"

谢凉和窦天烨在第一次听见小伙伴们的惨叫时便从床上下来了，窦天烨终于看见了窗户上的血，脸色发白，害怕地抓住了谢凉的胳膊。

谢凉虽然知道乔九安排了人手保护方延他们，但听见叫声还是不太放心，正犹豫要不要出去看一眼，只听又一次惨叫骤然响起，就在房门口，听着特别惨烈。

二人急忙开门，看着乔九的手下将方延他们送了进来，顺便还附赠一个一脸血的梅大侠。梅大侠的手碰到了窦天烨，便一把扣住了他的肩。

窦天烨："妈呀！"

梅怀东："别怕，是我。"

窦天烨："啊啊啊！"

房门"砰"地关上了。

窦天烨确认梅怀东没有受伤，便抖着手引他坐下，之后跑过去和方延他们靠在一起。方延几人手脚冰凉，脸色煞白，紧紧地互相靠着取暖——身为正常的现代人，谁见过这种画面？简直是人间地狱！

谢凉塞给梅怀东一块湿汗巾让他擦脸，之后找地方坐下耐心陪着他们。

赵哥到底年长，声音还算正常："怎么回事？"

谢凉简单将事情解释了一遍，说道："他们这是想来一个死无对证，或许还可以把事情推到少林武当他们的头上，说是他们灭的口，原因是窦天烨泄露了他们的秘密。"

几人看向窦天烨。

窦天烨欲哭无泪："无耻！"

梅怀东擦掉血，放下汗巾站起身，沉声道："放心，我会护你。"

谢凉几人顿时肃然起敬。

晕血还敢这么拼，你这不是英勇，是有病啊！

他们异口同声："快坐下，你出去就得被人捅死！"

梅怀东抿了抿嘴，一脸坚毅："这是锻炼心性的好机会。"

"心性个毛线！"近处的窦天烨把他按回去，"你晕血啊不知道吗？"

梅怀东："……"

"你……你真不知道？"窦天烨看着他略带疑惑的表情，说道，"就是看见血就会恶心头晕，突然丧失意识之类的。"

梅怀东道："我只是心性不坚定。"

"这叫晕血，是一种病，"窦天烨一指窗户，"不信你看。"

梅怀东顺着他的手指看见了窗纸上的血，半个字都没说，"吧唧"又拍在了地上。

窦天烨他们这次没有扶他，觉得让他这么躺着挺好。

屋里再次安静。

几人听着外面的打斗声，都提起了一颗心。

恍惚间好像过了很久，又似乎并没有多久。外面的打斗声渐渐平息，传来了乔九带笑的声音："好了，你们可以出来了。"

谁敢出去？窦天烨几人想象着外面尸横遍野、器官乱飞的场景，感觉腿都使不出力气，便坐着不动。

谢凉则起身开门，走到了台阶上。

正是满月时分，银辉落了整个庭院，一切都无所遁形。

来杀窦天烨的共七人，三人被杀，其余四人受伤被擒。

乔九站在院中，剑已经扔给手下，手里正把玩着一枚暗器。他今夜又穿了一件红衣，只是颜色比先前那件暗，此时和着月光与鲜血，像是从地狱里走出来的死神，既危险邪气，又勾魂摄魄。

谢凉瞬间眯了一下眼。

见他现身，乔九朝他笑了笑，慢条斯理地踏过地上的血走到谢凉面前，把暗器递给了他。

谢凉打量着手里的暗器，发现和在电视上见到的没什么不同，唯一的区别大概就是有没有开刃。他问道："怎么？"

"杀手楼排第十的杀手，"乔九道，"杀完人喜欢在尸体上放个暗器。"

谢凉道："他们这次没派自己人？"

乔九笑道："嗯。"

谢凉看了看他，实在没忍住，对他抬起了手。

乔九扬眉。

"别动，有血，"谢凉说着摸上他的脸，轻轻用拇指擦掉快要干涸的一点血渍，"好了。"

天鹤阁一众："……"

活见鬼了啊，竟然有人敢摸他们家九爷的脸！

乔九立即道："你又占我便宜。"

天鹤阁一众："……"

"又"这个字用得好可怕，仿佛藏着某些不得了的东西！

"我是在给你擦血，"谢凉教育他，"少爷我可从没这样给别人擦过脸，你得感恩。"

乔九完全不买账："我还从没让别人这样摸过脸呢。"

谢凉道："那咱们扯平了。"

乔九盯着他："你就是在占我便宜。"

谢凉道："你要是非觉得吃亏，那我让你摸回来？"

天鹤阁一众："……"

我的娘，这是谁啊！

谢凉见乔九眯眼，不等他做出别的事，便岔开了话题："劳驾让他们把院子收拾一下，我朋友看见了会害怕。"

乔九想起先前那几声惨叫，看了看小心翼翼扒着房门往外瞥的几个脑袋，又看了看面前的谢凉，问道："你不怕？"

谢凉道："我还好。"

他听见身后的开门声，便把暗器还给乔九，转身回屋把那几个脑袋按回去，告诉他们等一会儿再出来。

窦天烨见他跟没事人一样，震惊道："你竟然不害怕！"

方延道："大佬果然就是大佬！"

沉默寡言的江东昊也没忍住，给了一句："你真不怕？"

谢凉道："我见过比这更惨的，习惯就好。"

窦天烨几人一齐惊悚地看着他。

谢凉解释道："我父母离异，母亲一直在国外。每年放假我都会去看她，顺便也会四处玩玩。"

窦天烨几人道："所以？"

谢凉道："我赶上过两次恐怖袭击。"

窦天烨几人："……"

哥们儿你当初会跟着我们一起来这儿，好像真的不全怨我们啊！

天鹤阁的人办事效率很高，不多时便将院子收拾得干干净净。若不是窗纸没办法换，上面依然带着血，不然根本就看不出这里发生过混战。

因为太晚，乔九便没有停留，和谢凉打了声招呼，带着他的人走了。但经过这一闹，窦天烨几人都不敢自己待着，尤其只要一想到院子里刚死过人，他们就瘆得慌。于是在谢凉说出要回房睡觉的时候，一群人用渴望的眼神盯住了他。

谢凉回头看着他们。

窦天烨几人继续渴望地盯着他。

双方对视两秒，谢凉便把他们带到自己的房间，打算一起打地铺，反正是夏天，倒也不冷。

几人躺在地上，翻来覆去睡不着。

死寂的房间，空气都显得压抑和沉闷。片刻后，方延哑声道："我们……以后怎么办？"

他问的是以后，而不是单指这一件事，另外几人闻言都沉默了。这里可是武侠世界，像今晚的情况将来肯定还会遇见，要是下次没有提前预判，等待他们的就是死。

"可以赚钱，多雇点高手，"谢凉道，"你们看寻常百姓没有人庇佑，不也是过一辈子吗？办法都是人想的，只要肯想，总能想出法子。"

他轻声教育道："最重要的是别遇见点事就要死要活，我一直不愿意说你们，你们看你们之前那点事，除了赵哥确实情有可原，剩下的不就是被骗个钱、遇见渣男、下棋输了吗？看看现在再想想以前，那是不是就不算个事了？"

窦天烨几人异口同声："嗯……"

谢凉道："所以没有真的过不去的坎儿，这世上有些人连活着都很艰难，既然咱们还活得好好的，就别唉声叹气，好歹是个男人。"

窦天烨几人干了这碗鸡汤，决定做个男人。

屋子恢复安静。

几人相互挨着，很快睡了过去。

谢凉是最先睡着的。

梦里一片银辉，熟悉的红影从远处走来，一步步像是能踏在人的心尖上。他嘴角勾着邪气的笑，慢慢停在了自己的面前，正是乔九。

他刚想打声招呼，就见对方翻出晚上的事，再次指控他占便宜。梦里的事毫无逻辑，他也不知撞了哪门子的邪，竟就这么辩论了一整晚，转天早晨一脑门子官司地坐起了身。

方延睡在他旁边，刚好也要醒，似乎正在做什么梦，迷迷糊糊看见面前有个人影，"嗷"的就叫了起来："鬼啊！"

谢凉："……"

028.

这一晚窦天烨几人睡了醒、醒了睡，过得浑浑噩噩。

方延惨叫时他们睡得都不沉，一个激灵也都坐了起来。赵哥的脸上挂着黑眼圈，窦天烨和江东昊因为年轻，脸上没黑眼圈也没眼袋，只有满眼的血丝。

三双眼睛一齐看向他们。

谢凉道："没事，他做噩梦了。"

几人"哦"了声，死鱼一般躺了回去。

谢凉道："天亮了，都给我回去。"

几人没睡好，脑袋发沉不太想动。

谢凉倒是能理解，他第一次见到恐怖袭击后的惨烈画面，当晚也没能睡好。于是他告诉赵哥今天不用做早饭了，自己拿上钱主动为他们买早点。

院外不远处的几个人目送他出了大宅，分出两个人跟着保护，其余人仍蹲在树上留守。

他们是轮换制，昨夜九爷和参战的兄弟离开，换上的就是他们。他们昨夜虽然没在场，但自家兄弟在换班的那点时间里还是和他们分享了一件重要的事。

"看，就是他，叫谢凉，他们说他敢摸九爷的脸呢！"

"胆子这么大，九爷没剁了他？"

"没有！"

几人深深地觉得九爷和他一定有点什么，不然九爷怎么能对他如此放纵。

他们很容易就接受了这件事，因为九爷向来活得肆无忌惮又随心所欲，就算突然有一天宣布要出家当和尚，他们也一点都不意外。不只他们，估计全江湖的人都不会意外，除了白虹神府的叶帮主。

他们想了想叶帮主闹上云浪山的画面，啧啧了一声。

"叶帮主肯定要气吐血！"

"他就是气死了，九爷都不会改主意啊，不过如果九爷真当了和尚，肯定有不少人哭断肝肠。"

"哎，说起这个，我最近听到一件事，赵火火好像对咱们九爷有意思。"

"扯吧！"

"真的，据说在神雪峰的时候天天给九爷送东西！他每次见到九爷就要跳脚，可能为的就是让九爷多看他几眼！"

"噫……有道理有道理！"

几人立刻把谢凉的事扔在脑后，开始不停地挖掘记忆，寻找赵火火讨好九爷的蛛丝马迹。

此刻被属下们热烈讨论的乔九已经出了据点。

他昨夜没回云浪山，而是就近在城里睡的，睡醒后第一件事就是去找谢凉蹭饭，结果刚到城外便遇见了谢凉。

他不太满意："你们今天买着吃？"

骚扰他一晚上的人毫无预兆地出现，谢凉的眼皮顿时一跳。

他不动声色地打量了一眼，乔九穿了件月色绲金边的长袍，这种衣服往往会显得人斯文，但穿在乔九身上，再素的料子都能带出一丝艳色。这位主儿真是随便往人群里一站，永远都那么张扬显眼。

他收回目光："他们昨夜没睡好，早晨想让他们多睡一会儿。"

乔九其实是觉得赵哥的厨艺不错，炒的菜口味很新奇，让他挺感兴趣，这才来蹭饭的。不过反正是邻居，以后有的是机会，他勉强接受，问道："他们胆子那么小？"

谢凉道："我们那里很太平，平时看不到血腥的场面。"

乔九道："那你怎么没事？"

谢凉道："因为我见过。"

乔九好奇："哦？"

谢凉没有过多解释，确认乔九是要和他们一起吃饭便多买了一点，示意他帮忙拿着。

于是树上的人很快便见到他们好厉害的九爷抱着纸袋和谢凉回来了，见九爷竟活得这么有过日子的感觉，集体震惊，决定回去就和兄弟们分享。

谢凉完全不知道他即将成为整个天鹤阁的八卦对象。

他和乔九迈进饭厅的时候，窦天烨他们都已经到了，几人围坐在桌前吃早点。乔九顺便将昨夜的进展告诉了他们，那些杀手都来自杀手楼，除去杀人外，还负责把谢凉绑走。

窦天烨几人不由得看了一眼谢凉。

谢凉淡定地吃着饭，就跟没听见似的。

直到他咽下嘴里的东西，才开口问道："我们是不是该走了？"

乔九道："明天出发。"

谢凉点点头，等乔九离开便和窦天烨他们商量去少林的事。

大宅还在改建，原本赵哥他们是觉得要留一两个人看家的，但谢凉摇了摇头，告诉他们都跟着去，因为他想出了一个捞钱的法子，具体能不能成，得到了那天再看。

窦天烨简直想给谢凉跪下。

他觉得真到那天，能让少林武当不剁了自己就已经很不错了，可谢凉竟然还想着趁机赚一笔，脑子是怎么长的！

赵哥面色迟疑："那家里……"

谢凉道："可以让乔九的人帮忙看着。"

窦天烨几人没意见，便开始收拾行李。

等晚上乔九过来借住，谢凉便向他提了提帮忙的事。天鹤阁就在附近，这不过是举手之劳，乔九自然没有拒绝，挑了两名手下看大宅。

于是众人休息一晚，第二天吃过早饭便出发前往少林。

乔九率先上了马车，懒洋洋地坐着等了等，见车竟然动了，一撩车帘："等等，谢凉呢？"

谢凉是天鹤阁近期的重点观察对象，手下立刻回道："上了后面的马车。"

乔九道："停。"

手下赶紧停住。

而他一停，后面的马车自然也停了。他得了九爷的吩咐，小跑过去请人。

谢凉道："他有事？"

手下一怔，跑回去询问九爷，很快回来告诉他："九爷说没事，就是想让您去陪他说话。"

谢凉道："你告诉他我和朋友有事要谈。"

手下便又回去了，几秒后再次跑回来："九爷说让您谈完了过去。"

谢凉呵呵一笑："看我心情。"

这是除了五凤楼的三楼主之外，第二个敢对他们九爷的话"看心情"的人。手下半个字没敢说，迅速跑回去复命。

这一次他没再回来，车队重新出发。

窦天烨齐齐看向谢凉。

谢凉道："怎么？"

窦天烨咂舌："我上学顶多传个纸条，第一次见你们这种传'人条'的。"

谢凉道："稀奇的话我把人叫回来，你也传两句？"

窦天烨干咳一声往后缩，假装自己不存在。

然而九爷想做一件事的时候，根本没人能拦住。在连续两次休息都没见到谢凉的身影后，他便亲自上了谢凉他们的马车，坐在谢凉旁边看着他们谈事，等着谢凉的"好心情"。

马车原本就不大，如今挤了六个人，像是要爆炸了似的。

最要命的是某人的气场太强，窦天烨他们都不太敢和他说话，一路上简直如坐针毡。如果可以，他们甚至想把自己的呼吸都封起来，免得惊扰这位大爷。

谢凉在心里叹了一口气，叫了停，跟着乔九去了前面的马车。

乔九满意了："你早这么识时务不就好了？"

谢凉回给他一个微笑。

乔九道："我发现你有点躲着我，为什么？"

谢凉道："你想多了。"

都说日有所思夜有所梦，他只是不想再在梦里撞邪梦到乔九，免得把自己的智商拉低。说完便不再理乔九，率先迈上马车。

窦天烨几人目送他们的身影消失，有些担忧。

"九爷那个脾气……你说谢凉要是再惹着他，会不会被一掌拍成豆腐？"

"别悲观，九爷只是想找人唠嗑罢了。"

"那也好可怕啊。"

"谢凉挺淡定的，应该有……有办法吧？"

"所以传闻没说错，他这个气场真的很邪乎，专门招惹奇葩。"

几人讨论了几句，既唏嘘又佩服。

大佬说得对，只要活着就有希望！

他到这种程度都没有放弃，我们更不能要死要活。

——《敌敌畏日记·方延》

对，阿凉活得这么坎坷，比起他，我们是幸福的。

要知足啊！

——《敌敌畏日记·窦天烨》

唉，这孩子挺不容易的。

——《敌敌畏日记·赵云兵》

嗯。

——《敌敌畏日记·江东昊》

我——没——有！

——《敌敌畏日记·谢凉》

第四章

本故事纯属瞎编

029.

　　从宁柳到少林要近十天的车程。

　　途中喝茶休息的空隙，谢凉终于亲眼见到了有关倚天屠龙的安利现场。

　　人家不是把故事讲一遍，而是以"你知不知道江湖上出了个金毛狮王，一把屠龙刀杀尽天下人"为开头，把谢逊的事迹和倚天屠龙的秘密说了一遍，最后告诉对方，谢逊现在人在少林。

　　听到的人纷纷好奇，表示一定要去看看，于是哗啦啦就跟着跑了。

　　谢凉一行人目送他们离开，之后不约而同看了一眼窦天烨。

　　窦天烨是真的放开了，脸不白、手不抖、心不凉，灌完　杯茶便开始嗑瓜子，"咔嚓咔嚓"把桌上的瓜子全嗑了。

　　只有听得似懂非懂的梅怀东不明所以地问了一句，被窦天烨几人拉住好一番科普，再看向窦天烨时，表情便有些僵，估计是在想这么一个没武功的人竟能把江湖搅成这样，实在太凶残。

　　简单休整后，他们继续赶路。

　　谢凉跟着乔九迈上前面的马车，无聊地坐着。乔九坐在一旁看完各个据点传来的小条，便玩味地打量谢凉，片刻后喊了他一声，见他看过来，说道："我真的觉得你最近在躲我。"

　　谢凉道："错觉。"

乔九道："说说，为何躲我？"

谢凉学着他的语气："说说，我干了什么让你觉得我躲你？"

乔九道："你那天不肯上我的马车。"

谢凉道："我有事和他们谈。"

乔九道："我过去也没见你们谈。"

谢凉道："你在场我不好谈，除了这个剩下的呢？"

乔九顿了一下。

除第一天外，这几天谢凉一直坐在他的马车里，没有不搭理他，也没有刻意不瞅他。但是很神奇，他就是有一种谢凉在躲他的感觉。他想了半天，最后鸡蛋里挑骨头："你和我说的话比以前少了。"

谢凉想了想，凑近他。

乔九盯着他，坐着不动。

谢凉一手撑在他的身侧，另一只手捏起他的下巴："朋友，你这是觉得我冷落你了？"

乔九拍开他的手，教育道："别随便占我便宜。"

谢凉从善如流地放下手，维持着这个距离看着他，问道："你看我客气一点待你，你非说我躲你，我热情一点吧，你又嫌弃我占你便宜，到底想让我怎么样？"

一般人遇上这种情况都会顿一下，但乔九不是。

他勾起嘴角，立刻向前逼了一步："你明知我不喜欢被占便宜，于是故意摸我的脸让我拍开你，好把问题推到我身上，你看你就是有问题。"

谢凉心想：这是真难搞。

无法，他只能两手一摊，表明自己没有躲他。

乔九有心想继续逼问，可惜证据不足。两个人言语之间你来我往不相上下，谁也奈何不了谁，便一路僵持着到了客栈。

下了马车，乔九意犹未尽，往回找补了一句："以后像今天这样，我就不觉得你躲我了。"

谢凉在心里诅咒了他百八十回，嘴上微笑："哦，那用不用我今晚再陪你聊一宿？"

最近住店，偶尔会碰见房间不足的情况，谢凉都是和小伙伴一起住的。这不像祈福那次需要维持书童的身份，乔九当然也就不会委屈自己和别人睡一屋，此刻听谢凉一提，他下意识地要拒绝，但话到嘴边忽然觉得谢凉可能知道他会不同意，嘴里的话顿时拐弯："行啊。"

谢凉道："你可别又说我占你便宜。"

乔九笑着把出发那日的话还给了他："看心情。"

谢凉："……"

谢凉懒得理会这货，放下行李，把梅怀东叫了过来。

关于晕血的事，梅怀东始终不愿意相信，总认为是自己的心志不坚定。

谢凉几人没在这一问题上和他过多纠缠，只劝他既然短时间内练不好心志，不如先想个法子避免晕倒，省得以后被捅死。

梅怀东这一回听劝了，问他们该怎么办。

谢凉几人以前虽说遇见过一两个晕血的同学，但都没关注过人家是怎么治的。

治疗上他们给不出建议，只能想个简单粗暴的法子——让梅怀东把眼睛蒙上。

为此他们做了几个沙袋，一有空便给梅怀东当陪练。

这家客栈是天井的设计，谢凉让梅怀东蒙眼站到院中间，然后叫来窦天烨几人分沙袋，又找了一个天鹤阁的人在下面负责捡沙袋，接着和窦天烨他们分别找地方站好，便在二楼对梅怀东开了火。

梅怀东的天赋确实高，才几天的时间已经能避开他们扔的沙袋了。

谢凉扔了几回发现打不着人，便换上了天鹤阁的人。天鹤阁的精英比他们厉害得多，不仅角度刁钻，还能加点内力，梅怀东立刻被砸得抱头乱窜。

乔九笑了一声，来到谢凉的身边和他一起看："你们这主意倒是不错。"

谢凉好奇道："他是怎么做到混了三年江湖还没被捅死的？"

乔九道："没和人结过仇，也没加入别的帮派，碰见有帮派交手都是在人群里围观，见血便晕，然后被人抬走。"

谢凉无语。

乔九继续道："晕完去当护卫或镖师，练几个月的剑，赚了钱再去闯荡江湖，再晕就再练剑，因此江湖上认识他的人不多。"

谢凉诧异："那你怎么认识他？"

乔九笑道："他有一次练剑被我和凤楚瞧见了，便试了试他的身手，凤楚想招他的时候就发现了他这个毛病。"

谢凉道："凤楚是谁？"

乔九道："五凤楼的三楼主。"

谢凉"哦"了一声，心想就是那个也觉得赵火火名字可爱的人，乔九似乎说过知道他的一个秘密，还曾拿这事和他兜过圈子。

二人有一句没一句地聊着天，很快到了饭点。饭后谢凉和小伙伴们出门散步，回来时听见屏风后有人在倒水，下意识地走了过去。

乔九脱得只剩中衣，正等着手下倒完最后一桶水，见状问道："干什么？"

谢凉道："不干什么。"

"那你进来？"乔九说着一顿，怀疑问，"是想看我洗澡？"

谢凉一听他这个调子就忍不住想起那晚的噩梦，决定也折磨一下他，说道："我是想看看能不能先洗。"

乔九道："做梦。"

谢凉道："但我实在困，要不你换个地方洗？"

乔九眯起眼："我就知道你打这个主意，你真是一有机会就占我便宜！"

手下在旁边听着，倒水的手有些抖。明知他这样，而且还不是第一次了，您老还肯和他睡一个屋，图啥啊！

谢凉则十分淡定："随你怎么想。"他说着解开腰带，脱掉衣服随手一扔，"反正我要先洗。"

乔九一看他这架势便知道他要抢先进去，当即就不讲究了，穿着中衣迈进浴桶一坐，恶劣地看着他："我说了不行就是不行。"

浴桶不大，装一个成年男人已经是极限了。

谢凉挤不进去，但他依然很淡定，抱着手臂往墙角一靠，温柔道："洗吧，我看着你洗。"

他就不信折腾完这一圈，乔九不做噩梦。

乔九："……"

手下："……"

手下拎着桶往他们家九爷的脸上瞄了一眼，没敢多待，扭头就跑了出去。

030.

房间一时很静。

乔九看着谢凉，知道他干得出这种事，突然就有点怀念他以前客客气气喊自己"乔公子"的时候了。

他脱掉中衣搭在桶边，认真道："谢凉，和你待久了我学会一件事。"

谢凉说完刚才那句便有些后悔，开始认真反省自己。

首先他做噩梦是他的事，不能怪在乔九的头上。其次他好像每次和乔九对上都容易变得幼稚，这不好，得改。

思绪正转到这儿，他就听见了乔九的话，便问道："哦，什么？"

乔九情真意切道："做人真的不能太要脸面，当你觉得自己已经很无耻的时候，一定要逼自己更无耻一点。"

谢凉扬了一下眉，没等开口便见乔九手指一弹，紧接着他的身体就不能动了。

然后他望着乔九起身来到自己面前，板着他的下巴轻轻一转，将他的头转向了屏风。他不由得道："胜之不武。"

乔九放开手，笑声飘进耳里，说得极其坦诚："对，我不要脸。"

谢凉："……"

"以往我折腾人不喜欢动武，你是第一个，"乔九回到浴桶里懒散地一靠，愉悦地打量自己的杰作，邀功道，"我刚刚是用水珠封了你的穴道，以前见过吗？是不是很新鲜？"

谢凉看着绣满花鸟的屏风，懒得理他。

乔九等了数息没见他开口，看着他侧脸的线条和依然淡定的神色，一厢情愿地品出少许气急败坏，笑道："你看这样多好，我觉得以后都能这么干，你站在这儿还可以陪我说说话，省得我一个人洗澡无趣。"

谢凉顿时把刚刚反省的一堆东西扔了，心想你是真的欠收拾。

乔九见谢凉还是没有开口，一点都不介意被无视，往身上撩了撩水，吩咐道："别傻站着，给爷唱个曲。"

"成。"谢凉回忆一番，唱道，"猪……你的耳朵是那么大，呼扇呼扇也听不到我在骂你傻……"

乔九道："换一个。"

谢凉道："猪头猪脑猪身猪尾巴，从来不挑食的乖娃娃……"

乔九道："你是不是想让我把你的哑穴也一起封住？"

这天晚上，天鹤阁一众发现他们家九爷洗澡的时间尤其漫长。

等他们去换水的时候，桶里的水已经凉了。而那位扬言要看九爷洗澡的主儿仍站在先前的位置上，慢慢活动脖子等着他们倒水，嘴角勾着一点点笑，像是要喝人血似的。

竟然真的看了九爷洗澡！也真的还活蹦乱跳没被九爷一掌拍死！天鹤阁一众越想越觉得这是个猛人，态度又恭敬了一分。

谢凉等着他们倒完水离开，便脱掉衣服浸在水里，享受地泡完一个澡，之后懒散地起身出去，见乔九早已上床。

乔九望着他走过来，教育道："晚上睡觉老实点。"

"知道，"谢凉吹熄油灯，借着走廊微弱的光上了床，"晚安。"

乔九不是第一次听他说"晚安"，笑着回道："晚安。"

一晚上过得风平浪静，谢凉半个梦也没做。

第二天他醒得很早，睁眼就见乔九平躺在身边，大概是夜里热，中衣全扯开了，挂在身上要掉不掉的。在他看过去的同时，乔九也醒了，扫他一眼："早啊。"

谢凉打量他的表情，估摸他也没做噩梦，顿时有些遗憾。

过了一会儿，其余的人陆续起床，凑在一起吃了早饭，再次赶路。

谢凉依然和乔九坐一辆车，只是没再提挤一个床睡的事。可惜越接近少林，客栈住得越满，终于到了挤不开要两个人睡一屋的程度。谢凉只能又和乔九挤了两晚，好在乔九没有作妖，他也没再撞邪，整体还是很满意的。

这天傍晚，车队成功抵达了少林附近的钟鼓城。

这座和宁柳、万兴一样繁华的大城里有许多客栈酒楼，如今侠客云集，想来都住满了。谢凉见车队缓缓驶过主路没有停，而是拐进了一条岔路，问道："我们去哪儿？"

乔九道："天鹤阁分部。"

谢凉知道今晚不用再和乔九睡一个屋了，十分满意，见车队进了一座院子，正要下车，入耳便是一声轻笑："总算来了，等了你半天。"

他听到天鹤阁的人喊了一声"凤楼主"，猜测是那位五凤楼的三楼主，便掀开车帘，对上了一双带着笑的桃花眼。

来人长相俊逸，身穿一袭宝蓝色长袍，手里握着把折扇，扇面上写着"绝世坏人"四个大字，活脱脱一位风流倜傥的翩翩公子。

凤楚乍一见到生人并没有诧异，而是也在打量，见他神色淡然，头发很短，只扎了一个小揪，看着随性又帅气，便率先笑着道："谢公子？"

谢凉点头："凤楼主？"

"正是在下，"凤楚摇着扇子，瞥见乔九的身影，说道，"火火也来了，他想方设法讨好你的事如今被全江湖知晓，正羞愤不已，死活不肯住在你这里，看来你得亲自去请他。"

乔九一听就笑了，跟着谢凉下车，问道："他在哪儿？我现在就去。"

"在福来客栈。"凤楚说完，"啪"地合上折扇，笑得两眼弯弯，"我早说过火火和你很配，何时跟他结个拜把兄弟？"

"不结，江湖上那么多人讨好我，想当我小弟，我要是答应他，得有多少人哭死？"乔九自恋道，扫见身边的人，又鬼使神差地加了一句，"尤其是谢凉。"

天鹤阁一众和凤楚顿时齐齐看向谢凉。

谢凉暗道一声好好的又来招惹你爸爸，顶着众人的目光淡定附和："嗯，毕竟都和你是睡一张床的兄弟了，你哪天要是想通了，认我当大哥，我是不会亏待你的。"

天鹤阁一众惊呆。

后面下来的窦天烨几人也震惊了。

凤楚"噗"地笑出声，赶在乔九开口前一把拉住谢凉，笑道："在下对谢公子一见倾心，走走走，请你喝酒。"

谢凉道："一见倾心不是这么用的。"

"那就一见如故，"凤楚笑眯眯地拉着他往外走，"你叫谢凉是吧，为了你，我决定从今天起改名叫谢暖。"

谢凉："……"

能和乔九关系好，果然也是挺能作的。

在据点等了半天好不容易见面的朋友，正常讲是要一起吃顿饭的，但遇见一个不按常理出牌的人，饭局根本不用想，凤楚真就扔下一群人拉着谢凉喝酒去了。

乔九和天鹤阁的人早就习惯了，前者去请赵炎，后者则往下搬行李，顺便招呼窦天烨他们吃饭。

窦天烨几人暂时没动，直到目送谢凉的身影在视野里消失才开口。

窦天烨道："坎坷啊，又招惹了一个不得了的人！"

方延道："这气场真是绝了。"

赵哥道："那一看就是开玩笑吧？"

窦天烨道："是开玩笑，但阿凉是真的倒霉啊，这没错吧？"

其余几人异口同声："嗯……"

几人唏嘘不已，开始认真商量过两天去少林给谢凉求个平安符。

天鹤阁的据点建得十分秀气，后院挖了一个荷花池，这时节荷花开得正盛。

窦天烨等人边赏景边顺着走廊往后走，刚拐过一个弯，迎面便见走来两位持剑的女子。二人一粉一白，美得像荷花成精似的。

他们不由得一停。

少女见到他们也停住了。

双方相互对视一下，粉衣女子率先开口："你们是跟着乔阁主一起来的吧？不知几位公子怎么称呼？"

窦天烨站在最前方，正对她们。

他暗道一声终于正面见到活的女侠了，压下激动的心情，客气地作揖："在下姓窦，窦天烨，不知女侠怎么称呼？"

两位少女的脸顿时遍布寒霜。

粉衣少女咬着牙微笑，一字一顿："在下峨眉山宋初瑶，听闻乔阁主今日能到钟鼓城，特奉家师之命来请窦先生。"

话音一落，她的手一抖，抖出一根绳子。

窦天烨："……"

方延几人："……"

宋初瑶道："我和师姐已恭候多时，窦先生，请吧。"

窦天烨："……"

031.

他想也不想便后退了一大步。

两位少女的脸色更难看了。

峨眉这些日子被泼了不少脏水，宋初瑶她们简直对窦天烨恨得牙痒痒。若不是还需要他出面作证，她们都想捅他一剑。

二人见他抗拒，便不再废话，主动迎过去，要来硬的。

窦天烨吓了一跳，再次后退。

他身后的梅怀东则上前一步，及时挡在了他面前。

窦天烨看着他们对上，立时想给自己曾经的灵光一闪磕个头。

他当时真聪明，竟然劝谢凉雇了一个高手，虽然高手的毛病大，但实力是有的，峨眉山的两位女侠全都打不过他，真好！

梅怀东重剑在手，宋初瑶二人半步也靠近不了，只能看向天鹤阁的人。

天鹤阁负责带领窦天烨几人去吃饭的是据点的人。

九爷接生意时和他们商定，若能把人交给少林他们，价钱就可翻倍，所以峨眉的人才会接到消息后，一早来这里等着押人。

正常讲自然是一手交钱一手交人，这生意就算是做成了。

但方才那个叫谢凉的是从九爷的马车上下来的，与九爷的关系似乎挺不错，据点的人拿不定主意，微微迟疑了一下，这时负责搬行李的人听到动静恰好折回，忙道："先等等。"

宋初瑶道："还等什么？"

那人道："等我们九爷回来。"

宋初瑶握剑的手一紧。

虽然她恨不得现在就把人绑回去，但到底不敢在天鹤阁的地盘上放肆，冰冷地扫了一眼窦天烨，忍住了。

窦天烨长舒一口气，紧紧贴着梅怀东往前走，很快进了后厅。

众人坐了一会儿，饭菜便被一一端上了桌。

他们清洗一番，坐好吃饭。刚吃几口，只见门外进来两位持剑的年轻公子，宋初瑶面上闪过一抹喜色，立即起身："周师兄，冯师兄！"

为首的周师兄点点头，说道："听父亲说你们下了山，我们不放心，过来看看。"

宋初瑶道："人见到了，只是还在等乔阁主。"

窦天烨边吃边听，听出这二人是武当山的。

果然那边又说了几句话，两位公子的目光便整齐地射了过来，眼底的寒光像是要在他的身上捅出一个窟窿。

窦天烨不和他们对视，专心啃鸡腿，开始思考一会儿能不能见到十八罗汉。

据点的人给武当的二位上了茶，之后站在旁边守着。

他们刚才在同僚口中得知了某件不得了的事，那个叫谢凉的不仅能与九爷同乘马车，还敢摸九爷的脸、看九爷洗澡、睡九爷的床并能好好地活到现在，而这窦天烨是谢凉的朋友，自然得看好，不能让人随便绑了。

窦天烨完全不清楚自己的身份已随着谢凉在他们心目中的地位而水涨船高，本着及时行乐的原则，他吃得极其认真和享受，啃完一个鸡腿还哼了段小曲，然后抹把嘴，拿起一块排骨继续啃。

峨眉和武当的人："……"

真想一剑捅死他！

据点的人看得直擦汗，心想能和谢凉做朋友，果然也不是一般人啊！

天鹤阁总部的精锐和谢凉他们走了一路，对此见怪不怪，还笑着问了一句："听说你们行的酒令很有意思，今天行吗？"

"行啊！"窦天烨爽快道，"来来来，我们站一下队！"

方延立刻哭了："我不玩！"

"你不玩我们玩。"窦天烨招呼他们拿酒，一字排开后分了分每人叫什么名字，正要往下蹲，只见一个人怒气冲冲地进了门。

乔九不知用了什么办法，还真的把赵炎请来了。只是办法大概不合赵炎的心意，证据便是他的脸色特别难看。

窦天烨几人见到他，异口同声："哦，是你！"

赵炎一眼瞧见他们，顿时想起了那一碗尿。

想起第一碗，他便想起了第二碗，继而想到当初祈福时干的蠢事，脸色更加铁青，瞪了他们一眼，扭头就走。

据点的人急忙追出去，好言好语把人请进了客房。

峨眉武当的人向外张望，见他们折了回来，问道："乔阁主呢？不是说他去请赵楼主了吗，怎么没和赵楼主一起回来？"

据点的人道："可能是去找凤楼主了，劳烦几位再等等。"

峨眉武当的人无法，只能继续等。

乔九这时确实在找凤楚，而谢凉和凤楚则已经喝上酒了。

他们进的是钟鼓城最有名的一家酒楼，酒楼处在主街上。此刻天色将晚，街道两旁的灯笼渐次亮起，配着浪潮似的人声，繁华而热闹。

来的时候酒楼早已人满为患，他们于是坐了 VIP 席位——凤楚只招呼了一声，店家便给他们在屋顶摆了一张桌子，桌子横架在屋脊两侧，他们拿着蒲团坐在屋脊上，就这么对着一张小长桌吃起了饭。

凤楚道："尝尝，这几道都是酒楼的招牌菜。"

谢凉"嗯"了一声。

凤楚"唰"地打开扇子扇了扇，惬意道："果然是上面舒坦，这主意还是当初乔九想的。"

谢凉道："他是怎么和店家说的？"

凤楚道："没说。"

谢凉挑眉。

凤楚将两人的酒杯倒满酒，笑道："当时我们来这里吃饭也是没位置了，他一连点了几个菜让店家做，店家以为我们要带走吃，谁想一转眼就见天鹤阁的人弄来一张小长桌。店家说店里挤不开一张长桌，但又不敢惹恼乔九，便还是把菜做好了，然后天鹤阁的人抬着桌子上了屋顶。"

谢凉笑了一声，几乎可以想象到店家当时风中凌乱的表情。

凤楚笑道："打那之后，店家看见我们便不拦了。且因为我们开了这个口子，有不少江湖人效仿，他们为此还特意招了两个会点轻功的小二。"

谢凉喝了一口酒，暗道某人真是个祸害。这祸害虽然自恋，但挺投他的脾气，哪怕是一些鸡零狗碎的小事，他都能听得津津有味。

他好奇地问："凤楼主和乔阁主是怎么认识的？"

"别叫我凤楼主，"凤楚纠正他，"要叫我谢暖。"

谢凉从善如流："成，我叫你阿暖。"

凤楚很满意："可以，更显得咱们亲近。"

谢凉无语。

乔九和凤楚虽然都能作，但给人的感觉完全不同。乔九是嚣张跋扈，看着就是一个肆无忌惮的主，而凤楚则一脸笑眯眯、脾气甚好的样子，很能赢得陌生人的好感，不熟的根本不知道他能作。

凤楚没忘先前的问题，答道："五凤楼曾找天鹤阁做过一笔生意，我和他就那么认识了，然后发现还挺投脾气，你们呢？"

谢凉道："机缘巧合见过一面，说过几句话，真正熟识起来也是因为一单生意。"

凤楚道："四庄祈福那个？"

谢凉点头。

凤楚和他碰杯："来说说，我们二楼主的每日给他送东西？"

谢凉道："真的。"

凤楚好奇极了，连忙追问是怎么一回事。谢凉便简单讲了讲，见他哈哈大笑，俨然一副要去安慰赵炎的样子，便在心里默默给赵炎点了一根蜡。凤楚笑够了，继续问道："那你方才说和乔九同床共枕又是怎么回事？"

谢凉道："你猜呢？"

"我猜是客房不够，你们住了一间屋子吧？我以前也和他住过一次，"凤楚说着一顿，认真道，"不过你放心，以后我只和你住。"

谢凉笑了笑，不置可否。

凤楚一看便知自己猜对了，笑眯眯地端起酒杯喝酒，暗道他就知道依乔九那性子，不可能真的让人占他便宜的。结果一口酒还没下肚，紧接着只听谢凉道："我只是撕过他的衣服罢了。"

"噗——"凤楚猝不及防，直接喷了。

谢凉体贴地递给他一块方巾："来，阿暖，擦擦。"

凤楚没有接，身体前倾："真的假的？"

谢凉道："你这次再猜一猜。"

凤楚眨眨眼，迟疑了。

这时余光扫见人影一闪，屋顶跃上来一个眼熟的人。

乔九刚迈出一步便停住了，只见谢凉手拿方巾往前伸，凤楚则微微前倾靠近对方。两个人相互对视，显然谢凉是要给凤楚擦嘴。

二人见他过来，动作都是一顿。

下一刻，谢凉若无其事地收回手，凤楚接过方巾坐直身，开始自己动手擦嘴，顺便还和他打了一声招呼。

乔九顿时眯眼，感觉怎么看都有点欲盖弥彰的意思。

他走过去看看这个又看看那个，问道："我是不是来得不是时候？"

凤楚道："如果是，你会走吗？"

乔九立刻道："不走。"

凤楚耐心和他讲道理："你看这屋脊就这么大，顶多一边坐一个人，你非要留下只能站着吃，何况我也没留你的碗筷。"

乔九道："你可以下去拿。"

"怎么看也应该是你下去才合理吧，"凤楚一下下地扇着扇子，"阿凉你说呢？"

谢凉见乔九盯着自己，勾起嘴角正要回答，只听楼下突然响起一声怒喝。

"混账！"

伴着这个声音，一个大汉从二楼摔出，狠狠砸在了街上。

屋顶的三个人同时扭头，见一个年轻人紧跟着跃出来，一脚踩住大汉的胸口，怒道："你把刚刚的话再说一遍！"

大汉咳出一口血，倒也硬气，说道："说多少遍也一样，那姓窦的畜生定然是心怀不轨妖言惑众，不然少林武当何至于到处找他！"

"胡扯！"年轻人道，"我们窦先生才不是那样的人！你们没见过他的人根本不知道他的好，不要随便诋毁他！"

大汉道："我就是随便诋毁了，你当如何？"

年轻人杀气腾腾："我宰了你！"

谢凉听得愣住。

也是蛮神奇的，窦天烨都混成了那个德行，竟然还有死忠粉。

032.

他很快就知道大汉为何硬气了，因为人家有同伴。

他看着新来的五六个人把年轻人围住，下意识地望向乔九，正准备说句话帮帮，便扫见凤楚动了一下胳膊。

有东西似乎飞了出去，但速度太快，天色也暗，谢凉根本看不清，只见到剑拔弩张的两拨人停滞了一秒，然后整齐划一地抬头看向屋顶。他透过人群的缝隙，这才看清好像是两根筷子钉在了地上。

主街的路是石板铺的，筷子是木筷。酒楼三层高，站在屋顶相当于四层。

在四楼扔两根筷子，能像戳豆腐一样扎进石板，谢凉对凤楚的不科学程度有了基本认知。

但楼下几人看的却不是凤楚。

他们首先注意到的是乔九，其中有人认出了他，脱口惊呼一声，其余人的脸色顿时变了变，本能地抱团聚拢。

乔九道："滚。"

几位大汉半个字都没敢说，甚至没敢回酒楼，急忙撤了。

谢凉看得眼皮微跳。

之前祈福时，叶姑娘和秦二他们在乔九恢复身份后都没上来搭话，他本以为是因为乔九和白虹神府之间的旧怨，导致他们与乔九关系僵硬。后来到了宁柳，他基本都在宅子里待着，没察觉有什么问题，再后来带着窦天烨来少林，他发现一路上吃饭住店遇见的江湖人对乔九都有些忌惮，不过乔九大部分时间都和他待在一起，与那些江湖人没说过半句话，他只当是因为天鹤阁的地位高。

直到现在他才不得不正视一个问题。

这世上没有无缘无故的爱恨，当然也没有无缘无故的惧怕。所以乔九这家伙究竟是个什么玩意？以前是捅过天吗，竟能让人厌到这种程度？

然而此刻他没空想些乱七八糟的东西，因为年轻人在得知那是乔九后，便将炯炯的目光投在了他身上。

凤楚筷子扔了没办法吃饭，便笑眯眯地对年轻人招手。后者立即跃上屋顶，先是谨慎地对乔九和凤楚抱拳问好，这才重新看向谢凉："你是窦先生？"

谢凉打量了一眼。

方才太暗，他看不清人家的脸，这时离得近了，他发现对方长得很稚嫩，还是个少年郎，不由得问道："你多大？"

少年一愣："十五。"他紧接着道，"你不是窦先生。"

谢凉笑了："你怎么知道？"

少年道："我听过他说书。"

谢凉道："你听过他说书，却不知道他的样子？"

少年道："我那段日子生了病，没看清窦先生的长相，但我记得他的声音！"

谢凉点点头，和少年聊了几句，很快摸清了大致的情况。

第一，少年名叫庞丁，先前与家人路过万兴城，偶然间听见了窦天烨说书；第二，他那时患有眼疾，感觉自己要瞎，整个人都灰暗了，是窦天烨的故事让他燃起了希望；第三，他没听完故事便离开了万兴城，特别遗憾。所以最近得知窦天烨有难，便瞒着家人偷偷跑了出来。

谢凉秒懂。

这就和叛逆时期被一段音乐、一个元素或一件小事触动，自认为找到人生的灯塔而就此沉沦了一样。对这少年人来说，窦天烨的故事陪他度过了最艰难的时期，那窦天烨便是他的偶像。看刚刚那个"你们不知道他的好"的调调，这还很可能是"无论偶像做了什么都没错"的铁粉。

庞丁道："窦先生是不是也来了？"

谢凉一时迟疑。

"这次的事肯定是有人陷害他，他不能上当啊！"庞丁见谢凉不回答，着急道，"而且我可以作证，他第一天说书的时候我就在场，听见他亲口说了都是瞎编的！"

谢凉考虑了几秒，决定带他去见窦天烨。

这小孩才十五岁，还是偷跑出来的，得让窦天烨劝人家回去。何况再让小孩这么和人家打架，肯定会有不少不明真相的人对窦天烨印象变差，不利于他们接下来的捞钱计划。

屋顶多出两个人，还少了一双筷子，饭是吃不成了。

凤楚刚想去谢凉的身边，就见乔九往谢凉胳膊上一抓，带着人下了楼。他耸耸肩，直接跃进三楼找小二结账。

等他掏完钱，几人便回了据点。

窦天烨、梅怀东和天鹤阁的人又玩起了萝卜蹲。方延和江东昊等人这次没有参与，笑着坐在饭桌前看热闹。旁边的一排椅子上坐着两男两女，正满面寒霜地盯着窦天烨运气，像是随时要冲过去捅他几剑。

这时见乔九回来，那两男两女的眼睛皆是一亮，起身道："乔阁主。"

乔九摆手示意窦天烨他们继续玩，之后看向武当峨眉的人："明天一早我会亲自带他上少林。"

宋初瑶有些不甘心："可是……"

乔九道："没有可是。"

宋初瑶不敢惹他，只能把话咽回肚子。

他们见据点的人来请他们去客房，也不想再在这里窝气，最后仇视地盯了一眼窦天烨，扭头走了。

庞丁没进门便听出了窦先生的声音，怀着激动的心情跨过门槛，见某人正一手拿着鸡腿，一手拎着酒壶抽风，整个画面极有视觉冲击力。

他呆呆地看着偶像疯，声音颤抖："他这……这是？"

"在玩游戏，"谢凉道，"你可以跟他们一起玩。"

庞丁站着没动。

片刻后，他去外面找了一个台阶坐下，半天没有开口。谢凉看了一眼，觉得他可能要脱粉。

然而铁粉毕竟是铁粉，等窦天烨嗨完了，听说有自己的粉丝，跑过去给人家把故事讲完之后，少年就又回到了铁粉的位置上。

热热闹闹的饭局终于结束。

天鹤阁一众和窦天烨几人的关系近了不少，觉得他们特有意思。窦天烨几人也觉得天鹤阁的人蛮不错，加之还是他们的邻居，便深深地觉得这是相亲相爱的一家人。两拨人迅速在某一点上达成和平统一，勾肩搭背商量着打几圈麻将再睡觉。

据点管事的人没跟着打牌，而是找上了乔九。

这座宅子只是看着秀气，其实并不大。往常没有多少人住，客房绰绰有余，但如今有凤楚、赵炎、谢凉一行人和总部的精锐，再加上峨眉、武当的人，客房便不太够了，要两两住一间，他得来问问九爷的意思。因为九爷和凤楼主都是特别挑的人，赵楼主也是个脾气大的，这三个要是不乐意和别人住一屋，他们得另外安排。

他刚问完，没听见九爷开口，倒是听到了凤楚的声音。

"两人睡一屋？"凤楚笑眯眯地道，"好啊，那我和阿凉睡。"

据点管事道："……啥？"

凤楚没有弄清谢凉和乔九是怎么回事，正是好奇的时候，便一把抓住谢凉的手："走走走阿凉，咱们今晚抵足而眠。"

二人说走就走，身影很快消失。

据点管事小心翼翼地抬起头，看了九爷一眼。

乔九盯着那个方向看了看，转身走人。

管事道："……九爷？"

乔九道："忙你的。"

他顺着走廊拐过两个弯，找手下问了一句，便进了赵炎的房间。

赵炎正躺在床上闭目养神，听到动静睁开眼，发现是他，不待见极了："干吗？"

乔九一脸亲切的微笑："我今晚和你睡一屋。"

什么！赵炎一个打滚就起来了，怒道："滚，老子才不和你睡！"

乔九笑容满面地和他讲道理："但房间不够啊，我记得你把福来客栈的房退了，那边肯定又住满了，你不和我睡，是想睡大街上？"

"老子宁愿睡大街也不和你睡！"赵炎迅速收拾行李，抱着就走。

乔九一点都不介意被冷落，他慢悠悠地回到主宅，坐在桌前给自己倒上一杯水，刚喝了几口就见谢凉进来，便放下杯子看向对方。

谢凉道："我今晚和你睡。"

乔九万分诧异："你不是和凤楚睡吗？怎么，他嫌弃你了？"

"没有，赵火火非要和阿暖睡，我就只能来和你睡了，"谢凉走到他对面坐下，"据说是你非要和赵火火睡。"

"嗯，我是想找他的，"乔九有些遗憾，"但他说要去睡大街。"微微一顿，他回过味了，"你叫凤楚什么？"

谢凉道："阿暖。"

乔九道："叫得这么亲热？"

"我和他一见如故，不过这不重要，"谢凉望着他，"我就想知道你是不是故意找的赵炎，好逼着赵炎去找阿暖？"

乔九道："可能吗？我图什么？"

谢凉笑了笑，说的每个字都像是从唇齿里转了一圈冒出来似的："谁知道，兴许是看我被阿暖带走，该死的胜负欲作祟了吧？"

033.

九爷长这么大就没对这种事上过心，再说他哪怕真被谢凉说中了，也会直接否认掉，于是给了谢凉一个恶劣的笑："做什么梦呢？"

谢凉没有再问，他觉得最大的可能是乔九觉得还没把他整乖顺，不怎么乐意见到他的注意力转移到凤楚那边。

谢凉等天鹤阁的人倒完热水，便与乔九先后洗了澡。

乔九处理完帮内事务，这才上床休息，睡前照例教育谢凉不要占他便宜。谢凉从善如流地让他放心，两个人随意聊了聊，就在谢凉说完"晚安"要闭眼睡觉的时候，身边传来了乔九带着一点点好奇的声音。

"你觉得他人怎么样？"

谢凉在黑暗中勾起嘴角："我觉得挺有意思的。"

乔九下意识地想问一句"跟我比起来如何"，但若真的问了，就显得自己多在意似的，还容易被谢凉嘲笑。他觉得这既幼稚又没道理，最终只勉为其难赏了谢凉一个"嗯"就睡觉了。

第二天早晨，乔九在饭厅里遇见赵炎，对没能和他睡一屋表示了强烈的遗憾，放话说一定要和他睡一睡。

赵炎气得差点掀桌子走人。

他这次会来少林也是觉得事情越传越邪乎，想来看看是什么情况，结果昨天才知道说书人是谢凉的同伴，那这事乔九肯定是要管的。而一旦这混蛋插手，那绝对就出不了岔子，他立刻就不想过去凑热闹了。

凤楚劝了半天才让赵炎松口，但条件是不和乔九同路。

凤楚点头应下，饭后笑眯眯地找到乔九，问道："故意的？你要是见不得我和阿凉走得太近直说就好，别总欺负我家火火。"

乔九笑容灿烂："我一向稀罕他，你又不是不知道。"

"这倒是，"凤楚用扇柄一下下敲着自己的手掌，说道，"但你要是真想和他睡一屋，昨天怎么那么轻易就让他跑了？"

乔九道："我只是逗他玩。"

"成吧。"凤楚笑着附和，突然话锋一转，"阿凉他们什么来路？"

乔九扫他一眼。

凤楚道："我听赵炎说当初你们是在通天谷遇见的？"

乔九惜字如金："嗯。"紧接着想起了什么，他补充道，"吩咐那些人，那天的事别往外说。"

凤楚道："我早就告诉过他们了。"

他只听乔九加上这一句便明白了谢凉的身份，望着远处的几个人，低声道："你的事，他们不能帮？"

乔九道："够呛。"

凤楚沉默了下来。

谢凉几人这时正在和粉丝沟通，然而粉丝太铁，总觉得偶像要入龙潭虎穴，非要跟着才行。后来他们退而求其次，让他在据点等着，他无奈之下只能告诉了谢凉等人，他的家人也在少林。

窦天烨道："你不是从家里偷跑出来的吗？"

庞丁道："嗯，他们不带我来，我是等他们走了在后院放了一把火才趁乱出来的。"

熊孩子，几人默默望着他。

庞丁道："……我没烧房子。"

几人道："哦。"看来还有救。

庞丁道："总之我家人也在少林，我可以去找他们。"

这倒也行，至少有监护人看管。谢凉几人闻言便没再拦着他，开始聊他们的赚钱大计。

最终，方延、赵哥和江东昊留守，准备一系列的前期工作，梅怀东负责保护和帮忙。而谢凉则陪着窦天烨上少林，有天鹤阁的人在，他们的安全应该能得到保障。

一行人坐上马车，向少林进发。

峨眉武当的人有押解任务，不想显得太过无能，抵达少林后便一路跟着乔九，谁知没走出几步就见乔九回头看了他们一眼。

四人顿时停住。

宋初瑶望着他们走远，咬了咬嘴唇："只是跟着也不行？"

周师兄猜测："乔阁主想亲自带人过去，可能不喜欢被咱们在后面'看着'。"

他见宋师妹还是不忿，说道："他肯让咱们一道坐马车过来已是不错了，幸亏咱们昨天没惹他，不然得自己走上少林。"

宋初瑶恨恨道："他怎么那么护着姓窦的？"

周师兄道："与那位谢公子有关吧？"

他们猜也猜不出什么，只能无奈地去和白家长辈会合。

少林此时已人满为患。

谢凉和乔九并肩而行，无视周围人的打量，不紧不慢走到了前辈们议事的地方。刚一迈进屋，众人的目光便齐齐落在了他和窦天烨的身上。

他微微一笑，作揖道："在下谢凉。"

窦天烨得了事先吩咐，努力端着"这不是我的错"的姿态，也大大方方地作了一个揖："在下窦天烨。"

一瞬间，众人冰冷的目光像是能凝成实质，"嗖嗖"地直往他身上射。

少林方丈双手合十："阿弥陀佛，施主便是那位说书人？"

"正是，"窦天烨满脸愧疚，"给诸位添麻烦了，实在惭愧。"

你惭愧个头！见过他抽风的宋初瑶四人默默盯着他，不知第几次想捅他一剑。

乔九等双方相互见过，插嘴问了问情况，得知白虹神府的叶帮主因为离得远还没到，估计最迟晚上能到，便点点头，带着谢凉他们去休息了。

峨眉掌门连忙道："乔阁主留步，窦先生他……"

乔九打断道："由我看着。"

峨眉掌门下意识地想反对，但话到嘴边想起乔九的性子，终究没开口，和其余人一齐目送他们离开了。谢凉将众人的神色尽收眼底，见他们轻易妥协，扫了一眼身边一脸肆无忌惮的某人，心想这位可能是真的捅过天。

少林预留了他们的客房，谢凉几人进房把门一关，便隔绝了外界的视线。

窦天烨顿时拍拍胸口，要死不活地扒着谢凉缓神。

谢凉由衷地赞道："表现不错。"

窦天烨道："我真觉得他们想捅我。"

谢凉道："这不是没捅吗？"

窦天烨心有余悸，继续缓神。

不过他神经粗，还很有阿Q精神，很快就恢复了。吃过午饭一时无聊，便想拉着谢凉去求个平安符。

谢凉沉默地盯着他。

窦天烨劝道："去嘛，我觉得咱俩的运气都太差了。"

谢凉道："别拉上我。"

窦天烨一脸悲悯地望着他："凉啊，你真没觉得你挺倒霉的？"

谢凉眯起眼。

"哎呀，求一求又不会怀孕，你不求我求总行了吧？"窦天烨拉起他，"走走走，是你说的要坦然，我得让他们看看我有多淡定。"

谢凉无奈，只能陪着。

他本想和乔九打声招呼，却得知杀手楼的那批杀手刚刚被押来，乔九去和少林的人说这件事了。另外，白虹神府的叶帮主也刚到。

这句白虹神府是天鹤阁的人特意加的，谢凉品着他们的语气，估摸乔九可能要在那里费些工夫，便带着窦天烨和几个天鹤阁的精锐出了门。

"铁粉"与家人会合后就守在了附近，这时见他们现身，急忙跟了过来，担忧道："窦先生，你还是在屋里待着比较好。"

窦天烨单手背后，满脸正气："身正不怕影子斜，在下没做亏心事，不怕他们说闲话。"

庞丁佩服地看着他，立刻就不拦了。

如今少林内的热门话题有八成都与这事有关，见到正主出来，众人自然少不得议论。

有些是觉得窦先生知道内幕，冒着被杀的风险揭露了出来；有些则觉得窦先生妖言惑众，搞得武林人心惶惶。

前者还好，后者说的话便不太好听了。

谢凉和窦天烨都有心理准备，完全不在意。只是庞丁到底年轻气盛，忍了一路实在忍不了了，拔剑便和他们打了起来，利落地把人踩在脚底下："你们再说一遍试试！"

谢凉和窦天烨连忙劝架，天鹤阁的人也拦了拦。

好在窦天烨来之前就劝过粉丝，庞丁没有做得太过分，小骚乱几乎眨眼间就平息了。他并未伤到人，对方便也没多做纠缠，悻悻地走了。

谢凉于是带着他们进了大殿，望着窦天烨去求平安符，余光扫见一旁的桌上摆了几条红绳，上前问了问，得知也是保平安的。他感觉和现代去寺庙见到的摊位上的差不多，不清楚是古代就有这个，还是那位前辈遗留的产物，好奇地多问了一句："这东西真有用吗？"

小和尚双手合十："心诚则灵。"

谢凉开玩笑地问道："若我想求的事有点昧良心，佛祖也会保佑我？"

小和尚："……"

谢凉见他僵了一下，不再逗他，这时窦天烨颠颠地拿着平安符回来了，便和他们离开了大殿，中途路过先前打架的地方，他不由得一停。

窦天烨道："怎么了？"

谢凉不答，而是盯着地上的水渍。

刚刚有些混乱，可能是谁的水袋漏了。他之前本没有在意，但现在细看之下，他觉得这不像水，似乎也不像是酒。

果然，摸了一点闻了闻，是油。

他顿时想到一个可能，脸色一沉。

窦天烨道："到底怎么了？"

谢凉回神："没事，我想求根绳子。"

他说罢和两人招呼了一声，便折回大殿买了两根红绳，在小和尚凌乱的注视下转身就走，出来后示意窦天烨他们先回去，自己一人到了先前议事的地方。

乔九正在这里坐着，懒洋洋地看着面前的中年男人。

那中年男人满脸严肃，也正盯着他。

谢凉直接走过去，问道："在忙？"

"不忙，正要回去，"乔九说着望见谢凉手里的红绳，起身的动作一停，"怎么？"

谢凉冲他微笑："有事找你。"

乔九立即靠回椅背上："什么事？"

"好事，"谢凉伸手拉他，"跟我走。"

乔九坐着不动："你先说。"

"给你求了一根保平安的红绳，想亲自给你戴上。另外我想了想，决定跟你说一句话，这么多人我不好意思说，"谢凉含笑望着他，"走吧，咱们换个地方。"

乔九的第一反应是让他在这里说，但想想谢凉的无耻程度，指不定倒霉的是自己，便跟着他走了，一边走一边抽手："别拉拉扯扯的，大庭广众之下随便摸我，成何体统。"

谢凉道："我怕你跑了。"

乔九道："那你也不能摸我，平白坏我名声。"

谢凉道："我愿意认你当大哥，我当你小弟，要不要现在去结拜？"

乔九道："做梦去吧！"

话是这么说，但他其实一直没有挣开谢凉的手。

两个人就这么拉拉扯扯，迅速出去了。

众人："……"

刚刚发生了啥？

屋里一片死寂。

下一刻，众人齐齐看向叶帮主，见他脸色乌黑，不约而同移开视线，唏嘘不已——完了完了，儿子不认他也就罢了，现在还就这么无视他走了！

034.

谢凉拉着乔九头也不回地往前走，这举动震傻了一群武林人士。

九爷是什么脾气他们可都听过，据说性格乖张，喜怒不定，待人挑剔，极难相处，而且平时很少主动搭理人，更别提让人碰了。

他们望着谢凉，目光像看一位即将入土的壮士。

结果看了好一会儿，壮士都没入土，反而越挫越勇——在九爷第三次挣开时，他没再抓九爷的手腕，而是撸起九爷的袖子直接握住了人家的手。

乔九："你懂不懂什么叫非礼？"

谢凉："不懂。"

乔九："那我告诉你，你现在就是在非礼我。"

谢凉："你装成教书先生接近我的时候可不是这副嘴脸。"

乔九："我是逗你玩！"

谢凉见他又一次挣开，停下看着他。

乔九也看着他，神色很是耀武扬威，并没有真的不痛快。

谢凉道："我一定要拉着你，手腕还是手，选一个。"

乔九道："凭什么？"

谢凉道："凭少爷我辛辛苦苦给你求了一根保平安的红绳。"

"又不是我求着你求的。"乔九完全不买账，但又觉得谢凉有点反常，想听一听他到底要说什么，于是抬起胳膊，勉为其难地递给他一角袖口。

够可以的，谢凉嘴角微微一抽，抓住他的袖口，拉着他继续往前走，这一回乔九终于老实了。

众武林人士："……"

什么情况！那人什么来头，对九爷动手动脚的竟然没被弄死！

谢凉很快找到一处小角落，顶着各种视线把人往树上一按。

他没有开口，先是向后扫了一眼。乔九随着他的动作望过去，也给了一个眼神。

围观群众顿时作鸟兽散。

谢凉满意了，转回目光。

乔九懒洋洋地靠着树，问道："说吧，到底有啥事？"

谢凉道："马上你就知道了。"

他拉过乔九的胳膊，低头为对方系红绳。

——他也是无奈之举。

事发突然，乔九那边不知忙不忙，幕后主使也不知是谁。他想立即拉着乔九离开，只能用点非常手段，毕竟江湖上没多少人敢拿九爷的名声开玩笑，他用这个借口拉走人，幕后主使不太会怀疑他们做戏。而乔九一直想抓他的小辫子，他说得越过分，乔九肯定越会跟着他走，看看一路上这口是心非的模样就知道了。

他一边给红绳打结，一边压低声音将先前的事说了一遍。

乔九嫌弃的神色微微一凝，接着很快恢复，低头盯着红绳。

只一句话他就懂了。

随便和几个人打一架就能遇见带着油的人，若对方不是一时心血来潮或有别的原因，庞丁也不是撞了大运，那只有一种可能，就是带油的人很多。他们混进人群像普通侠客那样调侃闲扯，因此能让庞丁这么撞出来。

少林现在人满为患，若一多半的人都带着油，或是还带了其他要命的东西，一旦发作，事情可就大发了。

谢凉把他的袖子抚平，遮住红绳，再慢慢凑近："按照你之前的猜测，是有人想把江湖搅乱，武林的泰山北斗目前都在少林，能弄死几个是几个，你说呢？"

乔九抵住他的肩，说道："你摸油的时候……"

谢凉道："我特意留意了四周，先前打架的人都不在，我是假装捡东西才弯的腰。"

可能是怕欲盖弥彰，漏油的那个人没回来遮盖，但也可能通知了同伴盯着，所以他不确定弯腰的举动有没有被人家看到。不过这还算好的，最可怕的是对方时间紧迫，来不及计较漏油这点小事。

谢凉拿起另一根红绳在他面前晃了晃，问道："怎么办？"

乔九道："先回去。"

说罢他维持着嫌弃的神色放下抵住谢凉的那只手，拿过那条红绳也给谢凉系上了。

"我的娘啊……"远处的围观群众见那位公子给九爷系完红绳还要有所动作，被九爷死命抵住了，后来不知说了什么，九爷竟同意给他系绳子，然后半推半就便跟着对方走了。

众人的下巴一齐掉在地上。

"九爷……这是……"

"这样也行？"

"滚吧，就九爷那性子，你来一个试试，保管脑袋给你拧下来！"

"我刚刚看到天鹤阁的人也在附近，那神色简直见怪不怪！"

"所以还是分人，他到底是什么人？"

"我只知道是窦先生的朋友……"

难怪，众人在心里想。

窦先生能把江湖搅和成这样，那位公子能成为他的朋友，显然也不是简单人物！

白虹神府的人自然也在这里。

他们看完全过程，急忙回去禀告给了叶帮主。

叶帮主眼前一黑，第一反应就是冲进他们的客房，但刚迈出一步便停住了，觉得儿子肯定不把他当一回事，到时怕只会让人把他扔出去——那不孝子以前真的这么干过。

他运了半天气，最后只是挥了挥手，吩咐他们先查查那个谢凉。

白虹神府的人道了声"是"，不敢看家主这阴沉的模样，赶紧跑了。

此刻被讨论的二人刚刚回房。

谢凉做了全套戏，摸不准幕后主使还会不会起疑，便暂且不去想，进门就先把乔九的手放开了。

乔九正准备甩胳膊，却被抢了先，顿时有些不高兴。

不过现在也顾不得不高兴了，他叫来手下交代了几句，告诉他立刻下山拦住凤楚。

谢凉道："你想让阿暖留在外面？"

乔九点头。

来时赵炎不愿意和他们同路，凤楚便留下陪他了，目前不知道走到了哪儿，也不知来不来得及。如今不清楚那伙人究竟要干些什么，留凤楚在外面比较稳妥。

他走到桌前坐下，思考一番道："对质是在前院，地方空，放火烧不死几个人。烧客房也没用，有轻功就能逃出来。"

谢凉道："所以一定得先把众人引到一个不容易逃的地方。"

乔九应声，想了想少林的布局，叫来手下安排了一番，便坐着等消息了。

他们现在能做的事不多，动作不能太大，会打草惊蛇。也不能告诉方丈，谁知道人家是不是主使者，因此只能等。

若是虚惊一场就好了，不过他知道这个可能性很低，这次不像派人潜进秋仁山庄那样有长时间的预谋，而是临时借着窦天烨说书搞出的事，里面的漏洞太多，等几方一对质就会解除误会。那位主使者折腾一圈好不容易把人凑齐，总不能什么都不做，白忙活一场。

他喝了两口水，突然扫见手腕上的红绳，问道："这真是你求的？"

"可能吗？"谢凉笑道，话音一落便见乔九要摘下来，伸手按住，"别摘，人家小和尚说了，心诚则灵。"

乔九道："什么事心诚则灵？"

谢凉道："这得看你求的是什么了，求平安求升官求发财……"

乔九道："你求的什么？"

谢凉道："说出来就不灵了。"

乔九哼了声："今天的事就算了，你以后不能再占我便宜。"

谢凉一时没忍住，说道："我看你被我占得挺高兴的。"

乔九道："你眼瞎。"

话音一落，只听一阵悠扬而雄浑的钟声响彻少林。二人一顿，纷纷起身。

谢凉听了，问道："要开始了？"

"应该，"乔九开门出去，看了看这个天色，说道，"提早了。"

谢凉生怕是因为自己打草惊蛇，微微皱眉，正想问一句，只听乔九紧跟着不太爽地道："那个臭老头……"

臭老头？谢凉一怔，顿时明白这说的是叶帮主。

所以叶帮主是听说他和乔九正在屋里"厮混"，便劝动了少林武当他们，提前召集大家说事？

他感慨道："你爹也真是……"

乔九给了他一个眼神。

谢凉淡定改口："叶帮主真喜欢多管闲事。"

乔九勉强满意，带着谢凉过去集合。

窦天烨、庞丁和天鹤阁留守的人也听见了钟声，正在院里等着他们。此刻见他们出来，几人便出了院门，跟着人群往山门走，很快抵达前院。

这里已聚满了人，放眼一望黑压压的一片人头。

少林武当峨眉一众早已在殿前站定，为首的分别是少林玄法方丈、武当静和道长和峨眉的问慈师太。旁边另有几拨人，皆是来自百年大派、白虹神府、四庄、飞剑盟，以及一些武林世家。

他们见乔九带着窦先生过来，自动让出了一条路。

乔九勾着笑，懒洋洋地走到方丈身边："提前了啊。"

方丈回了声"是"。

叶帮主正站在附近，看了看这不孝子，目光转到了谢凉的身上

谢凉察觉到他的视线，抬眼回望。

方才有急事找乔九，没来得及打量，这时他便细看了一下。

叶帮主四十多岁，长得很周正，但不像乔九那般妖孽，而是更偏帅气。仔细一对比，乔九只和他有两三分像，可能是随母多一些。

大概平时总皱着眉，他的眉心有一点竖痕，不过无损整体的形象，想来年轻时是位很得姑娘喜欢的翩翩公子。

也不知以前究竟发生过什么，导致乔九死活不肯认他。谢凉在心里思考着该找谁打听，面上对他微笑点头，算是打招呼。

叶帮主特别想问问他和乔九在搞什么鬼，但又知道场合不对，只能暗自憋火。

一双手拍在他的背上，不急不缓。手主人的声音淡淡的，却带着安抚的力量："父亲。"

叶帮主缓了一口气，回了女儿一声，收回了视线。

谢凉望向他身后，看见了熟人叶姑娘。

不远处的四庄队伍里，秦二和卫大都来了，搞不好又是冲着叶姑娘来的。祈福事件已过，也不知白虹神府想没想好和哪家结亲。

他扫向别处，见春泽山庄来的是石白容，方才可能一直在客房里，他们如今才见到。

他便也对石白容笑了笑，见石白容对他轻轻点头，往常镇定的神色里有一些不自然，兴许是没想到他和乔九竟能混到一起。

谢凉的目光越过他，看了看据说曾经也受过那位穿越前辈恩惠的飞剑盟，然后又越过他们，望向不远处的一位年轻公了。

这公子约莫二十岁，身穿藕色长袍，眉目清秀而精致，只是脸色稍白，透着几分羸弱。如果说乔九是光芒四射的灼日，那这公子便是深冬薄雾中一抹淡淡的月光。

他低声道："那是谁？"

乔九正与方丈说话，身后天鹤阁的人见状便顺着他的目光一望，迅速答道："那是寒云庄庄主的义子，沈君泽。"

谢凉道："寒云庄？"

天鹤阁的人道："白道门派，建派已有七八十年，近几年因为沈公子的关系名声很大。"

谢凉道："他很厉害？"

天鹤阁的人："是，很聪明，只可惜患有心疾。"

心脏病啊，谢凉想，如果严重，放在现代也是不太好治的。

他有些惋惜，再次看了人家一眼，见对方恰好望过来，二人的目光立刻撞在一起。

沈君泽怔了怔，对谢凉微微一笑。

他神色舒缓，有一种温润如玉的感觉，笑起来令人好感倍增。

谢凉便也回给他一个微笑。

殿前的人越聚越多，方丈往前迈了一步，看样子是要开始了。

谢凉收敛心神也看着人群。

这些人里不知有多少心怀不轨的，也不知对方会以什么方式引他们入坑。山门到大殿的地方空旷，地面全铺着石板，如乔九所说，在这里放火没用。

"阿弥陀佛。"

一声佛号骤然传开，带了内力，人群顿时静下来。

方丈站在正前方，温声说起了这件事。

人群里有一部分相信他们，另一部分则王八吃秤砣地认为一定有谢逊这号人，还觉得大帮派定然瞒着他们许多事。方丈很有耐心，解释说武林若发生大事，是不可能瞒得住的。

他说道："贫僧只问一句，都道谢逊施主杀人如麻，那诸位能否说出被杀的都是何人？尸体又在哪儿？他是明教中人，诸位可曾见过明教的人？"

众人一时语塞。

窦天烨知道马上就要轮到自己出来澄清了，有些紧张。

他一紧张话就多，忍不住贴着谢凉咬耳朵："不是问一句嘛，这都三句了，老和尚不识数啊。"

方丈："……"

附近的众人："……"

谢凉沉默地盯着他。

你傻不傻，他们都能听见你的话。

窦天烨毫无所觉，继续道："你说我要是告诉他们有化尸散这种东西，撒一点'嗞啦'一声尸体就化了，他们信吗？"

方丈："……"

其余众人："……"

谢凉道："老实点，别多事。"

"开个玩笑嘛。"窦天烨说着察觉到什么，不由得抬头，见附近的武当峨眉一众都盯着他，像是要用目光把他撕了。他眨眨眼，后知后觉地反应过来，摸摸鼻子，不说话了。

方丈也往窦天烨那边看了一眼，觉得他应该还是分得了轻重的，这才告诉众人，他们请到了窦先生。

人们虽然早就知道，但此话还是起了些骚乱，齐齐伸长脖子望着前方。

窦天烨在所有人的目光中站到方丈的身边，大方地作揖："在下窦天烨，倚天屠龙的故事正是在下所讲，不知在场的可有在万兴城听过故事的人？"

庞丁瞬间举手："有！"

窦天烨没看他，而是望着人群，见有十几个也举了手，便道："可有从第一天就开始听的，在下说没说过故事纯粹是瞎编的？"

庞丁再次叫道："说过！"

谢凉默默平移远离铁粉，不忍直视，这真是……太像托儿了。

035.

少林武当峨眉平白遭遇一场飞来横祸，自然得想办法查证，所以找到了第一天就开始听故事的侠客。庞丁吼完之后，举手的侠客有几个便也跟着附和，纷纷表示窦先生确实说过故事是瞎编的，当不得真。

固执的人里一部分持怀疑态度，觉得是找的托儿。另一部分提到了那把挖出来的倚天剑，并且询问窦天烨为何谁都不编排，偏要编排少林他们，是不是真的有隐情。

窦天烨端起一脸的认真和崇拜，按照谢凉教的剧本道："因为在下听说江湖大侠个个光明磊落、刚直不阿，凡事讲究眼见为实，断不会人云亦云。"

"啪"的一巴掌打过去，人云亦云的众侠客脸都有点疼。

"在下会提到少林武当峨眉，是因为百年大派好辨识，寻常百姓不知江湖事，只听个乐子，而江湖大侠则都知晓实情，自然不会信，"窦天烨不理会众人精彩的表情，神色依然十分认真，接着话锋一转，沉痛道，"只是在下没想到，竟有人故意说得含糊，诓骗了大家。"

他问道："诸位细想一下，你们听到的传言里是不是很少提起峨眉掌门是灭绝师太，而是只说新掌门练了九阴白骨爪？”

是吗？好……好像吧？

众人感觉火辣辣的脸上被贴了碎冰，顿时舒坦了，因为这不是他们的错，而是骗子的错。

一些摇摆不定的人急忙给自己找理由。

“对呀，要是当初说峨眉的掌门是灭绝师太，我才不会信呢！”

“可不，一听说是新掌门，自然认为老掌门故去了，谁还会问一句老掌门是谁？”

“没错没错……”

窦天烨抬了抬手，人群便瞬间安静下来。

他很满意，许久不登台，现在终于找回了一点说书的感觉。

他立刻不紧张了，继续沉痛道：“为了让你们相信，骗子还特意弄了一把倚天剑，但我故事里的倚天剑削铁如泥，玄铁也能轻易斩断，他们短时间内弄的这把剑可以办到吗？”

众人道：“可那骗子费这些周章骗我们，对他有什么好处？”

窦天烨道：“当然是有阴谋！”

众人道：“什么阴谋？”

“比如少林要是拿不出证据，你们要是死活不信他们，是不是就会打起来？”窦天烨道，“你们不知道，数日之前在下曾遭遇暗杀。”

众人听得倒吸气，心想这是要杀人灭口啊！

“把你们聚在一起也是有很多事可以做的，”窦天烨发挥想象，“比如下个药啊，挑拨离间啊，每天杀一个人挂在树上让你们猜猜凶手是谁啊，更丧心病狂一点的不下毒药，而是下软筋散，把你们抓起来练成药人，逼你们认他当老大，不肯的话就做顿人肉包子给你们吃……”

谢凉：“……”

少林武当一众：“……”

谢凉咳了一声，提醒亚古兽别太放飞。

窦天烨顿时停住，干笑：“那啥，我就是随口一说，这只是我自己的想法，别当真。”

众人：“……”

这想法也太可怕了，这年头说书先生都这么恐怖吗！

该说的话已说完，窦天烨功成身退，回到了谢凉身边，然后换上百年大派发言，给少林武当他们做担保。

谢凉望向人群，微微皱眉。

从方丈发言到现在，反驳的声音一直很少，那幕后主使显然也知道临时起意弄出的事情漏洞太大，没指望能在这里辩出个一二三。既然如此，他当初有必要派人杀窦天烨吗？

而且迄今为止也没个动静，是乔九派的人阻止了，还是对方没下手？

这念头刚一闪过，只听身后传来一阵喧闹。

一个焦急的声音嘶吼起来："不好了，藏经阁走水了！"

这话说完，少林一众齐齐变色。

尚未做出反应，人群里便传出一声惊怒："我知道了！那骗子是不是想趁咱们在这里对质，打藏经阁的主意，那里面可都是秘籍啊！"

对啊，藏经阁里除去经书，还有厉害的少林武学，放一把火，少了那么一两本也不会被怀疑。人们纷纷点头，觉得骗子费这一番工夫为的是搞到武功秘籍，是非常有可能的。

乔九目光微冷："别去，这是请君入瓮。"

话是这么说，但他知道压根没用。

且不论藏经阁对少林的意义，单就说藏在人群里的那部分人，便不会轻易罢休。

果然，几乎是话音落下的同时，就有不少人冲向了冒烟的地方。

"快救火，不能让那骗子得逞！"

"对对对，赶紧的！"

"咱们受了人家的骗，自当帮着少林！"

于是幕后主使的托、真心想救火的侠客、一时起了贪念想浑水摸鱼打秘籍主意的人全都一哄而上，场面彻底失控。

少林的人自然也是义无反顾。

玄法方丈临走前看了乔九一眼，双手合十道了声佛号，径直越过了他。

谢凉站在乔九身边，看懂了方丈的意思——哪怕乔九说的是真的，他们少林还是要去。

真狠啊，他想。

一把火烧了藏经阁，再把秘籍的饵一抛，这下局势谁也掌控不住了。

他不由得看向乔九。

武当峨眉等百年大派因为乔九的话，暂时都没动，也正望着乔九。

叶帮主沉声道："你方才说的可是真的？"

乔九对他向来没什么好脸色，似笑非笑地反问道："现在真假还有用吗？你们有种就在这里站着，看着他们去送死。"

众人神色一僵。

确实，明知少林有难，他们就在旁边干站着，甚至眼睁睁看着他们死在里面，事情要是传出去，他们得被天下人用唾沫星子淹死！

最重要的是前院还有不少侠客正眼巴巴地望着他们，等着他们拿主意呢！这么多双眼睛看着，箭在弦上不得不发。

武当静和道长和峨眉问慈师太对视一眼，带着人走了。这件事情上他们和少林是一体的，于情于理他们都得帮。

飞剑盟的于帮主冷冷地"嘿"了一声："咱们这么多人还能怕那贼人不成，他敢来我就让他有来无回！"说罢迈开步子，领着他的人也过去了。

叶帮主和其余人无法，同样跟了上去。

顶着帮派百年的声誉，他们在大事上绝不能尿。不过想想于帮主说的也在理，聚在这里的都是武林中举足轻重的人物，放个火而已，对方能把他们怎么样？

前院的人眼看就要走干净了。

谢凉见乔九转了身，问道："你也去？"

乔九道："我派到藏经阁的人是最多的。"

谢凉一怔，秒懂。

乔九这次带的人不多，能分出去的人有限，派去盯藏经阁的大概有三四个人。但这三四个好歹也是天鹤阁的精锐，如今能放起火，这说明他们出了事。天鹤阁的人折在里面，乔九自然得去。

"我也想看看他接下来想怎么玩。"乔九嘴角的笑意锐利了一分，他看向谢凉和窦天烨，"你们跟着我。"

他身边的人不多了，剩下这点人手护不住谢凉他们。他可没忘那位指使者一直想抓谢凉，这么好的机会，他不信对方会错过，所以不能把谢凉留在外面。

谢凉明白他的意思，点点头，和他一起赶往藏经阁。

远远的便见百年阁楼浸在浓烟里，无数人奔走递水，正帮着灭火。

谢凉跟随乔九进去时看了一眼，见武当、峨眉、白虹神府等帮派都留了一部分人在外围递水，倒不是一股脑全进了院子。

迈进院中，这里更加混乱，吼叫和呼声夹杂在一起，几乎分不清喊的是什么玩意儿。又往前迈了几步，前方突然传出数道合在一起的"别去"。谢凉猛地抬头，只见一位少林大师挣开众人的禁锢，逆着人流，一头扎进冒火的阁楼。

紧接着是第二个、第三个……那些和尚如扑火飞蛾，无所畏惧地冲进了火海。

谢凉不忍再看，微微移了一下眼，见乔九转了一个方向，便跟着他走过去。院子一角的空地上躺着几个受伤昏迷的人，有负责看守藏经阁的和尚，也有天鹤阁的精锐。

其中一名天鹤阁精锐肩膀挂彩，鲜血直流，硬撑着用仅能活动的一只手扣住了一个人。

叶帮主等人也都在这里，他们本想让他休息，可天鹤阁的人没有自家九爷的吩咐谁都不信，死活不交人。此刻众人见乔九过来，急忙给他让了一个位置。

天鹤阁的精锐这才松手："九爷，属下失职，只抓到了一个人。"

乔九摆手让他去治伤，低头盯着被点住穴道、押跪在地上的人，问道："谁派你来的？说了我留你一命，不说就算了。"

九爷说算了那就真的是算了，绝不是故意吓唬人。

地上的人冷汗直冒，颤声道："我说我说，别杀我……是是是我们帮主让我来的。"

叶帮主忙道："你们帮主是谁？"

地上的人道："我们帮主是潭霸天，我们是夺命帮的。"

众人吃惊："夺命帮？"

谢凉看看他们的反应，询问地望向乔九。

夺命帮……听着虽然档次低了点，但名字蛮嚣张，难道也有嚣张的实力？不然众人为何是这个表情？

乔九一眼看出他的想法，低声道："不是大帮派。"

正是因为不出名，叶帮主他们才更吃惊。一个小小的帮派敢这么干，吃了熊心豹子胆了啊！

叶帮主道："你没骗人？"

"没有没有，"地上的人道，"我们真是夺命帮的！"

叶帮主皱起眉，还想再问，突然听到院外响起接二连三的惊呼。

没等他们反应过来，耳边只听"砰砰"几声，院内有人掷出暗器，白色的浓烟顿时呼啸地涌出来，迅速遮住了众人的眼。

谢凉感觉手腕被抓住，用力带了过去。他扫见熟悉的衣角，便放心地靠着对方，同时握紧另一只手，那手上一直抓着亚古兽。

紧接着他闻到一股香味，立刻道："闭眼，别闻。"

但这没什么用，浓烟来得快，散得也快。

众人连忙四处张望，没发现少人也没发现多人，正要讨论几句，只听有人叫道："我……我使不出内力了！我刚刚明明闭了气的！"

众人脸色骤变，纷纷试了试，发现果然内力不济。他们不约而同想到那句"人肉包子"，都看向了窦天烨。

窦天烨早已吓得不行，收到众人的视线反应了一会儿才明白他们的意思。

他一边往谢凉的身后躲，一边痛心疾首。这次真不是我的锅！这一看就是人家提前准备好的，和我半点关系都没有。我就是那么一说，谁知道他们真有软筋散啊，老子也不想做人肉包子啊！

036.

在场主事的大都是武林前辈，见过不少风浪。

短暂的慌乱后，他们在极其有限的时间里分析了一下"软筋散"，得出的结论是最先涌出的香味没用，真正起作用的药应该是无色无味的，因此烟雾散开后，他们放松警惕吸的那一口气导致他们中了招。

但只吸一口便内力不济，要是真有这么邪乎的东西，他们干脆趁早退隐江湖都别混了。不然交手时人家随便扔点药，他们就得等死。

先前叫嚣着让人家有来无回的于帮主神色凝重："这倒像是双合散。"

叶帮主道："恐怕就是。"

周围的年轻人顿时面露疑惑。

然而现在没空解释双合散的来历，火还没扑灭，投掷暗器的人还没擒住，刚刚院外的惊呼是怎么回事也还没弄清楚，最重要的是人家扔完药绝对还有后招，他们不能坐以待毙。

叶帮主道："若真是双合散，药性只有半个时辰。"

乔九从手下那里得到反馈，插嘴道："来纵火的共五人，有高手。"

叶帮主等人的脸色都难看了一分。

最近少林聚集的侠客太多，鱼龙混杂，玄法方丈肯定会加派人手看护藏经阁，且一定都是精锐，再者事发时天鹤阁也有四名精锐在场。

来的只有五人，说明什么？

这说明被那么多人盯着，他们哪怕用药，也得有能在众人眼皮底下顺利掏出暗器的实力，看看少林和天鹤阁精锐身上的伤，双方很可能正面交过手，而人家不仅打赢了，还全身而退了。

有高手，并且不是普通的高手。

双合散的药性虽然只有半个时辰，但问题是，他们能熬得过去吗？

叶帮主的神色沉了沉，看向地上的人。

那人生怕小命不保，结巴道："我……我也不知道他们是谁，副帮主只说那是他的朋友，让我们今日跟着他们就、就好。"

叶帮主道："几个？"

那人道："三个，另外一个是我们夺命帮的，趁乱跑了。"

叶帮主道："放完了火，你们要干什么？"

那人道："不……不知道。"

叶帮主眯起眼。

那人急道："真真真不知道，帮主只让我放火，我就只知道放火而已。"

时间紧迫，叶帮主便放弃了逼问。

他们抽出一部分人扶起倒地的少林一众，快速向方丈走去。现在大家内力运转不畅，得集中人手，要么一起往外冲，要么就摆阵防守。藏经阁是少林重地，院内只有一座阁楼，此外就只有几棵树，实在不是个易守的地方，更别提人群里还混有对方的人，简直雪上加霜，众人的心都沉甸甸的。

火依然在燃，人们也依然在奋力扑火。

但经过方才的烟雾事件，有一部分侠客正在警惕地四处张望。不时有抢到经书的和尚冲出火海，身上都是烫伤。

窦天烨只看一眼腿就软了，紧紧抓着谢凉的手，颤声道："咱们还出得去吗？大家武功都没了，他们要是把外面一围再放把火，谁都别想跑啊！"

现实瞬间回应了他的话，只听少林的人突然叫道："水呢？水！"

"有人偷袭！"

伴着这声惊叫，在外围负责递水的人纷纷退了进来，诸如叶姑娘、秦二和宋初瑶等几个大帮派特意留在外面的人全进了院子。

众人很快从他们口中得知了经过，原来方才他们会惊呼也是因为有烟雾，然后便发现使不出内力了，紧接着有短箭自高处射来，不少人受了伤，他们只能往里退。

说话间又有人惊呼道："火……他们放火了！"

众人猛地抬头，只见外面升起了滚滚浓烟，再想要往外冲，必然会遭遇重重火墙。

他们吸了一口凉气，心里一沉，这是要把他们活活困死？

窦天烨整个人都不好了，小脸煞白："看吧，果然放火了，要是再弄点毒虫暗器啥的，都不用他们进来宰人！"

话音一落，刚围拢一点的人群里骤然爆出惨叫："毒蜂！有毒蜂！"

谢凉："……"

窦天烨："……"

附近众人："……"

站在旁边负责保护他们的天鹤阁精锐望向窦天烨，问得既诚恳又谨慎："窦先生，接下来会是什么？"

窦天烨欲哭无泪："我不知道。"

精锐道："不，我觉得您猜得挺准的。"

窦天烨崩溃："我就是随口一说，而且只要往坏处想一想，你们也是能猜出来的嘛！"

精锐没有再问，因为毒蜂冲着他们过来了。

毒蜂是从扔在地上的水袋里飞出来的，水袋不知是谁扔的，刚刚被人踢了一脚，顿时便如同捅了马蜂窝。它们见人就蛰，势头很盛，一副不死不休的模样。

混乱中有人碰到了别的水袋，再次捅了几个马蜂窝。惨叫和惊呼夹在一起，众人无头苍蝇似的挥舞着手臂乱窜。

叶帮主喝道："别乱跑，靠过来，受伤和使不出内力的在里，还能使一点的在外！"

玄法方丈猛地闭了一下眼，手里的佛珠被他掐出一道裂痕。

他默念一声佛号，再睁开时目光一片清明，告诉少林的人放弃灭火，去和叶帮主他们会合。

少林一众哭道："可是方丈，经书啊！"

玄法方丈道："救人。"

这句"救人"指的是"救命"。

不光叶帮主那边遭殃，少林一众也都顶着毒蜂在救火，更别提还有好几个烧伤的。经书固然重要，可人命亦很重要。

少林一众素来听他的话，一边哭一边抬起受伤的同门跑向了叶帮主那边开辟的保护圈。

谢凉和窦天烨被天鹤阁的人护着，暂时都没有受伤。

乔九往谢凉那边看了一眼，脱掉长袍外面罩着的一层薄衫扔给他，说道："盖头上。"

谢凉摸了摸，发现触手微凉，也不知是用什么材质做的，他皱起眉："你呢？"

乔九道："我没事。"

谢凉知道他要去外面守着，本想给他扔回去，但这时胳膊被天鹤阁的精锐拉住，和窦天烨一起被带进了中间空地。

刚刚站定，只见一名侠客护着位年轻公子冲了进来，恰好停在距离他们不远的地方。

侠客把放在年轻公子头上的手拿开，露出下面一张清秀精致的脸，正是寒云庄沈君泽。

那侠客快速扫视了一圈。

空地上有白虹神府的叶姑娘、峨眉宋初瑶、被烧得血肉模糊的少林和尚，以及其他几个受伤或武功低微的人。他的目光立刻停在谢凉的身上，带着沈君泽走来，对谢凉一抱拳，半个字没说，转身跑了。

就好像只是单纯地打声招呼似的，但谢凉知道他的意思，应该是拜托他帮忙照看一下沈君泽，同时他也知道如今形势严峻，并不强人所难，因此只是抱了一下拳。

沈君泽无奈："谢公子勿怪，我哥就这个脾气。"

人美，声音也好听。

谢凉打量了一眼，见他脸色有些白，说道："没事，那是你哥？"

沈君泽点了点头。

几人凑近了一些，谢凉拿着乔九的薄衫，正想着要不要盖一盖头，却扫见身边还有女士和伤患，便要递给他们。恰在这时，外面突然响起一声"小心"，他猛地循声望去，见一群黑色毒蜂对着他们过来了。

这群毒蜂速度很快，人群顿时哀号四起，刚摆好的阵型再次乱套。

宋初瑶先前在外面被短箭射中了小腿，行动不便，此刻见毒蜂四面八方地围过来，急忙尖叫着护住头，紧接着耳边传来"嗷"的一声惨叫，抬头一看竟是窦天烨。

窦天烨的手挡在她受伤的地方，被毒蜂咬了一口，疼得嗷嗷乱叫。

宋初瑶还没反应过来，一件薄衫便罩到了她的头上。

她伸手一撑，下意识地将整个人缩进去，发现毒蜂竟然不蛰她了，愣愣地看着窦天烨："你……为什么？"

窦天烨抱着手疼得泪眼汪汪，回道："哪有为什么？"

谁让你是女的，男子汉大丈夫，见到妇女儿童老人有难，自然得帮一帮。

谢凉扔了薄衫也没见新来的毒蜂咬自己，观察一番，几乎与沈君泽同时开口："这一批是闻着血腥味过来的。"

谢凉迅速扫向院内的几棵大树，说道："换地方，走！"

可能是知道他和乔九关系匪浅，也可能是他的语气太笃定，周围的人没有反驳，跟着他跑到了几棵大树中间。

谢凉道："脱衣服，缠树上。"

他说完率先脱掉了外衣，沈君泽反应了一下，紧随其后，其余人不明所以，只能跟着脱。乔九抽空看了这边一眼，远远地扔给谢凉一个水袋。谢凉打开一闻发现是油，便把油浇在衣服上，一把火点了。

其余众人坐在中间的空地上，见烧着的衣服在四周围成一面火墙，毒蜂迅速减少了。

谢凉就知道毒蜂哪怕再嗜血，怕火的本性应该还是有的。他组织里面的人先把毒蜂清理干净，又对外面扬声道："受伤的都进来。"

叶帮主等人早已注意到他们的动作，正慢慢向他们靠拢，伤患也急忙往那边撤离。

树中间的地方只有这么大，很快塞满了人。

谢凉示意他们把外衣脱掉，打量了几眼，觉得应该没有挟带私货的，便将水袋交给他们，告诉他们及时往树上缠衣服，然后和沈君泽等几个没受伤的出了火圈，把地方让给了伤患。

宋初瑶见状急忙把薄衫还给谢凉，谢凉便和沈君泽一起罩住了头。

另几个没伤但武功低微的侠客跟着他们，时不时咒骂几句，躲避一下普通的毒蜂，望着叶帮主等人挡在他们的身前，忍不住道："要是之前听九爷的先别进来就好了。"

谢凉道："都是一样的。"

侠客道："怎么会一样呢？"

沈君泽温声道："那些贼人定然是见咱们都进来了才投的暗器，若我们不进来，他们会一直帮着救火。"

侠客道："那不是很好吗？"

沈君泽道："可那个时候我们会怎么想？"

侠客一怔。

沈君泽道："我们肯定会想乔阁主的担心是多虑的，这不是没事吗？何况周围有不少人看着，我们自然不能一直站着，早晚会进来挨这一遭。谢公子说得没错，都是一样的。"

侠客张了张口："可……"

他一句"可是"没说完，只听前方传来"砰"的一声闷响。

几人同时抬头，发现一个人狠狠砸在冒火的墙上，接着慢慢滑到了地上。

场面刹那间一静。

众人看了一眼地上吐血的人，然后齐齐望向出手的乔九。

乔九一扫方才拼尽全力的勉强模样，嘴角勾起锐利的微笑，慢悠悠走上前，一脚踩住对方的胸膛："看了半天，终于要给外面的人递消息了？"

被砸到墙上的人咳了一声，正要开口，突然扫见乔九的衣袖动了一下。

众人只见一道寒光划过半空，不远处另一位侠客打扮的人闷哼一声，维持着掏东西的动作，被乔九掷出的匕首刺穿了手掌。

"你再敢动一下我就杀了你，不管你要掏的是什么？"乔九环视一周，慢慢微笑起来，"还有你们，从现在起不许把手往怀里伸，不然我见一个杀一个。"

最先被打中一掌的那人终于用沙哑的嗓音开了口，惊惧地望着踩着自己胸膛的乔九："你……你为何内力未失？"

乔九道："因为这点小毒对我不管用。"

那人道："不可能！"

乔九不想废话，脚下一个用力，那人顿时晕死过去。

他收回脚，随手一挥，立即震碎一片毒蜂。他看向被他刺中手掌的那位侠客，笑道："现在你可以把怀里的东西掏出来了，我看看是什么？"

那侠客的脸瞬间一片惨白。

乔九愉悦地朝他走去，半路顺便扫了一眼谢凉，想看看他有没有事。结果一眼望去，他见到谢凉和沈君泽穿着中衣靠在一起，共同盖着他的薄衫。

乔九："   "

拿他的衣服逞英雄，无耻！

037.

乔九还没走到那侠客的面前，后者便忍不住开始连连后退。

大概是受刺激太重，几步后他扭头就跑。乔九根本不追，手微微一抬，轻松射穿了他的脖子。附近的人一看，发现用的是一块碎银。

毒蜂依然未退，估计也退不了了。

阁楼正着火，围墙被泼上油也在冒火，大部分毒蜂都在院里瞎撞。院子虽然不小，但谁让他们是大活人，毒蜂便只围着他们转了。

内力运转不畅，好在招式还在，被毒蜂蜇一下也只是疼，一时半会儿死不了人，问题倒是不大，怕就怕外面的人冲进来，毕竟对方是有高手在的。

他们原本都悬着一颗心，谁料峰回路转，乔九竟没有中毒。

叶帮主的脸上未见喜色，应付毒蜂的空当看了一眼儿子，问道："怎么回事？"

乔九不答，走到新鲜的尸体前，伸脚把他踢正，从他怀里掏出一枚冲天箭。这东西只有手指长，用于和自己人联络，果然是想发信号给外面的人。

他随手放好，掏出一袋碎银，笑得更加肆意："我再说一遍，谁把手往怀里伸，我就杀谁，你们可以试试是你们快还是我快。"

乔九的武功如何，在场的人怕是没有多少不知道的。

他的脾气如何，就更加没有不知道的了。众人无论是否心怀不轨，都没敢反驳。

叶帮主声音微沉，又问了一遍："怎么回事？"

乔九嗤笑："你觉得他们把你困住，是想放几只毒蜂逗你玩？"

他对叶帮主就没有好脸色的时候，对话也多是反唇相讥。

飞剑盟的于帮主赶在他们吵起来之前插了一句："那他们是想？"

乔九这次答得很痛快："杀人。"

在场的都是老江湖，只听一句便懂了。

对方想杀人，但在场的到底都出自百年大派，忌惮之下不确定众人是否真的中了毒，是否还有保命的后招，于是便放了毒蜂，并安排人手就近观察，等得知他们确实到了强弩之末，这才会冲进来。

因为院子不小，用短箭不太好使，一是带的太多容易暴露，二是他们可以往墙角躲，杀不干净。用毒也不太好使，江湖上能变成烟雾的毒都不是剧毒，就算有那么一两种毒性稍强的，也会因烟雾散得快而起不了多大作用。

最稳妥的办法肯定是直接进来杀。

双合散的药效有半个时辰，他们中毒后一系列的事发生得太快，算算似乎都不到一盏茶的工夫，时间绰绰有余。

计划没问题，可惜漏算了乔九。

于帮主道："现在怎么办？"

虽然暂时稳住了情势，但对方好不容易把他们围住，若是久久不见他们出去，想要赌一把，真的冲进来呢？

对方至少有三位高手，只要抽出两个牵制住乔九，剩下那一个就能杀了他们。

乔九道："不知道，走一步看一步吧。"

众人的心又悬了起来。

叶帮主刚刚被噎了一句，并没动怒，只是脸色依然不好，问道："你怎么没中毒？"

乔九道："这是我的事。"

叶帮主道："你……"

他只说了一个字便不再往下说了。

其余几位前辈都没有插嘴，一边对付毒蜂，一边思考之后的对策。

众人离得并不远，叶帮主说的那一声谢凉自然是听见了。

他只觉那语气里面没有气极的意味，倒像藏着几分痛楚，不由得道："他没中毒，很让人意外？"

沈君泽迟疑了一下，"嗯"了声。

谢凉道："为何？"

沈君泽没有开口。

谢凉道："没事你说吧，反正我早晚会知道。"

沈君泽想想他方才果断的行事风格，感觉这并不是个软弱的人，便问道："你知道双合散吗？"

谢凉摇头。

身旁的几位侠客听到这句，立即看了过来

沈君泽道："双合散是要两种药合在　起才会起作用，单拿出任何　种都是没毒的。我猜他们是在少林的井里放了其中一种，因为人人都得喝水，这味药的药性有四个时辰，四个时辰一过就没用了。"

谢凉静静听着，暗道这可能也是那伙人如此谨慎的原因之一。

侠客听得稀奇："以前竟没听过还有这种毒，沈公子真是博学。"

"我也是听家父说起旧事才知道的，"沈君泽道，"大概二十多年前，江湖上出了一个邪派，双合散便是他们研制出的。他们当时害了不少江湖人，最终惹了众怒被白道讨伐灭教，此后江湖中便没再出现过双合散了。"

侠客道："所以这是那个邪派的余孽来报仇了？"

沈君泽道："还不能下定论。"

谢凉道："双合散有药可解吗？"

沈君泽道："没有，只能熬过半个时辰。"

谢凉道："那他？"

沈君泽静了一静，轻声道："除非他百毒不侵。"

几位侠客倒抽一口气，纷纷表示崇拜，特别想给九爷跪一跪。

谢凉表情不变，继续道："怎样能做到百毒不侵？"

沈君泽道："我不知道。"

谢凉回想叶帮主的反应，心微微一沉。

这里不像《天龙八部》那样，段誉吃个莽牯朱蛤就百毒不侵了。

百毒不侵，看来是要付出代价的。

沈君泽见他的表情不太好，说道："江湖之大，无奇不有，乔阁主兴许是得了什么妙缘。"

谢凉道："你知道他和白虹神府的恩怨吗？"

沈君泽惊讶："谢公子不知道？"

谢凉道："我还没来得及问。"

沈君泽道："那谢公子还是问乔阁主吧，当年的事，没人比他更清楚。"

谢凉看着他，觉得很难套出话了。

他重新望向乔九。

由于不需要再掩饰，他们几句话的工夫，乔九一个人便清理了大半的毒蜂，估计再过片刻便会全部清完。

一些侠客已经收了手，纷纷走到一旁休息。这时只听一声闷响，众人都是一惊，猛地循声望去，见他们当中有一个人维持着掏东西的动作，"扑通"栽倒在地，脖子的血染红了一大片，而不远处还有一块带着血的碎银。

乔九道："这是想试试我的眼神好不好使？"

众侠客噤若寒蝉，默默远离尸体换了一个地方休息，都没敢乱动。九爷可不是在开玩笑，说宰你就真宰你。

片刻后，毒蜂终于清干净了。

几位前辈都没有放松，少林的人继续试着救火，剩下的则开始聚在一起商讨对策。

乔九径自走到谢凉面前，见他和沈君泽把撑着的薄衫放了下来，扫了一眼沈君泽。

沈君泽温和地作揖道谢，之后拉着早已跑来找他的大哥离开，换了地方。

其余几位侠客见状，想到九爷和谢公子的关系，也赶紧识时务地跑了，周围眨眼间就只剩下他们两个人。

谢凉打量乔九："受伤了吗？"

乔九道："没有。"

谢凉点点头，把薄衫递给他。

乔九立刻嫌弃："给那么多人披过，你以为我还会要？"

谢凉对他这脾气见怪不怪，干脆穿在了自己的身上。

顿了顿，他多问了一句："要是只有我披过，你穿吗？"

乔九道："不穿。"

谢凉笑道："这么无情？"

乔九道："对你必须无情。"

谢凉道："理由。"

乔九教育他："因为你不知羞耻，见一个人就占一个人的便宜。"

谢凉眨眨眼，恍惚找到了一点当年被全校黑的感觉。

他迅速将近期的事在脑中过了一遍，想到一个可能——乔九这是觉得他想占沈君泽的便宜。

他一时啼笑皆非："没有，我除了你，谁的便宜都没占过。"

乔九本想赏给他一个不屑一顾的笑，但嘴角刚刚挑起便倏地一停，顺着他的话问道："哦，那你为何就只占我便宜？"

谢凉笑道："因为你可爱。"

"可爱"这个词在乔九这里就等同于赵火火。

他想想谢凉对待他时就和他对赵火火的心态差不多，顿时勾起一个阴森森的微笑："你再说一遍。"

谢凉没来得及说，因为不远处传来了一声干咳。

几位前辈商量完对策便来找乔九了，在十步远的地方先是尴尬地咳了声，等他们望过来这才上前，询问乔九是否有办法。

乔九正是不开心的时候，扔给了他们四个字："没有，耗着。"

耗着自然不是个法子，万一对方真的冲进来，他们就得倒霉。

于帮主代表众人说道："他们忌惮咱们，咱们不如直接出去？"

外面是重重火墙，要出去只能乔九在前面开道，用内力劈出一条路。如此一来，那伙人便觉得他们的武功还在，肯定就撤了。虽然是兵行险招，但总好过耗着，毕竟耗得越久对他们越不利。

乔九想也不想道："不干。"

几位前辈："……"

双方对视一眼，几位前辈觉得乔九这是真的不答应，于是一齐望向谢凉。

谢凉礼貌地对他们笑了笑，保持沉默。

几位前辈给他使眼色。

谢凉继续微笑。

几位前辈："……"

懂了，这是不想帮。

他们再次给他使眼色，眼神中加了几分威严。

谢凉便看向乔九："九爷。"

有救！几位前辈顿时欣慰。

乔九闻声侧头，扫了一眼谢凉。

谢凉拉起他的手："累了吧，过来坐会儿。"

乔九顶着叶帮主的视线，没有挣开他。

于是二人旁若无人地找地方一坐，不动了。

几位前辈："……"

这是找了个什么玩意儿！

于帮主猛地深吸一口气，走过去想要再劝，突然听见几声惊呼。他抬头一望，见数道人影跃过火墙落在了院中。

几人脚步不停，环视一周后快速来到乔九的面前，齐声道："九爷。"

乔九笑道："凤楚和赵火火来了？"

几人道："是，正在外面。"

乔九一听就知凤楚和那伙人交上手了，想想手下口中说的高手，便示意他们守在这里，自己跃出火墙去帮凤楚的忙了。

几位前辈望着乔九的身影消失，这才知道他为何非要耗着。他们不由得看了一眼谢凉，暗道真是让他们白着了一顿急。

谢凉收到视线，正想回给他们一个微笑，却听用衣服搭成的空地里传出了庞丁的痛呼："窦先生！"

他心里"咯噔"一声，连忙起身跑了过去。

038.

衣服搭起的火墙早就烧光了，破败地掉在地上，只剩一点布料勉强连着，好像风一吹就要断了。

谢凉进去时一眼便望见窦天烨背对他坐着。那附近有几个也被黑色毒蜂蜇过的人，都活得好好的，窦天烨似乎也保持着清醒，并未昏迷。他悬起的心往回落了一点，走过去道："怎么了？"

窦天烨坐着没动，更没吭声。

他面前的庞丁也没吭声，只默默盯着他，眼中带着一点点震惊。他们旁边的地上有一摊血，周围不见宋初瑶，想来是被同门的人扶去治伤了。

谢凉绕到他们身前，低头一看，顿时也惊了："你怎么回事？"

窦天烨欲哭无泪，大着舌头道："额诗卢诗的……"

谢凉听出来了，亚古兽是在说：我吸毒吸的。

他看看他肿起来的手背，秒懂："你想把毒汁吸出来，就成这样了？"

窦天烨点头，他嘴唇红肿，眼角发红，可怜得不行："额是呼是混吼……"

谢凉实在没忍住，笑出了声："不算太丑，你看过《东成西就》吗？"

窦天烨再次点头。

谢凉道："欧阳锋的香肠嘴，记得吧？"

窦天烨："……"

谢凉道："你没他那么夸张，现在看着挺性感的，你是不是舌头也肿了？"

窦天烨第三次点头，见谢凉还在笑，愤恨地看他一眼，低头不理他。

谢凉虚惊一场，便顺势坐在他身边陪着他，拉过他的手看了看，发现已经肿成了小山包。

"好像是黑厉蜂。"

谢凉回头，见沈君泽走了过来。

"方才见谢公子跑得急，担心出事，所以过来看看，"沈君泽温和地解释了一句，继续之前的话，"黑厉蜂本性嗜血，且毒性强。"

窦天烨立即望向沈君泽。

沈君泽给了他一个安抚的笑："严重时才致命，窦先生应当没有性命之忧。"

窦天烨放心了。

庞丁也放心了，学着谢凉的样子坐在窦天烨的身边陪着他。

谢凉诧异道："你不去看看你的家人？"

从众人集合对质到藏经阁着火，庞丁一直在他们身边跟着，只有混乱时离开了一会儿，但很快被人护着塞进了保护圈，之后一直跟着他们，说起来他们至今还没见过他的家人。

"我看得见，舅舅没事，"庞丁道，"他太忙，顾不上我，我只要不去给他添乱就行了。"

谢凉道："你舅舅是？"

庞丁道："飞剑盟帮主。"

谢凉："……"

窦天烨："……"

原来这还是个二代！

庞丁道："怎么？"

谢凉和窦天烨摇头表示没事，收回了目光。

天鹤阁的精锐得了自家九爷的吩咐，寸步不离地守着谢凉，见到窦天烨的样子后他们便派了一个人离开，此时迅速折回，俯身给窦天烨抹药。

这一小块空地都是伤患，虽然走了一部分，但还是有些挤。

谢凉便又和沈君泽出去了，刚迈进院中，耳边只听轰隆一声，二人一齐抬头，发现冒火的阁楼塌下去一块，显然是横梁断了。

谢凉看了几眼，觉得救不了了。藏经阁是木头所建，里面又都是书，水现在还运送不及，恐怕只能这么烧下去。

沈君泽轻轻叹气："可惜了。"

谢凉默然，不想再看那些和尚的样子，这时却见沈君泽忽然朝那边走去，便顺着他的目光一望，见到了正在帮忙的某个侠客，于是跟着他一起过去了。

侠客很快也看见他们，小跑过来道："不可再往前了，太危险。"

沈君泽道："那你不能进去。"

侠客点头："我晓得的。"

谢凉在旁边听着他们谈话，往侠客的脸上看了一眼。

与沈君泽的精致温雅不同，这侠客生得很英气，明亮的双眼带着勃勃生机，仿佛对什么都抱有热忱，是个典型的阳光美男。

侠客惦记着帮忙，只说了两句便折回救火，跑出几步又匆匆折回，对谢凉抱拳："方才只顾道谢，未报上姓名，在下沈正浩。"说罢不等谢凉回话，再次跑走。

沈君泽只能帮着解释："谢公子勿怪，我哥就这样，见不得别人有难。"

谢凉也估摸出了他的性格，点点头，望着眼前熊熊燃烧的阁楼。

没有水，大家只能用衣服扑。但火烧得太大，现在连门都进不去，他们扑了半天才堪堪把门口那点火扑灭。有和尚想进去，被周围的人死死拉住，接着只听又一声巨响，轰隆一声，阁楼再次塌了一块。

这像是压倒骆驼的最后一根稻草。

少林一众扑通跪倒在地，绝望地看着火海，发了一会儿呆，放声大哭。

"阿弥陀佛。"

以玄法方丈为首的少林高僧席地而坐，闭眼诵经，脸上庄严而悲痛。

救火的侠客都停了下来，沉默地望着少林一众。

周遭静得只听得到火星的"噼啪"声，就在这时，忽然一阵鬼哭狼嚎由远及近，冒火的墙"嗞啦"被浇灭了。

众人猛地扭头，见一群身着中衣的侠客哭着跑进来，手里都端着木盆。

他们是夺命帮的人，之前负责在外围递水，砸完暗器后便顺势留在外面，拿出准备好的水袋往墙上浇油点火。他们不需要进去演个苦肉计被毒蜂蜇，也不需要冒着被发现打死的危险向外传消息，原本任务很舒坦，谁料五凤楼的赵炎和凤楚带着人杀了过来。

他们这边有三位高手，要硬扛倒也可以，但没过多久九爷也来了。

二位高手不欲纠缠都跑了，可他们却跑不了，也没人敢跑——谁敢多迈一步，腿就会被九爷用银子打断，迈两步直接就是个死。

于是他们都哆哆嗦嗦地站着没动，听从九爷的吩咐把身上乱七八糟的东西扔下，只留一件中衣，之后抄家伙开始灭火，生怕慢别人半步。因为九爷说了，谁敢敷衍，他就把谁按在墙上用身子灭火。

九爷的话他们可不敢不信，所以进来后，全都不要命地往火场冲，免得九爷一个不高兴把他们踢进阁楼里。

少林一众不明所以，见状精神一振，连忙抹把眼泪爬起来。虽然他们知道可能救不了几本经书，但总比没有希望强。

沈正浩等人也继续撸袖子帮忙，在远处休息的侠客看了两眼，纷纷顶着满头包起身加入队伍，很快越来越多的人围过来，一个接一个地递水。谢凉也出了一把力，等到彻底把火扑灭，他身上的衣服已经被汗浸湿了，胳膊也累得抬不起来了。

他揉着胳膊迈出人群，环视一周，看见了站在不远处的乔九和凤楚，却不见赵炎。他想想赵炎的性格，回头瞅了一眼，见赵炎也正从人群里出来，暗道果然是去帮忙了。

赵炎很快也发现了他。

谢凉本以为他会假装没看见自己，谁知他竟然主动过来了，还问了一句是否受伤。谢凉道："我没事。"

赵炎哦了声，和他一起往凤楚那边走，时不时瞅他一眼。

谢凉笑了："有话想和我说？"

赵炎憋了数息，眼见离凤楚他们越来越近，便压低了声音道："我听说你和那个浑蛋？"

谢凉诧异："什么？"

赵炎道："就……他们看见你之前拉着那个浑蛋出去了。"

谢凉道："是啊。"

赵炎很震惊："你们真结拜了？"

"什么结拜？"谢凉明知故问，"没听懂。"

赵炎急得不行，正想着这话该怎么说，却扫见了谢凉嘴角的笑，被坑的无数经验让他瞬间明白过来，怒了："你耍我玩呢！"

谢凉笑道："别气别气，我说实话。"

赵炎的注意力立刻转移，怒火消散得无影无踪，说道："说。"

谢凉拖长音："我们当然……"

赵炎屏住呼吸，看着他。

谢凉大喘息："不行，我不能说。"

赵炎怒道："又耍我！"

谢凉为难："不是，这你得问他，问我没用。"

他不等赵炎再问，解释道："他的性子你是知道的，无论我心里是怎么想的，他说我们怎么样，我们就得怎么样。"

赵炎瞪眼："他逼你的？"

谢凉轻轻地叹了一口气，没有回答。赵炎当他默认，骂道："那浑蛋越来越不是个东西了！"

话音一落，熟悉的声音自前方响起："谁不是个东西？"

乔九走过来，停在他们面前。

赵炎翻白眼："谁问的就是谁！"

乔九应声，快速重复："谁说的就是谁？"

赵炎道："对！"

谢凉顿时笑了一声。

赵炎也反应了过来，撸袖子想和乔九干架，却被凤楚按住了肩，只能盯着他运气。

凤楚见谢凉额上都是汗，"唰"地打开扇子为他扇了扇："我们来迟了，你没事吧？听说还有毒蜂？"

"嗯，不过我没被蜇。"谢凉说着，见乔九盯着自己，随意抹了把头上的汗，笑着看向他，"接下来做什么？"

乔九道："待着。"

谢凉想了想善后工作，要安排伤患，要扣押夺命帮的人问话，还要查查那个夺命帮。

这些事除去最后一项能让乔九有点兴趣外，其他的琐事他应该是不乐意管的，便走到他的身边："那回去待着？"

乔九没意见，招呼手下一声，转身往外走。

几步后他想起了什么，主动抓住谢凉的手腕，拉着人离开了。

赵炎看得直瞪眼，望着他们走远才道："你不是挺欣赏谢凉的吗？不管？"

凤楚道："管什么？"

赵炎道："我问了，是乔九逼他当小弟的。"

凤楚一下下扇着扇子，笑眯眯地看着他，在他要问第二遍的时候才语重心长道："火火啊，我说过多少遍了，别人家说什么你就信什么。"

赵炎道："不是逼的，还是自愿的？"

凤楚没答，把扇子一合，指着远处："那么多人受伤？"

赵炎顺着他指的方向一望，果然见树下有不少人躺着，其中还有被烧得血肉模糊的少林和尚。

他迅速转移了注意力，跟着凤楚过去帮忙。

039.

突然发生这么大的事，还差点把命交代进去，侠客们便都没有走，想等着看怎么处理。

他们已经知道是夺命帮干的，也知道了双合散的来历，现在猜什么的都有，不过具体如何处理此事还得等前辈们拿主意。

藏经阁的火被扑灭后，院子被少林的人看护了起来。虽然最后时刻大概救不了几本经书，但一开始火势没那么旺、还能用轻功的时候是救出了不少书的，且应该都是珍品，清点时自然不能让外人在场。

于是侠客们帮着把受伤的人抬出院子后，便自发远离了藏经阁。

赵炎一边出力一边和凤楚讨论乔九，察觉到周围的人神色怪异，便问了一句，得知是谢凉先动手动脚，主动问的九爷。

赵炎反应了一下，更怒，觉得谢凉这么做是被乔九逼的。姓乔的看上人家也就算了，还非得做出一副被逼迫勉强的样子，真是无耻！

他把受伤的人一放，气哼哼地去找乔九了。

众人望着他走远，互相看了看。

"我听说赵楼主格外关注九爷。"

"对对对，我也听说了，据说平时总和九爷吵架，其实是想让九爷注意他。你们想想看，全江湖大概只有赵楼主敢和九爷那么吵。"

"噫……难怪他一门心思认为谢凉是被逼的，要去找九爷吵架。"

众人啧啧称奇，觉得赵楼主的思维果然与众不同。

赵炎对此一无所知，抬脚进了乔九的院子。

谢凉和乔九正在讨论这次的事，挨得有点近，赵炎进门就见屋子里只有他们两个人，便冲过去把谢凉拉到身后护住，冷眼看向乔九："姓乔的，我以前觉得你还算是个人，今天才知道你就不配当人，人家不乐意，你还非逼他做你小弟，这和那些强抢民女的畜生有什么区别！"

乔九："……"

谢凉："……"

凤楚："……"

乔九立即找到罪魁祸首，望着他身后的谢凉，笑得灿烂而温柔："你来说说这是怎么回事。"

谢凉拍拍赵炎的肩，诚恳道："赵楼主对不住，其实我是骗你的，我没有被他逼迫。"

赵炎道："你不用替他说话！"

谢凉道："我们是故意的。"

赵炎回头看他："你当我傻啊！"

谢凉道："为了麻痹敌人，方便说事。"

赵炎一怔，觉得这理由说得过去，而且谢凉也是个狠人，搞不好真干得出这种事。

他正要细问，突然听到阵阵喧闹声从外面传来，且越来越乱，十分嘈杂。

谢凉道："你们听见了吗？"

赵炎："……"

事还没说清楚，这是重点吗！

"去看看，别又出事了。"谢凉端起一点担忧和好奇的神色，扔下他们头也不回地走了。

他很快弄清了原因——夺命帮的帮众眼见大势已去，生怕被刑讯，在众人要把他们拖进屋里关起来时，大声嚷嚷出他们那位潭霸天帮主今天也来了，而且就在附近。侠客们立刻义愤填膺，嚷嚷着要去抓人。

乔九、凤楚几人也跟了出来，停在他的身边。

赵炎道："现在去，人早就跑了。"

凤楚道："兴许吧。"

虽然知道这种可能性很大，但得知对方就在山上，众人还是会忍不住想碰碰运气的。谢凉也明白这个道理，望着成群结队的人，扫见不远处正和自家兄长说话的沈君泽，估摸他哥也要跟着。

果然，二人聊完几句，沈正浩便跟上了大部队，沈君泽则留了下来。他转身见到谢凉等人，便温和地与他们一一打了声招呼。

谢凉笑着对他点点头，看了一眼乔九。

半个时辰已过，双合散的药性消失。侠客们由飞剑盟的于帮主和四庄中的二庄带领，看着似乎没问题，但就怕等待他们的又是个坑。

乔九也有这方面的顾虑，可他对幕后主使实在很感兴趣，见不得对方诡计得逞，便看向凤楚。

他和凤楚一定要留一个才行，免得他们离开后少林这边又倒霉。

凤楚笑眯眯地道："你去吧，我为了救你赶了一路，累了。"

乔九没意见，转身走人。

迈出几步，他突然意识到什么回了一下头，见谢凉站着没动，没等开口就听见凤楚抢先道："放心，我会帮你照顾好阿凉。"

谢凉是很识时务的。

他不动，原本是不想给乔九添乱，毕竟乔九武功好，就算遇见埋伏应该也能全身而退，带上他反而累赘。但此刻听了凤楚的话，他顿时意识到这是个聊乔九八卦的好机会，于是附和道："嗯，你注意安全，早去早回。"

凤楚的笑意深了些。

他就是故意支开乔九的，因为他对这二人的事实在很好奇。

乔九看看凤楚又看看谢凉，最后看看旁边的沈君泽，挑起一个恶劣的笑，折回去一把扣住谢凉的手腕，拉着走了。

谢凉无奈，只能跟着他，笑道："九爷，你这样会让我觉得你离不开我。"

乔九出了少林便把他的手腕甩了，回道："我只是想找个人陪我说话。"

谢凉道："不是有这么多人吗？"

乔九笑得狂妄："你当什么阿猫阿狗都配和我说话？"

旁边听得一字不落的阿猫阿狗们："……"

俩人斗嘴就斗嘴呗，还非得骂他们一句，他们招谁惹谁了？

然而众侠客是真的不敢惹乔九，只能默默远离一点，免得给自己招祸。

谢凉看看空出的地方，望着身边这位肆意妄为的主，见他一副理所应当的神色，整个人嚣张到令人移不开眼。

看看现在的他，再想想得知他百毒不侵时的心情，谢凉喉咙里溢出了一声妥协的、带着笑的叹息。

乔九总感觉这笑声中有些深意在里面，问道："怎么？"

谢凉道："没什么。"

乔九不太信："真的？"

谢凉点头，收回目光与他并肩同行。

根据夺命帮一众的说法，潭霸天就在半山腰的树林里。

众侠客群情激愤，分成三波迅速把树林围住，一点点往里推进，最终在一个破旧的凉亭里见到了潭霸天的身影。

只见他趴在石桌上一动不动，甚至都没有起伏。

于帮主与周围的人对视一眼，一齐迈进小亭，伸手往潭霸天的脖子上一探，发现已经没气了，而旁边倒着一个酒壶。

于帮主掰过潭霸天的脸，见他眼底发青嘴唇发黑，说道："中毒。"

谢凉微微垂眼，站着没动。

乔九则走进去，低头打量了一眼。

于帮主道："乔阁主怎么看？"

"夺命帮能有今天的地位都是因为他们的副帮主，"乔九道，"查他。"

于帮主想起夺命帮的人说过那三位高手都是副帮主的朋友，点了点头。

众人仔细将林子搜了一遍，再无其他收获，只能抬着尸体和一个酒壶回少林。

少林下午召集众人对质，后来藏经阁失火，他们被伏。等到一系列的事忙完再来树林转了一圈时，天色已经暗了下来，回去时已经入夜。

折腾了一天，大家都累了。乔九和谢凉简单吃完饭，一起回到了客房。

客房有限，侠客们便在少林平时对外讲经的地方打了地铺，只有一些地位高的才有客房住，乔九就是其中之一。少林的人知道他会带窦先生过来，不知同行的有没有别人，便提前预留了三间客房，如今凤楚和赵炎到了，那一间应该是他们在住，而谢凉自然是与窦天烨一间。

他回去时窦天烨还没睡，正就着一盏油灯奋笔疾书，见他进来便抬了一下头。

谢凉打量了一眼，见他嘴唇消肿了不少，问道："舌头好了吗？"

窦天烨道："好曜了。"

谢凉点点头，走到桌前坐下，看了一眼窦天烨写的东西，又拿起一旁的小本翻了翻，发现记录的内容杂七杂八，有故事也有歌词，还有一些是从他们手机里抄下来的，全是窦天烨的素材。

他把小本放回去，静静坐了片刻，说道："亚古兽。"

窦天烨："嗯？"

谢凉认真看着他："我有个想法。"

窦天烨给了他一个疑惑的眼神。

谢凉往他的肩膀一拍："但需要你的配合。"

窦天烨指着自己，表情更加疑惑。

谢凉道："帮我出道。"

窦天烨继续疑惑。

谢凉便将自己的计划简单讲了讲。窦天烨听完半天没回过神，连连咋舌，一脸惊悚地盯着他，直到他伸手在自己眼前晃晃，才一把抓住："你荒了！"

谢凉道："我没疯。"

他只是不想再这么被动了。

从山庄祈福、行刺事件到少林之乱，再到林间的杀人灭口，足见算计他的人既有脑子又有手段，而且不明原因，他们似乎有些在意他拿到的箱子。他不清楚这次之后他们会不会沉寂一段日子，他只知道他不想就这么干等着对方出下一招。

另一个重要原因是乔九。

乔九此人性格顽劣，嚣张跋扈，拉过无数人的仇恨，连谢凉都有好几次觉得他欠揍。但不得不承认，他比窦天烨他们要更投自己的脾气。

谢凉这二十多年过得顺风顺水，身边追随者众多，各类奇葩就没有他没见过的。可说句实话，这些年没人能走近他的心，除了乔九。而乔九又偏偏是个能惹事的主，还有个不明原因的"百毒不侵"体质，他不想未来有一天乔九出事的时候自己只能干看着，所以他需要壮大势力，让自己有话语权。

窦天烨呆呆地坐着，不知该怎么劝他。

谢凉继续道："再说咱们来到这个世界后受了乔九的很多照顾，欠了很多人情，总要还。"

窦天烨一听就急了，告诉他要一起还。

谢凉道："这不一样。"

窦天烨他们与乔九的交情很浅，只还人情没必要做到这种程度。而他则把乔九划到了"重要的人"的范畴里，虽然是单方面的，但他愿意去做这些事。何况他刚刚也说了，不只是乔九的原因，还有那个箱子惹出来的祸。

他说道："你也知道我以前的事，我虽然不当主席了，可毕竟家世摆在那儿，没人能欺负我。我已经习惯了掌控，不想做个弱势的普通人。"

窦天烨很担忧，这可是武侠世界，谢凉想混江湖，胆子也太大了，一个不小心就得死啊。

谢凉见他还在迟疑，最后加了一句："你想想建立白虹神府的那位前辈，既然有人能做到，说明这种事至少不是不可能的。"

窦天烨默然。

谢凉一向谨慎，小伙伴们都有各自的事业，只有谢凉还在考虑。他现在能这么痛快地迈出这一步，应该是早就做好了计划。所以大佬的世界真是让人不懂，想法也让人跟不上。

040.

整个晚上风平浪静，没有再发生失火或中毒的事。

转天一早，乔九便带着谢凉去了饭厅。几位前辈都刚到不久，正在谈论这次的事。

潭霸天的死因已有定论，他的脸部没有掐痕，身体也没被点穴，应该是自己服的毒。经过对尸体的检验，酒壶里装的八成是一种普通毒药，完全当不了线索。

夺命帮一众的供词则很一致。

他们都说帮主是见有机可乘想打少林的主意，不承认散播过谣言。那三位高手他们以前没见过，不知道对方的武功有这么高，更不知递了消息后人家是要进来杀人，他们本以为是想绑人或拿点秘籍的。至于传说中的双合散，他们连听都没听过，更遑论其他，只说这东西是副帮主弄来的。

副帮主，又是那位副帮主。

几位前辈相互看看，一齐望向乔九。

乔九慢条斯理地咽下一口粥，说道："副帮主董一天，和潭霸天认识至少五年，当时夺命帮只是个没名气的小帮。潭霸天蠢货一只，就会和别人拼命，这几年是董一天在他身后给他出主意，夺命帮才慢慢有了今天的地位。"

夺命帮在黑道帮派里勉强能排到第十位，因此许多前辈都听过它的名字。不过相较于几个赫赫有名的黑道大帮，夺命帮还是显得太渺小。他们以前只当是帮派能力有限，现在则不由得深想了几分，觉得董一天很可能是故意把这个帮派卡在这么一个不起眼的位置上的。

若真是这样，那就太可怕了。

这董一天到底想干什么？

于帮主道："他会不会是七色天的余孽？"

武当静和道长道："倚天屠龙的事也是他在后面推了一把？"

叶帮主问："那他就还有别的势力，"微微一顿，他看向乔九，"你说呢？"

乔九没理他，而是看向秋仁的人："上次那件事问出来了吗？"

秋仁山庄这次来的是两位少爷。

秦大公子闻言摇头："嘴很硬，怎么打都不说。"

乔九道："嗯，那我说点你们不知道的。"

他略去箱子的事不谈，把四庄祈福到谣言四起再到窦天烨被追杀的前后事件分析了一遍，告诉他们这很可能是一伙人干的。

几位前辈的神色都凝重了。

秋仁那个潜伏了八年，夺命帮这个是五年。若董一天其实也是听令行事，背后还另有其人的话，那伙人必然所图不小。最要命的是现在线索太少，除去一个董一天和双合散，他们什么都不清楚。

乔九说完事情便不再理会他们了，开始专心吃饭。

谢凉曾听过外界对九爷的评价，结合这几天的观察，发现果然是对人很挑，很少主动搭理人。他该庆幸当初穿越的方式比较诡异，导致乔九对他很感兴趣。

他见前辈们讨论了半天也没讨论出个结果，估摸这会和祈福事件一样到此为止，只能等着对方再次冒头。于是便安安静静吃完饭，跟着乔九离席，问道："七色天就是以前发明双合散的邪派？"

乔九嗯了一声。

谢凉道："厉害吗？"

乔九道："一般，主要是祸害的人多。"

谢凉道："你这个一般是指多一般？"

乔九道："按现在算，黑道第四吧。"

谢凉哦了声，换了话题："现在是不是没事了？"

乔九道："如果找不到董一天，那就是没事了。"

二人边说边聊，回到了客房。

乔九打算只等一天，若一天后还是没有进展便会离开少林。谢凉跟他的想法差不多，毕竟潭霸天已经死了，剩下的帮众都是虾兵蟹将，耗着也没用。

他把一杯茶喝完，起身去找窦天烨。

窦天烨早已准备就绪，最后整理了一下衣服，和谢凉出去求平安符。

与上次不同，这次侠客对他们客气了许多，有一部分原因是谢凉和乔九那点不得不说的事，另一部分则是他们心虚，因为要不是他们人云亦云齐上少林，少林也不会变成这样。

而窦天烨虽然是事件源头，但他也是无辜的。一个是被欺骗，一个是被利用，对待同病相怜的人自然多了不少善意。于是等他们求完平安符回来，便有不少侠客主动和他们打招呼。

窦天烨一一作揖回礼，以对江湖事好奇为切入点，和他们聊了聊。

聊了第一句便会有第二句，很快侠客们就放松了许多，说了不少江湖旧闻。窦天烨听得入迷，由衷地赞道："还是真事儿有趣，诸位行走江湖刀剑做伴，实在是令人羡慕。"

古人喜欢谦虚的毛病立刻发作。

众侠客一致道："哪里哪里，窦先生讲的故事也十分精彩。"

窦天烨道："在下都是瞎编的，比不得几位大侠。"

众侠客便又夸他的故事确实好听。

窦天烨见客套得差不多了，便放出了一个饵，不好意思地挠挠头："在下闲着无事就喜欢瞎想，其实除了《倚天屠龙》，我还讲过别的故事。"

嚯，那自然是要听一听的。

众侠客的好奇心都被挑了起来。

窦天烨道："我先问一句，江湖上没有全真教和古墓派吧？"

众人一齐摇头。

窦天烨放心了，拍着胸口道："那就好那就好，免得又被坏人利用。我先说好，这故事也是瞎编的啊，要是以后有人用这事骗人，你们记得打他。"

众人被逗笑，纷纷答应，迫不及待地让他讲。

窦天烨于是清清嗓了，迈出了他们计划的第　步："我今日讲的这个故事名叫《神雕侠侣》。"

第五章

新开始

041.

事实证明，把《神雕侠侣》讲给另一个时空的人听，依然能成为爆款。

只短短一个上午，侠客们都聚集了过来。不过少林之劫就起于一场说书，事情刚过去一天便在他们的地盘上又坐地说书，哪怕少林的人不管，窦天烨自己都觉得这种行为太拉仇恨。所以他控制着节奏，把故事卡在李莫愁师徒闯入古墓，杨过小龙女封死古墓要同生共死的剧情点，就不再往下说了。

侠客急得不行："然后呢？然后呢！"

窦天烨为难："感觉说不完，而且越说人越多。"

侠客道："不急啊，窦先生慢慢说。"

窦天烨四下瞅瞅："但在少林这么说……是不是不太好？"

这倒是啊，众人回过味了。

窦天烨道："在下明日可能就要回城了，诸位大侠若是还想听，咱们明日在城里随便找块空地，我继续说。"

侠客道："明日就回？"

窦天烨道："嗯，如今线索全断，基本没什么事了，除非能找到他们的副帮主董一天。"

侠客顿时关心地问道："到底怎么回事？"

"里面牵扯颇深，说了你们可能都不信，"窦天烨瞅瞅远处的少林和尚，犹豫道，"你们要是也想听，等明天回城吧。"

这可比故事有吸引力！众侠客纷纷点头，这才意犹未尽地散开。

窦天烨不负所望，开局开得蛮顺利，高兴地和谢凉往回走。

庞丁一直是跟着他们的，恍然找到以前听说书的感觉，整个人都激动了。

凤楚、赵炎和天鹤阁一众也来凑了回热闹，都听得蛮好奇。赵炎已经弄清自己是被谢凉耍了，原本不想再搭理他们，但故事太好听，这时也忍不住问了问后面的情节。

窦天烨道："明日再说。"

赵炎道："还等什么明天，反正你也闲着，只和我们说不就完了？"

谢凉帮腔："嗯，关起门说没事的。"

赵炎决定原谅他了，继续看着窦天烨。

窦天烨点头同意，回到客房与他们围成一圈，接着往后讲。

谢凉简单收拾了一下笔墨纸砚，把地方让给他们，开门出去了。

赵炎几人等着听故事，根本没注意他。只有凤楚向门口扫了一眼，估摸他是去找乔九，笑眯眯地用扇子敲了敲掌心。

谢凉抱着笔和纸，进了乔九的房间。

乔九知道他们的捞钱计划，也听谢凉说起过这段故事，更知道这是他们村子里一位高人编的，所以对窦天烨今日的行为并不意外，只是方才听手下说窦天烨还加了句别的，他不信是窦天烨自己的主意，问道："你想把这次的事也说了？"

谢凉笑道："说不得？"

乔九想了想，没觉得不能说，望着谢凉走过来把东西放在桌上，立即跳过这一话题，问道："干什么？"

谢凉道："练字。"

乔九嫌弃道："练个字还非得跑我这边来。"

谢凉道："那边人满了。"

乔九道："人满了你不会去别处？"

谢凉虚心求教："比如？"

乔九道："门口台阶。"

"多累，也没个人陪。"谢凉不客气地给自己倒了杯水，在他身边坐下，掏出十两银子递给了他。

乔九顿时想起曾和谢凉说过帮忙的事，挑眉道："怎么？"说完微微一顿，他紧跟着补充，"要是太缺德，我可不管。"

"不缺德，"谢凉把银子放在他的面前，摊开一张纸准备练字，说道，"我想知道江湖如今的局势，不难吧？"

乔九有些意外："想干什么？"

"不干什么，"谢凉道，"我们打算在中原定居，总得掌握一下基本情况，免得以后得罪人都不清楚，对吧？"

乔九看了谢凉两眼，勉为其难地收下银子："想从哪儿开始问？"

谢凉道："你随意，想起什么就说什么。"

乔九端起茶杯抿了一口茶，沉吟数息，不紧不慢地说道。

——江湖如今分为黑白两股势力，中立门派虽然也有，但在少数。

——百年来，白道早已习惯以白虹神府为首，但凡遇上大事，基本都是白虹神府、四庄、飞剑盟和少林武当共同商议。江湖近几十年来帮派林立，出过不少繁盛的门派，一些极快衰败，一些则渐露头角。前者略过不提，后者有寒云庄、缥缈楼、悬针门和金影月晓堂。

谢凉道："没有你们天鹤阁？"

乔九道："天鹤阁和五凤楼、杀手楼一样是中立门派，黑白道的生意都做。"

谢凉点点头，示意他继续说。

乔九拿起旁边的毛笔，扯出一张纸为他画了画大概的位置。

谢凉注意到白虹神府在中间，四庄和飞剑盟以此为中心处于五个不同的方位，就像把它保护起来似的，便估摸这可能都是因为那位前辈。

"寒云庄和缥缈楼在南，悬针门在中原腹地，金影月晓堂在北，"乔九边说边画，顺便还勾出了天鹤阁和五凤楼，说道，"差不多就是这样。"

谢凉道："黑道呢？"

乔九道："黑道有名的门派只有两个，一个是碧魂宫，一个是红莲谷。"

——这两个是黑道数一数二的大派，因为太显赫，其他黑道门派和他们一比都显得黯然无光。目前黑白两道虽然时有摩擦，但大部分时候都相安无事，只要不发生太惨烈的大事便打不起来。除去各种各样的帮派，江湖上还有一些挂着"第一"名号的人，比如江湖第一美人、江湖第一神偷、江湖第一琴师、江湖第一铁匠和江湖第一无耻等等。

谢凉练字的手一顿，抬头看着他："江湖第一无耻是谁？"

乔九道："你。"

谢凉知道这又是在玩他，坦然收下赞誉，一边写字一边听他简单介绍这些门派，等见他停下才道："还有一个你没说。"

乔九扬眉。

谢凉指着他："你的天鹤阁。"

乔九很痛快："天鹤阁是我十五岁创立的，真正被世人知晓是在我十七岁那年，从那年到现在只过了五个年头。"

谢凉心想，才五年就能让人怕你怕到这种程度，你也是够可以的。

他问道："天鹤阁这几年都干过什么？"

乔九道："干的事多了。"

谢凉道："你就只说说他们的阁主吧。"

乔九的语气半点不变，说得极其自然："他们的阁主姓乔名九，风华无双，聪明绝顶，是个百年难得一见的人物，你最好别轻易惹他。"

谢凉笑道："那他都干过什么？"

乔九道："他干的事也多了。"

谢凉道："说个最有名的。"

乔九道："乔阁主以一己之力解了少林之难。"

谢凉道："换个。"

乔九慢悠悠喝了一口茶，说道："乔阁主以一己之力，力克无刀门门主及五大高手。"

谢凉道："无刀门？"

乔九道："曾经煊赫一时的门派，当年差点与飞剑盟齐名，后来老门主、新门主连同门派的五大高手都被乔阁主灭了，自此销声匿迹。"

谢凉："……"

宰到这种程度，不跑才是傻子。

他问道："乔阁主为什么灭他们？"

"他们想杀乔阁主呗。"乔九看着谢凉，不等对方再问，说道，"为什么想杀乔阁主？这是因为他们老阁主痛失爱女，不自我反省是不是没有教好，反而来找我的麻烦，至于他那位爱女，是叶帮主的继夫人。"

谢凉微微屏住呼吸，感觉抓到了一点乔九和白虹神府恩怨的线索，问道："还有吗？"

乔九道："没有了，你那十两银子只够听这些。"

谢凉道："花多少钱能继续听？"

乔九挑起嘴角："这得看我的心情。"

谢凉完全不问他怎么样心情能好，因为他这种状态太眼熟，溜来溜去依然套不出话，简直白浪费感情。

他不再多问，两人闲聊起别的，悠闲地度过了一个下午。

事情转过天仍是没有进展，乔九便告辞了。

几位前辈虽然也知道耗着没用，但少林遭难，他们都准备帮点忙再走。众侠客很快也得知事情陷入了僵局，本想也帮个忙，可藏经阁太特殊，于是被少林婉拒后，他们便都跟着窦先生跑了。

一群人浩浩荡荡抵达了钟鼓城。

与宁柳、万兴一样，钟鼓城的城门外大街也十分热闹。窦天烨干脆在城外下了车，带着他们找到一处空地，开始沿着昨天的故事往下讲。

人都爱凑热闹，附近的人见到这里围了一群人，纷纷凑了过来。

赵哥昨天便接到了天鹤阁传来的消息，知道能按照计划行事，今日便装作不经意路过，诧异道："小窦回来了？"

窦天烨笑道："对，刚回来。"

侠客里有曾经听过窦天烨说书的，自然也认识赵哥，见他围着一个绣着字的围裙，顿时好奇："赵哥你这是穿的什么？宁柳大炸串？"

赵哥道："我和这边的人学做生意弄了个摊位，等着，我给你们拿点吃的。"

他说完就走，很快返回来，递给他们几串炸好的小吃，听见他们都说好吃，笑道："我准备以后回去开店的，这两天和他们弄了不少东西，你们要是喜欢，我把他们喊过来在这里摆摊，反正去哪儿都是卖，你们报我的名字，半价卖给你们。"

侠客鼓掌叫好，表示一定捧场。

于是很快众人便看到几辆小木车推了过来，上面都写着大字，什么万兴炸薯条、宁柳大炸串、多彩鲜果汁等等，十分新鲜。

这是赵哥和方延他们昨天花钱雇的人，一天加一晚上搞出来的。

小吃的做法和点子赵哥出，摊位老板全是临时雇用的。按照谢凉捞钱计划的第一步，趁着上少林的侠客们在钟鼓城聚集，借着大城的客流量办个美食节。

赵哥看着越来越多的人在好奇心的驱使下往这边涌，觉得第一步成了。

042.

谢凉并没和窦天烨一道,而是坐着马车进了钟鼓城。

凤楚听说有吃的,比较好奇,拉着对故事感兴趣的赵炎跟着下去了,回来的这几辆马车里只剩了乔九和谢凉。

乔九道:"你不留下看看?"

谢凉道:"没必要。"

新鲜事物想要被人们接受,这需要过程。

而生意火爆后,还要面对来自同行或本地人的打压。

但成功聚集了人气,如今这两个问题都不叫问题。因为侠客们八成会捧场,旁人见他们买,自然也会买,接着口口相传,生意将越来越火。而有一群侠客坐镇,本地人想要找碴儿,得先考虑考虑自己那条小命,可谓一举两得,所以他不用盯着。

乔九道:"你们准备弄几天?"

谢凉道:"起码把故事讲完吧。"

美食节其实就是一个新鲜劲儿,东西吃多了便没意思了。

乔九道:"那方延这两天总去小倌馆是想干什么?"

谢凉笑道:"你过几天就知道了。"

"对了,"他收回向外打量的视线,看向乔九,"借我一个人。"

乔九道:"干什么?"

谢凉道:"我想四处转转,看看还有没有别的生意能做,梅怀东这几天要跟着方延。"

乔九一听就懂,谢凉不会武功,城里那么多人,总得有人保护。

小事一桩,他痛快地同意了。

谢凉笑道:"谢了。"

乔九看了他一眼,片刻后又看他一眼,总觉得有些不对劲,但又说不出哪里不对劲。

他见谢凉下了马车,便喊了一声。

谢凉站在车边为他掀开帘子,询问地看着他。

乔九也跟着下来,上上下下打量他。

谢凉好脾气地让他看,笑了笑:"怎么?"

不是像先前那样有些躲着他,乔九心想,也没有一下子回到最初客客气气的模样。

谢凉见他不答，再次问了一遍："到底怎么了？"

乔九直言道："感觉你这两天有点怪。"

谢凉扬眉。

乔九道："说不上来。"

谢凉道："那等你能说上来的时候再说。"他率先往后院走，扫见乔九跟上来，忽然想起亚古兽那个小本本里的东西，说道，"你今天其实也有点怪。"

乔九道："哪儿怪？"

谢凉笑道："怪招人喜欢的。"

前来迎接他们的据点负责人默默跟在后面，猛地听到这句，差点左脚绊右脚栽倒过去。

他们九爷招人喜欢？疯了吧！他看了一眼谢凉，感觉这位主搞不好比凤楼主还能作。

念头转到这里，他突然发现谢凉看向了他，立即打起精神。

谢凉道："这次客房应该够用吧？"

负责人道："是，够用。"

少了武当峨眉的人，如今空出两间客房，谢凉、赵炎想要一个人睡都是可以的。

谢凉道："那给我一个房间。"

负责人微微抬头，见九爷没有反对，便迅速做了安排。

谢凉于是优哉地跟着家丁迈进客房，拿出笔墨纸砚练字，刚写完一页纸，一名天鹤阁的精锐便找到了他，说是乔九派的。

谢凉道："会易容吗？"

精锐道："会。"

谢凉道："我想易个容，你帮我弄个头套。"

精锐看看他的短发，顿时明白了他的意思，道了声是便走了。

谢凉继续雷打不动地练字，等乔九的人回来便让他给自己易了一张娃娃脸，假发一套，扇子一拿，慢悠悠地出了门。

此刻已到中午，谢凉随便找地方吃了饭，开始闲逛。

精锐一路跟着他，见他走得不紧不慢，累了便去茶楼坐着喝茶，喝完就再逛，一副出来玩的样子。如此走走停停的，愣是逛到了傍晚。

谢凉听了一下午的八卦，发现少林之事已经传开了。

他扭头出城，见窦天烨那里早已人满为患，很多城里的小贩得知消息也赶来卖东西，街上几乎到了水泄不通的程度。

窦天烨又卡到一个让人抓心挠肝的剧情点，不理会众人让他继续讲的请求，跑去帮赵哥的忙，顺便撸袖子吃炸串。

侠客们退而求其次："少林的事你还没说呢。"

窦天烨道："等我讲完故事，慢慢来嘛，你们不要急。"

侠客们道："晚上还讲不？"

窦天烨道："只讲一会儿，我要睡觉的。"

侠客们这才放过他，三三两两聚在一起，也吃起了东西。

谢凉笑着走过去："亚古兽，生意如何？"

熟悉的外号和声音一出，窦天烨顿时噎住，急忙捶胸，赵哥则直了眼，二人一齐望向谢凉。窦天烨灌了两口水，用力把嗓子眼里的东西咽进肚，打量谢凉的新造型："你搞什么鬼？"

谢凉笑道："玩。"

他看着赵哥，再次询问生意的情况。

赵哥激动道："好到不行，中间补了三四次货。"

谢凉点点头，拿了几串小吃，说道："我给你们找了一个帮手。"他看向身后的天鹤阁精锐，"我去那边坐着吃东西，你在这里一边吃一边搭把手吧。等我吃完回来，咱们再去别处。"

精锐顺着他指的方向一望，发现是路对面的一棵大树。那树底下坐着几个江湖人，正在喝酒吃肉。这个距离他能看护得到，便应了一声。

谢凉找赵哥要了一个小马扎，跑去另一个摊位买了杯果汁，然后抱着马扎和一袋子小吃，溜溜达达走到树下一坐，开始吃东西。

几个江湖人见他穿着不俗，猜测是哪家的少爷。其中一个大汉好奇道："哎，我刚刚看你和窦先生他们说话，认识啊？"

谢凉点头："以前见过。"

大汉道："问过他们少林的事吗？"

谢凉道："没有，但我在路上都听说了，好像是着火了？"

大汉见他也不知道内情，对他的兴趣减了不少，只应付地"嗯"了声。

谢凉一点都不介意，边吃边听他们谈论江湖事，时不时地"哇"一声，特别捧场。几位大汉被捧得有点飘，看他也顺眼了不少。

"这不算什么，"先前那位大汉道，"黑厉蜂出来的时候那才真叫可怕，被我弄死好几只。"

谢凉恭维："大侠厉害。"

他又捧了好几次，表示非常羡慕他们这些江湖人。他也想混江湖，可惜家里不让。

大汉道："你这就是不知人间疾苦。"

"不知道才要去尝一尝，"谢凉一脸崇拜，"像几位大侠这样大战过后喝酒吃肉，方知这世间的乐趣。"

几位侠客听完通体舒畅："说得好！那就去！"

谢凉应声，继续和他们闲聊，听他们嚷嚷说要换酒，立刻同意。

他当过学生会主席，酒量可不是盖的，虽然佛了一年往回缩了点量，但也没减太多，何况他刚刚已经用果汁灌过他们一轮，想来应该能拼过。

几位侠客见他如此爽快，不像其他的贵少爷那般屁事一堆，便看他更顺眼了。

酒过三巡，谢凉眼见差不多了，问道："你们说的天鹤阁阁主厉害吗？"

大汉喝得脸红脖子粗："厉害啊，九爷的大名都没听过？"

谢凉道："听过，但不知道他干过什么事，怎么都这么怕他啊？"

他易容的这张脸玲珑可爱，天真感十足，很容易让人心生好感。

大汉原本喝得就有点多，见他一脸的好奇，便没有顾忌，张口就道："他干过的事多了，天鹤阁手眼通天，九爷接手的生意就没有办砸过的。"

谢凉听他们絮叨天鹤阁都接过什么生意，打断道："那九爷这个人呢？他怎么样？"

"他可不好惹，"大汉道，"九爷喜怒不定，你都不知道什么时候就会惹他不痛快。"

"对，九爷说弄死人就弄死人，从来不含糊，"另一大汉道，"比如金影月晓的王长老，就因为想和他说几句话，被他一个不耐烦当场打死了！"

"还有当年的轻妙仙子，那可是能排进江湖前五的美人，就因为当众说了一句爱慕九爷，也被他弄死了！"

谢凉："……"

谢凉嘴角抽搐，觉得他们说的不是一个人。

但如果那些人真是被乔九弄死的，想来八成有内情。他问道："我听说九爷是叶帮主的儿子？"

大汉道："嗯，但你可别让九爷听见，他听见可不高兴。"

谢凉道："为什么？"

"就大宅里那点事呗，"大汉道，"这得从无刀门和归雁山庄说起。"

无刀门和归雁山庄虽然是后发展起来的门派，但鼎盛时期声势直逼飞剑盟和四庄，几乎有取而代之的势头。当年无刀门万姑娘、归雁山庄乔姑娘和白虹神府的叶公子是至交好友，时常结伴行走江湖。后来乔姑娘和万姑娘一前一后嫁入白虹神府，在当时还成了一段佳话。

可惜好景不长，乔姑娘在九爷四岁那年就病故了。之后万姑娘成为叶家主母，代替好友抚养儿子。

大汉道："当时叶老帮主还在，有个说法是九爷那段时间是老爷子带的，也不知是真是假，反正之后过了三年，老爷子去世，又过一年也就是九爷八岁那年，他被叶帮主打得下不来床，后来被归雁山庄的乔庄主接走了。"

谢凉心头一跳："因为什么？"

大汉道："这谁知道啊，老子打儿子，要么是不听话，要么就是干了什么事惹恼了叶帮主呗，不过九爷没被接回归雁山庄，而是失踪了。"

谢凉顿时一怔："失踪？"

大汉道："嗯，据说是被乔老庄主送到一个地方养伤了，再然后白虹神府年年找归雁山庄要人，结果年年都要不到，据说期间叶帮主见过九爷，只是九爷不肯松口回家，直到九爷十七岁那年乔老庄主去世，他才匆匆回来。他给外公办完丧事后便回到了叶家，当晚叶夫人病故。"

"什么病故，对外说是病故罢了。"另一位大汉大着舌头道，"据说九爷当晚是带着一身血走的，自此他就没再回过白虹神府。有个说法是乔姑娘和乔老庄主都是万姑娘害死的，九爷回家是杀人去了。"

"可白虹神府说是病故，无刀门的万老门主不也没不承认吗？"

"那可能另有原因吧，后来万老门主在丰酒台遇见九爷，不是找过他的麻烦吗？可惜不是九爷的对手，被九爷打了一掌，没多久就去了。就因为这个，万大公子上位后才会围杀九爷，结果技不如人，无刀门自此没了。"

"嗯，归雁山庄的乔庄主就一个女儿，他死后归雁山庄也没了，势力被九爷收整，成了如今的天鹤阁……"

那么煊赫一时的两个门派说没就没。几位大汉都是唏嘘不已，至于当年的真相和那晚发生的事，除去白虹神府和九爷，恐怕没人说得清。人们只知道那之后有很长一段时间，白虹神府的人见到九爷，脸都是白的。

谢凉静静听着，喝完最后一口酒，起身走了。

回到据点的时候刚刚入夜。

乔九和凤楚没有回屋，正在凉亭里坐着，二人见到谢凉都是一愣。

谢凉脸上的易容去了，但头套没摘，长发柔顺地披着，衬上俊逸的脸和嘴角若有若无的笑，显得风流倜傥。

他迈进凉亭，随手端起茶杯喝了一口茶，笑道："在聊什么？"

乔九看了他一会儿，倏地反应过来："谢凉，那是我的茶杯！"

"哦，没注意，我给你重倒一杯，"谢凉说着拿过一个新杯子倒满茶，往他面前一放，"别气，气坏了怪让人心疼的。"

凤楚"噗"地笑出声。

乔九闻到酒味，心中一动："你喝酒了？"

谢凉盯着他笑："嗯，不多。"

乔九打量了一下谢凉，感觉他这好像不是不多的样子，便扶起他："喝酒了别瞎逛，我送你回去。"

谢凉配合地跟着他，等到迈进房门才道："有件事我得坦白。"

简直想什么来什么，乔九正觉得酒后吐真言，也许趁现在能抓抓谢凉的小辫子，这才好心地扶人回来，结果没想到谢凉这般主动。他把人往床上一放，大发慈悲道："说吧。"

谢凉道："今天是和几个江湖人喝酒，对不住，问了点你的事。"

乔九挑眉。

他的事差不多全江湖都知道，估计那些人也说不出什么花来，他哦了声："就这事？"

谢凉道："嗯，就这事。"

乔九拉过一张椅子在他面前坐下，问道："没别的事了？"

谢凉压下嘴角的笑，看了看他，躺在了床上。

乔九不乐意了，伸手戳戳他："别睡。"

谢凉等他戳了一会儿才睁眼，定定地看着他，忽而一笑："嘿嘿，你是谁啊？"

乔九："……"

043.

乔九盯着床上的酒鬼，眼神中带着浓浓的怀疑。

谢凉勾着笑，晃晃悠悠又爬了起来。乔九立刻警惕，暂时坐着没动。谢凉双手撑在他椅子的扶手上，俯身看着他："你知道上一个敢摸进我房间、这么看着我的人是什么下场吗？"

乔九道："胡说些什么，喝酒喝傻了吧你？"

谢凉笑道："那你盯着我干什么？"

乔九伸出一根手指抵着他的额头把他推远，连话都懒得说。

谢凉便直起身，越过他走了。

乔九回头："去哪儿？"

"洗澡。"谢凉摘掉头套一扔，然后解开腰带脱下外衣，走到屏风后一看，发现没有水，便又往门口走去，叫人倒水。

乔九始终盯着他，见他说完那一句就靠在了门边的墙上，便起身来到他面前打量他："谢凉，你真醉假醉？"

谢凉抬眼一笑："我当然没醉。"

他随手撸了一下刘海，露出饱满的额头。

那中衣的领口早已被他扯开，微微向下一扫便一览无余。他嘴角带笑，眼底含着几分戏谑和懒散，简直不正经极了，但又不会让人觉得讨厌，而是带着一抹奇特的吸引人的气质。

乔九看着他这德行，问道："你还能认出我是谁吗？"

"能啊，帅哥嘛，"谢凉调笑，"你比我家九爷长得好。"

"谁是你家的，要脸吗？"乔九甩开他的手，心里的疑虑依然没消，总觉得谢凉可能在耍他。然而没等开口，面前的人便往他肩上一搭，紧接着收紧力道，整个人靠上来抱住了他。

他顿时又嫌弃了，伸手往外推："干什么？"

谢凉道："头晕，让我靠一会儿。"

乔九不干："头晕你不会去床上躺着。"

谢凉的下巴抵着他的肩，轻声道："我有件事想告诉你。"

乔九挣扎的动作一顿："什么？"

谢凉低低地笑了一声。

这声音有些沙哑，胸腔的震颤轻轻地传过来："九爷，我真没醉。"

乔九一把推开了他，这浑蛋果然在耍他！

谢凉的后背撞在墙上，笑出声："别气，开个玩笑。"

乔九不高兴，转身往外走，不怎么想搭理他了。

结果刚迈出一步便见谢凉又要凑过来，立刻躲开："又干什么？"

"再让我靠一会儿，"谢凉抓着他的胳膊，头往他的肩上一靠，"真头晕。"

"那你滚床上去！"乔九把他往床上拖，越想越觉得今晚太亏，思考了一下道，"你占我那么多便宜不能白占，一会儿立个字据，给我白使唤一个月。"

谢凉笑了："免谈。"

乔九道："由不得你。"

二人拉拉扯扯，没等走到床前便听见房门被敲了两下。

谢凉喊了一声进，发现是天鹤阁的人来倒水了。热水是早已烧好的，几个人每人提一桶，一次性就能把浴桶倒满。

谢凉见状放开乔九，走过去沐浴。

乔九没有走，而是就着桌上的笔墨纸砚写了一张字据，满意地吹干，翻了翻没看到印泥，便开门让人去拿，等手下拿来之后见谢凉还没洗完，干脆主动找过去，愉悦道："字据写好了，你给我按个手印……"

他说着停住，只见谢凉闭眼坐着，先前那点戏谑之色全部收敛起来，整个人显得十分安静。他打量了几眼，戳戳他的肩膀："谢凉？"

谢凉没反应，像是都没有听见。

乔九又戳了戳，半天才见他的眼皮动了一下，半睁的眼里满是迷离。

这次应该是真醉了，他靠近一点，问道："听得见我说话吗？"

谢凉的双眼无法聚焦，迷蒙地看看他，重新闭上了。

他装醉的时候胡言乱语，真的醉了却极其吝啬，半个字都不愿意说，旁边的人问了好几声，才给了一个"嗯"。

乔九看到希望，又问了好几句，结果人家半天没开口。

他估摸问不出有用的东西了，更觉得今晚亏了，沉默数息，臭着一张脸回去把人捞出来扔到床上，连擦都不给他擦。

然后他走到桌前重写了一张一年期限的字据，拉过谢凉的手按个手印，这才离开。

谢凉对此一无所知，一觉睡到了天亮。

正是夏末，他这么晾一晚也不会感冒，只是记不起自己是怎么回到床上的。他穿好衣服出门，顺着走廊前往饭厅，在拐角的凉亭里又见到了凤楚，笑道：“早。”

“早。”凤楚笑眯眯地回了声，喊他进来喝茶。

谢凉欣然同意，坐下和他聊天，谈起了昨晚听到的传闻。

凤楚漂亮的桃花眼里顿时溢满笑意：“嗯，那个轻妙仙子确实说过喜欢他。”

谢凉道：“因为什么被杀的？”

“因为她是被派来杀他的，”凤楚的笑意更浓，“阿凉你想一想，他那时十七岁，十七年里有一半时间是在白虹神府里过的，另一半是和一群疯子在一起过的，那可是第一次有个漂亮的姑娘当着他的面说喜欢他，你猜他是什么心情？”

十几岁，正是情窦初开的年纪。谢凉简单回忆了一下自己十几岁被人告白的时候，感觉完全不能作为参考，因为那时他正一心学习，压根没长这根弦。

他只能从他的兄弟那里获取信息，问道：“受宠若惊？”

“倒不至于，但不管怎么说，总是会有几分在意的，可惜人家不是真的喜欢他，原本他也没想把人杀了，只是轻妙的匕首捅中了他，他反手一推多用了些力道，也是轻妙倒霉，头撞到桌角，就那么死了。”凤楚笑道，“打那之后，他对喜欢他的人就再没过好脸色。”

谢凉抽了一下嘴角。

“你别看他平时我行我素，好像什么都敢玩的样子，但实际上是一个很认真很谨慎的人。”凤楚唰地打开扇子，笑眯眯地道，“换你满足我的好奇心了，你能不能跟我说说你们现在是怎么回事？”

谢凉没说，而是问道：“你怎么知道得这么清楚？”

依他对乔九的了解，在轻妙一事上栽了那么大的跟头，肯定是打死都不会往外说的。

凤楚道：“我当时在场。”

谢凉道：“那他和一群疯子生活又是怎么回事？”

凤楚道：“你先告诉我你们的事。”

谢凉这次又没说，因为乔九来了。

乔九站在拐角，瞅瞅这个又瞅瞅那个，说道：“走啊，吃饭。”

谢凉道：“好。”

他从善如流地站起身，听见凤楚极快地在耳边说了一句话，面不改色地迈出凉亭，一起去饭厅吃饭。期间他总感觉乔九的目光在往他身上瞥，可每次看过去都见乔九在吃饭，干脆不再理会。饭后去看了看方延那边的进展，帮着忙到将近中午，带着天鹤阁的精锐又出了据点。

凤楚早晨说的话是："芳草楼的招牌菜很好吃，可以提前要个雅间。"

他自然明白对方的意思，出门便直奔芳草楼。

刚要往里迈，只听不远处突然响起一个熟悉的声音："谢公子？"

他扭头一瞅，发现是秋仁的秦二少，便笑着打招呼："秦二公子。"

秦二走过来，看了一眼他身后的天鹤阁精锐，问道："谢公子和人约了吃饭？"

谢凉道："嗯，和朋友。"

秦二试探道："是……乔阁主？"

谢凉道："不是。"

秦二哦了声，犹豫地站着没动。

谢凉心里奇怪，他先前代替春泽祈福，秦二半路来堵他们，可没少被他们噎，彼此的关系绝对算不上好，现在这是唱的哪一出？

他想想自己以后要混江湖，便主动问了一句："二公子有事？"

秦二迟疑了一下，最终点点头。

片刻后，他们进了芳草楼的雅间。

谢凉在秦二扭扭捏捏的话语里听出了他的意思——这次少林之行，叶姑娘和夏厚的卫大公子都来了。而他的随从一没，此后没人再给他出主意，最近在夏厚的卫大公子那里连连吃瘪，觉得和叶姑娘要没戏。他本想喝酒壮胆，直接对叶姑娘表明心意，谁知遇见了谢凉。

他顿时觉得看到了希望，谢凉都能和九爷处到情同手足，帮他简直绰绰有余。

谢凉啼笑皆非，想了想秦二的智商，问道："你准备怎么和叶姑娘说？"

秦二的脸红了一下："就……就直说呗。"

谢凉道："说出来我听听。"

秦二的脸更红了，半天没吭声。

"对着我都不敢说，你还想去找叶姑娘？"谢凉笑道，"不过言归正传，有时直白一点是挺管用的。来吧，你把我当成叶姑娘，我看看你想怎么说。"

秦二心想也对，便望着谢凉，深吸了一口气。

凤楚和赵炎这时已经到了芳草楼。

他们早晨是跟窦天烨一起走的，因为窦天烨昨天说的是他们在少林听过的那一段故事，之后的事他们也没听过，便想好奇地跟去听一听，直到中午窦天烨休息，他们才来这里找谢凉会合。

谁知一抬头，他看见乔九从那边走了过来，诧异道："你怎么在这儿？"

"来吃饭啊，"乔九笑得恶劣，"既然这么巧，咱们就一起吃吧，走。"

凤楚无奈，认命地向掌柜问了谢凉的雅间，上楼去找他。

才走到门口，只听里面有人道："我……我见你的第一面起便再也无法忘怀，一颗心全都系于你身，我发誓会一生一世待你好，执子之手与子偕老，你可愿嫁我？"

天鹤阁精锐要给自家九爷开门的手一抖，碰上了一点房门。

"吱呀"一声，原本就不牢固的门立刻滑开。只见秦二公子满脸涨红，目光坚毅，定定地看着对面的谢凉。

二人被声响惊动，同时望向门口，瞬间对上了乔九、凤楚和赵炎的视线。

下一刻，觉得这种事不好打扰的赵炎做主，跑过去伸手把两边的门一抓。

"砰！"

重新为他们关上了门。

所有人："……"

044.

关门根本没用，因为就在屋里的二人还没反应过来、赵炎也才刚刚松开手的时候，只听又是"砰"的一声，乔九抬脚把门又踹开了。

"听都听见了，有什么好避的？"他迈进去拉开椅子一坐，笑容满面地望着同桌的二人，目光极其温柔。

秦二完全没意识到问题所在，满脑子想的都是他们听见了他对叶姑娘的心意，脸色涨得更红，特别不自在。

乔九见他一副想钻进地缝的样子，亲切道："别不好意思，情爱之事乃人之常情，我们又不会笑话你。"

秦二尴尬地笑笑，红着脸握着茶杯没搭话，看起来既傻气又纯情。

乔九笑得更加灿烂，察觉谢凉的目光一直停在自己身上，这才移开眼看过去："盯着我干什么？人家想娶你，你愿不愿意，好歹回人家一句。"

秦二先是一愣，继而明白过来，猛地摇头。

他的脸由红转白，冷汗都要下来了，忙道："不是，我我我不是娶他。"

乔九的语气越发亲切："这意思是我耳朵聋？凤楚你说呢？"

凤楚跟着进门，笑道："那咱们可能都聋吧。"

赵炎也跟着进来，反手把门关上，有点看不上他："你刚才说的我们都听见了，亏我还觉得你挺有胆，现在说不认就不认？"

"不不不我认，我认的，我是想娶她，"秦二说着惊了一下，语无伦次，"不是，不是他，娶的不是谢公子……"

"他是想娶叶姑娘，"谢凉见秦二越说越乱，怕他把胆子吓出来，解释道，"那些话他是准备对叶姑娘说的，方才说出来是想让我帮忙参谋参谋。"

秦二猛点头，干巴巴地望着他们。

凤楚恍然："哦，这样……"

他就说先前在少林见秦二总围着叶姑娘转，怎么会一转眼便看上谢凉，原来如此。

乔九笑容不变："你们有这么要好？"

谢凉拿过几个杯子倒好茶，笑着递给他们："这不是找不到能说的人了吗？"

乔九哦了声："那就都能对你说？"

谢凉一看乔九这模样，便知道他是不信秦二能主动说这些的，估计在心里想他不知羞耻，见一个逗一个，绝对是他先惹起来的。

好吧他承认，他是有那么一点点好奇。主要是秦二太傻，换成乔九在这里，肯定也想要听听他会怎么说。

赵炎在旁边灌了一口茶，说道："原来是这样，吓我一跳。"

他还以为一眨眼的工夫，全江湖的人都不正常了，不然怎么走哪儿都能碰见奇奇怪怪的人。他看着秦二："叶姑娘性子冷，你那样说管用吗？"

"这得看情况，若秦公子能做些事打动叶姑娘，再说那番话是有可能的。"谢凉表情正经，拿出好心帮忙的姿态，打算洗一洗他在乔九心中的形象，说道，"另外还得看叶姑娘的心意，若她……那做什么都要难上许多。"

他没明说，但在场的人连同秦二都知道他的意思。若是叶姑娘已有心上人，旁人再怎么献殷勤也是没用的。

秦二想想那种可能，整个人都要不好："我……我不知道……"

谢凉就没指望秦二能知道，他招呼小二点菜，告诉他们边吃边聊。

这个时候，他才又看了看身边的人："九爷也去听故事了？"

凤楚抢答："没有，他就是来吃饭，我们是在楼下遇见的。"

谢凉秒懂，乔九能出现，大概是早晨留意到凤楚在他耳边嘀咕了一句话，因此便跟出来看看。他重新望向秦二："叶姑娘也在城里？"

秦二道："在。"

少林之劫后，事情再无进展。前辈们关起门谈事也不会让他们听，他们这些年轻人干脆就下山了，估计再过个一两天，前辈们也会离开。

谢凉道："那叶姑娘现在在哪儿？"

秦二郁闷道："在寻梅楼。"

谢凉了然："卫公子也在？"

秦二点头。

谢凉有些好奇，问了一句白虹神府的态度，毕竟之前便听说两家要议亲，就算后来加了一个夏厚山庄，这也拖得太久了。

秦二道："一切得看叶姑娘的意思。"

谢凉道："那她要是看上别人，你们两家都能推掉？"

秦二欲哭无泪："应该能。"

谢凉意外了一下，说道："叶帮主还挺开明。"

乔九扫他一眼，扔给他两个字："家规。"

他先祖定的规矩，白虹神府不兴父母之命那一套。以后就是有那种大门不出二门不迈的姑娘，也得让他们家姑娘亲眼见过对方，最好相处一段时间亲自点了头，这才能议亲。

谢凉微笑道："哦，这样。"

饭菜很快上桌。

有乔九在这里坐着，谢凉和凤楚不能密谈，秦二也不太敢问谢凉是否愿意帮忙，几人聊来聊去就只能聊这次的美食节。

好不容易熬到一顿饭吃完，秦二立即望向谢凉。

谢凉思考两秒，觉得可以先试着帮帮，不行就算了，反正情爱一事讲究你情我愿，强求不得。他问道："叶姑娘下午可有安排？"

秦二双眼一亮，连忙想了想，迟疑道："大概会去游湖。"

谢凉心想还挺有雅兴，刚想说一句咱们跟去看看，这时余光扫见乔九，嘴里的话立刻拐弯："九爷去吗？"

乔九想也不想道："不去，有什么可游的。"

谢凉笑道："我想起一个我们村子里关于游湖的故事，想讲给你听来着，去吧？"

乔九盯着他看了两眼，勉为其难地站起身："要是不好听，我就把你踢湖里去。"

谢凉笑着跟上他："自然好听。"

秦二望着他们，一头雾水。

他刚答完游湖，谢凉紧跟着就要拉着九爷过去玩，这是要帮他吧？

应该是的……吧？

但这怎么看都像是谢凉也觉得游湖是个好主意，要和九爷去转转啊，那他到底跟不跟？万一跟上去扫了九爷的兴，九爷会不会弄死他？

秦二茫然无措，可怜地跟着他们一路迈出酒楼，正想咬咬牙问谢凉一句，只听前方响起一阵嘈杂，而后有人叫道："不好了！打起来了！"

几人一齐抬头，见远处一栋楼的窗户轰然散架，从里面一前一后跃出两个人。

前面的人手拿重剑，轻巧地跃上对面的屋顶，后面的人紧随其后，手里拿着一杆几乎和他等高的金锤，那锤头只有巴掌大，舞起来金光闪闪，晃得人眼睛里全是钱。

凤楚咦了声："金来来？"

谢凉没空吐槽这个喜庆的名字，问道："我没看错吧，那好像是梅怀东？"

乔九道："没看错。"

谢凉连忙往那边走。

他们捞钱的第二步由方延完成，这几日方延一直往小倌馆跑，他担心方延会被人当作小倌调戏，便让梅怀东随身保护。

现在梅怀东在这里，那方延呢？

他快速赶到窗户被砸的那家店，扫了一眼对面屋顶上还在交手的二人，想进屋看看，这时一扭头，见方延从里面跑了出来，二人的目光恰好对上。

方延顿时嗷地扑过去抱着他："哥，我差点以为再也见不到你了！"

谢凉安抚地拍拍他的背："怎么回事？"

没等方延开口，只听头顶传来"哐当"一声金鸣。

金来来一锤架住梅怀东的重剑，借着这个空隙往下看了谢凉一眼，问道："你就是那个谢凉？"

谢凉微微挑眉："是我，请问这位大侠有何贵干？"

谢凉问完那一句，便见金来来看都不看梅怀东，收起锤头从房顶一跃而下。

梅怀东紧随其后，见金来来走得不紧不慢，不是要拼命的样子。他看看不远处的乔九几人，感觉打不起来了。然而就在他收起重剑的一瞬间，金来来突然一个箭步冲向谢凉，手中的金锤扬起一砸，直奔谢凉的脑袋。

围观群众吓得嗷嗷叫唤，急忙躲开。

方延更是尖叫一声，几乎吓昏过去。

谢凉连眼睛都不眨一下。

他不会武功，躲也躲不开，反而会把自己弄得很狼狈，再说乔九和凤楚都在附近，真能让自己在眼皮底下挂掉，他们也别混了。

下一刻，只见金光闪闪的小金锤倏地停在距离他鼻前半寸的地方。

金来来打量谢凉，见他脸上一点惧色都没有，听着身后梅怀东赶来的脚步，再次收起金锤，给了句评价："你胆子挺大。"

谢凉微笑："过奖。"

他也打量着对方。

近距离看，他的锤子上还刻了纹路，衣服也是白底绣金纹的。这位大侠的年纪与他们相仿，生得很清秀，甚至有几分纤细，明明可以走翩翩公子的路线迷倒一众江湖儿女，却要手拿金锤、身穿金衣，出来闪瞎人。

金来来看向乔九："他在少林寺真的给你戴了一根红绳？"

乔九只给了一个字："嗯？"

金来来顿时老实了，没敢再问，走进旁边的店铺给老板赔窗户钱。

一场闹剧迅速结束。

几人不想被围观，准备先回据点。

秦二犹豫了一下，没等他询问谢凉自己怎么办，三名随从打扮的人便狼狈地挤出人群跑过来，差点喜极而泣："二少爷，总算找到你了！"

秦二不乐意了："不是告诉你们不用跟着我吗？"

自从得知有人算计秋仁山庄，父亲就严格限制了他外出，生怕他中了圈套给家里惹祸，就算出门也要至少三四个人跟随才行，这让他最近没少被卫大公子嘲笑。

三名随从道："那哪成啊！"

秦二更不乐意了，下意识地望向谢凉，见谢凉恰好看过来。

谢凉道："二公子要不先跟我回去？"

秦二如今的希望全在谢凉身上，自然愿意，连忙跟上他。

三名随从怕再跟丢自家少爷，也紧紧地跟着。几人迈出人群，迎面遇见了叶姑娘和卫公子，此外还有寒云庄的沈氏兄弟和峨眉派的人。

他们是被骚乱吸引过来的，都听见了刚才的对话，也都是第一次遇见这种当众询问乔九私事的情况，且对象还是他们认识的，所以除去沈君泽外，其余人或多或少都有一点不自在。

于是寒暄的事便落在了沈君泽的身上。

他仍是那副温润如玉的样子，——对乔九几人问了声好。

谢凉笑道："真巧，要不去我那边喝杯茶？"

沈君泽道："不了，我们听说城外落雪湖的景色很好，想去看看，谢公子可要同去？"

谢凉道："现在有些事，一会儿若得空了再说吧。"

二人客套一番，互相道别。

秦二被谢凉用眼神制住，干巴巴地望着叶姑娘走远，问道："我们不去？"

谢凉道："先不去。"

秦二听话了，继续跟着他。

谢凉解决完秦二，开始询问方延刚才是怎么回事，得知那间绣楼的金莲花很有名，方延和金来来都是来看绣品的。二人原本相安无事，中途不知是谁聊起九爷和谢凉在少林的事，金来来就不干了，说是胡说八道，肯定是瞎编的。

方延一听也不十了，反驳说是真的。

金来来更不信，觉得是对方无耻上赶着巴结九爷。

"我气得不行，"方延道，"我们的堂堂大佬还用巴结人，眼瞎吗？"

"……"谢凉温柔道，"说重点。"

方延吸了一下鼻子："然后他抡起锤头要砸我，幸亏有梅怀东，要不我肯定脑袋开花。"

"扯吧，"金来来赔完钱就追上了他们，闻言嘲笑道，"我就是吓唬吓唬你，谁知你这么不经吓。"

方延道："瞎说，有这么吓唬人的吗！"

金来来目光一冷："你敢说我瞎说？"

眼看二人又要打起来，这时乔九回了一下头，二人迅速偃旗息鼓，分开了一点。

片刻后，一行人回到据点。谢凉这才得知金来来竟是乔九的表弟，而且"金来来"不是外号，人家就叫这个。他母亲是乔九的亲姑姑，所以他儿时与乔九的关系很不错。但乔九离开白虹神府后他们便再没见过，直到乔九十七岁回来后才见面。

谢凉明白了。

亲侄子和亲弟弟闹得不可开交，那位姑姑总要劝一劝，哪怕这几年劝不动，金来来他们和白虹神府应该也是很亲近的。

谢凉道："那他们现在关系如何？"

凤楚道："一般。"

045.

午后阳光炙热，蝉鸣一声连着一声，催人欲睡。

窦天烨中场休息，回来午睡了。赵炎养精蓄锐等着听故事，便也睡了。方延受到惊吓一点睡意都没有，回来又去忙了。凉亭里只剩了谢凉、凤楚和秦二，至于金来来和乔九则进了书房。

凤楚道："金小来肯定又有什么事想找乔九帮忙，知道乔九要来少林便也过来了。"

谢凉道："他会帮？"

凤楚笑道："这得看他的心情，心情好的话，十次里大概会帮那么一次。"

谢凉无语，不知是夸金来来一句顽强还是该说一句脸皮厚。

凤楚看出他的想法，多解释了几句。

金来来一心想像乔九那样建立帮派，闯出一番名堂，对乔九这位表哥十分佩服。他虽然也希望乔九能和家里重归于好，但不会帮着家里游说，基本乔九说什么他就听什么。

谢凉懂了，这又是一个铁粉，今天这事说白了就是两家粉丝之间的战争。

"他肯定会看你不顺眼，"凤楚笑眯眯地扇着扇子，"他觉得天下最好的东西都该是他表哥的，传闻江湖第一美人对乔九一见钟情，金小来便一直想让人家给他做表嫂，两个人生个漂亮的小丫头，再取个'小元宝'的乳名，一定可爱。"

谢凉嘴角抽搐，不知道要吐槽什么。

二人说话的工夫，乔九和金来来出来了。前者表情如常，后者垂头丧气，显然这次的事乔九又没帮。而且乔九大概是同金来来说了少林的事，金来来知道自己误会了，老实地对谢凉道了歉。

乔九勉强满意，示意他赶紧滚。

金来来很委屈："滚去哪儿啊？"

"我管你去哪儿。"乔九看向谢凉，"还游湖吗？"

谢凉看了一下亭外的阳光，有点不想动，说道："改天吧。"

乔九嗯了声，扫了一眼魂不守舍的秦二，突然找到了表弟的去处，吩咐道："你带着他去游湖。"

金来来道："啊？"

秦二满脑子都是心上人和情敌游湖的事，闻言一怔，下意识地看向谢凉。

谢凉道："你想去就去吧。"

秦二道："那？"

谢凉道："平时如何，今天就如何。"

秦二道了声是，急忙拉着金来来跑了。乔九往石凳上一坐，看向了凤楚。

凤楚笑眯眯道："我也不游湖。"

乔九很嫌弃他："你挡着我吹风了。"

凤楚笑了一声，识时务地走了。亭里一时只剩下乔九和谢凉两个人，虽然不游湖了，但乔九仍记得谢凉欠他一个故事，便提了出来。

谢凉点点头，给他讲了一个大明湖畔夏雨荷的故事。

乔九听得十分勉强，评价道："难听。"

谢凉道："我不擅长讲故事，回头让窦天烨给你讲，应该会很好听。"

话音一落，便见窦天烨睡醒后找了过来。谢凉看向对方手里的帖子，问道："这什么？"

窦天烨刚睡醒，打着哈欠把东西放在桌上，说道："城里几个茶楼给我的，想请我过去说书，你看呢？"

谢凉翻了翻，思考了一下道："我去和他们谈，你继续说你的。"

窦天烨点点头，走了。

谢凉见乔九不乐意再听他讲故事，便带着天鹤阁的精锐去谈生意，等他入夜归来，金来来和秦二也回来了。

金来来不死心地又跑去找了一趟乔九，发现不管用，便忐忑地找到了谢凉。

谢凉见他目光纠结地望着自己，挑眉问："有事？"

金来来道："你跟我表哥……关系是不是挺好的？"

谢凉道："一般。"

金来来不信，他表哥都肯和谢凉配合唱戏，关系肯定不错。

谢凉见他在自己身边不肯动，估摸是想让他劝劝乔九，便大发慈悲道："把我家方延吓哭了，记得道歉。"

金来来道："是是是，我现在就去。"

谢凉道："不用，现在先说说你的事。"

金来来大喜过望，急忙说了说自己目前遇到的困难。

他和几个朋友共同建立了一个帮派，但因为经营不善，最近又遇到了一点小麻烦，即将揭不开锅。他们的父母为了让他们死心回家都不肯掏钱，他便只能来找表哥帮忙。

谢凉听愣了。

他出道后的下一步就是搞个帮派，这小孩简直是来给他送快递的啊。

谢凉没有急着接盘子，小青年们能搞出多少坑他是知道的，便表示自己要考虑一下，把人先打发了。

金来来三步一回头地离开，决定多在谢凉面前刷刷好感。

所以转天一早在院里遇见方延，他就听话地道了歉。

不过他虽然总在和表哥有关的事情上妥协，但平时嚣张惯了，少爷性子一来就忍不住教育了一句："男子汉大丈夫不要说哭就哭，不然显得很娘们儿，当心以后讨不到媳妇。"

"……"方延道，"娘怎么了，娘吃你家大米了吗？我本来就娘，看不惯别看！"

金来来："……"

他第一次遇见能把"娘"说得这么理直气壮的人，简直听愣了，余光扫见谢凉的身影，急忙回神道："对，你说的都对！"

方延哼了声，转身往饭厅走去。

金来来跟着他，低声问道："哎，谢公子厉害吗？"

方延从鼻子里哼出一个音，勉强算是回答。

金来来放心了一点，继续打听谢凉的事。

谢凉完全不清楚他们在谈些什么，见他们没再吵起来便重新看向窦天烨，一边慢慢往饭厅走，一边将昨晚谈的事说了说，告诉他敲定了城里最大的茶楼，可以把说书地点转移到那里去。

窦天烨自然乐意。城外又远又热，还是在屋里待着舒坦，不过他有些迟疑，问道："那他们会不会觉得我是想要赏钱？"

谢凉道："你告诉他们普通茶水全免费。"

窦天烨惊了："你怎么谈下来的？"

"茶楼有自家养的说书先生，我对他们说事后会把故事脚本给他们一份，"谢凉道，"茶叶钱咱们只掏一成，剩下的茶楼出。"

窦天烨立刻感觉亏了："故事脚本够他们以后赚一大笔的，这点茶叶钱还不肯全掏？"

"是我坚持的。"谢凉把自己的想法解释了一遍，愉悦道，"亚古兽，我觉得这是一笔生意。"

窦天烨双眼发亮："当然啊！"

"你没明白我的意思，我说的不是眼下这一笔，是说这次的事，"谢凉见他还是不懂，解释道，"你看钟鼓、万兴、宁柳这种大城，每座都有好几间茶楼，其他小城里也有茶楼，咱们只要在每座城市找那么一两间大茶楼，把脚本卖给他们，然后从里面抽成，这就是多少钱？"

而且故事不是只说一次就不说了，城市的客流量那么大，完全可以隔一段时间拿出来说一次，就像每到暑假都会放《还珠格格》。这么算下来，一个故事的钱便够他们花一辈子了，亚古兽的故事储备那么多，都卖出去的话又是多少钱？

窦天烨猛地停住，愣愣地望着他。

谢凉伸手在他眼前晃："怎么？"

窦天烨一把抓住他的手，接着用力把人抱住，激动道："阿凉我爱死你了！你还收粉丝吗？收了我吧啊啊啊！"

谢凉往外扯他："冷静，我还没说完。"

"我冷静不了！"窦天烨说着捧住他的脸，在他的两颊用力地揉了揉，这才放开他，"好了你继续说。"

谢凉没有继续说。

因为不远处传来了"啊"的一声——金来来听见窦天烨的叫声好奇地探头，眼睁睁看着谢凉被揉脸，当即被吓了一跳。而另一边，乔九恰好走过来，也看见了这一幕。

谢凉看了一眼震惊的金来来，又看了一眼正望着他们的乔九，微笑着解释："我们村子的人遇见开心的事都这样，不用大惊小怪。"

窦天烨后知后觉地意识到这里的人比较保守，跟着说："对，误会误会，我是喜欢姑娘的。"

他识时务地不在院子里碍眼，拉着谢凉小跑到一旁的走廊，找地方一坐，亢奋道："来，继续说。"

谢凉见乔九脚步不停进了饭厅，不清楚他信没信，只能先应付窦天烨："还有就不是赚钱的事了，是必要时可以帮哥们儿的忙。"

窦天烨道："什么忙？"

谢凉道："这些茶楼就相当于媒体，等咱们和他们混熟了，我以后要想散布点消息，就能派上用场了。"

窦天烨盯着他："阿凉，你脑子是什么做的？"

谢凉没理他，两人前后进了饭厅。

窦天烨心里惦记着赚钱，吃完饭就跑了。他来到城外，见人们早已等候多时，便按照谢凉教的说辞告诉他们，可以去茶楼里听故事。

"前不久因在下而闹出如此大的动静，我本是不打算再说书，没想到大家这么爱听，既然你们爱听，那我以后还接着说，"他感动道，"这次只为给大家讲故事，我自己掏了一笔钱，茶楼那边已打好招呼，几种普通的茶全是免费的，大家放心喝茶听故事！"

嚯！人们立刻叫好，纷纷跟着他进城。各美食摊也跟着移动，搬到了茶楼附近。

窦天烨进门走到屏风前，看着怀念已久的桌子和醒木，恍然有种热泪盈眶的感觉。他深吸一口气，拿起醒木一拍，接上了昨天的剧情。

众人见茶水真的免费，有些讲义气地觉得不能只让窦先生掏钱，便要打赏。窦天烨推辞了几句，见他们坚持说这是一番心意，便告诉他们少给，这才继续往下讲。

然而窦先生这般够意思，少给是不可能的，众人都掏得十分豪爽。

茶楼老板看着哗啦啦的赏钱，终于明白那位谢公子为何非要坚持掏一成了。因为一成也是钱，掏完便能有底气地对外说给大伙儿掏了茶水钱，然后大伙便会自发地往外掏赏钱，真有脑子。

此刻有脑子的人正在观看一群小倌练习台步。

方延最近跑了好几家小倌馆，终于挑到几个合心意的模特，这天便把他们请到了据点，谢凉则被喊来在旁边当观众。

乔九也来看了看热闹，问道："这就是你们的目的？"

谢凉点头："他想开成衣店。"

方延想做服装，但改良的服装想被这里的人接受，起码得让他们见到穿在身上的效果，于是刚好能借着窦天烨聚的人气弄一场走秀。只是在古代，女人都不喜欢抛头露面，弄一群名妓吧，又怕把走秀引到别的方向上，因此只能让小倌男扮女装。

所以他赚钱计划的第二步便是希望方延能订出一大笔单子。这几天方延请了数名绣娘，加班加点赶出了第一批服装，趁着今晚窦天烨转移到茶楼，他们也能以"福利"为名开第一场走秀。女模由小倌来，男模则是梅怀东、天鹤阁精锐，包括被临时抓的金来来和秦二。

乔九望着他们来回走动，觉得蛮新鲜，看了片刻问道："说书、美食、衣服，之后还有什么？"

谢凉道："没了。"

江东昊想开棋社，最近他要么帮赵哥的忙，要么就去逛棋社，暂时还处于吸收经验的阶段。

乔九道："那等于说你快忙完了？"

谢凉道："差不多吧。"

等窦天烨和方延的事一完，最后一步便是亚古兽帮他出道。

乔九笑道："嗯，忙完了就好。"

谢凉看他一眼，知道他其实没必要留在钟鼓城，按照他在少林的脾气估计早就走了，现在能耐着性子留下来，显然是因为他们。

他笑着问："怎么，你有安排？"

乔九笑了一声，从怀里掏出那张卖身一年的字据，慢条斯理地展开，拎着放在谢凉的眼前让他看，那意思非常明显：你忙完了，之后一年的时间可就是我的了。

"……"谢凉诚恳道，"对不住九爷，我不识字。"

046.

乔九根本不和他在识不识字的问题上纠缠，而是万分亲切地道："没事，我一个字一个字地念给你听。"

谢凉道："我怎么知道你念的一定是上面的字？"

乔九道："那我要是随便找个人来念，你是不是又会说那个人是我提前安排好要一起坑你的？"

谢凉笑道："九爷英明。"

乔九慢悠悠地收起字据，看上去一点都不生气。

谢凉知道他肯定不会就这么算了，便主动问了一句字据的事，想知道是不是自己亲手按的。乔九扫他一眼："你那天喝醉后干过什么都不记得了吧？"

谢凉仔细想了想，摇头。

他的记忆只到去沐浴，之后的事便忘了，连怎么回到床上的都不清楚。但他以前从没耍过酒疯，喝醉后也不吵人，只要睡一觉就好，总不能喝了这里的酒，竟开始耍酒疯了吧？

他怎么都觉得这个可能性不高，最大的可能是他在浴桶里睡着了，然后被乔九拉着按的手印。

乔九道："你那天说要沐浴，之后就睡着了。"

谢凉"嗯"了声，等着下文。

乔九道："我写完字据去找你，把你喊醒，你盯着我看了半天，之后非要让我陪你，还要我好好地跟着你混。"

谢凉："……"

乔九道："我问你能不能认出我是谁，你清楚地喊出了我的名字，还扬言一定要把我收服。我真是好几年没见过这么大言不惭的人了，一时不高兴便把一个月的字据撕了，改成了一年的。"

谢凉道："……然后？"

"然后我问你敢不敢按，你那种时候还不忘胡说八道，说这算什么，就没有什么你不敢的事，于是按了手印，"乔九盯着他，"谢凉，你现在扭头就不认了？"

谢凉："……"

乔九道："你知道吗，拿着这个字据，我是可以去官府告你的。"

谢凉："……"

堂堂天鹤阁九爷，为了让我认命竟要去官府讨公道，你够可以的。

两个人对视，没等辩出个一二三，只听方延在那边喊了一声，谢凉便暂时扔下乔九，走了过去。乔九依然不急，甚至愉悦地吩咐手下搬来一套桌椅，懒散地往那一坐，一边喝茶一边看着他们训练。

方延喊谢凉是想问问音乐的事。

他感觉谢凉学生会主席外加富二代的背景，会才艺的概率应该会高一点，可惜他想得太美好，谢凉就只会弹钢琴，并且还只会弹那么几首，他忍不住道："你就不能学学古筝？"

谢凉无奈："我好好的学什么古筝？"

方延道："那你能把曲谱背下来吗？改成古筝古琴或琵琶的？"

"背下来他们也看不懂，"谢凉道，"这样，找几个琴师，挑简单的曲子哼一遍，看他们能弹到什么程度吧。"

方延暗道也只能如此，便把音乐的事交给了谢凉，他有些紧张："你觉得能成吗？"

"不知道，"谢凉安抚道，"放轻松，就算不成也不会掉块肉。"

话是这么说，但方延还是紧张，拉着他们排练了一遍又一遍，争取做到最好。

一天的时间眨眼结束，晚上茶楼人山人海，不时爆发出阵阵叫好声，气氛极其火爆。

窦天烨结束今天的故事，便对众人说他有个朋友以后想开成衣店，自己做了几套衣服，但不知道做得好不好，想要展示一下，让大家提提意见。

众人自然不会介意，纷纷说好。

于是茶楼伙计上前搬走讲桌和屏风，客气地让台下观众挪位置。

谢凉雇来的小工紧随其后，扛着木板和小板凳，按照老板的要求迅速搭出一个 T 台，琴师也一一坐好，准备随时开始。

这么热火朝天的一通忙活，原本没兴趣的人也留下了，想看他们搞什么名堂。

片刻后，茶楼熄了几盏灯，光线倏地暗了下来，没等人们询问，只听陌生的曲子悠扬而起。

这不似平常听到的曲子那般缠绵，而是明快的风格，且节奏很特别，他们一时便听愣了。

紧接着只见一位蓝衣男子踏上台子，一步步往前走去。他的脸上戴着半块面具，看不出具体样貌，走到台子尽头处停了一下，伸开手臂展示身上的衣服，转身回去的同时那边又上来一位玄衣男子。

众人觉得蛮新鲜，短暂的好奇过后仔细看了看衣服，发现果然与平时穿的略有些不同，除去常服外竟还有利落的练武服，黑红和白蓝的颜色十分好看。而男子过后，接下来还有女子，只是她们都遮着面纱，亦是看不清样貌。

方延特意挑了些高个子，让他们的眼神冷一些，把那股风尘味儿全给控干净，这才拿出来见人。

他从男子组开始展示时就受不了了，望着台子默默流泪，完全止不住。

金来来特意挑了件白底绣金纹的衣服，走完一圈回来目睹他哭了半天，实在忍不住了："你差不多行了，好好的哭什么哭？"

"你懂什么？"方延哽咽道，"我做梦都想办个自己的服装秀。"

他知道自己没那么好的运气，因此做好了长期努力的准备，结果后来设计被抄、父母要拉他看病，这让他一度觉得这辈子都无望了，谁曾想奇妙地来到这个世界，竟然完成了梦想。

他越想越受不了，眼见走秀快要结束，往窦天烨身上一扑，哇的一声哭得更狠了。

窦天烨见怪不怪地拍拍他，问道："设计师一会儿要登台吗？"

方延抽泣："要……要的。"

窦天烨道："那你赶紧收拾一下啊。"

方延勉强止住眼泪，掏出小镜子擦擦脸，顺便拍了点粉，结果一扭头看见身边的金来来，望着自己亲手设计的衣服穿在模特身上，再次感动得泪流满面。

金来来："……"

方延最后也没能完全止住眼泪，基本是哭着出去致谢的。好在窦天烨陪着他，帮着做了解释，胡诌一通告诉众人方延从小就想做衣服，可惜家里人嫌弃他没出息，一直不同意，今晚他终于能拿出自己做的衣服给世人看，抑制不住心里的激动，这才会哭。

众人见方延长得细皮嫩肉，猜测家境应该不错，虽然也不理解一个少爷竟想做裁缝，但好歹明白了他为何会哭成这样，不由得安慰了两句，表示衣服真的不错。

方延哭道："多……多谢。"

说罢，对着台下深深地鞠了一躬。

今晚无疑是成功的，因为刚结束便有不少人来找方延问衣服了。城里人晚上闲着无事，很多都来听故事，里面有成衣店的老板，也有城里有钱的公子哥，前者是想询问详细的情况，若合适想请方延为他们店也做一批，后者则是觉得女装不错，想给自家妹妹做一套。

方延耐心做了回答，等众人都满意地离开才如梦初醒，望着谢凉："成……成了？"

"成了，"谢凉笑道，"恭喜方设计师。"

方延眼眶一红，往前一扑，抱着他又哭了一通。

钟鼓城基本是一个不夜城，这才是今晚的第一场，后面还有先生等着说书，虽然茶楼里走了一部分客人，但依然是很热闹的。

谢凉一行人不想多待，拆掉 T 台，把屏风和讲桌移回原位便要告辞，这时一转身，见一位眉目如画的公子正在不远处站着，似乎在等他们。

沈君泽微微一笑："谢公子。"

谢凉笑着上前："沈公子也来听故事？"

沈君泽点头："窦先生的故事讲得十分精妙。"他看了一眼方延，温和道，"方公子做的衣服也是，练武服很漂亮，我想给兄长订一套，谢公子的朋友都有八斗之才。"

方延最扛不住这种温柔的夸赞，尤其沈君泽还是个不可多见的美男子，便笑着道了声谢，看了一眼谢凉。

谢凉了然，为他们做了介绍。

方延顿时满意。

其实这不是他第一次见沈君泽，上次和金来来吵完架回去的路上，他们便遇见过沈君泽，但那时他被吓到了，没心思聊天，此刻却不一样了。他说道："既然是阿凉的朋友，那我送沈公子两套练武服吧，这样你兄长可以换着穿。"

沈君泽道："这怎么行？"

方延道："行的行的，阿凉的朋友就是我的朋友，你把你兄长的尺码告诉我，我让人去做。"

沈君泽虽然是一副温润如玉的君子模样，但不像读书人那般死心眼，笑道："如此便谢过方公子了。"

方延道："不谢，沈公子叫我方延就好。"

沈君泽双眼微弯："好，在下字子书，方延兄叫我子书便好。"

方延被他的笑搞得骨头有点酥，觉得这温润的公子很招人喜欢，想拉着人家喝杯小酒再回去，反正服装秀已经结束，他的神经终于不用绷那么紧，可以放松一下了。

"改天吧，"沈君泽温和道，"在下有些事想找谢公子谈。"

谢凉闻言诧异，但还是点了一下头，示意方延他们先回去，自己则带着两名天鹤阁的精锐和沈君泽到了一家酒楼。

酒楼由三栋三层高的楼组成，楼之间以飞桥相连，桥上挂着竹帘，设了两排座位。

谢凉和沈君泽要了飞桥的座，隔着栏杆向下一望，便能将街道的繁华尽收眼底。

二人点了比较养生的梅子酒，边喝边聊。

谢凉见他的神色带着一丝迟疑，便告诉他有事直说就好。

沈君泽道："其实没什么事，只是在下和谢公子一见如故，可近日就要离开钟鼓城，所以临行前想找谢公子说说话。"

谢凉笑了一下，倒不是觉得这句话好笑，而是突然想起第一次和乔九遇见，乔九也给了他一个"一见如故"的评价。

沈君泽不知他的思绪已经飞了，又聊了两句，问道："谢公子和乔阁主的事可是真的？"

谢凉道："你看呢？"

沈君泽神色坦诚："看着像是权宜之计，只是不曾想乔阁主竟如此配合？"

谢凉有些稀奇地看着他，沈君泽一副温文尔雅的君子模样，完全不像是八卦的人啊。

沈君泽对上他的目光，无奈一笑："这几日我们私下里争论不休，眼看要离开钟鼓城，他们便推了我出来问问。"

谢凉挑眉："打赌了吗？"

沈君泽实话实说："赌了。"

谢凉乐了，看来古代的少男少女八卦属性和他们差不多，便没有卖关子，解释道："我和他比较投脾气。"

沈君泽了然，心想也是，若不是投脾气，九爷怎么肯配合他唱戏。而能投九爷的脾气，这位谢公子怕是不好惹。他在心里做了评价，笑着和面前的人碰了碰杯，换了别的话题。

二人先前在少林寺共患难过，又都不是冷场的人，于是边喝边聊，直到将这壶酒喝完了才散场。

谢凉慢悠悠地散步回去，刚走到据点，只见大门敞开，几名天鹤阁的精锐抬着一个人，在"放我下来"的伴奏里跑了出来。他仔细一看，发现那人不是别人，正是叶帮主。

精锐把叶帮主往空地一放，解开了他的穴道。

叶帮主面色铁青，扭头就要往里冲。

天鹤阁的人连忙阻拦，说道："叶帮主，再来一次，九爷肯定让我们把您扒光了再扔。"

"……"叶帮主怒道，"他敢！"

天鹤阁一众默默看着他，用眼神告诉他九爷真的敢。

叶帮主深吸一口气，突然扫见了一旁的谢凉，立即看过去。

谢凉客气地打招呼："叶帮主……"

话未说完只见人影一晃，紧接着脖子上多了一只手。叶帮主制住谢凉，看着天鹤阁一众："都给我让开，不然我掐死他。"

谢凉："⋯⋯"

天鹤阁一众："⋯⋯"

堂堂白虹神府叶帮主，白道响当当的人物，竟在众目睽睽下干这种掳人的勾当，不厚道了啊！

047.

无论是把人抬出来的那几个，还是一直跟着谢凉的两名精锐，全都没想到叶帮主能来这么一出，加之叶帮主是个高手，他们再想阻止已经来不及了，于是麻利地给他让了一条路。

谢凉见他们的脸上都带着点惊讶，猜测叶帮主以前可能没干过这种事，现在显然是被逼急了。这对父子僵持数年，乔九又是个犟脾气，肯定没少噎人，叶帮主应该早已习惯，那是什么事竟让他急了眼？

谢凉猜到一个可能，皱了一下眉。

两拨人一前一后进了据点，抬头便瞧见了正向这边跑的秦二和金来来，再远一点则是飞剑盟的于帮主和跟在他身边听训的庞丁。

四人都知道叶帮主被抬了出去，正往门口赶。

其中有亲戚关系的金来来和把叶帮主当岳父看的秦二走得急一些，于帮主为避免叶帮主尴尬，走得慢了一些，结果他们谁都没来得及赶到就见叶帮主又回来了，见状都是一愣。

紧接着金来来和秦二的脸色变了变。

金来来惊悚道："大舅你这是干什么啊，快放手！"

叶帮主没理他，继续往里面走。

于帮主迟疑道："叶兄，你这样⋯⋯"

叶帮主冷声道："今天谁都别拦我。"

说罢，他带着谢凉直奔前厅。

乔九听到消息也出来了，站在门口看着他们。他身后是明亮的灯火，脸在背光处不辨喜怒，直到走近了才看清他正带着笑。

叶帮主看着他："现在能不能好好说几句话了？"

乔九看了看谢凉，目光转回到叶帮主身上，笑意加深，亲切道："掐，往死里掐。"

秦二："……"

金来来："……"

谢凉一点都不意外，老实地默默站着，特别想假装自己不存在。

叶帮主和乔九对视，见他一副无所谓的模样，问道："你是真觉得我不会拿他怎么样，是吗？"

"叶兄，别冲动，"于帮主急忙打圆场，劝道，"乔阁主，叶兄这次来没有恶意，就算你不认他，说几句话总可以吧？"

金来来、秦二和庞丁一齐在旁边点头，想让他们都冷静一下。

"我和他还有什么可说的，"乔九笑容不变，看向叶帮主，"掐吧，大不了以命抵命。"

这话说的就和"你弄死他，我就弄死你"是一个意思。原本还想劝乔九的于帮主顿时冒冷汗，觉得乔九真干得出来，什么忤逆尊长大逆不道，对乔九而言根本不叫个事。

叶帮主一瞬间苍老了许多。

他放开谢凉看着儿子，点点头声音沙哑地道："是，过去的种种都是我的错，我不该不信你娘，不该不信你，更不该风流花心。你怨我可以，不回家可以，不认我更可以，我现在就想问你一件事。"

于帮主几人的表情都是一僵。

叶帮主年少成名，在大事上几乎没出过错，这些年一直都是白道的依仗。都说家丑不可外扬，他如今当着众人的面对儿子认错，还承认自己花心，简直是把脸面撕下来任人踩啊！

谢凉不清楚叶帮主的为人，却知道哪怕放在现代，一个身居高位的父亲能在大庭广众下对儿子低头，也是蛮不容易的一件事，他不由得看了乔九一眼。

乔九嘴角的笑意收了点，说道："就是你想的那样，满意了吗？"

叶帮主猛地闭了一下眼。

然后他没有再多说半个字，转身便走，背影似乎透着一股苍老和无力。

于帮主今日是被叶帮主请来当说客的，虽然不知父子二人话里的意思，但明白这是结束了，于是匆匆地对乔九打了声招呼，追了上去。

金来来三人也急忙追过去，要亲自把人送出门。

　　周围眨眼间只剩了乔九、谢凉，以及一干天鹤阁的精锐。谢凉看着乔九，觉得自己的猜测是对的。

　　这么多年都过来了，能把叶帮主突然逼急眼的只能是近期发生的事。看他们连夜登门，应该是才回城不久，叶帮主连一晚都等不及，要立刻找儿子确认，显然也是和这事有关。

　　乔九近期干的事无非就那么两件。

　　一件是和他的传闻，另一件便是解了少林之围，原因是他百毒不侵——叶帮主明显是想问这个。

　　谢凉只知百毒不侵不是件容易的事，可看叶帮主的神色，问题好像还不小。他措辞一番，不知道要怎么开这个头，只能上前两步，抓住了乔九的胳膊。

　　"干什么……"乔九下意识地甩开他，说话间鼻尖一动，顿时嫌弃，"你和沈君泽去喝酒了？"

　　谢凉笑道："哦，你知道我是跟着他走的？"

　　乔九道："整个院子的人都知道，我当然知……别过来！"

　　谢凉充耳不闻，另一只手往他肩上一搭，说道："头晕，让我靠靠。"

　　"走开。"乔九在谢凉贴上来之前后退半步，与他拉开距离，见他盯着自己不动，便扔下他转身走人。

　　谢凉见他走得不紧不慢，好像在等自己，扭头看着天鹤阁一众："九爷的性子真是别扭啊，你们说呢？"

　　我们能说什么？天鹤阁一众默默望天，避而不答。

　　谢凉收起一点笑意望着乔九，并没有追过去，而是也保持着这个速度在后面跟着。

　　二人一前一后往后院走，途中没有交谈，但谢凉心头的焦躁却渐渐平息，继而渗出了几丝忧虑。他轻轻呵出一口气，刚想开口喊住前面的人，突然听到一阵熟悉的"胡萝卜蹲"，只是这次大吼的不是窦天烨，而是赵炎。

　　他多走了两步，顺着回廊拐过那个弯，见方延他们在后院摆了几桌酒席，正在开庆功宴。

　　此刻见他回来，几人连忙对他招手。谢凉先是望着乔九回房，这才看向他们，笑着走过去："还不睡？"

　　"还早呢！"方延喝高了，扑过来扒着他，"来来来，大佬我们一起玩！"

　　谢凉闻着浓烈的酒味，无奈地把他扶回椅子里，扫见一旁看乐子的凤楚，坐到了他身边。

凤楚看着他："沈君泽找你什么事？"

谢凉道："只是随便聊聊。"

凤楚笑着"哦"了声，没给评价。

谢凉倒了一杯酒，拿起抿了两口，说道："你上次说的那个……"

凤楚道："嗯？"

"就是他和一群疯子生活的事，"谢凉将方才发生的事也说了说，问道，"我知道他百毒不侵，这两者有关联吗？"

凤楚道："算是吧，你想听？"

谢凉道："我想听，你就能说？"

凤楚笑了笑："或许呗。"

谢凉道："知道的人多吗？"

"不超过十人，"凤楚笑眯眯地用扇子指着自己，"我是其中之一。"

谢凉一听便知问不出什么有用的了，顶多能问出一点疯子的事。于是他便询问疯子的事可有人知道，得到的答案依然是很少一部分人，想了想，没有再问。

江湖中人人都知道的事，他问几句没什么关系。但少数人知道的事，他更倾向于让乔九亲自说给他听。

凤楚等了一会儿都没有下文，笑道："你不好奇？"

"好奇，"谢凉道，"但我想听他告诉我。"

刚说完不久，只见一名天鹤阁的精锐向他小跑过来，说九爷有请。

谢凉笑着把杯中的酒喝完，起身时闻了闻身上的味道，先回房简单洗了一个澡，换了件衣服，这才抱着笔墨纸砚敲响了乔九的房门。

乔九早已等得不耐烦了："这么慢？"

谢凉笑道："害怕熏着你。"

他把东西往桌上一放，问道："怎么没和他们一起喝酒？"

乔九很嫌弃："蹲来蹲去的有什么意思？"

一次两次他还会新鲜一下，多了就觉得没趣了，他看着谢凉把纸铺开，问道："干什么？"

谢凉道："练字。"

白天刚说完不识字，晚上就当着他的面练字。

乔九盯着面前的浑蛋，问得很认真："谢凉，你这厚脸皮是跟谁学的？"

谢凉笑道："自学。"

他也不知道为什么，从小到大，周围的奇葩和妖孽就没断过货，俗话说"打不过就加入"，他为了活下去只能变得厚脸皮。

他一笔一画写下第一行字："找我想说什么？"

乔九掏出字据，扔在了桌上。

谢凉就知道他是为了这个，但还是加了一句："我还以为你是听说我和阿暖坐在一起，不乐意才喊我的。"

乔九道："总是自作多情，我有什么好不乐意的？"

"吃味儿呗，"谢凉不等他反驳，说道，"其实我们正好在说你的事。"

乔九扬眉。

谢凉道："阿暖说你和一群疯子在一起生活过，是真是假？"

乔九道："想知道？"

谢凉很诚实："嗯。"

乔九拿起那张字据晃晃："你认下它，我就告诉你。"

谢凉上上下下打量了他一会儿，继续练字。

乔九道："什么意思？"

谢凉道："这不是很明显嘛，我不信你。"

乔九道："我说真的。"

谢凉道："我不信。"

乔九道："那你想怎么着？"

谢凉道："你先说一半。"

乔九难得没有和他过多纠缠，喝了一口茶，慢悠悠地道："当年我外公把我从白虹神府接出来便送到了静白山上，静白山是离尘老人的地盘，他收了八个徒弟，每一个都是疯子，我是第九个。"

谢凉抬头看向他。

乔九勾起一个笑，又晃了晃字据。

谢凉道："成，我认。"

乔九顿时通体舒畅，暂时没往下说，而是把茶杯一放，愉悦地吩咐："过来，先给我捶捶肩。"

"……"

048.

谢凉道："喝多了没力气，我给你捏捏吧，我一边捏你一边说。"

乔九想了想，勉强接受，然后他便见谢凉拖着凳子站起身，到了他的身后。

凳子是圆凳，没有椅背。谢凉紧挨着他坐下，双腿分开放在他的凳子两侧，伸手给他捏肩："说吧。"

乔九看了一眼彼此的距离，警告道："你捏就好好捏，不许趁机占我便宜。"

谢凉道："我知道。"

乔九感受了一下，挑剔道："用点力。"

谢凉道："成，我尽量。"

说着，果然加了一点力道。

这听话的表现让乔九顿时有些不适应，侧头疑心地瞅瞅身后的衣角，见谢凉确实不像是要作妖的样子，感到了前所未有的满意："伺候好我，我给你算工钱。"

谢凉笑了："哦，每月给多少？"

乔九道："十两银子。"

谢凉道："九爷大方。"

乔九道："但你要是伺候不好我，我一个铜板都不给你。"

谢凉好脾气地道："嗯，我也尽量。"

他本想顺着点乔九，好歹把事情先套出来。然而某人是真招恨，兴许是憋久了终于能折腾他一顿，就是吊着不说，一门心思都放在了监工上，比如"左边再用点力""右边的手往右边来一点""会认穴道吗，要不我教你"等等，谢凉忍着揍他一顿的冲动，放轻了力道。

乔九立刻挑刺了："你挠痒痒呢，没吃饭？"

"吃了，酒劲儿上来犯困，"谢凉道，"你要再不说点什么让我提神，我可就睡着了。"

乔九一听便知他的意思，但还是教育了一句："你这样放在别人家是要被打死的。"

他指着肩膀的一处让谢凉捏，察觉身后的手移了过去，这才道："离尘那老头性子古怪，教出来的徒弟除了我之外，没有一个是好东西。"

谢凉："……"

你以为你就很招人喜欢？

"那老头还总说让我们爱护同门，"乔九不太高兴，"他们有什么好爱护的，一个个都是疯子，亏我心志坚定才没在他们的祸害下长歪。"

谢凉："……"

恕我眼拙，他嘴角抽搐："后来呢？"

"后来徒弟一个个长大，被老头轰下山了，"乔九道，"我是十七岁下的山。"

谢凉微微一顿。

乔九十七岁，那一年归雁山庄的老庄主离世。

按照江湖人的说法，乔九是匆匆赶回去的，恐怕连外公的最后一面都没见到。那之后他与白虹神府决裂，收编归雁山庄的势力并入天鹤阁，成了如今令人忌惮的乔阁主。

听他话里的意思，似乎与同门并不亲近，白虹神府里的亲人又一个不认，连儿时的玩伴兼表弟在外面因为他和别人吵架，嘴里喊的都是"九爷"而不是"表哥"，应该是得了他的吩咐。

这些年，他身边大概就只有天鹤阁的人陪着他。

他肆无忌惮、嚣张跋扈，要是哪天不小心玩脱挂了，可能也不会有太多留恋，就那么无所谓地闭上了眼。

谢凉看着面前的人，突然道："九爷，要是你哪天出意外死了，被人从坟墓里挖出来……"

乔九道："谁敢？"

谢凉道："死都死了，有什么不敢的？"

乔九道："那我做鬼也不会放过他。"

嗯，挺好，谢凉想，看来还是有在意的东西。

有就好，至少不会觉得死在哪里都无所谓。

"你问这个干什么？"乔九回过头，一脸怀疑地盯着他。

谢凉道："随便问问。"

乔九继续盯着他。谢凉便胡说八道一通，将考古的概念为他解释了一遍。乔九天不怕地不怕的语气里难得有了一些不可置信："你们把死了几百甚至几千年的村长和长老的墓挖了？"

"是抢修，"谢凉纠正他，"不挖出来就坏了，而既然已经挖了出来，就看看他们的陪葬品，研究一下他们那时的生活状态等等，顺便把东西整理出来摆好，让村民们参观看看，长长知识。"

乔九："……"

谢凉道："九爷？"

乔九道："你是那个考古门的吗？"

谢凉道："不是。"

乔九道："你们那些人里有谁是？"

谢凉道："谁都不是。"

乔九点点头转回去，评价道："考古门的在我们这里绝对会被打死。"

谢凉笑了笑，刚想说一句"我知道"便听他又把话转回来了。

乔九道："这好像和我死了被挖坟是两个意思。"

谢凉暗道一声这货不好糊弄，只能坚持表示自己只是想起了这一茬随便问问的，见他勉为其难接受了这一说法，捏捏他的肩，说道："说回刚才的事，你那些同门现在都在哪儿？"

乔九道："谁知道，可能已经死了吧。"

这是真不待见他们，谢凉在心里评价，没问那些人是谁，反正不管是谁他都不认识，他问道："你在少林没中毒，这本事是跟你师父学的？"

乔九正要端起茶杯喝一口茶，闻言笑了一声，并未回头："谢凉，其实你今晚真正想问的是这个吧？"

谢凉不否认："嗯。"

乔九道："你这么好奇我的事，会让我觉得你很在意我。"

谢凉万分坦诚："我当然在意你，怎么着也是邻居，远亲不如近邻。"

乔九嗤笑了一声。

谢凉道："再说我还得伺候你一年呢。"

这理由顿时取悦了乔九，他说道："不是他教的，是因为我厉害。"

谢凉道："那你怎么做到百毒不侵的？"

乔九道："谁说我百毒不侵？我只是运气好，双合散刚好对我没用。"

谢凉道："怎么就单对你没用？"

乔九道："我厉害啊。"

"……"谢凉道，"九爷，你是不是觉得我傻？"

"还好，也就比我傻一点点，"乔九又喝了一口茶，知道想让谢凉乖乖听话不能随便打发他，终究给了一句解释，"我吃毒吃得多。"

谢凉心头一跳："为什么吃毒？"

乔九道："因为我想要百毒不侵。"

谢凉道："你吃这么多毒没问题？"

乔九嚣张地反问："我看上去像有问题？"

谢凉看着他，不清楚哪句是实话。

但乔九这性子，什么事他要是不想说，多的是办法应付人。谢凉又给他捏了两下肩，靠过去道："九爷，我跟你商量个事。"

乔九感到谢凉贴上了自己的后背，连忙警告："别离我这么近！"

谢凉很干脆地把下巴往他肩上一抵："都是男人，靠一下又没关系。"

乔九语气恶劣道："你这个月的工钱没了。"

谢凉笑道："行，随你高兴，咱们先商量事。"

乔九当然不可能这么让谢凉商量，便挣开他，把人轰去对面坐着才勉强满意，等着听他要说什么。

"你看，字据上写的是一年，你又不可能随时使唤我，总这么使唤我你也烦，"谢凉道，"所以咱们用累积的方式吧？"

乔九扬眉。

谢凉道："比如今天你使唤我一天，就记录一天，改天再使唤我一天那就是累计两天，一直到累积到一年时间为止。"

乔九思考一下，觉得很划算。

他经常要处理天鹤阁的事务，时间眨眼就过去了，不能专心地使唤人实在很亏。他一脸怀疑地盯着谢凉："这对你有什么好处？"

谢凉道："我可以有时间忙自己的事情。"

乔九想想他们那些赚钱计划，嗯了声，又问："你能做到随叫随到？"

谢凉道："我尽量。"

乔九又思考了一下，觉得确实划算。反正他们住得近，甚至他都能直接去他们那里住着，人总归是跑不了的。

于是他爽快地同意了。

谢凉搞定了这件事，又练了一会儿字，便打算留下。因为现在已经是晚上，九爷再不使唤他几次可就要过完这一天了，他留下能让九爷多使唤使唤。

乔九想也不想就要拒绝，却听谢凉说晚上能起夜为自己端茶递水，这才勉为其难地留下了他。

谢凉笑道："谢九爷恩典，要小的伺候您洗个澡吗？"

乔九道："不需要。"

谢凉道："那帮您更个衣呢？"

"也不需要，"乔九教育他，"你少想那些不该想的。"

谢凉道："是。"

这模样虽然和低眉顺眼不沾边，但还是让乔九极其满意。他出门吩咐手下倒热水，顺便找他们要了一个铜钱，拿回来赏给谢凉。

谢凉嘴角抽搐，"感恩戴德"地接了过去。

乔九学着他以前的样子在他头上摸了一把，高兴地绕过屏风去洗澡，等到出来时发现谢凉已经上床睡了。他顿时觉得那枚铜钱赏得有点亏，低头瞅了一眼床上的人，没有躺过去，而是出去找到了凤楚。

049.

庆功宴结束，众人基本都喝趴下了，只有凤楚维持着清醒，笑眯眯地盯着这一桌的妖魔鬼怪。他见乔九过来，和他一起走到凉亭里坐下，问道："我家阿凉呢？"

乔九扫他一眼。

凤楚道："怎么？"

乔九道："是你撺掇他来问我的？"

凤楚道："不是，是他主动问的我，我看他挺关心你的，你告诉他了？"

乔九道："没有。"

凤楚道："为何？"

乔九道："我自己的事为何要告诉别人？"

凤楚道："我不是也知道？"

乔九道："你是自己猜出来的。"

凤楚笑道："但我问你时你不是也没否认？"

乔九道："你那个不一样。"

"有什么不一样的，"凤楚笑眯眯地看着他，"承认吧，你是因为在意他才不说的。"

乔九嗤笑："你喝多了，滚去睡吧。"

凤楚望着他起身，喊了他一声："人生在世有时不如及时行乐，反正你也没什么可牵挂的了。"

乔九再次当没听见，回到房间站在床前盯着谢凉看，心里承认自己对这个人是有些在意。

他活到现在吃过太多的苦，仔细一想，好像也就这一两年才稍微舒坦了点，但大部分时间都过得很无趣。如今好不容易遇见一个让他觉得有意思的人，尤其还和他的先祖有些渊源，他便不想把自己那些糟心事说出来，免得把气氛搞得太丧。

他垂眼掐了一把谢凉的脸，翻身睡觉。

乔九在据点闲着没事，所以转天一早他便要求使唤谢凉第二次。谢凉好脾气地同意了，待在他身边哪儿都没去，这让乔九十分满意，觉得回到宁柳也能这么干。

然而他很快就知道自己太天真了，因为谢凉口中所谓的"忙自己的事"并不单指赚钱，他甚至没想过回宁柳。

晚上座无虚席的茶楼里，窦天烨望着满堂宾客，拿起醒木一拍，终于说起了这次的少林之劫，告诉众人其实有一股势力藏在暗处，随时等着使坏。

众人听得倒抽气："如今可有头绪？"

窦天烨遗憾地摇头。

众人议论纷纷，既后怕又庆幸："多亏了乔阁主啊。"

"其实不只是乔阁主，还有一个人你们不知道，"窦天烨道，"他同样在祈福之列，少林之事中更是因为他发现了有人带油，将事情告诉乔阁主，这才有了乔阁主和风楼主的里应外合之计。"

众人道："他是谁？"

窦天烨深吸一口气，环视一周："他，就是谢凉！"

谢凉是谁，最近大家就没有没听说过的。对于他的事，众人自然好奇，当即便有不少问题朝窦天烨飞了过去。比如"他是哪里人""师出何门""四庄祈福为何也去了"等等。最重要的是，他和九爷到底是怎么一回事。

窦天烨负责给兄弟打广告，自然得全方位地吹。

于是待简单解释完谢凉与春泽山庄的小少爷是旧识后，他就开始了他的表演，告诉人们九爷当初是扮成了谢凉的书童才能混上神雪峰。那段时间他们有事一起商议，九爷能识破对方的阴谋，谢凉简直功不可没。

这次少林之劫，谢凉起的作用更是无须多言。

至于谢凉本人，他自小聪慧，被隐世的神秘老人看中收为徒，带到岛上修行，今年才回到中原。

众人道："窦先生也是？"

"我不是，"窦天烨道，"别看我们都是短发，但我父母只是岛上的居民，我们自小和谢凉认识，这次他回家，我们便跟来一起看看先辈们生活过的地方。"

众人好奇不已："是什么岛？"

窦天烨歉然一笑："这个家规所限，恕在下不便多言，咱们还是说说谢凉和九爷的事吧。"

这当然好啊！众人立刻把什么劳什子岛的事扔在了一边，等着听谢凉和九爷的是非恩怨。

窦天烨耐心地将谢凉在少林当众与九爷拉拉扯扯的原因解释了一遍，说道："如此诸位便懂了，那时谢凉刚发现端倪，为避免打草惊蛇，这才与九爷唱了这么一出戏。"

众人道："这么说他和九爷没有结拜？"

窦天烨抬手示意他们安静，说道："据我所知，他们关系很好，但在少林寺种种只是唱戏。今日之所以提几句，主要是觉得随意编排人家有些不太好。"

这倒也是，众人默然。九爷脾气不好，一个不小心惹到他，兴许命就没了。

窦天烨看了看他们的表情，又说回到谢凉。他把《少年包青天》里能回忆起来的案子，拆出两个安在了谢凉身上，听得人们惊叹不已。

方延坐在二楼雅座，目瞪口呆地望着下面。

天鹤阁的据点基本没人敢去，他为了订单就主动出来了。

赵哥美食摊的小吃售罄后便回去了，江东昊则留了下来，因为他白天遇见了春泽山庄的石白容，拉着人家下了一天的棋，意犹未尽想要晚上继续，结果等了一晚都没见到人，只能自己摆棋谱。此刻听见窦天烨的话，他手里的棋子都吓掉了。

二人连忙冲下楼，在旁边等着，等表演一散场就一把将人拉走，直到找到一个小角落才停住。

"你疯了啊！"方延压着音量惊悚道，"你这么编派他，小心他弄死你啊！"

江东昊默默点头，冷峻地盯着窦天烨。

窦天烨道："我没疯，是他让我这么说的。"

方延愣了一下，紧接着道："他疯了啊！"

"可不就疯了呗？"窦天烨叹气，"大佬脑子里想啥，咱们凡人不懂。"

方延急道："那你怎么不提前告诉我们一声？"

窦天烨道："是阿凉不让说的，怕你们搞出乱子。"

方延疯了："他说什么你就听什么啊！"

窦天烨道："他给我出了那么多主意，找我帮个忙，我不能不帮啊，都是兄弟。"

方延撸起袖子就要打"兄弟"一顿，然而他一米七的身高和窦天烨差了八厘米，力气又没人家的大，只能愤恨地罢休，问道："他这是想干什么？"

窦天烨道："他想去混江湖。"

要在江湖上闯出名堂，要么有名气，要么有实力，要么就二者皆占。谢凉不会武功，只能靠名气，便刚好借着少林之事出道，而且时间也掐得正好，如今快到中秋，大部分人都要回家过节，在他们走之前把事情说了，便能一传十、十传百。

至于澄清与乔九的事，是不想人们谈起谢凉时说的都是花边新闻。胡乱套《少年包青天》里的案子也是一样的作用，案子有些曲折，听一遍就能复述的人很少，他放到最后讲，主要是为了加深人们对谢凉的印象。

估计再过不久，随着少林之劫的事传开，越来越多的人就会知道江湖上出了一位谢公子。谢公子足智多谋、智慧过人，什么问题都能解决，这名气便有了。

方延急得不行："可这样会有不少麻烦找上他啊！"

窦天烨道："你以为他不知道吗？"

谢凉是知道的。

他比他们都聪明，当然明白这么做的后果，他是想清楚之后才做的决定。而且他知道自己以后可能要招祸，所以这次为他们出谋划策赚完一波钱，就不跟着他们回宁柳了，免得连累他们。

方延听得眼眶都红了："他好好的怎么就想混江湖了？"

窦天烨为他们解释了一遍原因，包括箱子和乔九的事，最后总结道："他大佬当惯了，不想这么弱势，所以他想要势力，要声望，要在江湖上有话语权。"

"他不都修身养性了吗，还当什么大佬！"方延的声音里带了哭腔，"再说他这样一不小心就死了，到时候什么都没了！"

窦天烨挠挠头："他心里应该有数吧？"

不过他们猜来猜去都没用，开弓没有回头箭。说都说了，总不能让窦天烨把那些话再吃回去。三人大眼瞪小眼，只能一齐往回走。

茶楼的事很快传到了乔九这里。

天鹤阁有派人保护窦天烨，但窦天烨他们都知道高手的耳朵很灵，因此找的角落特别刁钻，他们没能靠近听墙角，不知道那三人说了什么，就看见嘀咕一阵便回来了。

乔九不用想都知道窦天烨那一番说辞绝对是谢凉教的。他起身出门，到了谢凉的房间。

谢凉被他使唤了一天，刚刚得到点空闲，正在勤奋地识字练字，见他进来抬头一笑："九爷有什么吩咐，伺候你洗个澡还是铺个床？"

乔九难得没有说他什么，而是走到他面前坐下："谢凉，你想干什么？"

谢凉懂了，答道："入乡随俗，混个江湖。"

乔九道："其他人可不像我一样这么惯着你。"

谢凉道："我明白。"

他能几次三番在乔九这里放肆，甚至能占不少便宜，是因为相处的那段时间把乔九的性子摸透了，加之知道乔九因通天谷的关系对他们很感兴趣，这才能放得开。但在江湖上，很多时候没那么多时间让你摸透一个人，也没那么多人有耐心听你讲道理，他半点武功不会，只靠一张嘴皮子就想让人听话，实在艰难。

乔九看着他："你别忘了你还得让我使唤一年。"

"没忘，"谢凉笑道，"为了让你的字据不打水漂，借我几个人呗？"

乔九道："那你得在字据上多加两年。"

谢凉很痛快："行。"

乔九盯着他看了一会儿。

谢凉这个人虽然平时脾气挺好，但其实是个很强势的人，做了决定便不会更改，旁人说什么怕是都没用。于是他吩咐谢凉练完字过去伺候他，便起身走了。

他前脚刚走，过了片刻，窦天烨他们就来了。

谢凉刚把桌子收拾完，一见这个架势便道："你们不用劝我。"

窦天烨道："我们不是来劝你的，而是来给你鼓劲的。"

谢凉挑眉。

方延："理工谢凉！"

窦天烨："法力无边！"

赵哥："千秋万载！"

江东昊："一统江湖。"

谢凉："……"

谢凉沉默地看向窦天烨，他们当中也只有亚古兽有这个洗脑的功力。

窦天烨不等他问，主动否认："我什么也没干，我们是觉得事已至此多说无益，而且我们跟着你只会拖你后腿，不如祝福。"

谢凉总觉得他们接受得太痛快了点，便看着他们等待下文。

窦天烨道："你放心，我们回家就赚钱，齐心协力把媒体茶楼发展好。"

谢凉道："然后？"

窦天烨道："然后赚到钱就可以雇一大批高手去帮你了。"

方延道："这里是武侠世界，大侠们都喜欢劫富济贫，俗话说人在江湖身不由己，处在这么一个环境，我们想完全撇清是很困难的，而且发展帮派也是要用钱的啊。"

赵哥道："你这孩子，当初说好了抱团走，你现在有事，我怎么可能不管？"

江东昊道："嗯。"

谢凉哭笑不得："不是，这是我自找的事，和你们没关……"

"反正我们不管，"窦天烨打断道，"'敌敌畏'一生一起走！"

方延道："总之就是这样，你好好混，别一上来就死了。"

几人根本不等他拒绝，挨个上前拍拍他的肩，然后纷纷跑了。

谢凉："……"

混江湖总得有个名号，江湖百晓生怎么样？

或者江湖神笔窦天烨，我觉得这个好！

——《敌敌畏日记·窦天烨》

那我叫什么？××公子之类的？

PS：攒人品，请老天看在我这么勤勤恳恩的份儿上，让我早日脱单。

——《敌敌畏日记·方延》

江湖神厨。

大家一起加油。

——《敌敌畏日记·赵云兵》

江湖棋神一定行。

——《敌敌畏日记·江东昊》

都洗洗睡吧，乖。

——《敌敌畏日记·谢凉》

第六章

我想保护的人

050.

窦天烨的故事还没讲完，帮哥们儿出完道就专心地搞说书事业了。

由于要默写脚本，他把说书的时间定在了中午和晚上各一场，其余大部分时间都窝在据点里写东西。

方延他们自然要等着他。几人不知道谢凉何时动身，眼见快到中秋，便让谢凉多留几日，和他们一起走，半路上刚好还能过个中秋。

谢凉没有意见，干脆带着他们先把钟鼓城的生意谈了。

他们选的茶楼是窦天烨现在说书的这一座。这几日窦天烨为茶楼吸引了大批顾客，虽然他说书时普通茶水全免，但其他东西也卖出去了不少，茶楼简直稳赚不赔，因此双方合作得非常愉快。茶楼老板一听他们以后要卖脚本，当场拍板要买，生意很顺利就谈下来了。

出去后谢凉道："会了吗？就这么谈。"

方延等人知道不能总依赖他，都想急速成长好帮他的忙，便挺起胸脯："你放心吧，我们能搞定。"

谢凉道："亚古兽现在名气大，生意好谈，要是有茶楼不信，你们就让他在茶楼说一次书，那些老板见到效果，肯定抢着找你们谈。"

方延点头记下，问道："那要是结账的时候，有老板不肯乖乖给咱们抽成呢？"

谢凉道："第一次上门结账前，你们先散布一个消息，就说窦先生派了天鹤阁的人查账，某座茶楼的老板因为作假被天鹤阁的人砸了店，不仅赔了一大笔钱，还失掉了窦先生的信任，据说窦先生以后要把故事卖给他对家的茶楼。他们知道一个故事带来的收益，为了长远利益，应该不敢轻易骗你们。"

方延双眼一亮，觉得这主意不错。

谢凉道："第一次是这样，后面就得派人盯着了。"

方延想了想："派人住过去会被人家收买吧？"

谢凉道："嗯，所以你们得找不稀罕被收买的人。"

"天鹤阁呗？"方延道，"请他们不定期来查一遍账。"

谢凉道："你们去还是我去？"

方延几人想也不想道："你去。"

"有这么忤他？"谢凉笑道，"明明那么可爱。"

方延几人："……"

到底哪儿可爱了啊！

几人整齐地给了谢凉一个微笑，一个字都不想回答。

谢凉完全不介意，回到据点就进了乔九的房间，为他们谈这笔生意。

乔九斜他一眼。

谢凉道："价钱好商量。"

乔九嫌弃："我又不缺那点钱。"

谢凉笑了笑，大概是因为以后不能随时随地使唤他了，这两日九爷瞧着不太高兴。他好脾气地道："那再给我加一年，成？"

乔九顿时怀疑："谢凉，你是不是有办法赖账？"

言下之意，谢凉这年头加得这么无所谓，八成是在给他画大饼。

谢凉暗骂一声自己听话了还不乐意，嘴上道："我要是赖账，你把我绑回去不就得了。"

乔九笑容亲切："嗯，我刚想这么告诉你，而且我把你绑回去，会一直关到时间耗完为止。"

谢凉道："行。"

乔九看了他两眼，终是勉为其难地答应了，但也为此给他找了不少事。

谢凉耐着性子任他差遣，顺便问了一下金来来那个帮派的情况，因为观察了两日，他发现广告打得很成功，可以开始下一步了。

乔九道："怎么？"

谢凉道："别明知故问。"

乔九道："他们那个小帮派没有一个不蠢的。"

谢凉笑叹道："蠢也总比什么都没有要强啊。"

乔九不置可否地哼笑一声，用简单的几句话做了评价——

真的非常简单。

一、帮派小。

二、全都没脑子。

三、已经穷得快要饭了。

谢凉道："不是说最近遇上了一点事吗？"

乔九道："他们选的地方太好，和一个山寨做了邻居，前不久惹了人家。"

谢凉诧异："山寨的人这么硬气，还敢找他们的麻烦？"

"知道他们的身份后没再找过，"乔九道，"是他们自己想要报复回去，结果又被教训了两顿。"

挺好，有想法。谢凉以前和二世祖打的交道最多，觉得应付起来应该不成问题，于是等从乔九的房间离开，他就找到了金来来，遗憾地告诉金来来没有劝动乔九帮忙，不过看在二人很投缘的份上，他可以帮帮他们。

金来来顿时高兴起来，他这趟本就是找人帮忙的，表哥不出马，能请动厉害的谢公子也不错。于是谢凉轻松搞定这件事，找到了秦二。

秦二最近十分着急。

叶姑娘就要离开钟鼓城，可谢凉除了偶尔让他像以前那样跟着叶姑娘之外，没出半个主意。尤其他还听说了谢凉和九爷在少林不是那么一回事，只是在唱戏而已。所以随着时间的推移，他越来越想把"靠谱"两个字吃回去。

此刻见谢凉又来找他，他便想问一问到底行不行，却听谢凉直言道："经过这几天的观察，我确定叶姑娘对你没那个意思。"

秦二的脸"唰"地变了，声音都有些颤："那……那我没机会了是吗？"

谢凉道："不一定。"

秦二一把抓住他的手："有什么办法？"

谢凉道："听说她最近就要走了？"

秦二猛点头。

"我要是能在这么短的时间里让她对你有意思，那我可以去当神了，"谢凉说着见他泄了气，轻飘飘地给了一句，"除非你和她生米煮成熟饭。"

秦二反应了一下，立刻怒了："那哪成！"

谢凉笑了笑，这公子哥二是二了点，人品还算可以，而且很听话。

他正色道："你跟我走吧。"

秦二正生气呢，语气不太好："走去哪儿？"

谢凉道："建个帮派，闯出一番事业。"

秦二先是一愣，继而差点哭了："谢公子，我只是想娶叶姑娘啊！"

谢凉道："你现在能给叶姑娘什么？"

秦二又是一愣。

谢凉道："我听说了，以后你家八成是归你哥管，你入赘到白虹神府吃软饭？你觉得叶姑娘会喜欢吃软饭的男人？"

秦二猛摇头。

于是谢凉带着他去凉亭里一坐，给他灌了不少鸡汤。秦二被他说得热血上头，深深地觉得男人要为心爱的人闯出一片天地才行，他如今这个德行根本配不上叶姑娘！

"但是姓卫的混蛋怎么办？"秦二纠结道，"我是跟着你走了，可那混蛋一直在叶姑娘的身边，要是还没等我闯出一番事业，那混蛋就娶了叶姑娘呢？"

谢凉道："我看了，叶姑娘也不喜欢他。"

秦二道："那我也不想见他总跟个苍蝇似的围着叶姑娘转。"

谢凉道："容易，想个办法把他弄走，他有没有什么不好的地方？"

秦二想也不想道："他哪儿都不好。"

谢凉沉默地看着他。

秦二不情愿地改口："我不知道。"

谢凉心想，这事得问乔九。

天鹤阁是卖消息的地方，四庄在江湖中的地位如此重要，天鹤阁总会关注几分。他示意秦二回去等消息，便起身又进了乔九的房间。

午后时光催人欲睡。乔九看完各处的消息正准备午休，此刻只穿着一件薄薄的中衣，长发柔顺地披着，见谢凉进门，懒洋洋地扫了他一眼，问道："有事？"

谢凉走到他的面前坐下，问起了卫大公子的事。

乔九道："又想加一年？"

谢凉为防又被怀疑画大饼，抗议了一下下："只问他的一点小毛病就要加一年，这不合适吧？"

乔九纠正他："你问的是夏厚山庄未来的庄主。"

谢凉道："未来的意思是现在还不是，万一有个意外呢？"

二人讨价还价，最后条件定到了五个月零三天。

谢凉觉得这三天实在寒酸，想让乔九抹掉，见他一步不让，便主动给他加到了半个月，起码说起来好听。

乔九很满意，说道："他没毛病。"

谢凉盯着他，觉得亏了。

乔九顶着谢凉的视线愉悦地往床上一靠，好心地多给了一句："非要挑个刺，他以前逛过青楼。"

谢凉道："留宿了？"

乔九"嗯"了声："但也就那么两三次。"

话说到这份儿上，乔九干脆多说了几句。

卫家大公子自小被当作继承人培养，能力才情方面是没得挑的。他不是一个儿女情长的人，虽然对叶姑娘是有几分喜欢，但不像秦二那么纯粹，更多的原因是觉得叶姑娘适合当夏厚的未来主母。

谢凉点点头，刚想走人，突然心中一动："九爷逛过青楼吗？"

"有什么可逛的，"乔九嗤笑，"长得还没我好看。"

谢凉道："……"

这倒也是。

乔九道："你逛过？"

谢凉道："我自然也没有。"

乔九盯着他看了看，"嗯"了声，把扇子塞给他，往床上一趟，吩咐他扇风。

谢凉好脾气地应声，坐在床边伺候他，片刻后见他不再挑刺，便知道是睡熟了。

他的目光慢慢移到乔九胸口处的伤疤上，这伤疤横在左胸，被中衣遮住了一多半，只留一点露在外面。他稍微增加力道，看着中衣被吹起来，渐渐展露里面的全貌。

051.

乔九熟睡时很安静，一点平日里飞扬跋扈的调调都没有，配上过人的五官，十分引人注目。

谢凉看了好一会儿，终是没有忍住，一只手扇扇子，另一只手慢慢伸了过去，轻轻用食指碰了一下伤疤。他仔细观察，见乔九没反应，暗道高手也不是想象中的那么邪乎。

其实想想也是，要是真的一点点细微的动静都能醒，那晚上干脆别睡了，免得不停地醒。

谢凉又轻轻碰了碰他，见他还是没反应，便伸手掀开中衣，近距离看到了伤疤。

这伤疤宽两指、长一寸多，当初应该是直奔心脏来的，也不知是怎么伤的。他屏住呼吸往前凑了凑想细看，手腕突然被人一把抓住了，抬起头，对上了某人漂亮的双眼。

九爷只要睁开眼，那强大的气场和嚣张就都回来了，起疑地盯着他。

谢凉："……"

碰你时不醒，这个时候你就醒了。真行，清白比命重要。

乔九道："你干什么？"

"只是有点好奇，"谢凉镇定道，"其实一直想问你，你这是怎么弄的？"

乔九松开他："混江湖不都这样……"说着想起什么，斜他一眼，"就你这不会武功的还想去混，小心把命给搭上。"

谢凉道："我会注意的，还得留着命伺候九爷呢。"

乔九从鼻子里哼出一个音，伸手拢好衣服，刚要继续睡，突然又疑心地看了看他："你刚才是不是想脱我衣服？"

谢凉道："不是，我哪有那个胆子？"

乔九道："别妄自菲薄，你有。"

谢凉道："……真不是。"

乔九看了他两眼，勉为其难地相信了他，没有让谢凉再扇风，把他轰走了。

谢凉体贴地为他关好门，重新找到了秦二。

秦二一直没睡，见到他的表情，心凉了一截："九爷也不知道？"

"能挑出错，"谢凉看着他，"你逛过青楼吗？"

秦二点头。

谢凉沉默，所以你们是半斤八两，谁也别说谁。

他有些无奈，这个时代青楼合法，公子哥儿们有钱，又都是血气方刚的年纪，很少有没逛过的，历史上伟大的诗人也不能免俗，相比而言，卫大公子算是极其克制的了。

秦二看看他的表情，连忙道："我不留宿的，都是跟着狐朋狗友过去喝喝酒、听听曲。"

谢凉道："真的？"

"真的真的，"秦二道，"我是喜欢叶姑娘的，当然不能那什么啊，要那什么也是和……"他惊觉嘴上没把门，一张脸顿时红到了脖子根。

谢凉打量着他，感觉秦二也是蛮纯的，立刻爱屋及乌，往他肩上一拍："那就好，卫公子留过宿。"

秦二双眼一亮："那……"

谢凉道："交给我来办。"

他压根不需要想太复杂的法子，只要打听一下夏厚山庄那边最有名的青楼叫什么名字，然后差个人打扮成富家子弟到街上与卫公子偶遇寒暄。在卫公子面露疑惑时，当着叶姑娘的面说出以前在某某青楼吃早饭时遇见过卫公子，今日见到觉得有缘，便想来打声招呼，改天可以一道去逛逛钟鼓城的青楼，这就行了。

至于那句吃早饭引发的深意，就留给叶姑娘自己想吧。

秦二很激动，片刻后又不放心了："要是那混蛋骗叶姑娘说是去青楼处理事情呢？"

谢凉道："你觉得叶姑娘信吗？"

秦二挠头："我……我也不知道。"

"叶姑娘若在意他，大概会骗自己相信，要是不在意，是真是假就无所谓了，"谢凉耐心分析，"叶姑娘性子冷，卫公子说完那一番说辞，看着叶姑娘盯着他简单地'嗯'了一声，估计会心虚，你说他还会厚着脸皮留下来吗？"

秦二道："我觉得他会。"

谢凉道："那咱们可以再派个人，说一样的内容。"

秦二急道："可这样谁都能看出是有人算计他啊！叶姑娘也会知道的！"

"嗯，卫公子想必十分恼火，要抓人问问指使者，"谢凉笑道，"但咱们派的是天鹤阁精锐，只逃个命而已，必然不会被抓到，轻功飞走前还会扔下一句'你喜欢叶姑娘却夜宿青楼，这事又不是假的，有种去对质'，他若先前真的对叶姑娘解释了是去办事，你说这次他还能厚着脸皮留下来吗？"

秦二想给谢凉跪下，当初祈福的时候他就觉得这是个狠人，果然没看走眼！

"卫公子要是聪明些，第一次便会离开。要是不聪明，弄到了那种地步大概还是不会认，而会说要去把事情查个水落石出。"谢凉道，"他若还想娶叶姑娘，估计会想个好办法挽回形象。若不想娶，也就这么着了，总之短时间内不会跟着叶姑娘。"

秦二听完彻底放心，派随从给在城里的大哥捎个口信，表示自己认了谢凉当老大，要跟着他闯荡江湖，完全没考虑大哥不同意该怎么办，因为有谢凉在。

口信递出去没多久，秦大公子就登门了。秦二不知道谢凉和大哥是怎么说的，只知道他们在凉亭里谈了一个时辰，之后大哥便同意了他的事。

此后他们就只剩等消息了。

三日后，卫大公子果然离开了叶姑娘，秦二高兴得差点上天。窦天烨的故事也恰好说完，他们便收拾一番离开了钟鼓城。

宁柳和五凤楼都在少林以南，而金来来建的帮派在西南方。

谢凉知道窦天烨他们想和自己过个中秋，便特意绕了一小段路，好和他们同行几日。

一行人从钟鼓城一路南下，抵达了一座不知名的小镇子。此刻刚到晌午，但今日便是中秋，再往前走就该露宿荒郊野外了，因此只能在这里停留。

镇子虽小，可由于过节，看着也十分热闹。街上张灯结彩，人来人往，估计是在为晚上做准备。

天鹤阁的人租了一个小院子，简单收拾一下吃完午饭，便都休息了。

谢凉没有午睡，而是去街上转了一圈，然后拎着买好的东西进了厨房。

乔九睡了一觉，醒后想着多使唤使唤谢凉，便找手下问了两句，得知他竟然在厨房，问道："在干什么？"

手下道："好像在做月饼。"

乔九："……"

他还会做月饼？

乔九带着这点不可思议也进了厨房，进门第一眼先往案板上看了看，发现确实像月饼，于是望向谢凉。

谢凉笑道："睡醒了？"

乔九没有回答，站在旁边看着他忙，感觉挺像那么一回事，好奇道："你跟谁学的？"

谢凉道："自学。"

他其实也不想，都是被逼的。

他父母离异，老妈总在国外，和他聚少离多，所以每到中秋节，老妈为了感受他的孝心，便要吃他亲手做的月饼，他已经连续做了好几年了。

乔九道："你还会做什么？"

谢凉道："还会包元宵。"

——同样是他老妈的要求。

乔九道："还有吗？"

"煎蛋，"谢凉回答，心想还得再加一个泡方便面，但这个说出来乔九不知道是什么，不说也罢，他说道，"剩下的就没了。"

他把火点燃，等锅一热，便将月饼放了进去。

这里没有烤箱，只能上锅煎，不过据说煎出来的比烤的黄嫩，他以前没试过，现在刚好试一试。

乔九找地方坐下，以围观的姿态看着他煎，片刻后闻到了淡淡的香味。

谢凉煎好一批放在碟子里，又新放了一批，扫见乔九的目光转过去，提醒了一句"再等等"。

等他把第二批也煎好，这才洗干净手，从第一批里拿了一个月饼递给乔九，笑道："九爷，中秋安康。"

乔九咬了一口，慢慢嚼了一会儿咽进肚子。

不太甜，味道也不是特别好，很是普通的一个月饼，但上面的余温和淡淡的甜香引得他吃了第二口。

谢凉道："怎么样？"

乔九道："一般。"

谢凉本以为他会说难吃的，闻言笑了："凑合着吃吧，好歹是我亲手做的。"

乔九心想：兴许就是这个理由吧。

这导致他的心里升起一股奇怪的感觉，难得不想挑刺噎人。他吃了第三口，回忆一番道："你是第一个给我做月饼的人。"

谢凉微微一怔："你小时候……"

乔九道："都是下人做的。"

谢凉道："那在静白山上呢？"

乔九道："你指望那群疯子过中秋？"

成吧，谢凉心想，之后在天鹤阁就更不用问了，九爷身边没什么亲近的人能给他做月饼，肯定都是仆人做的。

他勾起一个微笑："这么说我得到了你的第一次？"

乔九盯着他，说得很认真："谢凉，以后别人和你心平气和说话的时候，麻烦你要点廉耻。"

"我没有不知廉耻，"谢凉笑道，"是你说的，我是第一个给你做月饼的人，我只是在复述事实。"

乔九决定看在月饼的面子上不和他计较。

他没搭理谢凉，但也没有离开，而是坐在一旁慢条斯理地把整个月饼吃了。

谢凉看在眼里，心想这对于一向挑剔的九爷而言真是不容易，不禁有些感慨，下意识地摸了一把乔九的头。

乔九道："怎么？"

谢凉又递给他一个月饼，说道："没事，我只是想特别感谢一下我娘。"

乔九道："你摸我的头，感谢你娘？"

谢凉道："……因为当初是我娘坚持让我学做月饼的。"

乔九快速理清因果——说来说去还是因为得到了他的"第一次"。

不知羞耻！他把那个月饼砸在谢凉的脸上，终于被气走了。

谢凉默默反省了几秒，继续煎月饼，等全部煎好晾凉，窦天烨他们也陆续醒了。

几人听说是谢凉做的，和乔九一样不可思议。

谢凉做月饼只为过个节，因此只给每人做了两个，很快送完一圈，最后拿着自己的两个和余下的那个跑去哄九爷了。

夜幕渐渐降临，他们没有去街上玩，而是把桌子抬到了院里，围成一圈喝酒赏月。

酒过三巡，窦天烨把杯子一放："玩点什么吧？"

方延很嫌弃："又是胡萝卜蹲？"

窦天烨道："你不想玩，咱们可以玩别的呀！"

一句话把众人的目光都吸引了过去。

凤楚笑眯眯地道："哦，说来听听。"

窦天烨想了半天，猛地一拍手："有了，我教你们跳兔子舞吧！"

谢凉几人："……"

要糟！

果然下一刻，窦天烨就风风火火地把他们拉起来要做示范。

几人看在过节的份上随他高兴，站成一条直线跟着窦天烨的歌声走："Left！ Left！ Right！ Right！ Go Turn Around！ Go！ Go！ Go！"

其余众人："……"

动作能看懂，但喊的是什么玩意儿？

听不懂没关系，不耽误众人的热情。

很快，梅怀东、赵炎、金来来和秦二等人也被窦天烨拉了过去，紧接着是天鹤阁的一批精锐。众人围成圈，跳起了兔子舞。

金来来他们刚开始的时候还有些别扭，但这个舞蹈蛮魔性的，跳起来就感觉收不住了似的，于是很快就跟着窦天烨一起吼了起来。

凤楚坐着没有动，他笑眯眯地看着众人玩，慢慢抿了一口酒，看向身边的乔九："过完中秋可就要分开了，你真的要放他走？"

052.

乔九没有回答凤楚的问题。

为了过节，下午的时候窦天烨他们张罗着挂了几盏灯笼，给落满银辉的院子染了一层暖光。他微微一抬头，便能看清谢凉在月光下浅笑的模样。

九月天，夜风不冷不热，院外种了两棵桂花树，空中飘着淡香，和着欢声笑语，像一块慢慢化开的糖。他收回目光，端起酒杯也浅浅抿了一口酒。

凤楚依然看着他："嗯？"

乔九道："关你什么事？"

凤楚笑眯眯："我好奇啊。"

乔九扬起嘴角给了他一个恶劣的笑："我不告诉你。"

"那我猜吧，"凤楚笑道，"我猜你一定不放。"

乔九道："理由？"

凤楚道："还用问吗，你对一个人产生了兴趣，什么时候会放走？"

乔九心想：这不一样。

谢凉不像凤楚，他对凤楚感兴趣是因为凤楚还有另一层身份，且投他的脾气，他们高兴了就一起整整人，不高兴了就互损两句，聚散全随缘，哪怕一年不见也不会觉得遗憾。

谢凉也不像赵炎，他对赵炎的兴趣是因为赵炎很可爱，能给他乏味的生活增添点乐子。

谢凉更不像以往短暂地引起过他的兴趣的那些人，那些人大都怕他，如同走马激起的尘一样，飘一下也就散了。

谢凉有点像他小的时候爷爷送给他的那一头雪白的小狼崽。一方面他想把人留在身边，最好只听他一个人的话，另一方面他又觉得既然谢凉天性如此，就该把人放出去。

可等到真的做了把人放走的决定，他又不太高兴了，总会忍不住想谢凉在外面能不能活下来。

但仔细想一想，他没什么立场左右人家的决定，强行把人困住吧，又担心双方会反目成仇，虽然他向来不在乎是否会招人恨，但却不想和谢凉闹翻，于是只能不开心地维持原样。

他把杯子一放，说道："我会放。"

凤楚的表情半点不变，笑道："我还是猜你不会。"

乔九懒得理他，瞅了一眼谢凉放在自己面前、被他嫌弃了快一个下午的月饼，拿起来咬了一口。

谢凉来回蹦的时候恰好瞧见这一幕，笑着脱离队伍回到他身边坐下，同时和另一位打了声招呼："阿暖不去玩玩？"

凤楚道："正想去试一试。"

他说着把扇子一收，当真进了队伍，跟着他们一起跳。

谢凉先前在队伍里面没感觉，此刻旁观一群人跳兔子舞，只觉画面太美，顿时笑出声，看着身边的人："九爷不去吗？挺好玩的。"

乔九道："不去。"

谢凉点点头，坐着没动。

乔九道："你不玩了？"

谢凉道："陪你啊。"

乔九道："我需要你陪？"

谢凉眼睛都不眨一下："是我想陪你。"

乔九依然不买账，哼笑了声教育道："你以后在外面这么对人油嘴滑舌不正经，小心被打死。"

说话的工夫，方延便嘤嘤嘤地跑回来了，还顺手拖来了老好人赵哥。

"我不玩了，"方延喘着粗气坐下，"累死了！"

紧跟着，跳完一圈，好奇心得到满足的凤楚也回来了。

队伍一口气走了三个人，其他人都停了停，然后迅速溃散。窦天烨也有些累，感觉一直跳下去不是个好主意，想了想提议道："哎，咱们人多，玩天黑请闭眼吧！"

这又是个啥？众人一齐盯着他。

谢凉笑道："这个可以有。"

游戏的规则是很好懂的，一些"警察"之类的角色换成大家能懂的"捕快"就好。

窦天烨仔细讲解一遍后众人试着玩了一次，便快速进入状态，连总是嫌弃他们犯蠢的乔九也参与了，奥斯卡小金人的演技得到了充分发挥。

一群人说说笑笑玩到大半夜才散场。

小院房间有限，谢凉毫无争议地和乔九睡到了一屋。

他后来又喝了一点酒，起身时有些晃，笑着去抓乔九的手，被甩开就再抓，直到乔九被缠得不行，拎起衣袖大发慈悲地赏给他一个袖口。

他嘴角抽搐，认命地抓着，慢悠悠地往回走。

谢凉："九爷。"

乔九："嗯？"

谢凉笑了："今晚月色真美。"

乔九："嗯。"

谢凉往前凑了一步："分开后你会想我吗？"

乔九冷酷无情："不会。"

谢凉笑道："嗯，咱们扯平了，我也不会想你。"

乔九完全不介意，笑了一声："没事，我会用字据让你记起来的。"

说话间恰好迈进屋，他立即嫌弃地甩开了谢凉。

谢凉这次没有再贴过去，二人简单洗完澡便上床休息了。

第二日众人早早出发，于傍晚抵达一座大城，停留一晚后转天照例围坐在一起吃早点。只是这次的气氛不像之前那么热烈了，因为饭后谢凉便会和他们从不同的城门出城，再见就不知是何时了。

窦天烨几人尽量放慢了吃饭的速度，可无论怎么慢，分别还是来了。

几人围住谢凉一通嘱咐，又挨个抱了他一把。窦天烨觉得此情此景实在适合吟诗，幽幽叹气道："相见时难别亦难。"

方延的眼眶早已红了，只是一直强忍着，此刻听到这句，顿时哇地大哭："东风无力菊花残！"

江东昊被这句"菊花"震住，想了想，忘记下面是什么了。赵哥更不会背，也沉默着。江东昊见状迟疑了一下，干脆另起一个头："人有悲欢离合，月有阴晴圆缺，此事古难全。"

赵哥这次会了，往谢凉的肩上一拍："但愿人长久，千里共婵娟。"

谢凉哭笑不得地点点头，也嘱咐了他们一顿，然后走到乔九的面前含笑望着他："我走了。"

乔九道："走呗。"

谢凉伸出手："抱一下。"

乔九道："谁要抱你。"

谢凉道："我们村子里分别时都要抱的。"

还没等乔九反驳说"这里是中原"，便见凤楚喊着"我抱我抱"，笑眯眯地上前和谢凉抱了一下，紧接着赵火火那家伙竟也去抱了一下。

谢凉抱完两个人，重新望向乔九。

九爷说不抱就不抱，转身要上马车。谢凉知道他性格别扭，笑着拉过他的胳膊，强行抱了他一把。乔九的表情稍微好看了一点点，但语气依然嫌弃："大男人抱什么抱？"

谢凉道："对，你说什么都对。"

凤楚笑得不行，见谢凉和乔九说完几句便离开了，望着他的背影："你真不跟着？"

乔九连一个字都懒得给他，吩咐手下出发。

窦天烨几人自然要和他一道，便依依不舍地上了马车。

原本方延还在哭，但窦天烨被最后两句诗勾出了兴致，唱了半天的《水调歌头》，还都不在调上，搞得方延实在受不了，撸袖子打了他一顿，终于不哭了。

几人知道要奋起，想到以后和天鹤阁的合作将会非常密切，便打算和九爷搞好关系，结果一试之下发现想得太美好，因为外界传说的"九爷待人挑剔"不是来自娱乐八卦，而是新闻联播。

在谢凉和凤楚他们相继离开后，九爷一日比一日不爱搭理人，有时连个眼神都欠奉。

窦天烨几人商量一番，觉得九爷和他们玩"天黑请闭眼"的时候还挺好的，所以没有什么是一次"天黑请闭眼"解决不了的，如果有，那就两次。

于是在一次吃晚饭的时候，窦天烨便提议玩游戏。

乔九抬了抬眼皮："不玩，走。"

走？谁走？一桌的人默默看着他。

乔九一个人看着他们。

双方对视两秒，九爷完胜。

一桌的人迅速溃散离开，识时务地跑去房间里玩游戏了。

天鹤阁的精锐经过这一路的观察，早已看出他们家九爷和谢凉不是那么一回事，但两人的关系是真的不错，加之他们和窦天烨等人处出了感情，又是他们的邻居，便忍不住为自家九爷解释了一下："九爷可能心情不好，他平时其实是搭理人的。"

"不用说了我都懂，他舍不得阿凉，但又不忍心强留人家，"方延想到他们大佬那特殊的气场，非常理解地道，"明明心里淌血，却要强颜欢笑装作若无其事，心里是很痛的！"

"啥？"天鹤阁的人听愣了，他们九爷这么不容易的吗？

方延道："真的，相信我。"

众人小心翼翼地出门扒着栏杆向大堂望，见九爷一个人孤零零地占着一张桌子，像是和周围的热闹隔开了似的，突然都心疼了，决定这几天对九爷好一点。

谢凉对他们的情况一无所知。

他在金来来的带领下赶了五六天的路，于这天傍晚成功抵达了那个小帮派所在的锋崖山。

金来来他们把帮派建在了半山腰上。

谢凉知道他们穷，原本做好了直面各种寒酸场面的心理准备，结果一去才发现人家盖的是个山庄，且修得十分像样，比他们在宁柳的院子大多了。

这简直比他们都有钱，原来在九爷眼里，这就属于穷的范畴了。

谢凉当了那么久的富二代，突然也想说某句有名的话——有钱人的世界他不懂。

但不管怎么说，好歹比想象中要强上许多。

他的心头微微一松，听见金来来找帮众问了一句，得知那几人正在吃饭，便一路穿过走廊来到后院，进了饭厅。

只见饭厅里坐着三个人，个个身着华服，都是同金来来年纪相仿的公子哥。

不过这不是重点，重点是饭厅里那么大一张桌子上只放了一小碟咸菜，每人也只拿着半块窝窝头，正满脸苦大仇深，一小根一小根地夹咸菜。

此刻见金来来进门，他们都是一愣。

紧接着他们把筷子一扔，齐齐冲向金来来，一个个饱含热泪、眼冒绿光："要、要到钱了吗？"

谢凉："……"

哦，收回之前的话，这是真穷。

天鹤阁的人跟来了十个，带队的是先前总跟着乔九的那个一脸老实相的精锐。

他也往饭桌上看了一眼，深深地觉得太惨，便低声对谢凉道："属下出去打一只兔子吧。"

谢凉道："……去吧。"

053.

天鹤阁的精锐最终没去打兔子，因为三位公子哥说这附近应该没兔子。

谢凉看看他们这凄惨的情况和脸上的遗憾神色，觉得兔子八成都被他们吃得差不多了，真能再打一只回来，他估计自己连条兔腿都抢不到，于是便掏钱让人去附近的村子向村民买些鸡鸭青菜，顺便再买点米面。

三位公子哥下意识地咽了咽口水，勉强维持住表情，给了金来来一个询问的眼神。那个秦二他们都认识，但这位公子是谁啊？咋还是短发？

金来来骄傲地说道："这位就是谢凉谢公子。"

"就是"一词让三人不禁疑惑，眼中的询问更浓。

金来来没等到意料之中的反应，问道："你们最近没下山？"

活着都是个问题，还下山？三人没说出来，继续默默盯着他。

金来来隐约明白了他们的意思，拉着他们回到桌前坐着，看了一眼桌上的东西，有点惊悚："你们就吃这个？"

不然我们吃什么？三人笑得很坚强："想换换口味。"

金来来道："别装，都是自己人。"

三人嘴角一垮，立刻就不端着了，告诉金来来整个帮派如今只剩下二两银子，他们不敢乱花，就只能吃这个。

谢凉在旁边插了一句嘴："你们可以把衣服当了。"

"当了啊！"三人说不装就不装，诚实道，"我们每人就只剩两件衣服了。"

"这是最后的衣服，要换着穿的，不能当。"

"嗯，好歹得看着像那么个样子。"

够可以的，谢凉点点头，开始问别的。

首先当然要先了解一下帮派的基本情况。

这个帮派由四位公子哥所建，帮众是他们各自的护卫，加在一起也就十几个人。

三位公子哥穿的衣服一蓝一绿一苍。蓝色华服那位长得最高，眼睛比较小，是个单眼皮，名叫顾喜喜；绿衣那位是个小胖子，圆乎乎的很讨喜，姓贺，外号贺汤圆、贺圆圆；苍衣那位比金来来还瘦小，但表情丰富，看着十分喜感，姓梁，外号小猴子、梁猴猴。

谢凉听完这些名字，问了一个关键问题："你们这个帮派叫什么？"

金来来道："叫双叠帮。"

成，挺符合事实，谢凉又点了点头。

金来来道："只是暂定的，谢公子有好的想法吗？"

谢凉回了句"没有"，继续了解情况。

这四人家境殷实，其中金来来和顾喜喜家里是世交，且都和武林大派沾亲带故，剩下两位则只是和武林门派沾个边。他们自小就梦想着去闯荡江湖当大侠，长大后越发按捺不住，于是一合计就成立了帮派。

在他们看来，帮派以后就是他们的家，所以建造时他们花费了极大的心血，怎么好怎么建，钱大部分都花在房子上了。那时他们带着满腔的凌云壮志，觉得帮派只要建起来便能"哗哗"地赚钱，根本没想过节俭，因此很快捉襟见肘。更惨的是家里为了让他们回家，不再给他们寄钱，他们只能靠自己。

帮派赚钱无非那么几种。

要么是有地，能租出去——这个他们没有。

要么像天鹤阁、杀手楼那样做些江湖生意——他们没钱又没本事，想想都觉得成不了。

要么帮官府办事，接个小活——这种差事大多是抓人，他们看着官府给的名单都不知道去哪儿找人。

要么就劫富济贫，三年不开张、开张吃三年——然而他们自己就是富，对劫富济贫这种事简直深恶痛绝。

俗话说福无双至，祸不单行。

他们在附近四处晃悠，试着向村民问问土地的事时，汤圆撞见了一刀山寨的人，双方发生口角打了一架，汤圆被狠狠揍了一顿。

自家兄弟被打，这还得了！几人当即召集帮众杀气腾腾地冲过去报仇，结果屁滚尿流地被揍跑了。那山寨头子还想绑了金来来凌辱一番再卖进城里的小倌馆，幸亏金来来抬出了自己的身份，不然就真完了。

谢凉闻言看了他们一眼，四人中金来来的颜值最高，显然遗传基因很不错。

他在心里笑了一声，可不就是不错呗，好歹母亲是乔九的亲姑姑。不过就他目前见过的白虹神府的这些人来看，乔九的相貌是最好的，无论颜值还是性格都万里挑一。

"……这事当然不能就这么算了！"汤圆伸着小胖手往桌上一拍，"砰"地唤回了谢凉的思绪，他一脸的严肃认真，"一个山寨都摆不平，我们以后还怎么混江湖！"

金来来几人顿时跟着附和："就是，区区一个小山寨而已！"

说的好像你们能摆平似的，谢凉喝了一小口茶，问道："然后呢？"

汤圆道："然后我们试探性地打了几仗，虽然没赢，但他们也没占多少便宜。我们已经弄清了他们的人数和实力，就等着想个好办法一举攻破了。"

话音一落，只听一阵"咕噜"声从肚子里传出，他便拿起窝窝头咬了一口。

真是一条好汉……谢凉问道："想到法子了吗？"

汤圆含糊道："没，还没想好。"

他说着看了一眼金来来。

其余二人也看向了金来来，他这次出门便是去要钱加问法子的。

金来来则干巴巴地看着谢凉："你觉得呢？"

谢凉道："你们先说说那个山寨吧。"

顾喜喜三人刚才就有些猜测了，此刻便彻底确认这位谢公子就是金来来找的"法子"，于是倒豆子一般快速交代了山寨的情况。

一刀山寨的大寨主名为郝一刀，擅使双刀。他下面还有五位寨主，身手虽然不如他，但也是蛮不错的，整个山寨大概有五六十人。

谢凉想起当初金来来和梅怀东打过一架，而梅怀东的实力得到过乔九的肯定，便看向金来来："你和那寨主谁厉害？"

金来来道："当然我厉害，我之前和他单打独斗，他眼看打不过就使诈了。"

谢凉看向另外三人："你们呢？"

顾喜喜三人干咳一声："……我们打不过。"

谢凉道："你们谁是帮主？"

金来来默默举起了手。

谢凉心想：果然。

四人期待地看着他："你看……"

谢凉道："等我明天在远处看看那个山寨再说。"

四人应声，觉得买东西的人还得些工夫才能回来，便先招呼着让他们休息一下。谢凉没推辞，去客房里睡了一小觉，等到饭做好了才出来。

这段时间顾喜喜几人从金来来那里得知了谢凉的事迹，再看谢凉时眼神便带了几分恭敬，而等到丰盛的饭菜上桌时，他们望着谢凉的目光便如同再生父母。

贺汤圆咬了一口鸡腿，眼泪差点流下来，第一次发现有肉吃是如此幸福的一件事。他的声音都有些哽咽："谢公子你以后有事吩咐一声，我上刀山下火海都为你办！"

谢凉笑着端起酒杯："行啊，来，走一个。"

贺汤圆爽快地道了声好，拿起酒杯仰头就闷了。

一顿饭吃下来，双方的关系得到了爆发式的增进。

谢凉多喝了几杯，但仍维持着基本的清醒。

他慢慢往客房走，见天鹤阁的人一路跟着他，便告诉他们都去休息，接着在迈进房门的一瞬间想起什么，回头看着他们："你们九爷除了让你们听我的吩咐之外还说过什么？"

精锐道："没了。"

谢凉道："真的？"

精锐道："嗯。"

谢凉笑了笑，摆手进门。

其余精锐看着房门关上，默默跟着小队长回房。

"九爷不是还说了让咱们把谢公子的情况传回去吗？"

小队长："九爷说谢公子太聪明，不让咱们告诉他。"

其余精锐："哦……"

此刻他们口中的九爷已经回到了宁柳。

天鹤阁的总部由乔九的心腹阿山看守。

阿山向来心细如发，很快察觉九爷的兴致不高，便找人问了问，得知新找的玩伴没了。想不到九爷竟忍痛放了手，阿山觉得蛮不容易的，于是和其他人一样开始心疼九爷，争取把九爷照顾得面面俱到。

然而即使是这样，乔九依然不高兴。

自从和谢凉分开，他就浑身不自在，控制不住地想放出去的小狼崽能不能活。

这种不痛快在他夜里做梦梦见谢凉笑着喊他九爷，而他睁眼后发现身边空无一人的时候达到了顶点，于是起床后冷着一张脸就去城里蹭饭了。

窦天烨几人迎来这一尊大佛，见他坐在那里不说话，试探道："九爷要不要听听谢凉的事？"

乔九道："有什么好听的，不想听。"

窦天烨几人听话地点点头，没敢再提。

乔九更不高兴，吃完饭就起身走了。

当天傍晚他又来了，只不过这一次笑容满面。

窦天烨几人一点都不意外。

有了前车之鉴，他们知道"九爷喜怒不定"肯定同样具有新闻联播般的真实性，便趁着他高兴，抓紧时间和他搞好关系。

乔九耐心应付着他们，一点点把话题带到谢凉的身上，发现他们知道得也不多，挑眉道："不是一个村子的吗？"

窦天烨道："住得比较远，我们也是这次出来才认识的。"

乔九不太满意，但没说什么，饭后便懒得走了，准备去谢凉的房间睡。

方延今晚和他说的话比较多，被窦天烨他们选中，起身带着乔九过去，顺便看看他老人家还有什么需求。

乔九自然是没什么需求的，手往门上一放，突然回头看了他一眼："谢凉为何突然要去闯荡江湖？"

方延道："为了变强啊。"

乔九盯着他："当真？"

他嘴角勾着一点笑，却不像晚饭时那般和气，而是带着些迫人的气势。方延这是第一次直面他的气场，先是心头一颤，接着才努力保持住镇定的语气，说道："真的啊。"

可惜乔九向来敏锐，立刻捕捉到了这一丝迟疑，倏地眯起了眼。

054.

方延只想礼貌一下，意思意思领客人回房，结果没想到把自己也给领进了门。

大宅已改建完毕，但每人的屋子，小工们都没敢乱动。

谢凉的房间仍如他走时那般简单，除了床铺和衣柜，就只有一张小桌子和几个蒲团。屋里只燃着一根蜡烛，放在中央的小长桌上，方延和乔九坐在两边。昏暗的光线下，九爷温柔地盯着他笑，直笑得他毛骨悚然，他立刻想哭。

乔九早晨一时嘴硬没听谢凉的事，只好晚上笑着回来补救。这次虽然成功听到了故事，但他其实没觉得有多高兴，直到现在才真正开心了一点点。

他掏出匕首玩着蜡烛，问道："说吧，他为何要去混江湖？"

方延咽咽口水："就……为了变强啊。"

乔九笑得更好看了："嗯？"

"……"方延被他近距离盯着，总有一种灵魂被拎出来的错觉，心想谢凉是不是眼瞎，就这还可爱？哪儿可爱了！

思绪转到这里，因极度紧张而冻住的脑子终于缓缓转动，想起了谢凉交代过的事，他感觉快要跳出胸腔的小心脏往回落了一点，都不需要特意去酝酿情绪，眼中便迅速积满泪水，看着九爷无声流泪。

乔九一点都不为所动："哭什么？"

"我……我害怕，控制不住，你别看我……"方延越说越委屈，哇的一声哭了起来。

乔九点了他的哑穴，慢悠悠地换了一个舒坦的姿势，亲切微笑道："没事，尽情地哭，等你哭累了咱们再往下说。"

方延顿时闭上嘴，默默望着他，小肩膀一抽一抽。

"不哭了？"乔九给他解开穴道，"你看这样多好……"

一句话没说完，只见方延扯开嗓子，哇地又哭了。

乔九觉得这一定是谢凉那头小狼崽给出的主意，他干脆不点穴了，就这么看着方延哭。

你还是个人？方延泪眼婆娑，继续努力哭，希望小伙伴们快点来。

窦天烨几人的房间都在附近。

他们收拾完桌子便回来了，此刻听见哭声急忙进门，看了看桌子上的蜡烛和九爷手里的匕首，齐齐惊悚，冲过去抱住方延："怎么了？"

方延一头扎进窦天烨的怀里，踏实了。

乔九耐着性子又问了一遍："谢凉为何要去闯荡江湖？"

哦，这事。几人顿悟。

于是整齐地扔下一句"不知道"之后，窦天烨和赵哥便忙着安慰方延，只剩江东昊看着乔九。

乔九也看着他，微微眯起眼。

江东昊继续回望，神色冷峻。

他属于遇见越大的事越木然的类型，根本不会泄密。

所以顶着九爷的目光和压迫，他的眼神越来越空洞，很快达到灵魂出窍的状态。

乔九："……"

这绝对也是谢凉的主意。

他看看一屋子的人，轻笑一声，没再逼问，更不准备留宿，起身就走了。

窦天烨几人直到望着他的身影消失才整齐划一地松了口气，然后窦天烨他们从方延的嘴里得知来龙去脉，心想好在谢凉的办法管用，算是有惊无险。

方延吸吸鼻子："他会善罢甘休吗？"

窦天烨道："阿凉说够呛。"

方延哭道："他什么毛病，非要招惹这样的人！"

窦天烨道："嗨，换个角度，九爷也是因为关心阿凉嘛。"

方延心想也是，抹把泪，终于不哭了。

"劫后余生"的几人互相拍肩，各自回房睡了。

他们想得没错，九爷果然没有放弃，这天起便对他们发起了精神攻击。

首先遭殃的是窦天烨。

他今天刚往茶楼里一站，就见九爷溜达着进来坐在了正中央的位置，紧接着笑容灿烂地环视一周，客人们立刻都被吓跑了。他见茶楼的掌柜一副要跪的样子，只能认命地回家。

其次倒霉的是江东昊。

九爷大概是记恨昨晚的仇，来到江东昊的棋摊把他身上的钱都赢光之后，又残忍地将他杀了一个片甲不留。江东昊木着脸收拾好棋摊，出城门便去爬云浪山了，结果半路遇见天鹤阁的人，被他们请回了山下，于是回大宅搬来梯子上了屋顶。

赵哥和方延见状都没出门，老实地待在了家里。

然而待在家里也不安全，因为九爷收拾东西就住了进来。

大宅里顿时一片愁云惨淡。

不过好在窦天烨几个人习惯了，自闭一天后也就淡定了下来。

窦天烨专心写故事，方延专心做衣服，江东昊专心看棋谱，赵哥专心研究美食，梅怀东则专心练剑。烦的时候几人就扔下手里的东西，拿起小铲子在院里开垦出一块地开始种菜，种完还围观窦天烨跳了一段海草舞。

乔九在旁边看了他们两眼，离开去处理天鹤阁的事务，等到饭点才回来。

窦天烨他们观察了好几天，发现九爷除了前两天折腾过他们外，最近基本都不在大宅里待着，只有吃饭的时候才露一面，并且没有再逼问他们谢凉的事了。

他们不由得开了个小会。

"啥情况？他是不是不问了？"

"不问是不可能的吧？我觉得可能是最近太忙，暂时顾不上咱们。"

"嗯……"

他们没有放松警惕，忙事情的同时坚持暗中观察九爷，发现九爷依然很忙，纷纷表示喜闻乐见，由衷地希望九爷能忙到忘记这件事。

天鹤阁的人则都知道九爷最近在忙些什么。

阿山看到会口技的手下从九爷的书房里出来，问道："今天结束得挺早啊。"

那手下道："九爷学会了。"

阿山压低声音："他没说他想干什么？"

那手下摇头。

阿山便带着满满的好奇心，看着自家九爷笑容灿烂地走出门，离开了云浪山。

此刻还没到傍晚，窦天烨几人见乔九今天这么早回来，生怕是忙完了要对他们严刑逼供，都提起了一颗心，结果一直到晚上都相安无事，便各自睡了。

半夜，窦天烨被开门声惊醒，迷迷糊糊睁眼一看，发现有人进来了，问道："谁？"

方延道："我。"

窦天烨望着他走过来，见这身影果然是方延，说道："干什么啊？"

方延道："晚上做噩梦害怕，你往里挪挪，给我让个位置。"

窦天烨听话地挪进去，看着他在身边躺好，听他说梦见九爷把他拉进地牢里抽鞭子，就吓醒了，便安慰道："不会的，九爷没那么凶残。"

"万一咱们把他逼急了呢？"方延惴惴不安，"要不咱们干脆告诉他得了。"

"那哪行，"窦天烨道，"阿凉说了不能告诉他，不然他肯定要阻止的。"

方延道："万一他不会呢？"

窦天烨道："会的，你想想九爷回来的路上那副孤独寂寞冷的样子，得多在乎阿凉啊！"

方延顿了一下，说道："他在……在乎阿凉才不忍心让阿凉伤心嘛。"

窦天烨道："这不一样，他要是知道阿凉除了那个箱子外，去闯荡江湖有一部分原因是为了他，肯定要心疼啊，也肯定会把阿凉绑回来的。你想想阿凉的性子，他会开心吗？"

方延道："嗯……"

窦天烨道："所以得保密。"

方延叹气："阿凉为了九爷，蛮不容易的。"

窦天烨跟着叹气："可不是，好了睡吧，咱们早点赚钱去找他，也就能早点帮忙了，毕竟咱们也欠了九爷好多人情。"

方延掀开被子，站了起来。

窦天烨道："怎么？"

方延道："你的床不舒服，我还是回去睡吧。"

窦天烨知道他娇弱，含糊地"嗯"了声，翻身继续睡了。

"方延"为他关好门，转身迈进谢凉的房间，一寸寸将骨骼拉回原位，扯掉发绳，掀开脸上的易容，露出了原貌。

转天一早，乔九吃完饭照例去忙。

几人见怪不怪，送走他便各自忙各自的事了。窦天烨看了方延一眼："你昨天回去后没再做噩梦吧？"

方延诧异："昨晚？你说啥呢？"

窦天烨道："你昨晚做噩梦跑我房间里来了，忘了？"

方延道："扯吧，我没去你房间也没做噩梦啊。"

窦天烨震惊地看着他："你该不会有梦游症吧？"

"你才有梦游症，我以前没梦游过，"方延说着一顿，迟疑道，"我听说压力大容易梦游，这几天我头发掉得挺多的，会不会也和这个有关？"

窦天烨道："有可能，我感觉我最近压力也挺大的。"

赵哥恰好路过，闻言教育道："年轻得多注意啊，要不老了都是病。"

几人深深地觉得有道理。

这里不像现代的医学那么发达，连个手术都做不了，更得保养。

于是乔九中午带着阿山回来的时候，便见窦天烨他们一字排开坐在屋檐下晒太阳，并且每人捧着一个杯子，杯中泡着红枣加枸杞。

赵哥见到他，起身道："饭还没做，得等会儿。"

乔九道："不用，我不吃。"

窦天烨几人一齐看向他。

乔九道："你们也看出来了，我最近挺忙的。"

窦天烨几人默默点头。

乔九道："天鹤阁最近接了一笔生意，我得离开一段时间，你们要是有什么事就找阿山。"

窦天烨几人的眼睛顿时一亮，心里齐喝：太好了！

他们见乔九说完要走，赶紧起身送他。要不是怕他翻脸，他们简直想放个鞭炮欢送。

路上要用的东西都已准备妥当，窦天烨几人出来便见到一匹骏马停在门口，马鞍上挂着行李，显然是真的要走，不是骗他们玩的。

他们连忙道："九爷一路平安，早些回来。"

乔九翻身上马，似笑非笑地扫了他们一眼，扬起马鞭走了。

窦天烨几人目送乔九走远，高兴地收回视线，然后整齐地看向阿山，热情地围了过去。

"阿山是吧，这名字真好听，你还没吃饭呢吧，走走走咱们去酒楼吃。"

"大家都是邻居，以后没事多走动走动，来家里吃个饭。"

"什么邻居，都是兄弟！"

"嗯！"

阿山笑着一一回应，跟着他们往城里走，顺便在心里同情了他们一下。

他家九爷花费那么多工夫学口技绝不是一时兴起，肯定是干了某件大事，不然不可能离开得这么突然，你们现在是高兴了，以后指不定要怎么哭呢！

055.

双叠帮与天鹤阁类似，都离山脚下的城镇不远。

这里的城镇没有宁柳繁华，但还算热闹，周围除去一个新来的双叠帮，就只有三四个山寨，一刀山寨的规模能排第二，且很会挑地方，上山的路只有一条，地势易守难攻。

金来来等人见谢凉转了一圈很快回来，期待地问："怎么样？咱们什么时候打上去？"

谢凉道："先不打。"

不知道上面是个什么情况，贸然打上门风险太大，他说道："我下午再出去转一下。"

金来来几人都没有意见，热情地招呼他吃饭。

饭后，谢凉休息了一会儿，带着秦二下山，直奔城里。

他已经弄清贺汤圆和对方打架的起因——那天贺汤圆看见他们四寨主调戏小姑娘，还把人家小姑娘给弄哭了，小胖子路见不平英雄救美，立刻被打成了狗熊。

不过这只是个小事件，且还是以汤圆的视角讲述的，所以他想听听别人对一刀山寨的整体印象。结果一问不要紧，竟然得知官府专门发过榜，帮忙剿匪是有花红[1]可以拿的。可惜发了一年多也没人能拿下他们，以至于都快被遗忘了。

谢凉道："他们坏吗？"

"坏啊！"人们道，"山寨不都那样吗，打打劫、抢抢东西，厉害的还杀过人呢！"

"咦，说起来这个一刀山寨倒是很少拿城里的有钱人下刀，不然官府早就不能忍了，他们多是打劫过往的商队。"

"我听说这种劫法可赚了，打劫一次就能吃好久。"

谢凉听了一阵，觉得和想象中的山寨没什么不同，唯一的区别大概就是城里人对他们的仇恨值比较少。

他在城里转了转，又回去了。

金来来几人继续期待地望着他。

谢凉道："明天去。"

金来来几人顿时一蹦三尺高，觉得终于能扬眉吐气了，但紧接着却听谢凉说要先和人家讲讲道理，都是一怔："啥？"

谢凉说讲道理，那就是真讲道理。

转天一早，他带着金来来他们前往一刀山寨，在半山腰就见到了闻讯赶来的郝一刀。他看了看这位脸上带疤的魁梧大汉，客套地报上姓名。

郝一刀显然是听过传闻的，目光微凝："你就是那位谢公子？"

1　花红：指通缉告示或寻人启事中悬赏的赏金。

谢凉笑道："正是在下。"

郝一刀道："不知谢公子有何贵干？"

谢凉道："在下这位小兄弟前些日子被你的人打了，特来讨个说法。"

"这可是误会，"郝一刀道，"谢公子有所不知，那天的小娘子是我四弟的媳妇，他们小两口之间的事，外人哪有插手的道理？"

"你胡说！"汤圆怒了，"人家梳的明明是个未出阁小姑娘的头！"

郝一刀面色为难："那是他们聊起以前的事，那天故意梳着玩的。"

汤圆更怒了："我们第一次来的时候，你们可不是这么说的！"

"人家小夫妻的事哪好拿出来当众说，我今日也是看在谢公子的面子上才说的。"郝一刀看向谢凉，"谢公子若是不信，我把四弟妹喊来，你们亲自问问。"

谢凉看了一眼要炸毛的汤圆，见他老实下来，这才对郝一刀道："不用了。"

根本不需要问，想也知道，这段日子他们肯定把一切都打点好了。

郝一刀微微提起一颗心。

自从得知金来来是叶帮主的外甥，他们就赶紧想出了这个法子。

他经历过山寨被端的劫难，幸亏运气好跑了，也幸亏有那次的事，他才吃一堑长一智，觉得不能祸害周围的百姓，否则早晚吃不了兜着走。老四这次是没办法，真看上了人家，他这个做哥哥的只能成全，但也只有这一次而已。所以他不怕白虹神府的人找上门算账，因为他们把理先占了。

再者他们之前劫的都是别处的人，完全能理直气壮地让白虹神府的人去城里问问有哪家受过他们的迫害，到时白虹神府的人问不出，他们就可以说对方以大欺小，想来那种注重名声的大派是不会动他们的。

然而他没想到来的是谢公子，他是不怕白虹神府，但他怕九爷。

虽说他们是不怎么掺和江湖纷争的小杂鱼，可九爷的大名还是听过的。

九爷可不管他们有理没理，更不管是不是以大欺小，做事全凭喜怒。这位谢公子与九爷的关系匪浅，一个弄不好把九爷招来，他们都得交代了。

他紧张地看着谢公子。

谢凉好脾气地道："既然如此，那确实是误会了。"

郝一刀的心头微微一松，连忙道："但我四弟把人打了也确实不应该，这样吧，改天我做东，请诸位喝一杯，给这位小兄弟赔个不是。"

谢凉痛快地点头："行。"

郝一刀见他们要走，客套了一下："谢公子难得肯来我们这个小地方，要不上去喝一杯再走？"

谢凉笑道："不了，改天吧。"

他说完带着人便走了，汤圆几次想插嘴都被秦二按住，憋了一路，直到回家才急道："你别信啊，那小丫头肯定是被抢过去了！"

谢凉道："我知道。"

金来来道："要打吗？"

谢凉道："不打。"

金来来道："我觉得咱们打得过。"

汤圆几人在旁边齐齐点头。

跟着谢公子的那十人可是天鹤阁的精锐，打郝一刀绝对没问题。

谢凉道："我也知道。"

但一刀山寨所处的地势确实险峻，他们直接打上去，并不能做到万无一失，哪怕损失一个，谢凉都觉得亏。

金来来道："那我们要做什么？"

谢凉道："你们可以尽一尽地主之谊，带我去城里的酒楼吃个饭。"

金来来几人顿时异口同声："啥？"

谢凉耐心分析了一下。

少林之事其实没过多久，对方只是听到他的名字便知道他是谁，说明他们一直有差人留意城里的消息。这或许是他们的习惯使然，但在这个当口，谢凉觉得一大部分原因是知道金来来离开了山庄，他们担心金来来会去请白虹神府的人。因此最近这段时间，山寨里绝对戒备森严。要是上面再有点机关陷阱，他们打上去简直得不偿失。

金来来倒也不是太笨，说道："所以要先让他们放松警惕？"

谢凉嗯了声："他们若是真来请吃饭就应下。"

金来来几人懂了。

谢凉道："走吧，去城里转转。"

金来来几人苦着脸："我们没钱啊……"

谢凉笑道："我有，我请你们。"

他和窦天烨在钟鼓城赚了一大笔钱，作为方案的制定者，谢凉也是有分红的，加之他要混江湖，窦天烨他们便多给他塞了点，因此他身上的钱很宽裕。

于是金来来几人欢欢喜喜地跟着他下山了。

三日后，郝一刀果然来请客了。

双方约在城里最大的酒楼，热热闹闹吃了顿饭。金来来几人虽然蠢，但好歹都是二世祖，酒桌上的应酬还是会的。谢凉也拿出了学生会主席的交际能力，一顿饭吃下来，他已经能和对方称兄道弟了。

他顺便还说了自己最近都会留在这里，因为金来来他们的父母不同意他们混江湖，他得负责把人劝回家。

他说道："要是我劝不动，今后便劳烦大哥多照顾一二了。"

"没问题！"郝一刀爽快道，"兄弟放心，以后那种误会不会再有了。"

谢凉笑道："大哥的人品我自然信得过。"

郝一刀只要想到九爷的朋友喊自己"大哥"，就觉得说出去特有面子，一顿饭吃得意犹未尽，嚷嚷了好几句改天再喝，听见谢凉同意，这才回去。

谢凉搞定了他们，对天鹤阁的人下了一个令：去打听打听一刀山寨的厨子。

他之前本想在城里问问有关一刀山寨的事，看看有没有可以利用的线索，结果人家不祸害这里的人，那就得用别的法子了。不过他在城里也不是全无收获，至少知道拿下山寨可以得一笔钱。

天鹤阁的人办事很靠谱，没过几天就问出来了，给山寨做饭的厨娘是村子里的老寡妇，说是不太好相与，仗着山寨那点关系没少占左邻右舍的便宜。

谢凉诧异："她住在村里？"

精锐道："大部分时候都在山寨住，她的儿子儿媳住在村里，她偶尔会回来看看小孙子，听说她很疼孙子。"

谢凉道："她儿子儿媳和山寨的关系如何？"

精锐道："基本没什么交情。"

谢凉懂了。

厨娘仗着山寨的势占便宜，但其实也觉得山寨名声不好，因此不愿意家人与山寨有过多的交集，看来感情应该不深。他说道："去把她小孙子绑了。"

天鹤阁一众半点迟疑都没有。

他们平时跟惯了九爷，什么无耻的事都见过，而且大部分也都干过，只听一句便知道谢凉后面的吩咐，问道："公子想下什么药？我们提前弄来。"

谢凉道：“下泻药。”

天鹤阁一众扭头便走，很快就把人绑了来，威胁人家小两口敢报官就对他们不客气，然后让厨娘的儿子以"孙子发烧吵着见奶奶"为由把厨娘喊下了山，告诉厨娘给山寨的人下药。

"不听话就让你永远见不着你孙子，别想着郝一刀能给你出气，"精锐道，"不信去打听打听，看看他们敢不敢惹我们家公子。"

"我们公子还说了，你要是干成这事，山寨里的钱分你一半！"

厨娘惊慌的眼神里瞬间露出一丝贪婪的光。

精锐把人轰走，回去复命了。

谢凉正拿着一个拨浪鼓逗小孩，听完他们的话，心想这业务是真娴熟，问道："九爷以前没少让你们干这种事吧？"

精锐异口同声："没有，我们九爷可好了！"

谢凉："……"

厨娘自然不是当天就回去了，而是在村里住了一天才回的山寨。

中午一过她就跑了下来，说是下完了药，并且下的是大剂量的。谢凉带着众人在半山腰停了一会儿，派出一个精锐上去请郝一刀喝酒，片刻后见对方安然无恙地回来，回复说确实都中了泻药。

谢凉放心了，带着人轻轻松松就进了山寨。

郝一刀这么多年共打过二十多场劫。

他要过刀、拼过命，把人打得哭爹喊娘过，也被别人打得满地找牙过。他想过自己会死得悲壮，也想过会死得窝囊，但再窝囊也不能是栽在泻药上！

他的脸色白里带青，拿着双刀要骂人，结果刚一起身，肚子里便传来"咕噜"一阵轻响。

"……"他怒道，"卑鄙，你有本事等我上完茅房再打！"

谢凉道："当初金来来要和你单打独斗，你不是也要诈了吗？"

郝一刀道："上次喝酒是你自己说的这事过去了！"

谢凉点头："嗯，这事是翻篇了。"

郝一刀忍着肚子疼，咬牙道："那你这是干什么？"

谢凉拿出找官府要的新告示抖开给他看，说得理所当然："我赚钱啊。"

郝一刀："……"

山寨一众："……"

无耻！

056.

听谢凉说是想要钱，郝一刀不禁燃起一点希望："谢公子饶我这条命，我愿意翻倍给你。"

谢凉道："你掏得起？"

郝一刀忙道："掏得起！"

谢凉很满意："挺好，你们钱放在哪儿？"

郝一刀顿时闭嘴，他算是看出来了，姓谢的除了要官府的花红，还想洗劫他的山寨。

最后一丝希望彻底破灭，他夹紧双腿，破口大骂："你一个堂堂白道大侠，竟然以大欺小，还用这种下三烂的手段，简直卑鄙无耻！"

谢凉一脸诚恳："多谢夸奖。"

郝一刀道："我没夸你！"

谢凉不想当那种死于话多的反派，微微抬手，示意他们拿人。

郝一刀不甘束手就擒，大骂一声，拎起双刀要和他拼命。金来来就站在谢凉的身边，不等天鹤阁的人动手，他便扬起小金锤率先迎了上去。

二人眨眼间对上，"咣当"一声短兵相接，双刀架住了小金锤。紧接着只听"噗"的闷响突然传出，并伴着少许流水声。

金来来："……"

郝一刀："……"

金来来默默瞅了一眼郝一刀的裤裆，收锤后退，捂住了鼻子。

"……"郝一刀感觉这辈子的侮辱都在今天受了。

他想反抗挣扎，甚至想拉着谢凉同归于尽，但都是徒劳，很快被天鹤阁的人点了穴，终于死心，崩溃地吼道："能不能让我先上个茅房！"

谢凉道："拉都拉了，还上什么茅房？"

郝一刀："……"

山寨一众："……"

做人怎能如此缺德！

谢凉当然是说着玩的，他也不想拖着一群拉裤子的人下山，于是吩咐天鹤阁的人封住这几位寨主的哑穴、内力和上半身之后，便把所有的工作都交给挑选出的寨众了。

可怜寨众自己就拉肚子，还得伺候几位老大，简直想哭。

更惨的是厨娘下的药是大剂量的，等他们彻底结束战斗、打理好自己并换完衣服，一个个都有些精神恍惚。

这个过程，谢凉分了一多半的人监工，自己带着剩下的人和金来来他们找到了山寨藏钱的地方，简单看了几眼，心里很满意，示意他们搬钱。

金来来道：“要是把郝一刀他们送去官府，官差问起钱呢？”

谢凉道：“就说光顾着抓人了没想起来。”

金来来道：“那他们要是派人上来见到没有……”

谢凉笑道：“肯定是被别人趁乱搬走了，和咱们有什么关系？”

金来来深深地觉得有道理，高兴地拉着小伙伴过去装钱。汤圆几人也是亢奋不已，虽说主意是谢凉出的，但刚刚打仗的时候他们都出了一点点力，勉强也算是他们赚的。

看着一箱箱的金银，他们感动得差点落泪。

这可是帮派成立以来赚的第一笔钱！而且完全不费劲！

他们见谢凉带着人又去了别处，一边装钱一边感慨。

“咱们这几天都干了啥？”

“我想想，好像是吃饭遛弯斗蛐蛐。”

“这就把钱赚了，跟做梦似的……”

金来来骄傲道：“谢公子厉害吧？”

顾喜喜几人齐道：“厉害厉害！”

这么厉害的人要是能留下就好了，几人越想越舍不得谢凉走，等装完钱便跑去找谢凉，觉得能留他多久是多久。

谢凉这个时候带着人把几位寨主的小金库都翻了出来，正在清点，扫见金来来他们，问道：“装完了？能一次性搬走吗？”

“应该能，他们有马车，能装车走，”金来来凑过去，“谢公子之后有什么打算？”

谢凉道：“没想好，兴许会带着秦二也弄个帮派吧。”

金来来几人的眼睛瞬间一亮，迅速围住了他。

“还弄什么，就我们这个呗，地方都是现成的！”

"就是，大家都是熟人，你们找别人合伙不如找我们啊！"

"你留下我们都听你的！帮派的名字不合心意你也能改！"

"算上秦二咱们六个人，江湖上有个五凤楼，那咱们就是六龙庄！"

"对，有了谢公子，咱们六龙庄一定能名扬……六什么六，听谢公子的！"

几人纷纷朝出主意的汤圆脑袋上来了一巴掌，一齐期待地看向谢凉。

谢凉哭笑不得："这事回头再说，先忙。"

金来来几人也知道急不得，便帮忙把小金库的钱往外搬。

等到望着几辆马车慢悠悠地驶下山，踪影在山路尽头消失，郝一刀那边才刚刚完事。他们被天鹤阁的人捆住，用绳子串成了一串，而在他们身后则是哭成一团的家眷。

汤圆刚上来的时候便吩咐过护卫去找那个小姑娘，不过小姑娘也中了泻药，护卫只能等她的药性过了再带回来。此刻她并未在队伍里，而是到了汤圆的面前。

谢凉打量了一眼，发现她才十五六岁的样子。

他虽然知道已经晚了，但亲眼见到她梳了妇人头，心里还是惋惜了一下，问道："想回家吗？"

小姑娘脸色煞白，精神也有些恍惚。

大概是最近发生了太多事，她没哭也没闹，片刻后才微微回神，认出了救过自己的汤圆，对他行了一个常礼。

汤圆道："你要是不想回村子就去我家吧，听说过江南贺家吗？我是贺家的人，我写封信给我娘，差人送你过去。我娘可好了，她会安排好你的，而且我们那里有些人家不讲究这些虚的东西，以后你要是想嫁人，让我娘给你找个人家嫁了。"

小姑娘眼眶一红，又对他行了一个礼，安安静静的。

谢凉看到这里便收回了目光，望向那边的家眷，侧头询问大鹤阁的人："若把他们也押到官府，那边会怎么处置？"

精锐道："郝一刀他们就是打打劫，抢抢东西，一般这种事连累不到妻儿，官府应该会安排他们回家。"

谢凉点头："那都一起押过去吧。"

郝一刀听不见他们的话，见谢凉盯着他的家眷和手下嘀嘀咕咕，声音都变了："姓谢的，你又想干什么？你是不是想把我的媳妇孩子卖给人牙子？"

谢凉道："不是。"

郝一刀道："你少骗人……"

谢凉温柔道："你再骂一句那就是了。"

郝一刀立刻闭嘴，但仍紧紧盯着他，像是想扑上来咬他一口。

谢凉不和他浪费时间，示意天鹤阁的人把他们押去官府，顺便把花红领了，然后便回到了山庄，得知钱已经清点出来，便让精锐把一半的数目告知厨娘。

精锐愣了一下，先前他们说要给厨娘一半的钱完全是信口开河，谢公子这是真想给？

谢凉看出他的疑惑，笑道："做人怎能言而无信，当然是说给就给。你告诉她这个数目刚好够赎回她孙子，去把她孙子还给她吧。"

原来如此。

哎呀，难怪九爷这么稀罕谢公子，原来是一丘之貉。

呸呸呸，这分明是英雄相惜。

精锐颠颠地跑了。

秦二一直跟着谢凉，心里的想法和精锐的差不多。他见天鹤阁的人走远，迟疑道："厨娘会不会一时不甘到处嚷嚷？"

"她没这胆子，哪怕有也无所谓，咱们搬钱的时候肯定被山寨的人看见了，"谢凉转身进屋，不等他问就接着回答，"就是挑没人的时候搬，郝一刀他们也会觉得是咱们搬的，都一样。"

秦二道："要是官府问起来呢？"

谢凉淡定道："那一定是郝一刀他们怀恨在心，冤枉咱们。"

秦二想了想，觉得官府对这种事似乎不会太较真，便放心了。

浩浩荡荡的一群人被押进城，顿时引得众人围观。

没出两日，一刀山寨被端的事便在附近传开了，人们好奇之下纷纷询问缘由，得知可能和一个小姑娘有关，立刻就激动了。

等到乔九抵达小镇，就在客栈里听到了消息一传十、十传百后的版本。

"是那个好厉害的谢公子？"

"对，就是他。"

"哎，我听说是因为一个小姑娘，是真是假？"

"真的，谢公子对她一见钟情，谁料一刀山寨的四当家也看上她了，就把她掳到了山上。于是谢公子冲冠一怒为红颜，带着人把山寨给端了！"

"噫……那小姑娘人呢？"

"听说被谢公子带走了，至今没回家。"

"噫……"

乔九慢条斯理地吃完两碗米饭，擦擦嘴，示意小二把饭菜撤了，然后去买了包瓜子，开始坐着嗑瓜子。

天鹤阁精锐的小队长收到消息赶过来的时候，他家九爷已经嗑了一桌子的瓜子皮。他见九爷随便易了一张平淡无奇的脸，摸不准这是什么意思，便喊了声"九爷"，静等吩咐。

乔九道："真有个小姑娘？"

精锐点头，将事情叙述了一遍。

乔九点点头："他呢？"

精锐用内力压着声音："在山庄里，准备今晚把黑老大的山寨端了。"

乔九道："怎么端？"

精锐道："黑老大今天娶小妾，谢公子让我们调个包。"

乔九只听这一句就懂了，说道："我要了个房间，你就住下吧。"

精锐愣了愣："我住下？"

乔九不答，带着他上楼回房，用行动告诉了他答案。

精锐望着九爷易了自己的脸，顿时明白，识时务地把衣服脱给他，目送他开门离开，之后便易了九爷之前那张脸，回到大堂里坐着嗑瓜子。

057.

谢凉其实没想端黑老大的山寨。

他刚来不久，还没怎么摸清情况，当然不能急着下手，如今会做这个决定，全都是巧合。

因为小姑娘情绪稳定后打算离开这里，她父母哥嫂不想留下受人指点，便也决定跟着离开，反正苦日子过惯了去哪儿都一样。结果就在汤圆安排他们的时候，在村里听到一个消息——黑老大要纳妾，纳的是邻村一个丫头，据说是威逼利诱了一个月才搞定的。

谢凉派天鹤阁的人细查了一下，发现确有其事，那丫头先前还寻过一回死，被救下后就死心了。黑老大的寨子规模比郝一刀小些，黑老大本人孔武有力，身手比郝一刀厉害，就是太好色，至今已经纳了五房小妾，那小丫头是第六个。

　　不过黑老大虽然花心，但不会应付了事，每次纳妾都办得很像样，有时甚至能赶上娶妻的排场，幸亏他发妻死得早，不然铁定被气吐血。

　　谢凉也是听到这一点才觉得是个机会。

　　于是他从精锐里挑了两个会缩骨功的，分别易容成小丫头和随行的婆子，在丫头还没起床时就调个包，连商量都免了，省得被看出问题。至于婆子则要"小丫头"半路方便时拉着婆子陪同，再由人调包。

　　小粉轿早晨出发，到黑老大的山头便是中午。

　　按照习惯，黑老大会体贴地让小妾休息一会儿再走流程，接着他会和兄弟们喝一下午的酒，晚上入洞房。那时席上的人肯定都醉得差不多了，两名精锐对上几个醉醺醺的骨干，还不是手到擒来？

　　乔九到达山庄的时候，谢凉正要带人去黑老大的山头等着接应。而那丫头昏睡了大半天终于醒了，弄清来龙去脉后便红着眼跪在地上给谢凉磕头。谢凉受不了这个，立刻要把人扶起来，却听她紧接着说要跟着他给他做牛做马，顿时听愣了。

　　乔九迈进门的脚步一顿，扫了谢凉一眼。

　　谢凉看着小丫头："不用，事情一结束你就回家吧。"

　　小丫头可怜地抽泣："没有这一次还有下一次，只要对方给的钱多，我爹娘就要把我卖了，公子你行行好，就让我跟着你吧，让我做什么都行！"

　　谢凉不想浪费时间，说道："这事等我回来再说，你先住下。"

　　他示意他们把人送回房，转身时看见小队长回来了，问道："是有事？"

　　乔九点头。

　　谢凉道："和你们九爷有关？"

　　乔九摇头。

　　谢凉便不问了。

　　这十人虽然跟着他，但偶尔也会收一些天鹤阁那边传来的消息，人家帮内的事务他不便多问，除非是有某人的消息。

　　他带着他们往外走，忍不住多问了一句："消息上没说你们九爷最近怎么样？"

　　乔九道："没有。"

　　谢凉点头："我回来写封信，你下次再和你们的人传消息，记得帮我送出去。"

　　乔九道："给九爷的？"

谢凉道："嗯。"

乔九按下一瞬间雀跃而好奇的心情，默默在后面跟着。

他暗中打量谢凉，分别至今还没有一个月，谢凉仍是那时的样子，但不知为何，他总觉得很久没见了似的。

其余几名精锐则齐齐地打量他，都是朝夕相处的兄弟，突然出了毛病，他们自然能发现不对劲。

乔九先前学口技的时候只重点学了方延的声音，如今要装别人的声音便有些勉强。他也知道瞒不过手下，便回头给了他们一个阴森森的眼神。

众精锐："……"

我的娘，原来是九爷！

他们立刻老实正经了起来，屁都不敢放一个，直到谢凉诧异地看向他们。

"你们九爷没出事？"谢凉道，"平时这种时候你们应该会说不少九爷的好话，然后解释他为何没先给我写信，今天怎的这么安静？"

"……"乔九特别想知道他的人这些日子都干了多少蠢事，嘴上道，"他没事。"

其余精锐连忙接上，生怕拖后腿。

"之前传来的消息，九爷已经回云浪山了，当然不可能有事的。"

"对呀，我们九爷那么厉害。"

"俗话说得好，好人不长寿，祸害……"说着"吧嗒"卡住。

其余同僚倒吸一口凉气，急忙给他续命："俗话说武功高的人活得都长！"

"对对对，"先前那人直冒冷汗，"我们九爷可好可好了！"

谢凉笑道："那你们觉得他为何没给我写信？"

他还用写信？他都亲自过来了！众精锐没敢回答，等着"小队长"发话。

乔九道："或许在忙。"

众精锐立刻帮腔，说他们天鹤阁的生意好，九爷回去后肯定有不少事要处理。金来来听了几句，插嘴道："可能是不知道写什么，搞不好我表哥会亲自来看看，没准已经在路上了呢！"

众精锐："……"

这太准了，直到迈出山庄的大门，他们都没再随便开口，更没敢往九爷的脸上瞧。

好在谢凉只是笑了笑，没做任何表示，话题便迅速结束了。

一行人抵达黑老大的山头时，天色刚要开始变暗。他们等到入夜，看见了半空亮起的信号，于是冲了过去。

和想象中一样，基本没费什么工夫。

两名精锐把寨中骨干制住，其余寨众都不敢轻举妄动，谢凉他们轻轻松松就摆平了。

黑老大生得魁梧，还瞎了一只眼，如今正被封住内力五花大绑地捆住。

他简直无法形容当自己掀完盖头想要一亲芳泽，他娇滴滴的小妾用大老爷们儿的声音喊了声"哎呀，讨厌"，然后一下点住自己的穴道时，他五雷轰顶的心情。

此刻见到罪魁祸首，他顿时破口大骂，什么难听骂什么。

他的几个兄弟和他脾气相投，都很硬气，这时酒醒了一大半，便也跟着骂。

谢凉道："不问问我为何绑你？"

黑老大怒道："还用问，不就是为了钱吗！"

谢凉道："当然不是。"

黑老大道："那你是为了什么？"

"为了替天行道，"谢凉找地方坐下，认真道，"前些日子吧，你以前杀的一个男人，对了，叫什么来着……"

黑老大愣了愣，问道："陈小谷？大脸麻？断腿鬼？"

"哦，陈小谷，"谢凉一本正经，"他给我托梦让我替他报仇，我就只能找上你了。"

黑老大又愣了一下才反应过来自己被耍了，再次开骂。

装小妾的精锐头戴玉钗，仍穿着小粉衣，身高也没拉回去，只是撕了易容，见他骂起来没完，抬腿给了他一脚，让他老实点。黑老大扭头对上他这张汉子脸，无数悲愤直往头顶上涌，骂得更厉害了。

谢凉随他骂，自己去厨房转了一圈，发现有很多菜没动，便吩咐众人收拾出两张桌子，然后把饭菜端过去，坐下开始吃饭。他们等到现在，晚饭都还没吃，刚好吃了再走。

黑老大和几名骨干咬死他的心都有了，坐在旁边继续对着他们骂。

金来来几人吃了两口饭，默默瞅了一眼吃得蛮香的谢凉，问道："要不把他们的穴道点了？"

"不用，让他们骂，"谢凉道，"主要是给你们听的，以后想跟着我，你们得习惯。"

金来来几人顾不上回味这句话里隐藏的凶残含义，听谢凉说可能要收他们，顿时激动，感觉黑老大的咒骂都动听了些。几人瞅瞅同样吃得很香的天鹤阁一众，暗道一声不愧是大帮派的人，于是纷纷拿起筷子夹菜，还喝了一小杯酒。

黑老大和骨干："……"

太气人了!

饭后谢凉照例带着他们把山寨搜刮了一遍。有过一次经验，再来一次他们就熟练多了，一行人很快装好了钱。此刻已是深夜，他们便把黑老大等人关起来，决定睡一觉再走。

谢凉睡的是黑老大的屋子。

这是今晚的洞房，所以装扮得十分喜庆。乔九望着他在屋里转了一圈，见他嘴角的笑就没变过，问道："公子很高兴?"

谢凉盯着他笑："赚了一笔钱，我当然高兴，你不为你家公子高兴吗?"

乔九"哦"了声："恭喜公子。"

谢凉笑着点点头，嘱咐他晚上一定派人看好黑老大他们，便告诉他早点休息。

乔九听话地开门出去，安排好了换班的人，在山寨里慢慢溜达了一圈，觉得没什么好看的，便回房待了一会儿，估摸谢凉差不多睡着了，这才偷偷摸摸进了他的房间。

谢凉大概是怕出事，屋子的一角仍燃着根蜡烛，把那角落照得暖洋洋的。乔九站在床前，借着这点微弱的烛光看着他，神色有些复杂。

谢凉这小子太奸诈，心思也深，经常嘴里没有一句实话，搞不好窦天烨他们知道的理由都是谢凉随口应付的。

可偏偏让人在意。

他既想从谢凉这里撬一句实话，同时又有些抗拒。若是换成以前，他好不容易抓到谢凉的小辫子，必定会迅速撕掉易容挑破，最好逼得谢凉哑口无言，然而此时此刻，当一切真的来临，他却宁愿这都是假的。

谢凉睡得并不踏实，轻轻皱起眉，伸脚把被子踢了。

乔九回过神，上前两步给他重新盖好。

这时手腕一热，谢凉抓住了他。

他猛地抬了一下头。

"你再站着不动，我都要睡着了，"谢凉笑着睁开眼，"我还在想，要是蹬了被子，你不给我盖可怎么办?"

乔九立刻换上嫌弃的表情，一把甩开他："你知道是我?"

"原本是不知道的，"谢凉坐起来，"谁让你今晚是和我在一个桌子上吃的饭。"

乔九扬眉。

谢凉笑道："不巧，你喜欢吃什么，不喜欢吃什么，我都记得。"

乔九感觉胸腔瞬间热了一下，语气依然嫌弃："还是这么油嘴滑舌，你小心哪天被打。"

谢凉笑道："这怎么是油嘴滑舌？这说明我在意你。"

他穿上鞋起身，朝乔九走过去。

乔九见他停在自己的面前，然后抬起了胳膊，知道他想干什么，便站着没动。谢凉成功摸上他的脸，慢慢撕掉了他的易容。

还是那见之不忘的五官，也还是那肆无忌惮的姿态。单是往这里一站，整间屋子就仿佛亮了几分似的。只是不知是不是错觉，他的眼神有些幽深。

谢凉笑道："九爷来找我，是想我了吧？"

乔九下意识地想给他一声嗤笑，但想起自己的来意便忍住了，盯着他的眼睛："我听你那些朋友说，你混江湖是为了我？你到底是为了什么？"

"为了当你坚定的盟友和后盾啊，"谢凉笑道，"九爷感动吗？"

乔九见谢凉一点意外的表情都没有，便知道他早已猜出窦天烨他们瞒不了多久，甚至有可能当初是故意给了窦天烨他们那样一个说辞，然后故意只对自己隐瞒。

总是这样，他想。

这头小狼崽子好像总能勾着他的心神，让他猜来猜去，牵肠挂肚。

他不由得道："你嘴里有一句实话吗？"

谢凉道："那九爷觉得我是为了什么？"

乔九看了谢凉两眼，拉开一把椅子坐下。

他认真思索过谢凉的目的，若不是通天谷的命令，那便是自己本身的想法。

谢凉这人骨子里很强势，换位想一下，如果他是谢凉，忽然来到一个陌生的地方，身边还有朋友需要照料和保护，也必然不会甘愿只做个小商人。何况谢凉已经知道通天谷的事，肯定要未雨绸缪，免得以后这一层身份被发现，引来无数麻烦。

他问道："因为通天谷？"

谢凉道："这是其中之一。"

乔九道："因为挖到了箱子，被那伙人盯上了？"

谢凉"嗯"了声："也是其中之一。"

几句话说下来，乔九的情绪已经恢复正常。

他扫见桌上的酒壶，拿起来给自己倒了一杯酒。他还有很多话想要问谢凉，但又理智地觉得应该停在这里，可真的停了他又不开心，一时进退维谷。

谢凉在他身边坐下，伸手也倒了一杯酒，和他碰了一下杯，笑道："你不好奇其他缘由？"

乔九不动声色地看着他。

"通天谷和它带来的一系列麻烦，包括窦天烨他们的安危问题，我其实在心里做过几个预案，不一定非要闯荡江湖，"谢凉道，"但人都是自私的，我会选这条路，当然是因为它对我有好处。我不喜欢当弱者，不想总是被保护，想要尽快成长，保护对我而言重要的人。"

他和乔九对视，双眼微微一弯："所以那句'想当你的盟友'是真心话，考虑一下吧九爷。"

乔九盯着他看了一会儿，扯起嘴角嗤了声："还没学会走就想跑，我懒得搭理你，睡你的觉吧。"

"答应我呗。"谢凉伸手想拉他，却被他及时躲开了，知道他性格别扭，便笑着耸了耸肩。

058.

然而他还是低估了九爷的别扭程度。

转天一早，他就发现他的精锐"小队长"失踪了，等他带着人回到山庄，迎接他的小队长已经换成了原装货。

他问道："你们九爷呢？"

小队长道："走了。"

谢凉道："他没说什么？"

小队长摇头。

谢凉哭笑不得，转身进了大堂。

小队长看向同僚，眼中带着询问。

其余几人都很担忧，低声道："昨晚九爷趁着公子睡着，偷偷摸进了他的房间，可没待一会儿便出来了，然后早晨天没亮就走了。"

小队长老实巴交的脸上也升起一丝担忧："他们吵架了？"

"很有可能。"

小队长道："因为什么？"

"我们也不知道啊，要不你问问？"

小队长点点头，也进了大堂。

金来来等人早已跟进门，正高兴地围着谢凉，询问下一步要端哪个山寨。

据他们所知，周围这几个山寨，官府都挂出了花红，这种扫荡山寨赚花红的生意简直太赚，唯一的遗憾是只剩两个山寨了。

谢凉道："短时间内先不动。"

金来来几人一想也明白了。

他们连续端了两个山寨，剩下那两个肯定会警惕起来，得先消除对方的顾虑。汤圆道："喊出来一起吃顿饭？"

谢凉道："没用。"

汤圆道："那……"

谢凉道："什么都不做，过咱们的日子。"

金来来道："要等多久？"

"如果找不到好的机会，至少得大半年，"谢凉道，"不急，反正早晚会被咱们拿下。"

这话听着实在是提气，金来来几人感觉胸腔有一股豪气，恨不得立马上阵杀敌，等过了一会儿才后知后觉地意识到，谢凉的意思是要留下来。

金来来十分激动，再开口时都有些结巴："那谢公子以后就是帮主，帮派的名字由你来定，我们都听你的！"

谢凉笑道："你不做帮主了？"

金来来很识时务："做什么帮主，我还是当副帮主吧。"

他以前觉得创建一个自己的门派当帮主很威风，可真的坐上那个位置才知道不容易。这次若不是谢公子帮忙，他们的帮派恐怕已经散了。

谢凉笑了笑，并不推辞，听见他们坚持让自己取名字，想说不用，但话未出口，脑中突然闪过几个小伙伴的身影，便道："敌敌畏。"

金来来几人都是一愣："嗯？"

谢凉道："敌人的敌，畏惧的畏。"

金来来几人沉默数息，异口同声："好名字！"

谢凉哭笑不得："真好假好？要是不愿意就实话告诉我，可以改成六龙庄或敌畏盟。"

金来来几人告诉他是真好听。

此时已到晌午，护卫说饭已做好，他们便顺势结束话题，纷纷走向饭厅。

汤圆感动道："谢公子人真好。"

"那是，我表哥的朋友能差吗？"金来来道，"敌畏盟其实也可以，就是为了成全咱们才取的叠字，咱们得知足！"

"嗯！"

秦二默默跟着他们，心想：我名字里没叠字，我是招谁惹谁了？

不过算了，只是个名字而已，主要是跟对了人，为了娶叶姑娘他什么都能忍。

谢凉完全不知道自己刷了一波好感值，见他们走得很快，便不紧不慢在后面跟着。

天鹤阁的众精锐等到机会，磨磨蹭蹭犹豫了一会儿，眼见快到饭厅，小队长终于试探地问了一句："公子是和我们九爷吵架了？"

谢凉道："没有。"

几人有点不信，但见他这么回答便也不好再问，照例说了九爷的不少好话。

黑老大一群人被押进城的场面再次引发轰动。

人们传得沸沸扬扬，说什么的都有，剩余两个山寨果然收敛了很多，山头附近也时不时会出现砍柴的村民，很可能是被派来盯梢的。

谢凉一概不理，清点完现有的资金便准备买地，好歹以后能收点租，免得饿肚子。

但也不能光买地，帮派想发展，总要有稳定的资金来源，他们可以适当做些生意，至于做什么生意还得再看，不过这才刚刚开始，他不着急。

连续干掉两个山寨头子，他的名字在这里十分响亮。买地的事并没发生太多的波折，很顺利就谈了下来，等到地契到手，新做的牌匾也送了。他还是没有写"敌敌畏"三个字，因为挂在门上有些怪，因此最后写的是"敌畏盟"。

牌匾挂上后，新的帮派算是彻底成立了。

此时距离乔九离开那日已经过了十多天。

这几天谢凉一直在暗中观察天鹤阁的人，连山庄里其他人包括金来来和护卫他们，甚至那留下来的小姑娘和厨娘都没放过，结果一点乔九的影子也没有。

他知道乔九对他和对别人不一样，本以为自己说完那句话后，他们会把酒言欢畅饮一番，谁知对方竟一声不响地跑了。难不成是古人不习惯这种感情表达方式，或者乔九以为自己对他有别的想法？

谢凉扶了扶额，一时啼笑皆非。

"公子。"清甜的声音打断了他的思路，他抬起头，见小丫头端着茶杯放在了桌上，"公子喝茶。"

谢凉应声，这小丫头最近总往他的屋子里跑，心思显而易见。

小丫头见他盯着自己，问道："公子还有吩咐？"

谢凉道："你之前说让你做什么都行，对吧？"

小丫头脸颊一红，微微垂头："是。"

"你站着别动。"谢凉说着上前捏了一把她的脸，发现不是易容，终于死心，便叫来天鹤阁的人，示意他们把她送回家。

小丫头神色顿变，刚想哭着请求留下便被点住了穴道，只能任由自己被带出门。

谢凉站在门口望着他们走远，轻轻呵出了一口气。

小队长以为他是舍不得，连忙表示他们看出了她想勾引谢凉，查了查她的情况，她的父母蛮疼她，最近更是来看过她，不像是只为钱就能把她卖掉的样子，所以这丫头是心术不正，不能要。

谢凉笑道："我知道，我只是有点遗憾，她不是你们九爷易容的。"

小队长："……"

确实说不准，毕竟他们九爷性子一上来，什么事都敢干。

他望着谢公子进门，思考了一下，把这事写在小条上传了出去。

乔九离开山寨就去了五凤楼。

凤楚和赵炎从少林回来后刚好没去别处，乔九一眼看见赵炎，顿时感觉一腔无处可诉的情绪得到了排解。

赵炎被乔九整了好几次，又和他拼了好几次命，最后背着行李就离家出走了。

凤楚围观了整个过程。

他和乔九认识多年，此时愣是没看出乔九的心情到底是好是坏，唯一确定的是乔九的状态很不对劲，问道："你怎么不去找阿凉？"

乔九道："我找他做什么？"

凤楚道："你不惦记他？"

乔九嘴硬："有什么好惦记的？"

凤楚笑眯眯地看着他，"唰"地打开扇子："我懂了，你是因为想去找他，但又拉不下面子，所以才拿我家火火出气。"

乔九嗤笑："你想多了。"

凤楚充耳不闻："前些日子缥缈楼的纪楼主特意向我问了阿凉的事，这次他们很可能也会请阿凉过去，你去吗？"

乔九想也不想道："不去。"

凤楚有些好奇，总觉得他们两个人之间出了问题，于是想来想去，打算灌酒。

然而九爷不是那么好灌的，他特意挑了千金难求的好酒，自己还得身先士卒往下灌，喝到最后他也有了几分醉意，撑着下巴看着对面的人："你到底怎么了？"

乔九道："没事。"

"你可不像是没事的样子，"凤楚道，"人生在世要及时行乐，你还能活多久？现在有什么事还能让九爷你为难？"

乔九懒洋洋地往后一靠："我自己都不知道我能活多久。"

凤楚道："所以都告诉你要及时行乐，不然等到闭眼的时候你会后悔的。"

乔九伸手蓄满杯子。

人是自私的，但也不能总那么自私。

他低声道："第一次……"

凤楚没听清："嗯？"

乔九端起酒杯一饮而尽，没有回答。

"不甘心"这种想法他以前有过几次，但都会很快平息。可当听到谢凉说出"当你盟友"的时候，他第一次发觉，自己竟会如此不甘心。

059.

买了地，挂了牌匾，日子便悠闲了起来。

谢凉慢慢转了一遍山头，带着他们在后山种了大片的桃李，之后便开始招人。

这次招的并不是帮众，而是负责日常起居的家丁。天鹤阁在查人方面很有一套，谢凉便将事情交给他们，自己看看书练练字，偶尔去附近和城里转转，思考一下要做什么生意。

金来来等人自然都听他的。

从凄凉无助食不果腹，到赚钱买地顿顿吃肉，不过一个月的时间而已，改变实在太大，他们都觉得前途一片光明。

不过人还是有些少，如今算上天鹤阁的人也才二十多个，规模不及一个山寨。金来来便好奇地问了一下："我们何时招些帮众？"

谢凉道："等等再说，宁缺毋滥。"

之前他们只是小打小闹，大部分江湖上的人还不知道他们的帮派，因此得需要一个契机打响名号。如果契机实在等不来，那只好主动创造。

金来来看着他练字，见他是自己磨的墨，说道："昨天新来了一批人，你怎么不挑几个随从？"

谢凉道："没找到合适的。"

金来来顿时觉得有活干了，拍了拍胸口说交给他，扭头往外走，很快遇见了闲着的顾喜喜等人。他们听说是为谢凉办事，虽然只是挑个人，但兴致都很高，便也参与了进来。

几个人勾肩搭背地迈出山庄的大门，抬头便见迎面走来一位侠客。

侠客对他们伸手抱拳："敢问谢公子可在此处？"

金来来骄傲道："对，他是我们'敌敌畏'的帮主。"

侠客微微一愣，重新看了一眼头顶上方的牌匾。

金来来道："牌匾没写错，山庄是'敌畏盟'，我们是'敌敌畏'，你找我们帮主有事吗？"

侠客听着这有些诡异的名字，沉默了下，没有多问，而是拿出一张请帖说明了来意。

他来自缥缈楼，再过半个月是他们纪楼主的五十大寿，他奉楼主之命特来给谢公子送帖子。

这次轮到金来来等人愣住了。

他们默默反应了一下，差点激动落泪。

虽然不是邀请他们，虽然帮派还没有名气，但他们有一个名满江湖的帮主。

再过不久，所有人都会知道谢公子建立了名为"敌敌畏"的帮派，他们在江湖中也终于有了一席之地，以后人们找谢公子都知道来这里……不对，等等！

他们问道："你家楼主如何得知我们帮主在这儿？"

侠客道："楼主是问了五凤楼的凤楼主。"

原来如此，金来来几人得到解惑，顿时把书童的事抛诸脑后，热情地带着他进去找帮主。

契机说来就来，谢凉接过请帖，自然答应了下来。他示意金来来招呼客人，望着他们走远，扫见一旁的天鹤阁精锐，招了招手："你们九爷现在人在哪儿？"

天鹤阁的人异口同声："不知道。"

谢凉秒懂："你们九爷让这么回的？"

天鹤阁的人道："……不是。"

谢凉带着他们找地方一坐，耐心讲道理："我承认，我们那天是吵架了。"

天鹤阁的人："……"

他们就知道是这样！

"两个人吵架，尤其是其中一个性子别扭的情况，特别需要别人说和，"谢凉循循善诱，"而不是看着他们就这么僵着，懂吗？"

天鹤阁的人眨眨眼，觉得有道理，于是相互对视一眼，告诉他九爷现在在五凤楼。

谢凉很满意，回忆了一下乔九给他画的帮派地图，知道五凤楼和缥缈楼离得很近。

他想到这次纪楼主是在凤楚那里问到自己的下落的，而凤楚也告诉了对方，便问道："五凤楼和缥缈楼的关系很好？"

天鹤阁的人道："嗯，主要是纪楼主一直想让凤楼主当他的女婿。"

谢凉好奇了："他女儿喜欢凤楚？"

众人沉默。

谢凉挑眉。

小队长道："纪楼主的小女儿是天下第一美人。"

哦，懂了，他女儿喜欢的是乔九。

谢凉道："所以那个一见钟情的传闻是真的？"

"外面都这么传，其实九爷没怎么和她说过话，"小队长道，"能传出这事，据说是她见到九爷的第一面起便失魂落魄，吵着要嫁给九爷。可九爷那个脾气……咳，可九爷那么好，哪是她家能高攀的？纪楼主自然没同意，他现在巴不得九爷赶紧成家。"

其他人在旁边补充："这都是外面传的，不清楚是真是假，纪楼主一直否认有这事。"

谢凉道："你们天鹤阁都不知道？"

小队长道："我们只知她是有些在意九爷，但不知她是不是真的求过纪楼主来天鹤阁说亲。"

谢凉点点头，决定提前出发。

众人知道他是想先去五凤楼，便颠颠地跑去收拾东西了。

谢凉练了一上午的字，开门出去透气。

山庄里亭台楼阁应有尽有，虽然没到五步一景的程度，但也十分秀气，据说当初修建时金来来参考了一点天鹤阁总部的布局。可惜这里没有云浪山得天独厚的地形条件，少了几分豪壮之感。

他至今还没去过云浪山，心里有些惋惜，一边散步一边思考，等见了面该如何把那个性格别扭的人弄乖顺。

想来想去，他先给凤楚写了封信，然后用一天的时间对金来来他们做了些交代，这便带上天鹤阁的精锐和秦二出发了。

从山庄到五凤楼大概有六七天的车程。

谢凉本以为这次能见到乔九，结果等到抵达五凤楼，出来迎接他们的就只有凤楚一个人，他问道："他呢？"

凤楚道："昨天走的。"

谢凉道："不是让你拖着他吗？"

凤楚道："我拖了，但他知道你要来。"

谢凉回头扫了一眼天鹤阁的人，见他们齐刷刷地摇头，便明白乔九肯定吩咐过下面的人留意自己的动向，无奈地呵了一口气。

凤楚笑眯眯地道："我第一次见他这么躲一个人，你们怎么了？"

谢凉道："没事。"

"哦，你也'没事'，"凤楚笑道，"既然没事那我就不问了，走，为你接风洗尘。"

五凤楼如其名字般真建有五栋楼，每位楼主住一栋，里面囊括了书房、卧室、饭厅等一切起居场所。几栋楼都是随性建的，没什么规律讲究，楼与楼之间是池塘小榭和假山花园，正中间有一座主院，会客议事基本都在这里，建筑群的东西两面则是客房，整体既典雅又非常有特色。

"他们都不在，家里只有我，"凤楚带着他往里走，"原本火火是在的，可惜被某人逼得离家出走了。"

谢凉能想象出赵炎的心情，不禁笑了一声。

这里地处江南，虽然进入初冬，天气转冷，但景色依然十分好看。

谢凉没能见到乔九，可心情未受影响，在凤楚的带领下进城玩了大半天，还吃了点特色小吃。

凤楚笑着问："味道如何？"

谢凉赞道："不错。"

此刻天色将晚，火红的云几乎要烧过半个城。凤楚不离手的扇子也染上了一层淡红，他"唰"地打开，遮住半张脸凑近谢凉，笑眯眯地道："城里有几家酒楼的饭菜做得也特别好吃。"

谢凉侧头看他，见他快速对自己眨了一下眼，顿悟，问道："哦，比如呢？"

凤楚道："比如何家酒楼，山珍楼和湖潮阁。"

谢凉道："有排序吗？"

凤楚直起身："让人难以抉择。"

"是吗，"谢凉道，"那有空一定都要去尝尝。"

秦二一直跟着他，把这段对话听进耳里，提议道："咱们今天去一家吧。"

凤楚道："今天另有安排，我带你们去看花魁。"

谢凉当即拍板："行，走。"

秦二："……"

啥？

凤楚和谢凉都是痛快人，做完决定便直奔城里最大的花楼。

秦二无奈之下只能乖乖在后面跟着，他看着自家帮主的背影，暗道相识至今，他也没觉得谢凉喜欢看美人啊，怎的突然就想看了？

正有些诧异，只听前方不期然响起一道熟悉的声音。

"凤楼主，谢公子。"

几人一齐看过去，发现是沈君泽。

此外他身边还有沈正浩、叶姑娘，以及三位眼生的男女。

缥缈楼离这里不远，这些人估计是要参加纪楼主的大寿，便提早几日来玩的。谢凉笑了笑，客套地和他们打了声招呼。

秦二终于又见到了叶姑娘，心情很激动，克制地维持着礼貌的样子往她那边迈了半步，想伸手作揖问声好，却听沈君泽问他们要去哪儿。

他还未抬起的手一僵，冷汗"唰"地就下来了，生怕谢凉当着叶姑娘的面给一句"去花楼"。

好在谢凉还算靠谱，说道："去吃饭。"

沈君泽霜色的衣服在夕阳下泛着一抹红，整个人艳丽了不少。他脸上挂着一贯温和的笑："这么巧，我们也正要去，不若一起？"

谢凉一本正经地解释："今日和凤楼主有些事要谈，改天吧。"

沈君泽不好多问，笑着点头："那好。"

秦二："……"

能有什么事，不就是看花魁？

谢凉像是知道他的怨念，紧接着加了一句，表示是谈私事，不方便太多人听，想让秦二跟着他们去吃饭。沈君泽见秦二很乐意，自然不会拒绝，又与谢凉聊了几句，这便带着他们告辞了。

060.

谢凉和凤楚按照原计划，很快进了花楼。

老鸨立刻热情地迎上来。

凤楼主她是认识的，极少会来这里，来了也从不留宿。另外一位公子虽说面生，但头发短，很有辨识度。她听过传闻，据说最近江湖上特有名的那位谢公子就是短发。

不过她自是不会打听的，笑着招呼："两位爷快里面请。"

凤楚笑眯眯地要了雅间，吩咐她去喊花魁过来弹个曲，然后看向谢凉："你想怎么走？"

谢凉道："这是个好问题。"

半个时辰后，花楼后门迈出一位头戴帷帽的女子。

女子身材高挑，穿着件淡蓝的衣裙，步伐迈得干净利落，样子像个侠女，任谁第一眼看去，都不会猜到这是从花楼里出来的。

侠女目标明确，顺着小巷迈到主街，去了最近的何家酒楼。

凤楚先前的意思很明显，他觉得乔九没有走远，仍在城里，且很有可能会在那三家酒楼其中的一家吃饭。因为这里毕竟是五凤楼的地盘，任何风吹草动都瞒不过他的眼睛。

而谢凉从敌畏盟到五凤楼都能被乔九提前知道，必然不能直接这么找过去，只能另外换个装，于是听见凤楚说去花楼，他想也不想就同意了。

此刻正是饭点，乔九有可能吃完了，也有可能还没来。

谢凉不紧不慢地迈进去，看着迎上来的小二，掐着声音询问有没有一个长得特好看的公子来吃饭。

小二道："有的。"

谢凉道："那他还在吗？"

小二道："在，就在雅间。"

谢凉有点不相信自己的运气能这么好，确认道："有几个人？"

"好几个人，"小二打量这位"女侠"，估摸是那些人的朋友，说道，"男女都有，一看就是江湖人。"

谢凉："……"

哦，八成是沈君泽他们。

他问道："那有单独来吃饭的、长得好看的公子吗？"

小二摇头。

谢凉有些无奈，道了声谢，换了一家酒楼。

可惜第二家酒楼依然没有乔九的影子，他一边思考乔九会不会易了容，一边进了第三家店。好在这次得到了肯定的答复，他找小二确认完，上楼找到雅间，敲了敲门。

里面传来一个懒散的声音："进。"

谢凉都做好找错人的准备了，闻言一瞬间把心放回肚子里，用力推开了门。

雅间里只有两个人，一站一坐。

乔九手里拿着酒杯，正坐在靠窗的位置。身后站着一位天鹤阁的人，似乎是在汇报什么事。二人本以为是店小二，突然听见这暴力的开门声，都望了过去。

谢凉站在门口没动，掐着嗓子，真情实意道："哎哟，我终于找到你了！"

乔九："……"

天鹤阁的人："……"

乔九正是不爽的时候，半个字都不愿意说，径自端着酒杯喝酒，另一只手向外轻轻一挥，示意手下轰走这个神经病。不过他也没有完全无视，仍分了点目光扫向那里。

谢凉不等天鹤阁的人过来，主动上前一步："讨厌，我找你找得好苦啊！"

说话的同时，他一把掀了帷帽，露出了下面的脸。

乔九："……"

天鹤阁的人："……"

乔九猝不及防，嘴里的酒立刻喷了，霍然起身。

"你……"他一口气差点没上来，怒道，"你穿的这是什么玩意儿！"

谢凉笑出声，扔下帷帽走过去，拉开他面前的椅子坐下，扫了一眼没动过几筷子的饭菜，对天鹤阁的人道："去给我要碗米饭。"

乔九盯着他这一身蓝："这儿没你的饭。"

谢凉道："我为了找你，饿了一路。"

乔九不说话了。

天鹤阁的人往自家九爷的脸上看了一眼，识时务地去找店小二加饭，等把米饭端来，他便让这两位爷单独聊，自己急忙跑了。

雅间顿时只剩下他们两个人。

乔九看了谢凉一会儿，重新坐回去："把你身上那玩意脱了。"

谢凉很痛快，从善如流地脱掉裙子，穿着件中衣低头吃饭。

初冬的夜晚有些冷，乔九仗着有内力，脱了外衫扔给他，嫌弃道："好好的穿什么裙子？"

"那没办法，本就是临时起意，不好特意去找易容的东西，"谢凉穿上外衫，笑道，"我头发短，只能拿帷帽遮，穿女装比较合理。再说刚好又在花楼，不缺裙子。"

乔九挑眉："你去花楼了？"

谢凉也跟着挑眉："你不知道？"

乔九没理他，给自己倒了一杯酒。

谢凉打量乔九的神色，发现他还真是不知道，笑着问："怎么，不躲我了？"

乔九当即反驳："谁躲你。"

谢凉不和他争辩，点头道："是，我误会了。"

乔九看着他吃饭，压着心头浮躁的情绪，抿了一口酒。

他确实没有派人再盯着谢凉，因为他觉得自己这避而不见的举动既大题小做又无理取闹，还显得十分幼稚，所以他离开五凤楼后并未走远，今日得知谢凉来了，他也没再让人留意对方的动静，更没有易容，想着若恰巧碰见了就好好聊聊。

可等到真的见面，他又感到了熟悉的不甘和烦躁。

他太了解谢凉了，能让谢凉说出那句"成为盟友"，这证明谢凉在乎他，而且会为了他站到高处，并在必要的时候反过来保护他。

亲手放出去的小狼崽非但不会忘记他，还会在变强后回到他的身边，自然是一件让人高兴的事。

如今会弄到这一步，问题都出在他身上。

雅间一时很静，二人谁都没有开口。

谢凉知道能让素来嚣张跋扈的九爷逃避的事必定不是小事，没有急着说话，而是尝了几个菜，觉得大厨的手艺不错，便拿起公筷为乔九夹了几样。

乔九看他一眼，终于拿起筷子，吃了起来。

一顿饭的工夫说长不长，说短也不短。

等他们吃完，便喊来小二把东西撤走，只留了半壶酒和两个杯子，颇有些不久前在山寨时的架势，像是冥冥之中的安排，让他们把上次没说完的话说完似的。

谢凉喝了一口酒，措辞一番，率先开口："我给你讲个故事吧。"

他能讲的素材实在太多，各种凄美的、狗血的，还有一些现实生活中的例子，全都是因误会而抱憾终生的。

"我们那里有一句很有名的话，'你永远无法知道明天和意外哪一个先来，所以一定要好好珍惜身边的人'，"谢凉看着他，"想想故事里的人，他们要是敞开心扉谈一谈，到最后也就不会那么后悔，是不是？"

乔九听完半天没有回话，这狼崽子实在是太聪明了，对他的脾气也摸得很透，大概已经猜出了自己为何要躲开。

他慢慢把杯子里的酒喝完，说道："我八岁那年，外公把我从白虹神府接出来的时候便发现我身中剧毒。"

谢凉的心一沉。

"他当时不能完全确定，便带着我到静白山找离尘老头，结果果然是中毒，"乔九道，"这个毒叫阎王铃，无药可解，唯一能试的法子便是以毒攻毒。外公本想找白虹神府算账，被我拦下了。我跟他说如果我死了他便去，如果没死侥幸活下来，这笔账我要自己算。"

谢凉道："可你外公后来……"

乔九知道谢凉的意思，说道："我查过，他确实是病逝的，他生病时差人给我送了封信，是我没能赶上见他最后一面。"

谢凉点点头，继续看着他。

乔九静了一下，说道："我从八岁开始吃毒，一直吃到十四岁，所以我现在能百毒不侵。"

谢凉尽量放轻呼吸，问道："什么感觉？"

乔九轻描淡写地道："习惯了也就那样。"

不过这当然不是说习惯就能习惯的，他为了活下去吃过各种各样的毒，发作时什么苦都受过，有时甚至会在床上瘫半年，搞得那群疯子差点去给他砍树做棺材。

"听懂了吧？"他看向谢凉，"那些毒都不是白吃的，我的身子已经被毒弄坏了，连我自己都不知道我还能活几年。"

所以他没办法给谢凉承诺，他是个没有未来的人。

天知道当他听见谢凉的那句话时，心里是有多想亲眼看着这小狼崽成长，亲眼看着他能走到哪一步，亲眼看着他一步步站到自己的身边。

那画面他既期待又欢喜，只是又很不甘。

不甘他八成活不久，不甘他等不到，不甘他最后会让这努力的小狼崽伤心和徒劳一场。

他又给自己倒了一杯酒，说道："你出来闯荡，若是有一部分原因是为了我，劝你趁早歇了心思，免得将来后悔。"

谢凉深深地望着他，叹气地赞同："确实。"

乔九扯了一下嘴角："知道就好，所以你以后……"

一句话没说完，他看到谢凉倾身过来，在他耳边低喃："我会后悔怎么不早点遇见你。"

乔九闭了闭眼，终于伸出手，轻轻地拍了拍谢凉的肩膀。

不过九爷的感性时间只有这一刻，很快便嫌弃地把人推开了。

话已说开，谢凉完全不介意他的脾气，笑着坐回去，劝道："咱们往好处想，兴许你一辈子都不会毒发呢，你运气好吗？"

乔九道："不太好，你呢？"

"……"谢凉道，"咱们还是聊点别的吧。"

【敌敌畏纪事Ⅰ·正文·完】

番外篇

冥天烨挨揍事件

谢凉坐在敌畏盟的书房，看完从宁柳传来的消息，顿时惊讶。

秦二和金来来恰好也在这里，见状道："怎么了？"

谢凉道："窦天烨被人打了。"

秦二和金来来同样吃了一惊，连忙问道："人怎么样？"

谢凉道："人没事，只是脚腕扭了，身上有些瘀青。"

秦二和金来来松了一口气，接着不约而同想到了一个可能："他是不是又说了什么？"

那张嘴曾经搅得江湖血雨腥风，活人都能让他说死，加之本身的性格也欠揍，被打也不算太意外……不对，这不是重点，他们异口同声道："谁敢打他？"

宁柳城挨着天鹤阁，窦天烨他们身边时常跟着天鹤阁的人。在那里打窦天烨，跟打天鹤阁的脸有什么区别？太岁头上动土，这是吃了熊心豹子胆？

谢凉也挺想知道的，说道："还没查到。"

凤楚那边有事要找乔九，乔九几日前便去了五凤楼。天鹤阁总部负责看家的阿山查了几日，完全没头绪，所以就来请谢凉了。他最近刚好没什么事，便简单对帮众交代一番，带着同样好奇且想帮忙的秦二和金来来出发去了宁柳。

一行人赶了数天路，这天傍晚成功抵达目的地。

窦天烨正被人扶着往餐厅蹦，见到他们，顿时嚎了一嗓子："阿凉，你来了！"

谢凉走到他面前，低头看了看他的脚踝，见上面缠着绷带，问道："大夫怎么说？"

窦天烨委屈："伤筋动骨一百天，说让养着。"

谢凉点点头："身上呢？"

窦天烨道："抹了药，好多了。"

谢凉闻着他身上的药味，轻轻"嗯"了声，没有再问别的，陪着他一起进了饭厅。

来的路上他和天鹤阁的人通过信，基本问清了来龙去脉。

当时窦天烨在茶楼说完书正要回家，谁料途经一条小巷时，突然窜出两名蒙面黑衣人。天鹤阁的人第一时间迎上去，发现对方十分难缠，让他们根本无法分心照看窦天烨。而就在这个空当，另一位黑衣人闪出来抓住窦天烨迅速飞走了。他的轻功极高，眨眼间失去踪影，等天鹤阁的人找到窦天烨，就见他独自躺在一棵树下，已经被揍了一顿。

谢凉不紧不慢吃完饭，这才询问窦天烨："几个人打你？"

窦天烨道："应该就一个。"

谢凉道："看清了多少？"

窦天烨更委屈："什么都没看清，被掳走后脑袋上就被套了麻袋。"

谢凉道："你觉得掳走你的和打你的，是同一个人吗？"

窦天烨道："我也不清楚啊。"

谢凉问："一点声音都没听见？"

"没有，"窦天烨苦着脸，"就是把我的头一套再往地上一扔，就开始打我了。"

谢凉安慰了几句，起身去找天鹤阁的人，询问是否能根据窦天烨的伤看出那两个黑衣人的武功路数。

天鹤阁的人迟疑道："他们的路数很杂，像是在故意隐藏。"

谢凉想了想："那轻功这么高的人多吗？"

天鹤阁的人道："不多。"

谢凉道："把名单给我。"

天鹤阁的人早有准备，掏出一张纸递了过去。

谢凉接过来看完，发现除了乔九、凤楚等相熟的人以外，其余基本都是江湖上有头有脸的人物，仅有的几个陌生人也和他们没有交集，能和窦天烨有什么仇？

他思考几秒："窦天烨最近可有得罪过什么人？"

天鹤阁的人一齐无言地看着他。

窦先生的性子和那张嘴实属让人甘拜下风，虽说少林的事已真相大白，但谁知道他最近见过什么人、说过什么话啊。

谢凉也无语了一下，仔细想了想整件事。

窦天烨的伤不重，脚腕据说还是他挣扎间自己扭的，这说明那个人与窦天烨没有深仇大恨，只是想把人揍一顿而已。

他弹弹手里的纸，问道："这些人里可有会被人雇佣的？"

"有，"天鹤阁的人指了指其中的两个人名，简洁道，"杀手楼的杀手。"

谢凉道："查查他们最近在哪儿，可有接过活。"

天鹤阁的人道了声是，跑去干活了。

谢凉则来到窦天烨的房间，想问问他是否和人闹过矛盾。

窦天烨沉痛道："没有，我就是偶尔写个书、讲个书，没和人吵过架啊。"他顿了顿，猜测道，"你说会不会是被我抢了生意的人，或者是有女粉丝喜欢我，她们的暗恋者羡慕嫉妒恨，就来打我了？"

谢凉道："也不是没这种可能。"

窦天烨道："那这怎么查？受欢迎也是我的错吗！"

谢凉安慰道："我让他们去查杀手楼了，等等消息吧。"

窦天烨自然听他的，和谢凉说了一会儿话，就继续埋头写书。

杀手楼那边需要等几日，谢凉便安心住下，闲暇时去赵哥的酒楼坐了坐，吃了几个新研发的菜，接着又逛了逛方延的铺子。

方延得意地指着自己的成衣："看见了吗，今年的流行色和流行款全是我带起来的。"

谢凉笑着恭维："厉害。"

方延骄傲地"嗯"了声，拿起桌上的尺子："站好我量量，赵哥他们的新衣都做好了，就差你了。我还想着哪天给你写封信问问尺码，刚好你就回来了。"

谢凉配合地张开双臂，一边让他量一边也问了问窦天烨的事，想看看他们那里有没有线索。

方延道："要是有，我们早就说了。"他叹气道，"谁知道他又惹了哪路人，当街打人，可真凶。"

是啊，而且竟敢招惹他和天鹤阁，江湖上这么有胆子的可不多，有胆的那部分又都没有打人的理由，实在让人诧异。谢凉在脑中过了一遍人选，感觉都没有嫌疑，除非这只是一个饵，背后的人其实另有目的。

方延看他一眼："在想什么？"

谢凉道："在想会是谁。"

方延"哦"了声："你觉得是谁？"

谢凉道："想不出来。"

方延道："我听说天鹤阁的人去查了，兴许能查到线索。"

谢凉点了点头。

方延道："你去赵哥的酒楼了吗？他新弄的菜可好吃了。"

谢凉道："刚从那边过来。"

方延应声，量完尺寸拉着他试了几件男饰，这才放他离开。谢凉在街上买了点小吃，一边吃一边往回走，顺便重新理了一遍整件事，总觉得有些怪，但又说不清怪在哪儿。

他带着这点微妙的情绪又等了三天，这天傍晚见方延带着他的新衣服找来了，诧异道："这么快？"

方延展开衣服让他试，解释道："本来就快做完了，只需要按照尺寸改点细节就行。"

他等着谢凉换完，绕着他走了一圈，顺便把带来的男饰给他戴上，满意道："真好看，不愧是我。"

谢凉笑了一声，正要夸一夸，便见秦二来喊他们吃饭了。

方延道："别换了，就这样吧，让他们瞅瞅我的手艺。"

谢凉自然没意见，和他们一起往饭厅走，余光扫见方延的表情，觉得他看起来很高兴，突然意识到哪里怪了。

窦天烨被打之后，方延他们似乎过于放松了……这念头刚升起，他一只脚已经迈进饭厅，耳边只听"砰砰"两声，头顶的竹筒被打碎，洒下一片彩带。

他顿时一怔，看向人群。

乔九、凤楚都在，正含笑看着他。方延和窦天烨一齐笑出声："阿凉，生日快乐！"

谢凉一瞬间顿悟，敢情根本没有打人事件，所谓的"凤楚有事"也是子虚乌有，一切都是为了给他过个生日。

方延和窦天烨激动极了："竟然成功骗过了你，我们太厉害了！"

乔九斜他们一眼："还不是我支的招，我想的词，不然你们早露馅了。"

而且他们提前把敌畏盟到这里耗费的天数也考虑了进去，不然再给谢凉一些时日，他肯定能发现不对劲。

终于骗到谢凉，九爷也很高兴，上前拉着人落座，指着桌上的长寿面："尝尝。"

谢凉道："这是你做的？"

乔九道："先尝。"

谢凉尝了一口，说道："难吃。"

乔九顿时不爽地眯起眼，谢凉见状便知果然是他做的，笑着起身抱了他一下："逗你的，很好吃。"

他看着这些人，心情愉悦，"谢谢，我很惊喜。"

窦天烨单腿蹦跶过来："我们还做了蛋糕，不过条件有限，就凑合吃吧。"

谢凉看向他的脚踝："真扭了？"

窦天烨摸摸鼻子："嗯，所以就刚好拿来当理由用了。"

成吧，总归有一件事是真的。谢凉无奈地扶住他，把人按在了旁边的椅子上。

【番外篇·完】

图书在版编目（CIP）数据

敌敌畏纪事 / 一世华裳著.

—武汉：长江出版社，2022.4

ISBN 978-7-5492-8265-4

I.①敌… II.①一… III.①侠义小说—中国—当代 IV.① I247.5

中国版本图书馆 CIP 数据核字（2022）第 051502 号

敌敌畏纪事 / 一世华裳 著

出　　版	长江出版社
	（武汉市解放大道 1863 号）
选题策划	林　璧
市场发行	长江出版社发行部
网　　址	http://www.cjpress.com.cn
责任编辑	罗紫晨
特约编辑	林　璧
印　　刷	北京盛通印刷股份有限公司
版　　次	2022 年 4 月第 1 版
印　　次	2022 年 4 月第 1 次印刷
开　　本	700mm×1000mm 1/16
印　　张	19
字　　数	325 千字
书　　号	ISBN 978-7-5492-8265-4
定　　价	49.80 元